HEYNE <

DAS BUCH

Wir schreiben das Jahr 1340 Neuer Galaktischer Zeitrechnung. Das Planetengift Ara-Toxin hat den Planeten Remion zerstört und Millionen Menschen in den Tod gerissen. Aber diese Katastrophe scheint nur das Vorspiel zu einer unerhörten Epidemie gewesen zu sein. Denn nun droht hunderten bewohnten Welten der Untergang. Zu den infizierten Planeten zählt auch Terra.
Perry Rhodan, Julian Tifflor und ihre Begleiterin Zhanauta Filgris nehmen die Verfolgung des Raumschiffes auf, in dem sie einen der Hauptverantwortlichen für das Ara-Toxin vermuten.
Ziel des Flüchtlings ist ein künstliches Gebilde, das im Leerraum seine Bahn zieht. Das Artefakt ist ein Fragment eines der ungeheuerlichsten Raumschiffe, die das Universum je gesehen hat – das Bruchstück eines ehemaligen Sporenschiffes der Mächtigen. Auf dem riesigen Raumschifffragment ist ein ebenso buntes wie undurchsichtiges Völkergemisch ansässig, darunter Springer, Aras und Tefroder. Dass dieses Fragment in Wirklichkeit mehr ist als ein Umschlagplatz für friedlich gehandelte Waren, wird Perry Rhodan schnell klar.
Rhodan und Tifflor versuchen, hier ihren Gegner zu stellen, der bereits jetzt den Tod ungezählter Lebewesen zu verantworten hat – im Einsatz auf der »Trümmerbrücke« ...

DER AUTOR

Hubert Haensel wurde 1952 geboren und ist seit einem Vierteljahrhundert als Science-Fiction- und Krimi-Schriftsteller tätig. Er schrieb vor allem Romane zur PERRY-RHODAN- und ATLAN-Serie.

Perry Rhodan

ARA-TOXIN

HUBERT HAENSEL

DIE TRÜMMER-BRÜCKE

Roman

Perry Rhodan » Ara-Toxin 5

Mit Bonusmaterial:
Die Linearraumgondel
von Susan Schwartz

Originalausgabe

WILHELM HEYNE VERLAG
MÜNCHEN

FSC
Mix
Produktgruppe aus vorbildlich bewirtschafteten Wäldern und anderen kontrollierten Herkünften
Zert.-Nr. SGS-COC-1940
www.fsc.org
© 1996 Forest Stewardship Council

Verlagsgruppe Random House FSC-DEU-0100
Das für dieses Buch verwendete
FSC-zertifizierte Papier *Holmen Book Cream*
liefert Holmen Paper, Hallstavik, Schweden.

Originalausgabe 3/08
Redaktion » Hartmut Kasper
Lektorat » Sascha Mamczak

www.heyne.de
Printed in Germany 2008
Umschlagbild » Dirk Schulz
Umschlaggestaltung » Nele Schütz Design, München
Satz » C. Schaber Datentechnik, Wels
Druck und Bindung » GGP Media GmbH, Pößneck

ISBN: 978-3-453-52390-6

Bebend hielt Wodar Lengros XII inne. Dass sein Vorhaben nicht einfach sein würde, hatte er gewusst, aber dass ausgerechnet in diesen letzten Minuten seine Nerven rebellierten, entsetzte ihn.

Die Hand mit dem Lasercutter zitterte. Wenn er das Gerät jetzt auslöste, würde er die Sensorfäden womöglich fehlerhaft durchtrennen und damit Alarm auslösen. Wodar zwang sich, wieder ruhiger zu atmen, ganz so, als stünde er vor einem einfachen Wartungstest und nicht vor dem Diebstahl, der sein Leben verändern sollte.

Noch hatte die Strahlensperre des Isolierfachs Bestand, und die Zeit wurde knapp. Wodar hob den Lasercutter ... sein Zittern hielt an. Aber es gab für ihn kein Zurück mehr. Der Wodar Lengros XII, den viele an Bord für einen verschrobenen Eigenbrötler hielten – ganz zu schweigen davon, dass er als Terraner ohnehin nicht jedermanns Freund war –, dieser Wodar würde unweigerlich sterben. Den Vorgang als solchen konnte er nicht mehr aufhalten.

Wodar biss sich die Unterlippe blutig, bis ihn der Schmerz aus den selbstzerstörerischen Gedanken riss.

Erneut löste er das Schneidegerät aus. Einer der letzten Sensorfäden, der mit dem bloßen Auge nicht einmal wahrzunehmen gewesen wäre, wurde von dem winzigen Energiestoß durchtrennt. Beide Hälften rollten sich gedankenschnell auf.

Wodar Lengros XII blinzelte, weil ihm der Schweiß in den Augen brannte. Mit dem Handrücken wollte er sich über die Stirn wischen und hielt gerade noch inne, bevor er den winzigen Projektor abriss, der über seiner Nasenwurzel klebte. Nur das schwache energetische Filterfeld verschaffte ihm überhaupt die Möglichkeit, die Sperre wahrzunehmen.

Wodar durchtrennte den vorletzten Faden und »tötete« damit die nächste Modulgruppe der Sperrschaltung. Ein gehetzter Blick auf die Zeitanzeige seines Armbands verriet ihm, dass höchstens 90 Sekunden blieben, bis der Alarm sein Schicksal besiegelte.

Vor wenig mehr als fünf Minuten war er in den kleinen Raum für »besondere Fracht« auf dem Hauptdeck der BLUE MOON eingedrungen. Wodar wusste nur zu gut, dass das erste Besatzungsmitglied, das die Zentrale verließ, seine Anwesenheit bemerken musste. Allerdings machte er sich darüber die wenigsten Gedanken.

Seit Jahren hatte er auf diesen Tag hingearbeitet. An Bord des Seelenverkäufers waren das verdammt lange Jahre gewesen, zumal die Sündenregister einzelner Besatzungsmitglieder länger ausfielen als die Eintragungen im Logbuch. Die Crew bestand aus Tramps und gestrauchelten Prospektoren ebenso wie aus Datenpiraten und Howalgoniumfälschern, denen der Boden auf vielen Welten zu heiß geworden war. Wodar wollte die schmutzigen Einzelheiten gar nicht wissen – weil er selbst froh gewesen war, dass ihn niemand nach seinen Gründen gefragt hatte, damals, als er aus dem Solsystem geflohen war. Einer Menge Leute schuldete er viel Geld. Sie hatten es ihm für die vermeintlichen Schürfrechte in der galaktischen Eastside gegeben. Freiwillig natürlich, und das Verlustrisiko war ihnen bekannt gewesen, wenngleich sie vor Gericht das Gegenteil behauptet hatten.

Die verfluchte Sensorsperre war hartnäckiger als befürchtet. Aber Wodar kannte sich damit aus. Ihm kam zugute, dass er fast zwei Jahre für einen hoch angesehenen Sicherheitsdienst in Terrania tätig gewesen war. Seine Karriere hatte vielversprechend angefangen, aber dann war er wegen Unregelmäßigkeiten gefeuert worden. Obwohl ihm nicht das geringste Vergehen nachzuweisen gewesen war. *Ein Skandal.* Leider war er mit dieser Definition überall auf taube Ohren gestoßen.

Verärgert hatte er sich auf die Venus zurückgezogen, danach in die Einsamkeit eines Saturnmonds, und dort hatte Wodar Lengros XII seine Bestimmung erkannt, Großes zu vollbringen. Aber was galt der Prophet schon in seiner Heimat? Nichts. Die Masche mit den Bodenschätzen im Bluesgebiet hatte plötzlich niemanden mehr interessiert. Also war Wodar in die Milchstraße untergetaucht, bis ihn ein fetter Springer aus Raumnot aufgefischt hatte.

Von dem Rotbart hatte er in der Folgezeit mehr gelernt, als diesem lieb gewesen sein konnte.

Mit einem ärgerlichen Kopfschütteln wischte Wodar seine Überlegungen beiseite. Sie behinderten ihn.

Schon das Wissen, dass er wie geplant in zwei Minuten sterben würde, erfüllte ihn mit wachsender Anspannung. Er hatte alles exakt vorbereitet. Jeder, der den Vorfall anschließend analysierte, würde unweigerlich zu dem Schluss kommen, dass die vergammelte Technik der BLUE MOON an Wodars Tod schuld gewesen war. Zugegeben, eine kleine Unaufmerksamkeit ebenso, denn Wodar Lengros XII hatte sich schon während des Anflugs auf die Trümmerbrücke fahrig und unkonzentriert gezeigt.

Nur friedvoll zu sterben, glaubte Wodar, war ein schöner Tod. Im Überschlagblitz zwischen zwei Energiespeichern zu verglühen, empfand er als unmenschlich. Aber gerade, weil wenig verwertbare Spuren übrig bleiben würden, hatte er sich dieses Szenario ausgesucht. Zugleich malte er sich sein Weiterleben vom Feinsten aus. Ebenso opulent wie jene acht Wochen, die er als Perry Rhodans angeblicher Sonderbeauftragter durch die Milchstraße gereist war. Wie die Made im Speck hatte er zu jener Zeit gelebt, und genau diesen Zustand sehnte er sich wieder herbei.

Der letzte Sensor lag nun offen vor ihm. Wodars Zukunft hing an diesem mikroskopisch dünnen Faden.

Eine winzige Korrektur des Cutters, ein ohne das energetische Filterfeld vor seinen Augen nicht einmal wahrnehmbares Aufblitzen – dann war es vorbei. Alles ringsum blieb ruhig.

Viel zu einfach!, war Wodars erster Gedanke.

Greif schon zu!, war sein zweiter. *Das ist deine Zukunft!*

Sein Gesicht verzog sich zu einem triumphierenden Grinsen. Endlich durften seine Finger zittern, als er in das Fach hineingriff, nun machte ihm das nichts mehr aus. *X plus fünf Sekunden*, sagte er sich, und: *Falls die Desintegratorsperre über ein Redundanzsystem verfügt, werde ich ein Problem haben. Ein verdammt unangenehmes Problem sogar.*

Lästige Gedanken waren das, während sich seine Finger um das unscheinbare Päckchen schlossen. Es war federleicht, aber dennoch »unter Freunden« zehn Millionen Galax wert. *Fünf,* korrigierte Wodar sich. Mehr würde er auf die Schnelle nicht bekommen, wenngleich der wahre Wert das Dreifache dessen betrug. Wirklich etwas damit anfangen konnten ohnedies nur die Galaktischen Mediziner, für alle anderen war es nur eine besondere Ware, und jeder Zwischenhändler schraubte den Preis in die Höhe.

Das Paket maß eine Handspanne im Quadrat und war nicht dicker als fünf Zentimeter. Wodar schob es unter die dreckige Kombination, die nicht ihm gehörte, sondern Darrin Ariel. Darrin war schlank, aber muskulös, einen Meter sechsundachtzig groß, mit schulterlangem braunem Haar. Trotz des Altersunterschieds von beinahe 20 Jahren hätten sie Brüder sein können. Wodar, inzwischen über 50, hatte sich in seinem Technikerkollegen in vielem wiedererkannt, und obwohl erst ein Drittel seines Lebens hinter ihm lag, hatte er Darrin wegen dessen Jugend beneidet. Jetzt tat er das nicht mehr.

Er beneidete keinen Toten.

Im Schichtdienst hatten Darrin und er sich die aufreibende Arbeit in den Maschinenräumen der BLUE MOON geteilt. Sie hatten sogar eine Doppelkabine auf dem untersten Deck bewohnt, dort, wo es nach Ozon und Energieentladungen stank, wo die Filteranlagen der Luftumwälzung seit Jahren verrotteten und Paunghar-Läuse und Positronikschaben hartnäckig nisteten. Gegen die eingesetzten Gifte waren diese Schädlinge längst immun. Von irgendeiner verlausten Welt waren zudem Stahlfresser eingeschleppt worden, die sich nicht nur rasend schnell vermehrten, sondern mit jeder Generation bedrohlicher mutierten.

»Irgendwann fressen uns diese Biester den Stahl unter dem Arsch weg!«, hatte Darrin Ariel eindringlich prophezeit.

Wodars Herzschlag pochte bis zum Hals. Summend schob sich das Schott vor ihm zur Seite. Der innere Ringkorridor lag in der Düsternis der Nachtbeleuchtung. Nach Bordzeit war es mittlerweile fünf Minuten vor Mitternacht.

Mit weit ausgreifenden Schritten eilte Wodar Lengros XII den Korridor entlang. Die schlaksigen Bewegungen wie Darrin, und dessen Schildmütze hatte er sich tief in die Stirn gezogen. Falls zufällig einer der altersschwachen optischen Sensoren aufzeichnete, würde ihn jedes Besatzungsmitglied für Darrin halten.

Er sprang in den Antigravschacht. Das abwärtsgerichtete Zugfeld reagierte gewohnt ruppig.

25 Sekunden bis zum Ladedeck; Wodar zählte sie in Gedanken mit. Das Schiff wirkte um diese Zeit wie ausgestorben. Die Nachtwache in der Zentrale sprach wieder mehr dem Vurguzz zu, als dass sie das Patchworkmuster der lückenhaften Überwachung im Auge behielt.

Wodar erreichte die kleine Mannschleuse. Sie war nicht verriegelt, weil er schon vor Stunden den Mechanismus manipuliert hatte. Die Überwachungspositronik registrierte das Außenschott dennoch als geschlossen.

Alles verlief nach Plan.

Wodar Lengros XII hatte zwei Flüge zur Trümmerbrücke begleitet und sich auf dem monströsen Stahlbrocken umgeschaut. Einige Wochen lang würde er es hier aushalten können, dann musste er weiter, weil die Überreste des ehemaligen Kosmischen Basars NOWGOROD die Zustände an Bord der BLUE MOON sogar noch um Längen schlugen. Die Anarchie der Springerpatriarchen kaschierte sich mit dem Deckmantel eines freien Warenhandels, in dem jeder seine Chance fand – jeder, der bereit war, in selbstzerstörerischer Manier viel und schwer zu arbeiten. Den Schaum, den das hilflose Strampeln vieler verursachte, schöpften jedoch wenige ab.

Die Verfolger würden den Falschen jagen. Wodar spuckte aus, genau so, wie Darrin es oft getan hatte. Perfektion hatte er auf Terra eingedrillt bekommen. Perfektion nicht nur so weit wie nötig, sondern darüber hinaus so weit wie irgend möglich, das hatte ihm zudem seine Rolle als Perry Rhodans Sonderbeauftragter beigebracht. Leider hatte er das erst zu spät begriffen, andernfalls wäre er nicht so schnell aufgeflogen. In unruhigen galaktopolitischen Zeiten hatten Hochstapler einfach Konjunktur, er war nur einer von vielen.

Mit einem schmatzenden Laut löste sich der Schottflügel aus der Dichtung und glitt zurück, als Wodar sich mit aller Kraft dagegenstemmte. Zwei Handspannen Platz, mehr brauchte er nicht, um sich hindurchzuzwängen.

Kein Besatzungsmitglied hatte sich in den letzten Stunden in die Schleusenkammer verirrt. Das dünne Tau lag aufgerollt und fest verankert da, wie Wodar es zurückgelassen hatte.

Noch 40 Sekunden.

Sein Blick schweifte hinaus in die weitläufige Hangarhalle der Trümmerbrücke. Ausgestorben, düster und muffig lag sie vor ihm. Im Hintergrund, nur vage erkennbar im flackernden Widerschein grell blauer Beleuchtung, glaubte Wodar die Umrisse zweier kleiner Fahrzeuge auszumachen. Aber auch dort zeichnete sich keine Bewegung ab. Das Leben brodelte in anderen Sektoren der gewaltigen Raumstation.

Wodar zuckte zusammen, als Schlieren seine Wahrnehmung verwischten. Störungen im Prallschirm der BLUE MOON, erkannte er. Sie hatten mit der mangelhaften Synchronisation der Projektoren zu tun.

Er bückte sich nach dem Tau, doch ein scharfes Zischen ließ ihn innehalten. Erst jetzt registrierte er die Umrisse des faustgroßen Sechsfüßers auf dem Boden der Schleusenkammer. Wie eine fette Wanze hockte das Biest da. Es hatte sich dem Stahl mit nahezu perfekter Mimikry angepasst.

Alles ging dann wahnsinnig schnell. Vielleicht erschien es Wodar auch nur so, weil er auf diesen Gegner nicht vorbereitet war. Der Stahlfresser schwirrte ihm entgegen. Für Sekundenbruchteile entfaltete das Tier seine Hautflügel, schnellte sich schnarrend in die Höhe und klatschte auf Wodars rechten Oberarm. Er spürte, wie das Biest sich festklammerte, und wich erschrocken bis an den Rand des Außenschotts zurück. Um ein Haar wäre er aus dem Schiff gestürzt, gut zehn Meter tief auf die rauen Ausläufer des Hangardecks. Obwohl die BLUE MOON wie eine Warze außen an der aufgerissenen Hülle der Trümmerbrücke hing, herrschte auf den Decks in diesem Abschnitt normale Schwerkraft.

Wodar schrammte mit der linken Schulter über den Schottrahmen. Trotz des grellen Schmerzes schaffte er es, mit der Linken den Stahlfresser von seinem Arm zu reißen und nach draußen zu schleudern. Zu spät wurde ihm klar, dass er dieses Biest besser auf den Schleusenboden geschmettert und versucht hätte, es zu zertreten.

Aber was kümmerte ihn das eigentlich? Auf der BLUE MOON hatten sich die Tiere innerhalb weniger Wochen auf über 400 Exemplare vermehrt. Selbst ein Schwarm von Zehntausenden würde die Handelsstation der Springer nicht während eines Menschenlebens gefährden können.

Für den Stahlfresser musste der Überrest des ehemaligen Hanse-Basars wie ein Schlaraffenland erscheinen. Vielleicht, erkannte Wodar überrascht, hatte er das Vieh nur deshalb nicht getötet, weil sie sich in dieser Hinsicht ähnlich waren: Auch für ihn bedeutete die Trümmerbrücke das Paradies, zumindest den entscheidenden Schritt dorthin.

Der schiffseigene Prallschirm leuchtete auf. Wie eine hauchdünne Glaskugel erschien er in dem Moment, bevor er aufbrach. Obwohl Vorgänge wie dieser nur Zehntelsekunden in Anspruch nahmen, glaubte Wodar deutlich zu sehen, dass sich die Feldstruktur veränderte. Strukturrisse entstanden, ein sich gedankenschnell ausweitendes Geflecht wie zerspringendes Glas in einer Hochgeschwindigkeitsaufnahme. Jedoch zerbarst das Prallfeld nicht in Tausende Splitter, es löste sich einfach auf.

Mit oft geübtem Griff hakte Wodar das Seilende in die Sicherungslasche seines Gürtels ein. Hinter ihm flackerten die Leuchtplatten, erloschen, und nur die düstere Notbeleuchtung blieb aktiv.

Er blickte in die Tiefe, seine Rechte tastete nach dem erbeuteten Päckchen. Erst in dem Moment entsann er sich, dass er soeben sein Leben verloren hatte. Ab sofort gab es keinen Wodar Lengros XII mehr, er war der Letzte in der langen Erblinie dieses Namens. Irgendein halb verrückter Vorfahr hatte mit der Zählweise begonnen. Überliefert war, dass ihn das Ritual Eingeborener auf einem unbedeutenden Planeten dazu veranlasst haben musste.

Nun war Schluss damit. Ein Energieüberschlag hatte Darrin Ariels Leichnam verbrannt und die Versorgung des Unterschiffs lahmgelegt.

Tot!, durchzuckte es Wodar. *Ich bin tot!*

Ein eigenwilliges Gefühl, dass nichts mehr so sein konnte, wie es einmal gewesen war. Das Leben neu zu beginnen, vor allem mit den richtigen Voraussetzungen.

Wodar sprang. Das Seil spulte sich langsam ab, hielt ihn über zehn Meter in der Schwebe. Natürlich hätte er sich eines Antigravs oder eines Flugaggregats bedienen können – und wäre Gefahr gelaufen, angemessen zu werden. Keineswegs alle Schiffssysteme wurden durch den Unfall in der Energiestation beeinträchtigt. Allein das Seil und dessen mechanisches Rückhaltesystem setzten keine Emissionen frei.

Federnd kam Wodar auf. Er hakte das Seil aus und ließ es einfach baumeln.

Der Prallschirm hatte sich noch nicht wieder aufgebaut. Das Umschalten auf die Notsysteme der BLUE MOON nahm auf jeden Fall mehrere Minuten in Anspruch. *Jetzt beginnt das Chaos an Bord erst richtig,* dachte Wodar zufrieden.

Frühestens in einer halben Stunde, wahrscheinlich erst deutlich später, würde das geöffnete Mannschott auffallen. Dann begann die Jagd auf Darrin Ariel, der auch ohne den dreisten Diebstahl längst mehr als genug Dreck am Stecken hatte. Niemand würde Darrin jemals aufspüren.

Wodar lief los, einfach nur weg von dem altersschwachen Frachter und tiefer hinein in den Hangar. Ein Labyrinth erwartete ihn, in dem jemand, der nicht gefunden werden wollte, vermutlich für lange Zeit untertauchen konnte.

Als er zurückschaute, verschmolz die BLUE MOON schon mit der Düsternis des Weltraums. Das Schiff wirkte wie ausgestorben.

Wodar hastete eine Nottreppe hinab auf das nächsttiefere Deck. Er schreckte eine geflügelte Lebensform auf. Keine Ahnung, um was es sich dabei wirklich handelte. Eigentlich sah er nur die vagen Umrisse einer annähernd menschengroßen Gestalt, die träge und mit schwerem Flügelschlag davonstrich.

Ihn interessierte nicht, was für Leben die Trümmerbrücke barg. Im Nachhinein würde sie für ihn nicht mehr als eine flüchtige Episode sein.

Wodar versuchte, sich zu orientieren. Er befand sich in dem Bereich des Trümmerstegs, der kaum mächtiger war als 200 Meter. Einige Decks lagen nach außen hin offen, waren aber mit mechanischen Systemen gegen Druckabfall gesichert. Wo das nicht praktikabel gewesen war, an den Anlegestellen für Frachtflöße und größere Schiffe, schützten Prallfelder die betreffenden Sektoren.

15 Minuten waren seit seiner Flucht aus dem Schiff vergangen. Wodar lachte heiser. Innerlich bebte er vor Freude und Erleichterung.

Er hatte es geschafft!

Heute war der erste Tag seines neuen Lebens ...

Zhanauta Filgris wartete schon. Als könne sie einige Minuten weit in die Zukunft sehen, stand sie mit einem wissenden Lächeln da. Die Arme hatte sie vor der Brust verschränkt, ihr Blick galt dem Außenminister der Liga Freier Terraner.

Sie wirkt wie aus Stein gemeißelt, stellte Perry Rhodan fest und verlangsamte seinen Schritt. Julian Tifflor neben ihm wurde ebenfalls langsamer. Wie hätte es auch anders sein können?

Ein schneller Seitenblick ließ Rhodan erkennen, dass Tiff lächelte. Eine Art innerer Zufriedenheit ging von Julian aus, und eigentlich waren es seine Augen, die lächelten, weil sie Zhana langsam und genüsslich entblätterten, als könne er es nicht erwarten, jeden Quadratzentimeter ihres schlanken Körpers wieder und wieder zu erkunden.

Wenn Rhodan daran zurückdachte, dass er sogar auf Jahre währenden Exkursionen keine Frau berührt hatte, obwohl die Auswahl für ihn stets beachtlich gewesen wäre, fühlte er sich als Asket. Welches weibliche Wesen hätte nicht davon geträumt, mit dem Großadministrator des Solaren Imperiums, mit dem Abenteurer Rhodan oder dem Terranischen Residenten eng befreundet zu sein? Manche wollten auch mehr. *Sammlerinstinkt*, nannte er das distanziert abschätzend. Für viele war der Name Rhodan das Synonym für Macht und relative Unsterblichkeit. Frauen und Männer wurden davon gleichermaßen angezogen wie Motten vom Licht.

Mit einem ärgerlichen Kopfschütteln verscheuchte Rhodan diese irritierenden Gedanken. Sie waren absolut fehl am Platz angesichts der Tatsache, dass in nächster kosmischer Nähe ein bewohnter Planet gestorben war.

Aber war Remion wirklich tot? Remion hatte eine Metamorphose durchlebt, die Nekrogenesis, und sich samt großer Teile seiner Bevölkerung in ein ebenso monströses wie unfassbares Geschöpf verwandelt – in einen Moby ...

Eng waren solche Kreaturen mit der Geschichte der Menschheit verbunden, mit dem Weg des ehemaligen Solaren Imperiums in die Nachbargalaxie Andromeda. Rhodan wusste von Millionen Mobys zu jener Zeit, Anfang des 25. Jahrhunderts. Wenn er heute darüber nachdachte, belastet mit dem Wissen, das er in den letzten Tagen und Wochen gewonnen hatte: Millionen Mobys – das bedeutete wahrscheinlich Millionen vernichtete Welten, Millionen auf schreckliche Weise ausgelöschte Zivilisationen. Eine grauenvolle Vorstellung. Vorausgesetzt, jene Heerscharen von Mobys waren irgendwann auf ähnliche Weise entstanden, wie jetzt Remion ausgelöscht worden war.

Rhodan wollte die Wahrheit erfahren, er musste diesem Entsetzen ein Gesicht geben, das bislang nur einen Namen hatte: Ara-Toxin. Zugleich schreckte er davor zurück. Weil er fürchtete, dass seine schlimmsten Albträume sich als wahr erweisen würden.

Er hüstelte und quittierte Julians überraschtes Blinzeln mit einem süffisanten Lächeln.

Wann hast du Zhana verständigt, dass sie uns vor Pron Dockts Quartier erwarten soll?

Tiff verstand die lautlose Frage – und ließ es bei der Andeutung eines leichten Kopfschüttelns bewenden. Hatte er Filgris wirklich nicht informiert? Oder wollte er nur keine Antwort geben?

»Nachdem Zhana schon da ist, wird sie uns begleiten«, sagte Tifflor schroff. »Egal, wie Pron Dockt seine Bemerkung gemeint hat.«

Der Gleichschritt der beiden Aktivatorträger war dahin. Rhodan registrierte deutlich die Unstimmigkeit, die sich wieder einschlich. Tiff passte sich der Frau an; sie faszinierte ihn.

Hinter der nächsten Abzweigung des Hauptkorridors lag Pron Dockts Quartier.

Der Ara wartete bereits. Er blickte sie an – und schaute doch durch sie hindurch, als weile sein Geist in unbestimmter Ferne. Erst als Rhodan auf ihn zuschritt, zuckte er zusammen und hob den Kopf.

»Zhanauta Filgris ist mir ebenfalls willkommen«, sagte der Wissenschaftler so monoton, als hätte er in Gedanken den Text immer wieder aufgesagt. Vielleicht hatte er das tatsächlich, um ihn nicht zu vergessen. Der Satz klang jedenfalls wie die Antwort, die er Tifflor vor wenigen Minuten schuldig geblieben war. Nun hatte der Ara sie nachgeholt, und er wandte sich ruckartig dem aufgleitenden Türschott zu, um sein Quartier vor den Besuchern zu betreten.

In der Bewegung faserte sein Körper jedoch auf, wurde durchscheinend und verwehte wie ein Nebelhauch. Der Wissenschaftler war nichts anderes als ein Hologramm gewesen, von solcher Perfektion allerdings, dass selbst Rhodan für einen Moment unschlüssig gewesen war, ob er vielleicht doch dem richtigen Pron Dockt gegenüberstand.

Gefolgt von Tifflor und Filgris betrat der Resident das geräumige Quartier.

Der Raum hatte sich verändert. Es duftete nicht mehr dezent nach Sandelholz. Auch gab es keine stumm geschalteten holografischen Musikanten, an deren Bewegungen sich der Ara ergötzte, und Rhodans Stiefelsohlen knirschten nicht auf gepflegtem Parkett. Stattdessen atmete der Terraner den Muff von Jahrtausenden, eine Mischung aus Staub und Sedimenten, und unter seinen Füßen war lockeres Gestein.

Vor ihm öffnete sich eine lang gestreckte, düstere Höhle. Geradezu unheimlich erschien sie im Widerstreit von Licht und Schatten, in dem die Schatten die Oberhand behielten und das Licht nur wenige schroffe Grate, Zacken und beginnende Stalaktiten der Düsternis entriss. Der Blick fand keinen Halt, als setze sich diese Höhle bis in weite Ferne fort. Vielleicht tat sie das auch – im Original, keinesfalls an Bord der CONNOYT, die nicht mehr als 600 Meter maß, von Pron Dockts begrenztem Quartier ganz zu schweigen.

Knirschende Laute erfüllten die Luft, als bewege sich der Fels unaufhörlich. Rhodan taxierte einige massive Blöcke. Sie waren keine bloße Vision wie alles andere, sondern graues, totes Gestein. Der Terranische Resident tastete über einen dieser Blöcke hinweg, glaubte kristalline Strukturen zu erfühlen ...

... und erschauderte zugleich.

Ohne es zu wollen, zog er die Hand ruckartig zurück. Was er eben berührt hatte, was sich tot und kühl anfasste, war das Grab von Millionen Intelligenzen. Zumindest ein winziges Fragment davon, ein Bruchstück des Mobys. Rhodan zweifelte nicht daran, dass es sich um einen der Brocken handelte, die bei der Ausbildung der Maulpartie abgesprengt worden waren. Der Ara hatte sie einfangen lassen und zur Untersuchung in seine Kabine gebracht.

Ein eisiger Schauder lief Rhodans Rücken hinab. Entgeistert starrte er seine Hand an. Nein, das Ara-Toxin war nicht mehr aktiv, es hatte seine Energie mit der Umwandlung des Planeten in anorganische Materie verbraucht. Glaubte er. Aber wie oft hatte er sich schon geirrt?

»Pron Dockt, wo steckst du?« Julians Stimme klang ungeduldig und hörbar gereizt. Gleichzeitig fasste er Rhodan an der Schulter und machte eine unwillige, alles einbeziehende Geste. »Du hast von Schubert gesprochen, Perry. Was hat das hier noch mit einem Streichquintett zu tun?«

»Da capo senza repetizione«, antwortete der Resident zögernd. »Vielleicht ist unser Freund des lautlosen Gefiedels überdrüssig geworden. Oder sein Humor tendiert mittlerweile zum Makaberen.«

»Wo steckt Pron Dockt überhaupt?«

Rhodan antwortete nicht. »Ich frage mich, ob Oclu-Gnas über einen solchen Empfang erfreut wäre«, rief er stattdessen in den Raum hinein.

»Wenn Oclu-Gnas und ich wertvolle Artefakte zuordnen oder analysieren wollen, bleibt oft kein anderer

Weg«, antwortete der In-vitro-Bruder des amtierenden Lordmedikers. Seine Stimme erklang hinter den Gesteinsfragmenten. »Simulationen sind wichtig, um den Geist auf Spuren zu locken, die er andernfalls ignorieren würde. In jeder Hinsicht müssen wir uns einlassen auf die wenigen erbeuteten Artefakte.«

»Du hast uns zu dir gebeten«, erinnerte Rhodan.

Pron Dockt trat hinter einem mehr als mannshohen Block hervor, dessen eine Seite so glatt wirkte wie mit einem Desintegrator abgetrennt. Auf die Feststellung des Terraners ging er nicht ein. Vielmehr strich er gedankenverloren mit beiden Händen über die Gesteinsstruktur, als erwarte er, in die Lösung eines Geheimnisses eingeweiht zu werden. Seine Berührung wirkte leicht, beinahe zärtlich, und er schien seine Besucher schon wieder vergessen zu haben.

Rhodan ging auf den Wissenschaftler zu und räusperte sich. Pron Dockt wandte ihm zögernd den Kopf zu, aber er schaute an ihm vorbei. Rhodan hätte nicht zu sagen vermocht, ob der Ara ihn überhaupt wahrnahm oder ob er in seiner eigenen inneren Welt versunken war, die es ihm oft so schwer machte, mit anderen Personen zu reden. Immer dann versteckte Pron Dockt sich zumindest verbal hinter seinem Bruder und ersparte sich damit das Empfinden, selbst in Bedrängnis zu geraten.

Rhodan vermied es, den Ara anzuschauen. Er wandte den Blick ebenfalls ein wenig zur Seite, und Pron Dockt reagierte mit einer fahrigen Geste darauf. Es war die stumme Einladung, Platz zu nehmen.

Obwohl Rhodan sich suchend umschaute, konnte er die Projektion nicht durchdringen. Der holografische Aufbau war zu dicht und erinnerte ihn beinahe schon an eine Vorstufe sich stabilisierender Formenergie.

»Hier irgendwo ...?«, fragte er.

Pron Dockts hagere, fast zerbrechlich wirkende Gestalt straffte sich. Eine befehlende Handbewegung ließ das Szenario innerhalb von Sekunden verwehen. Nur fünf unregelmäßige große Gesteinsbrocken blieben übrig. Im Grunde genommen waren sie nicht mehr als abgestoßene Hautschuppen einer unbegreiflichen Kreatur. Spezialisten konnten sie analysieren, konnten jedes Molekül umdrehen und mit allen zur Verfügung stehenden Mitteln nach Spuren des Ara-Toxins fahnden, aber wirklich etwas finden ...? Perry Rhodan wusste nur zu gut, dass er sich solchen Illusionen gar nicht erst hingeben durfte. Sie waren verlockend, aber sehr trügerisch.

»Oclu-Gnas hat euer Kommen leider übersehen.«

Trotz seiner inneren Zurückgezogenheit glaubte Pron Dockt offenbar, sich rechtfertigen zu müssen. Er wartete, bis seine Besucher Platz genommen hatten, aber er selbst setzte sich nicht. Er stand hinter dem noch freien Sessel und vergrub die Hände in die Rückenlehne. Unruhig zuckten die Finger dabei. Der Ara hatte Schwierigkeiten, sich zu konzentrieren. Ob wegen der Fragmente des Mobys in Reichweite oder wegen seiner Besucher, vermochte Rhodan nicht festzustellen. Pron Dockts Mundwinkel schienen in einem steten herausfordernden Grinsen erstarrt zu sein.

»Es gibt also einiges zu besprechen. Jedenfalls seid ihr dieser Meinung.«

Der Ara redete zwischen ihnen hindurch. Rhodan und Tifflor hatten sich längst daran gewöhnt, Zhanauta Filgris nahm es überhaupt nicht zur Kenntnis.

»Sagen wir es deutlicher: Vieles liegt im Argen!«, platzte Tifflor heraus.

Pron Dockts Finger krallten sich tiefer in die Lehne ein. Die Sehnen auf seinen Handrücken traten deutlich hervor. Zudem zuckte sein rechter Arm. Der Ara war erregt. Emotionen hielt er zwar unter Verschluss, doch seine Motorik verriet ihn.

»Sehr vieles liegt im Argen!«, ergänzte Rhodan frostig und ließ mit einem raschen Blick auf Tifflor erkennen, wem er eine Mitschuld daran gab.

Rhodan machte dem Außenminister der Liga Freier Terraner Vorwürfe. Nicht, weil Julian unbeirrbar glaubte, er müsse mit ihrer »Beschützerin« Zhana bei jeder Gelegenheit für die Erschaffung einer neuen Menschheit üben – solche Ausrutscher nahm der Resident gelassen hin, selbst wenn er sich fragte, ob Julians Aktivatorchip nicht in der Lage war, die überschäumenden Hormone zu dämpfen –, sondern weil Tiff darüber völlig vergaß, dass Zhana und ihn Welten trennten. Sie war und blieb eine Mörderin.

»Womit soll ich anfangen?«, fuhr Rhodan schroff fort und gab selbst sofort die Antwort darauf: »Bei dem, was unsere Bemühungen zurückwirft, obwohl wir keinen Tag vergeuden dürfen. Die Bedrohung ist für viele Planeten akut.«

Er sprach es nicht aus, doch er fürchtete um die Erde. Das Ara-Toxin würde seine Heimat in eine öde und tote Wüste verwandeln. Zwanzig Milliarden Menschen und Angehörige vieler Völker, die sich auf Terra wohlfühlten, würden zur überstürzten Flucht ins Ungewisse gezwungen sein, und das war noch eine der harmlosesten Folgen. Der Tod, fürchtete Rhodan, würde schlimmer wüten als jemals zuvor in der Menschheitsgeschichte.

Auf Remion waren sechs Millionen Tote zu beklagen, und das waren sechs Millionen zu viel. Allein auf Terra konnten Hunderte Millionen sterben. Sich die morbide Situation vor Augen zu führen, sobald auf der Erde die höher entwickelten Tierarten ausgelöscht wurden und Homo sapiens als Nächster an der Reihe sein würde, war so verdammt einfach. Der Resident wusste leider zu gut, welcher Kapazitäten es bedurfte, Terra zu evakuieren. Es wäre auch falsch gewesen, zu glauben, dass vor etwas mehr als einem Jahrzehnt, vor dem Hyperimpedanz-Schock, der die schnelle Raumfahrt bis heute behinderte, ein solcher Exodus leichter hätte durchgeführt werden können. Die Dekontaminierung war der Knackpunkt. Vor allem, wenn über andere bedeutende Welten zeitgleich die Katastrophe hereinbrach. Welche Frist letztlich zur Verfügung stand und über welche Kapazitäten die Quarantäneflotte der Aras verfügte, hatte Remion mit erschütternder Tragik gezeigt.

Terra stand vor dem Untergang. Und die Zeit, die blieb, diese Apokalypse vielleicht noch abzuwenden, schrumpfte unaufhaltsam.

Perry Rhodan war ein friedfertiger Mensch. Er glaubte an das Gute. Aber seit Tagen kochte ohnmächtiger Zorn in ihm auf. In Verbindung mit diesem neuen Gefühl der Hilflosigkeit war das eine fatale Mischung. Wer immer für das Ara-Toxin verantwortlich sein mochte, in Gedanken erwürgte der Terraner jene Bestie schon mit bloßen Händen.

Nein, das werde ich nicht tun. Entsetzt über sich selbst und seine überschießende Reaktion starrte Rhodan seinen Begleiter an. Sie waren beide gereizt. Daran änderte auch ihre jahrtausendelange Erfahrung nichts. Der Resident wusste das, Julian Tifflor ebenso.

»Trantipon ist tot!«, sagte Rhodan mit Nachdruck.

Pron Dockt hob abwehrend beide Hände. »Das Grundlegende wissen wir ohnehin: Der Mantarheiler hat die Wahrheit gesagt. Es gibt kein Heilmittel gegen das Ara-Toxin, und wir werden keines herstellen können. Oclu-Gnas und ich sind der Meinung, dass die Zeit für Forschungen bei Weitem nicht ausreicht ...«

Was Terra und mehreren Hundert anderen bewohnten Welten noch blieb, war eine zynische Galgenfrist.

»Ich stimme Pron Dockt zu.«

Tifflors hastig hervorgestoßener Satz schnitt eisig durch Rhodans Gedanken. Der Resident schaute den Freund forschend an, aber Tiff ignorierte nach wie vor alle Vorwürfe. Er registrierte nicht einmal, dass Rhodan nur ein Wort der Entschuldigung oder gar des Bedauerns von ihm erwartete.

»Wir beide, Perry, können den Aras nicht bei ihren Forschungen helfen«, sagte der Außenminister der LFT betont. »Ebenso wenig können wir die Zeit anhalten, geschweige denn etwas ungeschehen machen. Was wollen wir noch hier im Salida-System?«

»Herausfinden, wer den Konsortiumsleiter ermordet hat!« Rhodan holte tief Luft und stemmte sich mit beiden Händen auf die Armlehnen seines Sessels, als wolle er im nächsten Moment aufspringen. Tifflor wich seinem Blick aus und schaute an ihm vorbei, so wie auch Pron Dockt grundsätzlich jedem Augenkontakt auswich.

»Das alles hatten wir schon«, sagte Tiff abweisend. »Diese Diskussion macht weder Trantipon wieder *lebendig* noch Plob Arnoyn. Wir sind drauf und dran, Terra zu vergessen, Perry! Willst du wirklich nur einen Mörder jagen und darüber alles vernachlässigen, was dir jemals wichtig war?«

Was konnte es Dringenderes geben, als die Hintergründe des Ara-Toxins in Erfahrung zu bringen? Rhodan fühlte sich, als hätte Julian ihm soeben einen Dolchstoß zwischen die Schulterblätter versetzt.

»Die Aufzeichnungen lassen keinen Hinweis auf versteckte Informationen erkennen, die Arnoyn von Trantipon hätte erfahren können«, wandte Pron Dockt ein.

Tifflors Kinn ruckte trotzig hoch, er spreizte die Finger, aber letztlich schwieg er doch.

»Warum wurde Plob Arnoyn ermordet? Wieso von einem Gestaltwandler?«, fasste Rhodan nach.

»Vielleicht sollen wir auf einen Irrweg gelockt werden«, sagte Tifflor. »Der Borloomer sprach nur von einem falschen Konsortiumsleiter. *Falsch,* Perry, dahinter gibt es keine großen Geheimnisse, kein Wiedererstarken des legendären Tba, das nach der Macht greift. Und wenn dem so wäre, müssten wir uns wohl erst recht um Terra Sorgen machen. Hier stehen wir vor dem Nichts, Perry! Warum willst du das nicht einsehen?«

Rhodan blickte düster vor sich hin. Seine Gedanken überschlugen sich. Der Mörder des Konsortiumsleiters Plob Arnoyn war entkommen, nachdem er den Moby dazu gebracht hatte, Oyloz anzugreifen. Gab es einen besseren Beweis, dass er sehr wohl mit dem Ara-Toxin zu tun hatte?

Möglicherweise, argwöhnte Rhodan, hatte er dem Unbekannten sogar schon gegenübergestanden, dabei aber nicht gewusst, dass er nur hätte zuzugreifen brauchen, um die sich anbahnende Katastrophe aufzuhalten.

»Ich verstehe nicht, weshalb wir noch zögern müssen.« Tifflors Stimme klang ungeduldig. »Du jagst einem Phantom nach, Perry, das uns stets einen Schritt voraus sein wird. Anstatt uns noch länger mit Trantipon und Arnoyn zu befassen, sollten wir einen Evakuierungsplan für unsere Heimat ausarbeiten.«

Ein solcher Plan bedeutete, Terra aufzugeben. Schon deshalb schüttelte Rhodan stumm den Kopf.

»Du willst nicht erkennen, dass wir verloren haben, Perry. Du glaubst, dass wir mit einer Evakuierung endgültig jede Hoffnung begraben. Du hast das Gefühl, die Erde aufzugeben ...«

»Zu verraten, Julian! Im Übrigen ist die Erde ebenso deine Heimat ...«

»... die in siebeneinhalb Milliarden Jahren ohnehin zu existieren aufhören wird. Weil sie dann in der sengenden Atomhölle von Sol verbrennen muss.«

Perry Rhodan starrte sein Gegenüber entgeistert an. Er vergaß sogar darauf, was er eben noch hatte sagen wollen. Julian Tifflor war endgültig und in jeder Hinsicht über das Ziel hinausgeschossen. Ebenso gut hätte er einem Medopatienten sagen können, dass dieser in hundert, spätestens in hundertfünfzig Jahren ohnehin an Altersschwäche sterben würde und es folglich von vornherein vergebliche Mühe sei, Medikamente einzunehmen oder gar Geld für eine Operation auszugeben. Das war nicht nur Fatalismus, sondern Resignation pur.

Rhodan verstand nicht, wie er sich über zweieinhalb Jahrtausende hinweg in einem Menschen derart hatte täuschen können. Oder war es Filgris, die Tiff derart den Kopf verdreht hatte?

Mit zwei Fingern massierte er die juckende Narbe an seinem Nasenflügel und taxierte über die Finger hinweg die Ara-Frau. Er hätte sich denken können, dass ihr der Blick keineswegs verborgen blieb.

»Was Julian sagt, ist höchst vernünftig«, stellte Zhanauta fest. »Ich war nie auf Terra, trotzdem bezweifle ich keineswegs, dass eure Heimatwelt jede nur denkbare Möglichkeit bietet, um von dort aus weiterhin nach dem Urheber der Seuche zu suchen. Permanent Kontakt zu den anderen bedeutenden Welten zu halten, dürfte nicht schwerfallen.«

»Auf Terra steht uns ein eingespielter Apparat zur Verfügung«, versetzte Tifflor. »Bislang stochern wir doch nur im Nebel und hoffen auf ein Wunder. Aber hoffen ist zu wenig. Wir müssen handeln!«

Rhodans Unbehagen wuchs.

»Ich stimme den beiden zu, Resident«, wandte Pron Dockt ein. »Lordmediker Oclu-Gnas meint ebenfalls, dass es besser wäre, neue Ansatzpunkte aufzunehmen. Wir müssen uns der Tatsache stellen, dass wir mit unseren Bemühungen bislang gescheitert sind.«

»Aufgeben?«, fragte der Resident ungläubig. »Wir sollen klein beigeben und einige Hundert Welten und Milliarden intelligenter Lebewesen ihrem Schicksal überlassen?«

Mit jedem Wort war er lauter geworden. Ruhe und Besonnenheit, die ihn sonst auszeichneten, zählten nicht mehr. Sie waren, wenn Rhodan es recht bedachte, ebenso irrelevant geworden wie ethische Vorgaben.

»Niemand spricht von aufgeben«, sagte Tifflor. »Es geht nur darum, andere Ansätze zu verfolgen! Weil wir wissen, dass es keine Hilfe gegen das Ara-Toxin gibt.«

Rhodan erhob sich. Einen Moment lang sah es so aus, als wolle er Pron Dockts Quartier verlassen, dann fuhr er abrupt auf dem Absatz herum. Er schüttelte den Kopf.

»Tiff, ich weiß nicht, was in dich gefahren ist ...« Er redete ungewöhnlich laut, die Erregung war ihm deutlich anzumerken. »Gibt es irgendwelche Werte, die für dich noch von Bedeutung sind?«

Rhodan wusste, dass er ungerecht reagierte und seine Vorwürfe bei näherer Betrachtung unhaltbar waren. Aber durfte er nicht auch einmal ungerecht reagieren?

Mit beiden Händen fuhr er sich unter den Kragen und riss den Magnetsaum auf. »Hier schlägt mir so viel Selbstgerechtigkeit entgegen, dass ich bald keine Luft mehr bekomme. Aber ich gebe nicht auf. Vor allem bin ich überzeugt davon, dass wir eine Spur finden können, der es sich zu folgen lohnt. Es hat stets irgendeine Spur gegeben ...« Mit jedem Wort war er lauter geworden. »Tiff, was ist ...? Pron Dockt?« Zhanauta Filgris fragte er gar nicht.

»Ich für meinen Teil habe alles in meiner Kraft Stehende versucht«, sagte der Ara-Wissenschaftler, als rede er im Selbstgespräch.

»Und?«

»Ich wäre froh, Resident, wenn ich endlich aus deiner Abhängigkeit entlassen würde. Ich fühle mich an Bord dieses Schiffes nicht wohl.«

»Du willst auf deine Welt zurück?«

Pron Dockt zögerte einen Moment, dann nickte er schwach.

»Was würdest du sagen, falls sich herausstellte, dass deine Heimat ebenfalls mit Ara-Toxin kontaminiert wäre? Wenn du voraussehen könntest, dass in einem oder zwei Monaten alles Leben dort auf grausame Weise umgewandelt wird und erlischt?«

Pron Docktѕ Zusammenzucken zeigte seine Betroffenheit. Er starrte den Terranischen Residenten aus weit aufgerissenen Augen an, irritiert, wie es schien, aber trotz allem mit glasigem Blick. Als sei er soeben aus einem Traum aufgeschreckt worden und habe Mühe, sich in der Wirklichkeit zurechtzufinden. Aber schon drohte er wieder in diesen Traum abzugleiten, der so viel angenehmer war, als dem Schrecken ins Auge sehen zu müssen.

»Was wird geschehen, falls das Ara-Toxin mutiert?«, fasste Rhodan unbarmherzig nach. Ihm wurde zugleich klar, dass er den Ara quälte, dass er selbst nicht viel anders reagierte, als Tifflor es getan hatte. Pron Dockt war psychisch angeschlagen, und er, Rhodan, wühlte in dessen Wunde. Weil er keinen anderen Weg wusste.

»Wer sagt, dass diese biologische Waffe nicht bald einen Weg finden wird, sich ohne äußeres Zutun zu verbreiten? Dass sie Raumschiffe als Vehikel für ihre Verbreitung nutzt? Oder dass sie sich als Energiequant an Funksprüche anhängt? Dann haben wir eine Pest am Hals, die unsere Galaxis auslöschen wird. Kein Leben mehr, Pron Dockt, nur ein unüberschaubares Heer planetengroßer tumber Kreaturen. Mobys, Pron Dockt, und in einem davon vielleicht sogar dein Bewusstsein gefangen. Falls du das Pech hattest, der Umwandlung zum Opfer zu fallen. Falls nicht ...«

»Hör auf!« Der Ara hatte die Hände hochgerissen und verkrampfte die extrem schlanken Finger um seinen Schädel, bohrte sie geradezu in die Eindellungen der Schädeldecke, als empfinde er unsagbare Schmerzen. »Ich habe nichts damit zu tun ...« Ein Zittern durchlief den schmächtigen Körper.

»Aber Oclu-Gnas und du, ihr könnt es schaffen, Spuren zu finden, davon bin ich überzeugt«, sagte Rhodan zuversichtlich und in einem Tonfall, der schon wieder besänftigend klang. »Was ist mit dir, Tiff? – Zhana?«

Nach wie vor standen nur Begriffe im Raum und niemand wusste, was das verdammte Ara-Toxin tatsächlich war, das angeblich viele Welten der Milchstraße verseuchte. Ganz zu schweigen davon, wer diesen Stoff verbreitet hatte. Vor allem: warum? Ging es nur darum, die wichtigsten raumfahrenden Völker auszuschalten?

Rhodan glaubte nicht, dass das Schicksal eine derart banale Antwort bereithielt.

Währenddessen ging das Leben jedoch weiter, als hätte es eine Welt namens Remion und ihre Bewohner nie gegeben. Ein Staubkorn weniger in der endlosen Wüste von Raum und Zeit – ein Staubkorn, dessen Fehlen nur in allernächster Nähe auffiel. Und auch nur für wenige Momente. So vergänglich war das Leben.

Jetzt, in dieser Sekunde, starben womöglich auf den ersten dicht besiedelten Welten die einzelligen Lebewesen. Das Sterben weitete sich aus, griff schneller um sich, erfasste Mollusken, kleine Amphibien, sprang auf die Flora über und schließlich, als vorläufig letztes Glied der planetengebundenen Evolutionskette, auf intelligente Insekten, Echsenwesen und Säuger. Auf Menschen, Blues, Umweltangepasste ...

Ein Hauch von Bitterkeit hatte sich in Julian Tifflors Gesicht eingegraben, der stumme Vorwurf, dass Rhodan in den letzten Minuten sehr viel Porzellan zerschlagen hatte. Vor allem die Rüge, dass der Resident den Ara unter Druck gesetzt hatte. Ob bewusst oder nicht, Rhodan hatte versucht, Pron Dockts angeborene Schwäche auszunutzen.

Wie verträgt sich das mit deiner Einstellung?, fragte Tifflors Blick. Weder zynisch, noch mit unverhohlener Genugtuung, sondern einfach nur interessiert.

Seit ihrer Entführung wurden sie mit immer neuen Abgründen konfrontiert, die unter dem Deckmantel der Forschung verborgen lagen. Aber hatte das nicht jeder gewusst? Spätestens, seit die Menschheit des Planeten Erde die ersten Schritte hinaus in die Milchstraße gewagt hatte. Die Aras hatten einmal als die Janusköpfe der galaktischen Medizin gegolten. Weil sie nicht davor zurückgeschreckt hatten, friedliche Welten mit Seuchen zu überziehen und anschließend für die wohlfeile Hilfe abzukassieren.

Ja – diese hartnäckig sich haltenden Vorurteile entbehrten keineswegs einer Grundlage.

Nein – es war falsch, ein Volk über einen Kamm zu scheren. Es gab unter den Aras ebenso schwarze Schafe, wie es sie bei den Arkoniden, bei Akonen, Springern, Blues, Tefrodern und Terranern gab. Kein Volk war vor kriminellen Elementen sicher, selbst dann nicht, wenn es im Schlaraffenland lebte. Neid und Machtgier waren die Triebfedern solcher Entwicklungen. Sobald Aras zu den treibenden Kräften gehörten, wurde all das nur ungleich fokussierter wahrgenommen. Weil Ara-Mediziner und Wissenschaftler mit dem Leben spielten und stets von Neuem Grenzen überschritten und versetzten, die über Generationen hinweg als unantastbar gegolten hatten.

Rhodan gab sich einen Ruck. Dass er verbissen reagierte, war ihm klar geworden. Trotzdem wollte er nicht zusehen müssen, wie nach und nach die bedeutendsten bewohnten Welten der Milchstraße einer entsetzlichen Metamorphose unterworfen wurden.

»Du glaubst, zum Verwalter des Todes zu werden, sobald du auf Terra Evakuierungsmaßnahmen einleitest«, bemerkte Tifflor frostig. »Das ist das Letzte, was du ertragen würdest. Fragst du dich, wie lange ist es her, dass unsere Heimat durch den Schlund im Mahlstrom stürzte und entvölkert wurde? Du wirst es niemals zugeben, Perry, aber eine Erde ohne Menschen ist für dich zum Trauma geworden.«

Vielleicht hatte Tifflor ihn durchschaut, Rhodan hätte das in dem Moment selbst nicht zu sagen vermocht. Ihm war nur erschreckend deutlich bewusst, mit welchem Chaos eine Evakuierung die Erde überziehen würde. Wie viele Menschen konnten die Entseuchung in der zur Verfügung stehenden Zeit durchlaufen? Wer wählte die Glücklichen aus, wer entschied über Leben oder Tod jedes Einzelnen? Und wo würden die Überlebenden endgültig in Sicherheit sein?

Rhodan ignorierte Julian Tifflors Frage. Weil sie nicht relevant war.

»Wenn du glaubst, dass deine Entscheidung die einzig richtige ist, Tiff, dann fliege mit Zhana zur Erde«, sagte er anstelle einer Antwort. »Kurzfristig rettest du vielleicht einige Milliarden Menschen. Aber du gibst damit hundert andere Welten und ihre Bewohner dem

Untergang preis. Dessen musst du dir ebenfalls bewusst sein.«

Er wandte sich an Pron Dockt: »Wie viele Quarantäneraumer stehen zur Verfügung?«

Der Ara zögerte, dann schluckte er schwer. »Du weißt es, Resident«, sagte er tonlos.

»Ich weiß vor allem, dass erbitterte Kämpfe um diese wenigen Schiffe entbrennen werden, sobald die Auswirkungen des Ara-Toxins zutage treten. Wer kann sagen, wann und wo der nächste verseuchte Planet in die Mobyphase eintritt?« Rhodan machte eine bedeutungsvolle Pause. Nur wenige Sekunden waren es, in denen er seine Auseinandersetzung mit Julian bereute. Laut zu werden, hatte nie Argumente ersetzen können. »Keineswegs nehme ich bewusst den Tod vieler Menschen in Kauf«, fuhr er eindringlich fort. »Ich bin jedoch überzeugt, dass wir nur eine einzige Chance haben, das Ara-Toxin aufzuhalten: Wir müssen Plob Arnoyns Doppelgänger finden!«

»Es gibt keine Möglichkeit, die biologische Waffe zu neutralisieren!«

Rhodan fuhr sich mit beiden Händen über das Gesicht. Ihm war anzusehen, dass er genau das nicht akzeptieren wollte.

»Wer immer für das Ara-Toxin die Verantwortung trägt, er wird sich eine Hintertür offen gehalten haben. Alles andere wäre Wahnsinn«, behauptete er.

»Das gilt natürlich nur, wenn der Betreffende unsterblich oder zumindest sehr langlebig wäre«, wandte Zhana ein. »Wer die üblichen 150 Jahre zu leben hat, kann seinen Triumph und seine Macht voll auskosten. Was danach geschieht ...« Sie machte eine wegwerfende Geste.

Zhanauta Filgris glaubte an Rache als Motiv. Das hatte Rhodan ebenfalls in Erwägung gezogen, doch brachten ihn solche Überlegungen momentan keinen Schritt weiter.

Der Resident schaute Tifflor auffordernd an. »Du musst dich entscheiden! Für einen halbherzigen Evakuierungsversuch oder dafür, diesen Wahnsinn zu stoppen, bevor er außer Kontrolle gerät.«

»Ich bleibe«, sagte der Minister halbherzig.

Rhodan nahm die Entscheidung schweigend zur Kenntnis.

»Damit hast du wieder zwei vertrauenswürdige Freunde an deiner Seite«, stellte Zhana emotionslos fest. »Und nun ...?«

»Das Fluchtraumschiff ist im Konchols-Gebirge gestartet – jemand muss sich endlich dort umsehen!«

Rhodan schaute auf sein Armband-Chronometer. Der 4. Juli neigte sich mit Riesenschritten dem Ende entgegen. Die Zeit lief ihm davon.

MANCHMAL HASSTE LAMOS OZWACH DIESE WELT aus Stahl, und immer dann erschien sie ihm wie ein riesiges Gefängnis. Alle, die hier lebten, waren Gefangene – sie wussten es nur nicht oder wollten die Tatsache einfach nicht wahrhaben. Solange seine Geschäfte ausnehmend guten Profit erbracht hatten, war Ozwach ebenfalls geneigt gewesen, diese Erkenntnis und seine wachsende Sorge zu verdrängen. Seit geraumer Zeit verschlechterte sich jedoch die Ertragslage.

Allerdings hasste Lamos Ozwach den Weltraum noch mehr. Wie ein eisiger Ozean erschien ihm die unendliche Weite, und mittlerweile fürchtete er sich sogar davor, dieses lautlose, tückisch unbewegte Meer jemals wieder durchqueren zu müssen. Das war längst eine Phobie geworden. Der Zwang wuchs, sich nur noch den Geschäften zu widmen, immer mehr an sich zu raffen, wie ein Ertrinkender nach jedem noch so dünnen Ast greift. Als Bündel mochten diese Äste stark genug sein, ihn zu tragen.

Wohin hätte er sich auch wenden sollen? Sein Kontor auf der Trümmerbrücke und die kleinen Rekrutierungsbüros in einigen gut frequentierten Sonnensystemen, das war alles, was er sich aufgebaut hatte. Dass Ghorda und die Zwillinge sich in der Trümmerbrücke wohlfühlten, behagte ihm seit geraumer Zeit auch nicht mehr. Ihre Nähe fesselte ihn, raubte ihm die Luft zum Atmen, nahm ihm die Möglichkeit, sich zu vergnügen. Jetzt war noch Zeit dafür, aber sein Alter machte sich schon bemerkbar. Lamos Ozwach fühlte, wie ihm die Jahre zwischen den Fingern zerrannen.

Die Zwillinge Tonna und Broschg kannten nur die Trümmerbrücke, vor zehn Jahren waren sie hier geboren worden. Und die beiden Mädchen, sechs und fünf Jahre alt, waren noch zu jung für einen eigenen Willen. Anders Ghorda. Immer öfter fragte Lamos sich, warum sein Weib nicht zurück wollte. Er wäre froh gewesen, die große, starke Ghorda und die Kinder endlich loszuwerden; sie waren ihm ein Klotz am Bein.

Wenn Lamos Ozwach je eine vertragliche Bindung eingegangen war, deren Gestaltung er im Nachhinein bereute, dann war das sein unbefristeter Vertrag für das Zusammenleben mit Ghorda. *Unbefristet* ... Anstatt die Tragweite abzuschätzen, hatte er sich von Ghordas Kapital blenden lassen.

Langsam schaute Lamos sich in seinem geräumigen Kontor um. Seit etwas mehr als zehn Jahren war das hier seine Welt, sein Zuhause. Die kahlen Stahlwände gaben ihm das Gefühl, sich mit einem schützenden Panzer umgeben zu haben. Er musste nichts an sich heranlassen, was ihm suspekt erschien und was er nicht haben wollte.

Fast nichts, berichtigte er sich und raufte sich den aufwendig geflochtenen Bart. Kräftig und düster rot hingen die Zöpfe von seinem Kinn bis weit auf die Brust. Nicht mehr lange und er würde die beiden äußeren in locker hängenden Schlaufen an den Schultern befestigen können, als unübersehbares Symbol seiner Stärke. Ob er es wollte oder nicht, Kaiser Anson Argyris war stets sein Vorbild gewesen ...

Ein heller Ton hing in der Luft. Lamos Ozwach hörte auf, sich das Kinn zu kratzen. Angriffslustig hob er die Schultern und reckte den Kopf nach vorn. Terraner hatten ihn einmal stiernackig genannt, und er empfand diese Bezeichnung als Kompliment, nachdem er diese gehörnten, bulligen, ausdauernden Tiere in einem Kristallspeicher gesehen hatte. Was aus den Terranern geworden war, die sich bei ihm mit einer erquicklichen Menge eines Liquitiv-Derivats eingedeckt hatten, entzog sich seiner Kenntnis. Das war ihm auch schlicht egal, solange ihre Spur nicht zu ihm und seinen Zulieferern zurückverfolgt werden konnte, und dafür hatte er bestens gesorgt.

Der Ton wiederholte sich, klang jetzt schon drängender.

»Was ist los?«, fauchte Ozwach. Er erhielt keine Antwort.

Erst da entsann er sich, dass er den Servo abgeschaltet hatte, um gänzlich ungestört zu bleiben. Der helle Meldeton hätte demnach gar nicht sein dürfen; nur wenn jemand einen Vorrangkode einsetzte ... Lamos kniff die Augen zusammen und legte die Stirn in Falten. Für einen Moment war er sich selbst unschlüssig, dann setzte er den Servo in Betrieb.

»Eine Nachricht über Hyper-THAU, Herr!«, meldete die Positronik. »Höchste Priorität!«

»Durchstellen!« Ozwach erschrak über das Vibrieren in seiner Stimme. Es verriet Unsicherheit, und genau eine solche Regung durfte er keinesfalls erkennen lassen. Höchste Priorität – das konnte nur bedeuten, dass der Gelau sich meldete.

Der Gelau! In der Umschreibung hieß das so viel wie *Wichtigtuer*. Die Bezeichnung, die sich schon vor Jahrzehnten eingebürgert hatte, lange bevor Ozwach sein Kontor übernommen hatte, war abfällig gemeint. Lamos glaubte indes, dass jene THAU-Händler, die diesen Namen aufgebracht hatten, damit nur ihre unterschwellige Furcht hatten kaschieren wollen.

Auf gewisse Weise war das noch heute so. Niemand kannte den Gelau, keiner hatte ihn je zu Gesicht bekommen. Er war der große Unbekannte, der aus dem Hintergrund agierte und die Fäden stets zum Wohl der Trümmerbrücke zog, Finanzier der Handelsstation und zugleich Hauptanteilseigner.

»Es gibt keinen anhaltenden Funkkontakt, Herr«, antwortete der Servo. »Lediglich eine Nachricht wurde übermittelt. Soll ich den Text projizieren?«

Ozwach ärgerte sich über die gefühllose Maschine. Er würde sie so bald wie möglich durch einige gut gebaute Frauen ersetzen, die ihm mehr fürs Auge boten, und nicht nur das. Aber vorerst stand dem noch Ghordas erdrückende Nähe entgegen.

»Ausdrucken!«, schnaubte der Händler. Was wollte er mit einer reinen Holoprojektion, an der er seinen Zorn nicht auslassen konnte, falls ihm der Text missfiel? Er war sich ohnehin bewusst, dass er nichts, aber auch gar nichts an dem ändern konnte, was der Gelau verlangte. Schon darüber zu diskutieren, hätte einen Aufstand bedeutet.

»Die Druckfolie liegt vor, Herr!«

Ozwachs Miene war verhärtet, als er zu der Ausgabekonsole ging. Das Blatt lag obenauf. Er überflog den Text mit einem einzigen raschen Blick, bevor er das Stück Folie aufnahm.

Kodiert, stellte er fest. Nur für die THAU-Händler der Trümmerbrücke bestimmt.

Aber schlecht kodiert.

Lamos wandte sich schon seiner Datenkonsole zu, um die Dechiffrierung vorzunehmen, als er verwundert feststellte, wie schlecht der Kode war. Es kostete ihn kaum Mühe, das Konglomerat der Schriftzeichen und Symbole in Klartext umzusetzen.

Vorübergehend glaubte er an ein Fake. Jemand machte sich ein Vergnügen daraus, die Geschäfte auf der Trümmerbrücke für einige Tage durcheinanderzubringen. Ein verdammt durchsichtiger Versuch, wenngleich … Ozwachs Blick blieb an der Signatur hängen. Sie war fälschungssicher und stammte eindeutig vom Gelau.

Trotzdem lächelte Ozwach in dem Moment. Stets hatte er den großen Eigner im Hintergrund als unfehlbare Eminenz angesehen, doch diese Nachricht über Hyper-THAU war banal bearbeitet. Der Geheimnisvolle machte also Fehler. Gut, das zu wissen, darauf konnte er sich einstellen.

Noch einmal überflog Lamos den knapp gehaltenen Text, dann legte er die Folie nachdenklich zur Seite. Wenn er richtig vermutete, standen bedeutungsvolle Ereignisse bevor. Für die Trümmerbrücke und damit für das THAU-Konsortium.

Der Gelau kündigte allen Händlern an, dass er in den nächsten Tagen persönlich in der Station erscheinen würde, um »gewisse Erfordernisse« zu regeln. Das war eine ebenso weitgefasste wie beklemmend wirkende Umschreibung. Vor allem würde der Geheimnisvolle seine Identität lüften müssen.

In dem Moment hätte Ozwach keinesfalls zu sagen vermocht, ob er das als gut oder schlecht einschätzte. Er argwöhnte jedenfalls, dass dieses überraschende Zusammentreffen mit dem Gelau mit grundsätzlichen Dingen verbunden sein musste und dass er in diesem speziellen Fall nicht umhin kam, sich mit den anderen größeren Händlern des THAU ins Einvernehmen zu setzen. Obwohl er den Kontakt zu seinen Konkurrenten so weit wie möglich vermied. Aber sie hatten die Nachricht ebenfalls erhalten. Vielleicht meldete sich sogar einer von ihnen. Lamos entschied sich, abzuwarten und die Nerven zu bewahren. Gewissermaßen war dies wie der Wettlauf um einen guten Absatzmarkt oder ein neues Produkt. Wer sich bedeckt hielt, hatte die besten Chancen, der Aufmerksamkeit seiner Mitbewerber zu entgehen. Etliche Handelssegmente waren im 14. Jahrhundert Neuer Galaktischer Zeitrechnung längst zu einer Art psychologischem Kriegsschauplatz geworden. Harte Verdrängung hatte die Innovation ersetzt, und das THAU-Konsortium war einst gegründet worden, um knallharte Vorteile für dessen Anteilseigner zu sichern. Aber einige THAU-Händler gönnten den anderen die Luft nicht mehr, die sie atmeten.

Kam der Gelau, um die brüchig gewordene Einheit wieder zusammenzuschweißen?

Springer-Patriarchen waren immer Individualisten gewesen. Wer das ignorierte, würde eines Tages die Rechnung dafür präsentiert bekommen. Es war Lamos egal.

Seit Jahren bereitete er sich darauf vor, den anderen den Rang abzulaufen. Er konnte warten. Und er glaubte, den richtigen Zeitpunkt erspüren zu können.

Bald ...

Zwei Stunden waren vergangen, seit der Gelau sein Eintreffen avisiert hatte, aber noch schwiegen die anderen THAU-Händler. Lamos Ozwach fragte sich bereits, ob dies die Gelegenheit war, den Führungsanspruch an sich zu reißen. Jemand musste die Interessen aller bündeln.

Nachdenklich blickte er die beiden Hologramme an, die vor ihm über der Konsole schwebten. Eines zeigte Ghorda zu der Zeit, als sie sich auf der Trümmerbrücke begegnet waren: eine füllige Schönheit mit dichtem rotem Haar, verlockenden Augen und kantigen Zügen, die Willensstärke verkündet hatten. Daneben Ghorda heute, das Haar strähnig, der Blick matt, und auf den Knochen mehr schwabbeliges Fleisch, als es selbst für einen Springer noch begehrenswert war. Mit den Jahren war sie ungezählten anderen Frauen ähnlich geworden, aber damals ... Lamos entsann sich Ghordas manchmal peinlich anmutender Blicke, mit denen sie Händler und Kunden gleichermaßen herausfordernd taxiert hatte. Es war ihm egal gewesen. Ihr Kapital und ihre Reize hatten seine Sinne umnebelt.

Mit einer ärgerlichen Handbewegung wischte Ozwach die Holodarstellungen beiseite. Fast spürte er ein wenig Genugtuung, als Ghordas fettes Konterfei verwirbelte. Er warf sich in seinem Sessel zurück, knallte die Hacken auf die Konsole und starrte die nackte Stahlwand an.

»Du willst die großflächige Bilddarstellung sehen, Herr?«, schnarrte die Stimme des Raumservos.

»Nein!«, fauchte Ozwach. »Verschone mich damit!«

»Den Weltraum ...?«

»Verdammt – nein!« Der Springer packte den nächstbesten Gegenstand in seiner Reichweite, es war ein Spuckstein, und schleuderte ihn in Richtung der Manuelleinheit. Allerdings verfehlte er den Servo um ein beachtliches Stück.

Der Anblick des Weltraums bereitete ihm Übelkeit. Er empfand dann das quälende Gefühl, in eine endlose Tiefe zu stürzen, immer nur zu fallen. Wie gut, dass sein Kontor nahezu im Mittelpunkt des stählernen Kolosses lag, zwar am Übergang vom Trümmersteg zu Pfanne Zwei, aber doch gut geschützt. Hier durfte er sich sicher wähnen, denn nicht einmal die Explosion eines Frachters konnte die Innenräume gefährden.

Die Erinnerung drängte sich ihm wieder auf.

Als er Ghorda begegnete, war er ein auf der Trümmerbrücke gestrandeter Raumfahrer gewesen, heimatlos, aber vor Ideen sprühend. Ghorda hatte ihm das Kapital gegeben, mit dem er sich auf der Station des THAU-Konsortiums einkaufen konnte. Eine beachtliche Summe hatte er auf den Tisch legen müssen. Damals war er dem Schicksal dankbar gewesen, das ihn mit Ghorda zusammengeführt hatte. Heute bereute er, dass er herzlich wenig über ihre Vergangenheit gewusst hatte. Eigentlich war ihm nur bewusst gewesen, dass sie einem angesehenen Patriarchengeschlecht entstammte, das über Dutzende großer Walzenraumer und beste Geschäftsbeziehungen verfügte. Gesehen hatte er jedoch nie eines dieser Schiffe.

Ghorda, führte er den Gedanken fort, hatte ihn von Anfang an belogen. Damals hatte ihn die Wahrheit nicht interessiert, weil er sich mit der Beteiligung am Konsortium seinen Traum erfüllen konnte.

Mittlerweile sah seine Welt jedoch anders aus. Er gehörte zum THAU-Konsortium und hatte sich seinen Stand schwer erkämpft. Auch ohne eigene Raumschiffe. Die würde er ohnehin nie haben. Früher hatte ihm ein Flug quer durch die Galaxis nichts ausgemacht – heute würgte ihn schon der Gedanke daran. Die Trümmerbrücke war seine Heimat geworden, Hyper-THAU ermöglichte ihm alle geschäftlichen Kontakte. Nur Ghorda und ihre Sprösslinge schnürten ihm langsam, aber sicher die Luft ab. Ghorda hatte sich in den wenigen Jahren zu ihrem Nachteil verändert und war nur noch ein Abklatsch ihrer selbst. Nicht mehr begehrenswert. Obwohl Lamos manchmal glaubte, in ihren Augen wieder das Verlangen von einst zu sehen.

Inzwischen interessierte er sich brennend für Ghordas Vergangenheit. Wenn er es schaffte, den Vertrag für ihr Zusammenleben ohne jegliche Entschädigungszahlung zu annullieren, würde dies das Geschäft seines Lebens sein.

Die ersten Nachforschungen hatte er vor Monaten eingeleitet. Es gab die Kantarch-Sippe, und die Schiffe des Patriarchen operierten nahezu ausschließlich in galaktischen Randgebieten. Nur ein Sippenmitglied namens Ghorda ... bislang Fehlanzeige.

Vielleicht, argwöhnte Lamos, war sein Weib eine Ausgestoßene. Er war sich fast sicher, dass ihre Sippe sie wegen eines schweren Vergehens verstoßen hatte. Lepso war ein Sammelbecken für gestrauchelte Existenzen –

dieser Gedanke ließ ihn nicht mehr los, seit vor einigen Nächten Ghordas Stöhnen ihn aufgeweckt und sie im Schlaf von Orbana geredet hatte.

Orbana war die Hauptstadt des Planeten Lepso. Verewigt zudem in der Nationalhymne der Freihandelswelt. *Orbana, du Schöne, Hüterin verborgener Schätze, Mantel und Schild den heimlich Liebenden* ... Lamos lachte dröhnend, und zugleich ballte er verbittert die Hände.

Ghorda, das stand für ihn so gut wie fest, und ihm fehlten nur noch die abschließenden Bestätigungen, hatte die Hälfte ihres Kapitals aus mehreren Eheverträgen gezogen. Mit mindestens drei wohlhabenden Händlern war sie innerhalb weniger Jahre liiert gewesen – und sie hatte diese Männer ausgenommen wie eine Ladung Sternenfische. Warum ihm dieses Schicksal bislang nicht zugestoßen war, wusste er nicht. Aber er war gewarnt und hatte zudem die Möglichkeit, seinem Weib zuvorzukommen.

Die zweite Hälfte von Ghordas Kapital, dessen war er sich schon so gut wie sicher, stammte von Lepso. Als Ausgestoßene hatte sie ihren Körper verkauft und sich Tausenden schmieriger Raumfahrer hingegeben – und ihm das Märchen von der reichen Sippe aufgetischt. Damit hatte Ghorda auch seine Ehre in den Schmutz getreten. Wenn es ihm gelang, das nachzuweisen, würde kein Ehrengericht einen Vermögensausgleich verlangen. Dann durfte Ghorda sich bereits glücklich schätzen, wenn sie eine geringe Leibrente zugesprochen erhielt.

Ozwachs Lachen wurde zum prustenden Triumph. Mit beiden Händen fuhr er durch sein wallendes Haupthaar, das sich an den Schläfen schon lichtete und ihn jeden Tag von Neuem daran erinnerte, dass er nicht ewig jung bleiben würde. Zeit und Kraft, die er in den Aufbau des Kontors gesteckt hatte, hatten ihn übersehen lassen, dass es außerdem andere Dinge gab, die das Leben lebenswert machten. Sogar auf einer einsamen Insel im endlosen Ozean des Nichts.

Er verschränkte die Hände hinter dem Kopf und lehnte sich wieder im Sessel zurück. Minutenlang versuchte er, an gar nichts zu denken und nur die Stille des schallisolierten Büros zu genießen.

Ein Räuspern fraß sich durch seine Konzentration.

Träge blinzelte er in das Halbdunkel. Der Servo hatte auf seine entspannte Haltung mit einer Reduzierung der Lichtstärke reagiert. Nun wurde die Beleuchtung schlagartig wieder heller.

»Die beiden Arbeitskräfte, Herr«, wisperte die Positronik.

»Hier?« Lamos fuhr hoch. »Niemand soll erfahren ...« Er unterdrückte den aufwallenden Zorn sofort wieder, als sich zwei Hologramme aufbauten – leuchtende mannshohe Säulen, jede fast zwei Meter durchmessend. Beide erschienen ihm wie von flirrendem Licht erfüllt, aber die Wiedergabe ließ nicht erkennen, wo die Aufnahmeoptik stand. Alles ringsum war ausgeblendet. Irgendwo im Bereich des Trümmerstegs, dort, wo sich Lagerhallen und Maschinenanlagen zu einem unüberschaubaren Labyrinth vereinten, fand das Treffen statt.

Das grelle Flirren stammte von den Störfeldern, die ein Anmessen der Verbindung verhinderten. Keiner der anderen Händler hätte in dem Moment Rückschlüsse ziehen und den angesehenen Lamos Ozwach mit unsoliden Machenschaften in Verbindung bringen können.

Er lieferte den Aras zu. Vielleicht war er der Einzige auf der Trümmerbrücke, der diese Chance nutzte, ein stetes Nebeneinkommen zu generieren. Darüber hinaus jonglierte er mit unterschiedlichsten Schiffstonnagen; aber das befriedigte ihn nicht und gab ihm nicht das Gefühl, alles Machbare erreicht zu haben. Warentransfers allein waren keine Herausforderung mehr, seit sich immer mehr raumfahrende Völker die galaktischen Märkte teilten. Das wirklich große Geld brachten die Nischenprodukte, der Handel mit dubiosen Medikamenten, Drogen und Organen. Längst nicht jeder Schwerkranke war in der Lage oder gewillt, sich genetische Nachzüchtungen zu leisten. Natürliche Transplantate wurden in allen Bereichen nachgefragt, und zumindest gewisse Mantarheiler interessierte es nicht, woher die Rohstoffe kamen, mit denen sie ihren Patienten zu einem neuen sorglosen Leben verhelfen konnten. Auch der Handel mit Informationen war zu einer nicht zu unterschätzenden Einnahmequelle geworden; der Markt in diesem Segment war unersättlich ...

In den Lichtsäulen verdichteten sich zwei Schatten. Unterschiedliche Körperform, registrierte der Springer. Er war gespannt auf die Verrückten, die von seinen Robotern in einem der Magazine aufgespürt worden waren. Beide hatten sich an zwischengelagerten Nahrungsmitteln vergriffen und dem ihnen angebotenen Handel sofort zugestimmt. Keine Bestrafung, stattdessen sogar ein gutes Geschäft in Aussicht, vorausgesetzt, dass sie sich den Aras auf Jaimbor für einige Untersuchungsreihen zur Verfügung stellten.

Im Grunde seiner Seele verachtete Lamos Ozwach Intelligenzen, die sich selbst mit Tieren auf eine Stufe stellten. Wer das fertigbrachte, musste sich auch nicht darüber wundern, dass er tatsächlich wie ein Tier behandelt wurde. Material für Tierversuche hatte immer in ausreichender Menge zur Verfügung gestanden.

Andererseits, und das verstand Ozwach auch als Laie, musste es entsprechende Studien geben. Versuche an animalischen oder gezüchteten Zellkulturen waren nur bis zu einem gewissen Punkt aussagekräftig, ein komplexer Organismus mit seinen vielfältigen Wechselwirkungen erlaubte weitaus diffizilere Feststellungen.

Seine Verachtung ließ er sich nicht anmerken, als in einer der Lichtsäulen ein echsenähnliches Geschöpf Gestalt annahm. Ein Topsider, erkannte Lamos. Die großen beweglichen Kugelaugen im oberen Bereich des breitgedrückten schuppenhäutigen Schädels schienen ihn eindringlich zu fixieren. Irgendeine Regung konnte der Händler aus der starren Mimik jedoch nicht herauslesen.

Das andere Wesen war ein Gurrad, ein Novum für ihn. Die humanoide Gestalt wirkte sehr kräftig. Auch der Gurrad musste sich bereits mehrere Wochen lang im Trümmersteg aufgehalten haben. Ozwachs Recherchen hatten lediglich fünf Schiffe ergeben, mit denen die beiden gekommen sein konnten. Wenn er es richtig sah, hatten sie nur mit einem Minimum an Flüssigkeit und Nahrungskonzentraten die Zeit überstanden.

Die rote Löwenmähne des Gurrads war verfilzt, aber sogar in dem Zustand noch imposant. Ozwach versuchte sich vorzustellen, wie diese üppige Haarpracht zu Zöpfen geflochten wirken würde. Fast beneidete er sein Gegenüber deshalb, und er fragte sich, wie lange der Gurrad schon den Rückweg in seine Heimat suchte.

Nach der Erhöhung der Hyperimpedanz waren die Magellanschen Wolken nicht mehr ohne Weiteres erreichbar.

»Mein Roboter hat euch informiert«, stellte Lamos Ozwach ohne jede Vorrede fest. »Gibt es dazu noch Fragen?«

Der Gurrad zog die Lippen zurück und entblößte sein kräftiges Gebiss. Der Topsider schüttelte in einer überraschend lemuroid anmutenden Geste den Kopf.

»Gut.« Ozwach lachte verhalten. »Ich akzeptiere eure Situation, obwohl ich jeden Diebstahl aufs Schärfste verurteile. Wo kämen wir hin, wenn niemand mehr Achtung vor fremdem Eigentum hätte?«

Er fragte nicht nach ihren Namen, denn Namen verwehte schon der schwächste Wind. Sich mit Namen von Versuchsobjekten zu belasten, hätte bedeutet, sehr schnell großen Ballast anzuhäufen. Unnötigen Ballast. Wer fragte später schon danach, sobald das Geschäft abgewickelt war? Das hatte er bislang nie erlebt.

»Habt ihr Hunger? Durst?«

Ozwach sah beiden an, dass sie mit Heißhunger über jede noch so karge Mahlzeit hergefallen wären. Trotzdem waren sie zu stolz, ihn darum zu bitten.

»Ich lasse niemanden verhungern oder verdursten, der in Not geraten ist. Egal, ob er sich sein Schicksal selbst zuzuschreiben hat oder außergewöhnlichen Umständen. Gut. Mein Roboter wird euch mit dem Nötigsten versorgen. Gibt es jemanden, der informiert werden soll?«

Der Gurrad riss die Augen weit auf. Für einen Moment glaubte Lamos Ozwach, grenzenlose Trauer in diesem Blick zu sehen.

»Niemand«, antwortete der Löwenmähnige. »Danke für das Angebot.«

»Das ist wohl das Mindeste, was ich tun kann.« Eine Floskel war das. Sie kam Ozwach leicht über die Lippen. »Euer Abflug von der Trümmerbrücke ist arrangiert«, stellte er dann fest. »In zwanzig Stunden bringt euch ein Zubringer zu einem Medoschiff, das Kurs auf Jaimbor nehmen wird. Jaimbor ist eine schöne Welt ...«

Der Topsider verdrehte die Augen. Ein gequältes Stöhnen drang über seine Lippen. Sekunden später krümmte er sich vornüber, aber schon griff der hinter den beiden wartende Roboter zu und fing den schlaff in sich zusammensinkenden Körper auf. Für Ozwach wurden in der Lichtsäule nur Teile des Roboters sichtbar.

»Was ist mit ihm?«

»Offensichtlich ein Schwächeanfall«, antwortete die Maschine.

»Bring ihn wieder auf die Beine! Irgendwie. Das Letzte, was ich momentan gebrauchen kann, wäre die Leiche eines Kunden. Hast du verstanden?«

»Ich habe verstanden, Herr.«

Ozwach wandte sich wieder an den Gurrad. »Die Verträge wurden schon unterschrieben?«, fragte er.

»Für ein Arkon-Standardjahr«, bestätigte der Gurrad.

»Das ist die Mindestzeit. Kürzere Versuchsreihen würden keine verwertbaren Ergebnisse zulassen.« Lamos stutzte. Musste er sich jetzt schon rechtfertigen? Wie er das eben gesagt hatte, hatte es jedenfalls sehr danach geklungen. »Honorarschuldner ist die Forschungsgruppe der Aras, das nur zur Klarstellung«, führte er irritiert aus. »Ich agiere lediglich als Vermittler.«

»Das ist bekannt«, versicherte der Gurrad.

Ozwach musterte den Löwenmähnigen verblüfft. Dieses Wesen strahlte eine unglaubliche Ruhe aus. Weil der Gurrad sich längst damit abgefunden hatte, sein Leben in der Milchstraße zu beenden? Egal, sagte er sich. Das waren Nebensächlichkeiten und nicht wert, dass er sich damit befasste.

»Alles Gute!« Ozwach hob den Arm wie zum Gruß. Der Servo interpretierte die Geste als Aufforderung, die Verbindung zu unterbrechen.

Noch eine ganze Weile blickte Lamos Ozwach auf die Stelle mitten im Kontor, an der die beiden leuchtenden Säulen erloschen waren. Ihm war bewusst, dass weder der Topsider noch der Gurrad eine reelle Chance hatten, das Vertragsende in guter Gesundheit zu erleben. Sie waren jetzt schon geschwächt, und auf dem Zooplaneten würde sich kaum jemand um ihren Zustand kümmern. Wenn sie Glück hatten, wurden sie einer Testreihe für Aufbaumedikamente zugeteilt. Psychostimulanzien, Anabolika, Beeinflussung des Immunsystems ... Ozwach wollte nicht über solche Einzelheiten nachsinnen. Wenn es schlecht kam, wurden die beiden mit neuen Design-Erregern infiziert und deren Ausbreitung minutiös dokumentiert.

Für einen Moment dachte Lamos an all die armseligen Gestalten, die über seine Rekrutierungsbüros vermittelt worden waren. Kranke waren unter ihnen gewesen, die nicht das Geld gelockt hatte, sondern die Hoffnung, geheilt zu werden. Außerdem Verzweifelte, die mit der galaktopolitischen Welt, wie sie war, nicht klarkamen. Solche Leute gab es immer und zu jeder Zeit. Außerdem jene Glücksritter, zweifellos die Mehrheit, die einfach nur die Aussicht lockte, nach Vertragsende von einem Notar-Roboter in Thantur-Lok, dem Kugelsternhaufen der Arkoniden, einen fetten Kontochip ausgehändigt zu erhalten. Mit der vereinbarten Summe ließ sich dann über Jahre hinweg gut leben. Das war schnell verdientes Geld.

Mit beiden Händen fuhr Ozwach sich übers Gesicht. Er fühlte sich müde und abgespannt. Es fehlte gerade noch, dass er sich ein schlechtes Gewissen einredete. Nur weil er wusste, dass nie einer der Vermittelten eine Abhebung vorgenommen hatte. Vielleicht irrte er sich auch. Wer sagte, dass die Versuche der Aras an die Substanz gingen? Das war geradezu üble Nachrede. Und selbst wenn – nie hatte er auch nur eine Person gezwungen, sich den Aras anzudienen. Alle, die sich verpflichteten, taten das freiwillig, aus eigenem Entschluss heraus. Sie gierten nach dem Geld.

Lamos Ozwach warf einen nervösen Blick auf die Zeitanzeige. Es war unglaublich. Vier Stunden seit der Nachricht des Gelau, aber noch immer fand es keiner der Händler für nötig, sich zu äußern.

Der Unbekannte kam nicht wegen ein paar lukrativer Geschäfte. Lamos konnte darüber nachdenken, solange er wollte, doch seine Gedanken kehrten stetig zu einem Punkt zurück. Dem Konsortium standen höchstwahrscheinlich tiefgreifende Veränderungen ins Haus.

Wollte der Gelau ein Abfindungsangebot unterbreiten? Auszahlung aller Händler auf der Trümmerbrücke? Diese Folgerung überraschte Ozwach, erschien ihm aber gar nicht so abwegig.

»Nicht mit mir!«, stieß er bebend hervor. »Und schon gar keine Almosen.«

»Herr!« Der Servo musste ihn zweimal ansprechen, ehe der THAU-Händler reagierte. Und auch dann schaute er nur matt auf. »Du wirst erwartet.«

»Unsinn. In den nächsten Stunden steht kein Termin an.«

»Ein Besucher wurde soeben angemeldet.«

Ozwach antwortete mit einem gereizten Knurren. Ungeduldig zwirbelte er seinen Bart. Aber gleich darauf ging ein Ruck durch seinen massigen Leib, er versteifte sich. Der Gelau?, fragte er sich. Denkbar war es durchaus, dass der Geheimnisvolle sich schon auf der Trümmerbrücke befand.

»Bild!«, verlangte er knapp.

Unwillig kniff Lamos die Augen zusammen. Dann griff er sich mit beiden Händen in den Nacken und drückte kräftig mit den Fingerspitzen zu. Zumindest für den Moment spürte er ein belebendes Prickeln.

Der Besucher war eindeutig Terraner. Ozwach musterte die Wiedergabe. Der Mann, fand er, wirkte unruhig; unablässig schweifte sein Blick durch den Empfangsbereich. Der Mann trug eine einfache Kombination, die keinen weiteren Rückschluss erlaubte. Mit den schmutzabweisenden Eigenschaften des Kleidungsstücks war es nicht mehr weit her; es wirkte nicht sauber, aber auch nicht wirklich dreckig. Das Gesicht des Terraners, fand Ozwach, wirkte hager. Unter den kantigen Wangenknochen schimmerte nur ein Hauch von Bartwuchs. Das war aber auch schon alles. Der Schädel war ebenso nackt geschoren wie das Gesicht.

Nie und nimmer hatte dieser Mann mit dem THAU zu tun.

»Was will er?«

»Er sagt, dass er ein Geschäft anzubieten hat, Herr.«

»Das ist alles, sonst nichts?« Ozwach redete mehr zu sich selbst, und der Servo registrierte das mit positronischer Gründlichkeit und antwortete ihm nicht. »Schick ihn weg!«, stieß der Springer hervor.

Der Mann schüttelte heftig den Kopf. Offenbar wollte er nicht glauben, dass er abgewiesen wurde. Ozwach sah, dass sich seine Augen weiteten. Unglaube, Enttäuschung, Panik ... viele Gefühle meinte der Händler plötzlich aus diesem Gesicht herauslesen zu können. Aber gerade deshalb verlor er das Interesse.

Als Ozwach sich umwandte, sah er noch, dass der Terraner heftig gestikulierend widersprach. Trotzdem wollte er nicht hören, was der Mann zu sagen hatte. Sie waren alle gleich, diese kleinen Lichter, die sich einbildeten, irgendwann das große Geschäft machen zu können.

Ächzend ließ Lamos sich in den Sessel sinken.

»Herr, der Fremde lässt sich nicht abweisen. Es geht um Antazymol! Sagt er.«

Ozwachs erste Reaktion war es, aufzubrausen. Aber dann erstarrte er schier und atmete durch den offen stehenden Mund.

»Du hast richtig verstanden«, kommentierte der Servo.

Antazymol. Abgesehen von den seit Jahren in die laufenden Versuche involvierten Ara-Kapazitäten kannten wohl nur einige Dutzend Wesen in der Galaxis diesen Namen. Er stand für einen hochwirksamen natürlichen Stoff, dessen Vorkommen an eine Vielzahl von Voraussetzungen geknüpft war, die in der nötigen Ausprägung vielleicht ein- oder zweimal in der Milchstraße gegeben waren. Das war die offizielle Version. Punkt.

Ozwach hatte zudem herausgefunden, dass Antazymol in bearbeiteter Form in atomare Strukturen eingriff. Von biologischen Nanomaschinen hatte er gehört, die in der Lage sein sollten, jedes Lebewesen zu verändern.

Der Mann stand immer noch da. Er zeigte zumindest eine gehörige Portion Ausdauer und Hartnäckigkeit.

»In den Wartebereich mit ihm!«

Damit vergab Ozwach sich nichts. Seine ausgezeichneten Geschäftsbeziehungen zu den Aras auf Jaimbor hatten ihn als Zwischenhändler ins Spiel gebracht. Zwei Lieferungen innerhalb von vier Jahren hatte er weitergeleitet, eine dritte stand unmittelbar bevor, war für den kommenden Tag avisiert.

Zweifellos gab es einen Zusammenhang. Entweder hatte der Gelau Wind von der Sache bekommen, oder der Kahlköpfige handelte auf eigene Rechnung.

Ungebetene Besucher wie diesen ließ Lamos Ozwach für gewöhnlich warten. Sofern er sich überhaupt einen Vorteil von ihnen versprach. Warten machte jeden weich und auf gewisse Weise zugänglich.

Diesmal hatte der THAU-Händler das untrügliche Empfinden, dass er keine Zeit verlieren durfte.

Ozwach führte seinen Besucher zu der Gesprächsecke und bot ihm Platz an. Der Fremde zog es jedoch vor, neben dem Sessel stehen zu bleiben. Als wisse er genau, dass er damit den gerichteten Akustik-Mentalfeldern entging, deren psychomentale Inhalte gesprächig machten. Mithilfe dieser unmerklichen Berieselung, an der Grenze der jeweiligen Wahrnehmungsschwelle liegend, hatte der THAU-Händler oft entscheidende Informationen erhalten. Es galt eben, schneller zu sein als die Mitbewerber. Trotz der Geschlossenheit des THAU-Konsortiums nach außen war der Konkurrenzdruck im Innenverhältnis enorm.

Ozwach setzte sich. Es bereitete ihm kein Problem, zu seinem Besucher aufzuschauen. Ganz im Gegenteil. Der Terraner durfte sich ruhig überlegen fühlen. Das kompensierte Ängste.

»Ich bin ganz Ohr«, sagte Ozwach. »Antazymol ist ein völlig legaler Stoff, wenngleich höchst selten und schwer zu beschaffen. Basierend auf chemischen Absonderungen von Mikrolebewesen, um nicht zu sagen, ein Stoffwechselprodukt. Fäkalien.«

Der Terraner blieb unbewegt, doch um seine Mundwinkel zuckte es amüsiert. Lamos Ozwach, auch wenn niemand ihm das ansah, war ein guter Beobachter.

»Ich biete eine Lieferung in der gewohnten Größe.« Der Mann spreizte Daumen und Zeigefinger beider Hände und führte die Finger zu einem annähernden Quadrat zusammen. »Die Ware ist unverfälscht.«

»Davon gehe ich aus.« Ozwach strich die Bartenden glatt, die sich im Sitzen über seiner Leibesmitte stauchten. »In dem Fall wüsste ich nur gern, mit wem ich es zu tun habe und wie du auf die Trümmerbrücke gelangt bist. Es sind nicht allzu viele Schiffe verankert.«

Der Terraner machte eine abwehrende Bewegung. »Nenne mich Rhodan, wenn du willst«, sagte er hastig. »Perry oder Michael Rhodan, ganz egal. Oder ...« Er suchte nach Namen, die ihm nicht sofort einfallen wollten. »... Monkey vielleicht. Falls du das gern hörst, auch Adams.«

Ozwach grinste breit. »Das sind alles ehrenwerte Persönlichkeiten«, bemerkte er amüsiert. »Und jetzt, da du es sagst: Die Ähnlichkeit ist verblüffend. Aber Homer G. Adams, das Finanzgenie der LFT ... nein ...« Er schüttelte den Kopf. »Lieber nenne ich dich Perry. Du bietest mir also eine Lieferung an, die, wie ich vermute, nicht in jeder Hinsicht korrekt in deinen Besitz gelangt ist. Keine Sorge, das stört mich nicht, hier auf der Trümmerbrücke leben nur wenige Moralisten. Aber du bist dir hoffentlich darüber im Klaren, dass unter diesen Umständen der Preis eine entscheidende Rolle spielt?«

»Acht Millionen Galax.«

Lamos Ozwach lachte spontan. Ächzend stemmte er sich aus seinem Sessel hoch. »Es hat mich gefreut, Perry, aber ich vergeude ungern meine Zeit. Natürlich steht es dir frei, andere Händler aufzusuchen ...«

... die von Antazymol keine Ahnung haben, fügte der Springer in Gedanken hinzu. Das Geschäft, wusste er in dem Moment, hatte er schon so gut wie in der Tasche.

Er ging zu seiner Arbeitskonsole. Auf den Servo war Verlass, die Positronik hatte bereits eine Gesichtserkennung vorgenommen. Zwei abgeschirmte Bildsequenzen standen über der Konsole, der Besucher konnte sie nicht sehen, doch für Ozwach lagen alle greifbaren Daten offen.

Sein unerwarteter Besucher gehörte demnach zur Crew der BLUE MOON. Name und Funktion unbekannt. Erster und bislang letzter Kontakt vor elfeinhalb Standardmonaten. Gemeinsam mit zwei weiteren Personen hatte er den Kapitän des alten Frachters begleitet, war dann aber in der Wartezone des Kontors zurückgeblieben.

Lamos Ozwach schaute auf. Der falsche Perry Rhodan stand unverändert vor der Sitzgruppe.

»Fünf Millionen Galax. Zahlbar mit einem frei konvertierbaren Kreditstick«, korrigierte Perry seine Forderung.

»Das ist immer noch eine sehr hohe Summe«, erwiderte Ozwach. »Dafür will ich die Ware sehen.« Er kannte Konsistenz, spezifische Molekülgruppierungen und die Toleranzgrenzen des Strahlungsspektrums, die ihm eine Prüfung durchaus erlaubten.

»Ich trage das Päckchen nicht mit mir herum«, sagte der Terraner. Das klang nach »Ich vertraue keinem Springer!«.

»Schade«, bemerkte Ozwach. »Unter diesen Voraussetzungen zahle ich nicht mehr als vier Millionen Galax. Und ich kann mir vorstellen, dass dir die Zeit knapp wird, Perry. Noch hat sich niemand von der BLUE MOON bei mir gemeldet ...«

Es bereitete ihm Genugtuung zu sehen, wie die Gesichtszüge des Terraners entgleisten. Nein, mit dem Mann, dessen Namen er sich ausgeliehen hatte, hatte dieser Perry wenig gemeinsam.

»Keine Sorge, ich weiß ein günstiges Geschäft durchaus zu schätzen«, sagte Ozwach beschwichtigend. »Nur sollte es schnell abgewickelt werden. Wann kannst du mit der Ware hier sein, Perry Rhodan?«

»Wie lange brauchst du, um den Kreditstick bereitzustellen?«

Ozwach machte eine wegwerfende Geste. »Fünf Minuten.«

»Acht Stunden«, sagte der Terraner. »Es geht nicht schneller.«

»Gut.« Mit wuchtigen Schritten ging Ozwach auf den Mann zu und streckte ihm die Rechte entgegen. Der Terraner schlug spontan ein; sie waren sich einig.

»Aber sieh dich vor, Perry. Ich will nicht, dass du jemandem von der BLUE MOON über den Weg läufst.«

Der andere verzog den Mund zu einem Grinsen. »Das wollen wir beide nicht«, versicherte er mit verschwörerischem Unterton.

Lamos Ozwach schaute dem Mann sinnend nach. Erst als sich der Zugang wieder geschlossen hatte, hob er den linken Arm mit dem Kombiarmband und nannte eine Kodezahl.

»Saedh, Morghon – folgt dem kahlköpfigen Terraner! Ihr wisst, was zu tun ist!«

»Ich erwarte ein minutiöses Protokoll!«, sagte Perry Rhodan mit Nachdruck. »So präzise, als wären wir der Schatten des Konsortiumsleiters gewesen. Ich will alles wissen, was sich in dem fraglichen Zeitraum abgespielt hat, jedes noch so unwichtig erscheinende Detail. Gemeint sind die letzten zehn Standardstunden vor der Flucht seines Doppelgängers und vermeintlichen Mörders. Sollte es sich als notwendig erweisen, gehen wir mit den Recherchen danach noch weiter zurück.«

Der Terranische Resident stand in der Zentrale der APPEN vor dem erhöhten Kommandopodest. Umringt von drei Dutzend Aras, von denen einige müde und unkonzentriert wirkten. Sie waren aus ihren Betten geholt, aus dem ersten Schlaf gerissen worden. Darauf, dass sie wahrscheinlich schon seit 30 Stunden kein Auge zugetan hatten, konnte Rhodan keine Rücksicht nehmen. Er brauchte Ergebnisse. Fakten. Ob diese von ausgeschlafenen und frisch gewaschenen Besatzungsmitgliedern oder von verschwitzten, schlecht riechenden und übellaunigen Personen beschafft wurden, war ihm egal.

Hauptsache, diese Männer und Frauen fanden verwertbare Details.

»Ich bedauere, dass ich keine persönlichen Rücksichten nehmen kann«, sagte er. »Aber sobald die benötigten Informationen vorliegen, werdet ihr alle wieder genügend Zeit für euch selbst haben.«

»Was sollen wir finden?«

Rhodan kniff die Brauen zusammen. »Spuren!«, antwortete er und schaute jeden Einzelnen eindringlich an. »Spuren, die es uns ermöglichen, eine exakte Rekonstruktion vorzunehmen, wann und von wem Plob Arnoyn ermordet wurde.«

Das bedeutete, unzählige Einzelheiten zusammenzutragen. Eine peinlich genaue Bewegungsanalyse zu erstellen. Unter den für diese Aufgabe ausgewählten Aras waren Funker ebenso wie Ortungsspezialisten, Mediziner und Genetiker, ein Kosmopsychologe, mehrere Positronikspezialisten.

»Wahrscheinlich wurden schon zu viele Spuren verwischt oder gar unkenntlich gemacht. Der Rest muss deshalb umso sorgfältiger dokumentiert werden.«

Untersuchungsprotokolle, die Plob Arnoyn selbst in die Raumaufzeichnung gesprochen hatte, belegten seine Aufenthaltszeiten in den medizinischen Sektoren. Stimmanalysen mussten herausfinden helfen, wann der Konsortiumsleiter durch seinen Doppelgänger ersetzt worden war. Ein Maskenträger, vermutete Rhodan, würde kaum Stimmlage und Klangvolumen in jeder Nuance kopiert haben. Falls keine solche Feststellung getroffen werden konnte – war Plob Arnoyn ein Mehrlingsklon gewesen? Unwahrscheinlich. Sofern allen Bemühungen zum Trotz kein Zeitpunkt eruierbar war, an dem Arnoyns Mörder die Rolle des Konsortiumsleiters übernommen hatte, stützte das den Verdacht, dass ein Gestaltwandler hinter dem Geschehen steckte.

Also galt es auch, genetisches Material einsammeln. Hautschuppen in erster Linie. Oder winzigste Spuren von abgesplittertem Zahnschmelz. Rhodan hatte die Eigenart des Konsortiumsleiters der fünf Quarantäneschiffe, der zudem als Kommandant der APPEN fungiert hatte, deutlich registriert: sein oftmals lautes Zähneklappern.

Haare konnten ebenso zum Indiz werden. Plob Arnoyns Schädel war, ungewöhnlich für einen Ara, fast vollständig von einem weißen Haarkranz umgeben gewesen. Ein Gestaltwandler konnte sein Opfer noch so perfekt nachbilden, dessen DNS aber nicht. Schon eine einzelne Zelle genügte demnach für den Nachweis, ob Plob Arnoyn oder sein Mörder an deren Fundort gestanden hatte.

Warum all dieser Aufwand?

Der Mord, glaubte Rhodan, konnte nur mit Trantipons Geschichte zusammenhängen. War der Mantarheiler zum Sicherheitsrisiko für seine Hintermänner oder Kumpane geworden? Hatten der oder diejenigen fürchten müssen, er würde Einzelheiten über das Ara-Toxin weitergeben, oder war das womöglich während des Verhörs durch Plob Arnoyn sogar geschehen?

In dem Fall, ahnte der Resident, würde der Konsortiumsleiter nicht der letzte Tote sein. Dann entstand vielleicht in Wochen unverhofft eine neue Spur, der zu folgen sich lohnte.

Wochen ... So lange konnte Perry Rhodan nicht warten. Auch wenn er es nicht eingestanden hätte, ihm brannte die Zeit unter den Nägeln. Vor allem die Ungewissheit machte ihm zu schaffen, der Gedanke, auf Terra könnten bereits die ersten prokaryotischen Zellen zerfallen sein, ohne dass dieses Warnzeichen bemerkt worden war.

Früher hätten die routinemäßigen Biosphärenscans das umfangreiche Absterben von Keimen in der Luft, an Land oder auch im Wasser aufgespürt. Derartige Standardmaßnahmen waren dem Ressort der planetaren Hygiene zugeordnet gewesen. Obwohl inzwischen beinahe neun Jahre vergangen waren, gab es seit dem Hyperimpedanz-Schock in dieser Hinsicht erst wenig neue Bemühungen.

Rhodan entsann sich wieder der erst kürzlich festgestellten rätselhaften Veränderungen am Plankton in den irdischen Meeren. Er fragte sich, ob das wirklich ein Hinweis auf das schon fortgeschrittene Wirken des Ara-Toxins sein konnte. Oder handelte es sich doch nur um normale Vorgänge, wie sie sich in jedem biologischen System vollzogen?

Sobald die ersten Bakterien befallen wurden, würden bis zum Endstadium, der Reduzierung allen Lebens zu einem Biofilm, nur mehr zwei Jahre vergehen. Pron Dockt hatte dieses Evolutionsschema aufgrund seiner Beobachtungen und Mutmaßungen erstellt. Ungewiss blieben dabei die Auswirkungen der steten Mutation, wenn sich das Ara-Toxin von den einfachen Lebensformen bis hin zu den komplexeren ausbreitete.

Die Befürchtung, dass sich dieser Ablauf beschleunigen könnte, schob Rhodan noch weit von sich. Solange er mit leeren Händen dastand, war schon das beschriebene Szenario apokalyptisch.

»Alle Aufzeichnungen müssen überprüft werden!«, bestimmte er. »Wir kennen Trantipons Aussagen über seine Vergangenheit. Ich sehe sie als einen von mehreren denkbaren Gründen, weshalb Plob Arnoyn sterben musste. Vielleicht sind Teilaussagen gelöscht oder manipuliert worden.«

Länger als zehn Standardstunden, glaubte Rhodan, konnte der fragliche Zeitrahmen nicht gewesen sein. Orontio Pleca, der Borloomer, war zweimal mit dem Kommandanten der APPEN zusammengetroffen.

Der Borloomer hatte schließlich die überraschende Feststellung getroffen, dass der Plob Arnoyn aus dem Operationssaal nicht der Plob Arnoyn gewesen war, den er auf Oyloz gesehen hatte.

Mit dem Auffinden von Arnoyns Leichnam in einer Abstellkammer war diese Behauptung auf makabere Weise bestätigt worden.

Irgendetwas Bedeutendes war demnach in der Zeit zwischen Orontio Plecas beiden Begegnungen mit dem Konsortiumsleiter vorgefallen. Etwas, das höchstwahrscheinlich so eng mit dem Ara-Toxin verbunden war, dass Rhodan schon glaubte, nur noch zugreifen zu müssen, um die ersehnten Antworten zu erhalten.

Doch statt zugreifen zu können, war er zum Warten verurteilt.

Schwer lastete die Zeit auf seinen Schultern.

Hinter dem startenden Gleiter verhängte sich der Himmel mit schnell wachsenden düsteren Wolkenbänken. Beinahe vom Boden aus wuchsen sie hoch in die Atmosphäre. Die Sonne hatte nicht mehr die Kraft, diesen Dunst zu durchbrechen. Für wenige Augenblicke hing sie noch wie ein düsteres, blutig verfärbtes Dämonenauge zwei Handbreit über dem verschwundenen Horizont, dann wurde sie von der Düsternis vollends verschluckt.

Über den Raumhafen brach der Sandsturm mit voller Wucht herein. Die APPEN trotzte der Düsternis noch einige Sekunden lang, dann verschwand ihre Silhouette ebenso wie die der anderen Schiffe inmitten der wirbelnden Sandschleier.

»Bei diesem Wetter jagt man nicht einmal einen Hund vor die Tür«, schimpfte Julian Tifflor. Sein Blick pendelte zwischen Zhanauta Filgris und dem, was er außerhalb der Maschine so gerade noch erkennen konnte. Die Wetterkontrolle der Aras hatte nur von einem aufziehenden Sturm gesprochen, aber nicht von dieser Stärke. Seufzend wandte er sich schon nach wenigen Sekunden Zhana zu. Er tastete jeden Zentimeter ihres Körpers mit den Blicken ab.

Verbissen flog die Frau den schweren Gleiter. Tifflors teils bewundernde, teils besitzergreifende Blicke ignorierte sie hartnäckig.

»Er hat es wieder geschafft«, sagte Tiff in die entstandene beklemmende Stille hinein. »Er schafft es immer. Irgendwie jedenfalls.«

Zhana schwieg. Sie ließ den Gleiter absinken, als ein unheimliches Geräusch lauter wurde. Es hörte sich an, als würde der Rumpf der Maschine mit einem Sandstrahlgebläse bearbeitet.

Über die Ebene vor ihnen huschten kleine Wirbel. Zwischen den bizarren Gesteinsformationen – manche der weit verstreut aufragenden Monolithen erschienen wie psychedelische Skulpturen – fing sich der anschwellende Sturm und gebar für kurze Zeit Spukgestalten.

»Wie Flaschengeister, die nach einer ewigen Zeit der Verbannung in die Freiheit drängen.«

Fragend wandte Zhana nun den Blick, musterte ihren Begleiter aus zusammengekniffenen Augen. Tifflor mochte diese roten Pupillen. Sie erinnerten ihn an Magmaseen. Aber was konnte es Schöneres geben, als in dieser sengenden Hitze zu versinken?

Nur flüchtig dachte er daran, dass ihre Begegnung keineswegs zufällig erfolgt war. Zhana hatte Perry und ihn nach Jaimbor bringen sollen. Unversehrt, wohlgemerkt. Die Zuneigung, die sie füreinander empfanden, war gesteuert, ihnen von Unbekannt aufgezwungen.

Und wenn schon. Tiff entsann sich nicht, jemals eine Frau so begehrt und mit ihr so viel Spaß gehabt zu haben wie mit Zhana. Und sie ebenso mit ihm. Sie war nicht die Frau, die aus ihrem Herzen eine Mördergrube machte. Sie sagte, was sie wollte, und wenn sie genau das nicht schnell genug bekam, dann nahm sie es sich einfach. Mit allen Konsequenzen. Sie nahm ... Sie tötete ... Für sie war das Leben ein einziger Rausch der Gefühle. Aber sie war eine Sterbliche, erblüht in wenigen Tagen und ebenso schnell welk.

Tifflor verwünschte seine Überlegungen. Das war nicht seine Art. Doch er hatte selbst Gefallen an diesem schnellen, alles verzehrenden Rausch gefunden. Vielleicht versank die Galaxis in wenigen Jahren im Chaos. Dann wollte er nicht von der Bühne abtreten, ohne sagen zu können, dass er gelebt hatte. Wirklich gelebt. Wild, leidenschaftlich und stürmisch. Dass er alles gegeben und alles bekommen hatte, was Menschen einander nur geben konnten.

Zhana war eine Ara. Und wenn schon. Selbst wenn sie einem Volk von Giftschlangen entstammte, er hätte den Biss ihrer Zähne als die höchste Wonne überhaupt wahrgenommen, ein Paradies, in das er sich verströmen durfte, das ...

Er stutzte jäh, versteifte sich für einen Moment und blinzelte. Aber das Bild blieb, selbst als er sich mit Daumen und Zeigefinger der rechten Hand die Nasenwurzel massierte.

Zhanas Kopf war nicht ganz so spitz ausgeprägt, wie es für Aras typisch war. Außerdem hatte sie einen unüblich starken Haarwuchs. Die hellblonde Mähne fiel ihr bis fast auf die Schultern. *Mähne?* Ein Ara mochte das so sehen, für Tifflor war ihr Haar eher schütter. Und jetzt, exakt in diesem Moment, in dem er sie von der Seite her anschaute, war das Haar kaum noch zu sehen.

Julian blinzelte und beugte sich im Sitz des Copiloten ein wenig nach vorn. Er schaute wieder nach draußen. Der Gleiter flog in kaum noch 50 Metern Höhe. Manche der von Wind, Wetter und Feuer geformten Sandsteinskulpturen schienen sich ihnen schier entgegenzustrecken. Tifflor zweifelte nicht daran, dass sie ihr Aussehen stetig veränderten, entweder zusammenschrumpften oder sich ausdehnten, je nachdem, aus welcher Richtung der Wind kam und ob er trockenen oder glühenden Sand mit sich trug.

Der Sturm hatte den Gleiter eingeholt. Mit hohlem Brausen peitschte er Unmengen Sand über den Boden, schliff Rinnen in den nackten Fels und ließ sichelförmige Dünen aufwachsen. Oyloz war eine Welt der Veränderungen, nicht nur, was ihre vulkanischen Aktivitäten anbelangte. Gewaltige Feuerlohen, die sich alles verbrennend über die Kontinente wälzten, schufen die Grundlage für eine rasche und üppig wuchernde Flora, sie verbrannten ihre Hinterlassenschaften aber auch ebenso schnell wieder. Landstriche, die das Feuer verschonte, wurden von den Stürmen geformt.

Nur wenige Sekunden hatte Julian gebraucht, um sein Erschrecken über Zhanas Veränderung in den Griff zu bekommen. Nun wandte er sich wieder ihr zu, wollte wissen, ob er halluzinierte oder selbst das nächste Opfer sein würde.

Alles in ihm sträubte sich gegen den Anblick. In dem Moment wollte er alles gleichzeitig tun, wollte ebenso aufspringen und sich auf Zhana stürzen wie nach der Waffe greifen. Sein Herzschlag raste, gehorchte nur widerwillig den beruhigenden Impulsen, die von seinem Aktivatorchip ausstrahlten.

Zhana reagierte immer noch nicht auf sein Entsetzen. Hatte sie überhaupt bemerkt, dass sie sich veränderte? Sie erweckte den Eindruck höchster Konzentration, als weile sie in Gedanken schon weit voraus in einer ungewissen Zukunft.

Ihr Haar, stellte Julian fest, war nahezu völlig verschwunden, und die bleiche Kopfhaut ließ ein filigranes Muster erkennen. Schuppen hatten sich herausgebildet – Schuppen, wie sie den Schädel eines Reptils auszeichneten. Ihr Farbton erschien ihm wie ein fahles Graugrün, das überall dort, wo Adern deutlich sichtbar unter den länglichen Hornscheiben pulsierten, einen orangefarbenen Schimmer erkennen ließ.

Mittlerweile verformte sich der Schädel. Er wölbte sich nach vorn zu einer dreieckig kantigen Form. Verhornte Lippen prägten jetzt dieses Gesicht, dazu die starr blickenden Augen. Und eine gespaltene Zunge zwängte sich witternd zwischen den Lippen hervor.

Julian ahnte mehr, als er erkennen konnte, dass Zhana sich ihm gleich zuwenden würde. Er schloss die Augen, versuchte, entspannt zu wirken. Das war eine der leichtesten Übungen, nur fragte er sich, ob sie den Betrug durchschaute.

Wenngleich sein Herzschlag sich wieder beruhigte, wirbelten seine Gedanken wild durcheinander. Tifflor fragte sich, wo Zhana sich zu dem Zeitpunkt aufgehalten hatte, als der Konsortiumsleiter Plob Arnoyn umgebracht worden war. Und danach? Aber das war Irrsinn, regelrecht verrückt.

»Julian!«

Ihre Stimme klang kalt. Und schwang da nicht ein leichtes Zischen mit? Das war die Stimme einer Mörderin. Hatte er nicht selbst erkannt, dass sie nichts bereute?

»... eines Tages wirst du überlegen, ob du mich nicht doch vor Gericht stellen sollst.« Genau das hörte er sie wieder sagen. Der Satz schwang in seinen Gedanken nach, schaukelte sich auf, wurde zum unheilvollen Dröhnen. War jetzt dieser Tag gekommen – eher als Tifflor es jemals für möglich gehalten hätte?

»Julian, was ist los mit dir? Ich kann förmlich riechen, dass du wach bist. Denkst du über den Residenten nach? Über euren Streit?«

»Das war kein Streit«, wollte er ihr entgegenhalten, »das war ...« Was eigentlich? Endlich einmal die Wahrheit, die für gewöhnlich hinter respektvoller Anpassung zurückstehen musste? Hinter kulturellen Zwängen? Weil sich Aktivatorträger nicht gegenseitig das Leben schwer machten, selbst dann nicht, wenn sie gegensätzlicher Meinung waren?

»Ich muss nicht immer mit allem einverstanden sein, was Perry unternimmt«, antwortete Tiff. »Er hat es tatsächlich wieder geschafft, sich durchzusetzen. Vielleicht hätte ich doch zur Erde zurückfliegen sollen.«

Sicher sogar. Dann hätte er Zhana aus der Gefahrenzone herausgenommen. Sie hatte ebenfalls deutlich genug für Terra plädiert und ihn unterstützt. *Aber war das alles nur zum Schein gewesen?*, fragte sich Tifflor. *Eine Art Alibi?*

»Hm …«, machte Zhana versonnen.

Julian blinzelte. Im selben Moment wandte die Ara-Frau ihm den Kopf zu. Sie lachte, als sie seine verkniffene Miene sah.

»Siehst du Gespenster, Außenminister?«

Diesmal schwieg er.

Mit einer knappen Bewegung schüttelte Zhana die Haare in den Nacken zurück. In ihren roten Augen blitzte es begehrlich, dann konzentrierte sie sich wieder auf den Flug. Vor dem Gleiter wuchsen mehrere Felsen in die Höhe, huschten vorbei, als Zhana die Maschine in die Schräglage brachte und zwischen den messerscharf wirkenden Graten hindurchjagte.

Julian sah sie wieder im Profil. Ihre feinen Gesichtszüge, die gerade Nase, die sinnlich vollen Lippen. Um Zhanas Augenwinkel und die Mundpartie hatten sich unzählige feine Falten eingegraben. Sie machten aus ihr eine Frau mit Vergangenheit, eine Frau, die zu jeder Zeit genau wusste, was sie wollte, als hätte sie immer schon alles geplant und nichts dem Zufall überlassen. Und diese Falten erinnerten Tifflor an Schuppen, sobald Zhana die Mundwinkel verzog oder blinzelte.

Stocksteif saß er jetzt im Sessel, hin und her gerissen zwischen seinen Gefühlen und dem Argwohn. Außerdem fragte er sich, wie lange er schon nicht mehr geschlafen hatte. Nicht einmal ein Aktivatorträger kam gänzlich ohne Schlaf aus.

Später, wenn sie wieder an Bord waren.

Wenn ...

Julian Tifflor ertappte sich dabei, dass er Zhana beobachtete. Dass er darauf wartete, sie würde sich wieder gedankenverloren mit der Zunge über die Lippen fahren.

Der Gleiter jagte mit Höchstgeschwindigkeit über das im Dunst liegende Land hinweg. Der Sandsturm war zurückgeblieben, nur noch hier und da schienen sich winzige Wirbel zu erheben, Derwischen gleich. Doch ihnen fehlte die Kraft, mehr als schwache Staubfontänen auszubilden.

Zhana legte das Bild der Bodentaster auf die Frontscheibe um. Der Effekt war der gleiche, als tauchte das Konchols-Gebirge vor dem Gleiter aus der Düsternis auf. Das westöstlich verlaufende Auffaltgebirge zeigte sich als schroffe Silhouette. Zwei Kontinentalplatten hatten hier vor geologisch langer Zeit den einstigen Meeresboden kilometerhoch in den Himmel emporgeschoben. Tief eingeschnittene Täler verliehen dem Gebirgsstock den Eindruck, er würde schichtweise auseinanderbrechen.

»Die Koordinaten ...?«

»Wir liegen exakt auf Kurs!«

Tifflor nickte. Plob Arnoyns Mörder war von Bord der APPEN in das Konchols-Gebirge geflohen. Doch hatte zu dem Zeitpunkt niemand die Verfolgung angetreten, weil sich die Ereignisse überschlagen hatten. Erst der stark gegliederte Hyperimpuls, jene Signalfolge, die den Moby auf den Planeten Oyloz aufmerksam gemacht und diese unglaubliche Kreatur zum Angriff veranlasst hatte. Dann der Gewaltstart des kleinen Kugelraumschiffs, das weder von der APPEN noch von der CONNOYT mit ausreichendem Wirkungsfeuer an der Flucht hatte gehindert werden können.

Wer war tatsächlich an Bord gewesen?, fragte sich Julian Tifflor verbissen. Der Mörder des Konsortiumsleiters? Falls Plob Arnoyn wirklich einem Gestaltwandler zum Opfer gefallen war. Oder hatte es sich bei alldem um ein perfektes Ablenkungsmanöver gehandelt, und der Gesuchte saß ihm in Wahrheit zum Greifen nahe?

In dem Moment wäre Tifflor einigermaßen erleichtert gewesen, hätte er über seinen Verdacht mit dem Residenten reden können. Er glaubte es nicht, wollte es einfach nicht glauben. Vor allem war er sich nicht einmal mehr sicher, ob er in der Tat das gesehen hatte, was er gesehen zu haben glaubte.

Wurde er beeinflusst?

Die Frage war einfach da. Sie quälte ihn. Aber sie war keineswegs aus der Luft gegriffen. Von Anfang an waren er und Perry nichts anderes als Figuren in einem undurchschaubaren Spiel gewesen. Ein Unbekannter im Hintergrund bestimmte die Regeln und die Züge.

Tifflor fragte sich, ob es derselbe war, der Perry und ihn entführt und in den Galaktischen Zoo auf Tolimon verschleppt hatte. Der ihnen Zhana als Beschützerin an die Seite gestellt hatte. Und natürlich war es kein Zufall, dass sie auf Tolimon mit Gerüchten über das Ara-Toxin konfrontiert worden waren. Die im Orbit des Planeten umgerüsteten Ara-Raumschiffe hatten in dem Zusammenhang zwangsläufig neue Fragen aufgeworfen.

Umgerüstet zu Quarantäneraumschiffen, das wusste Julian heute.

Aber es waren zu wenige Schiffe. Nicht einmal ausreichend, um die Bevölkerung einer einzigen verseuchten Welt zu dekontaminieren. Geschweige denn, um das Leben auf einigen Hundert dicht besiedelten Planeten zu retten.

Diese Schiffe, sagte sich Tifflor in seiner Eigenschaft als Außenminister der Liga Freier Terraner, mussten umgehend nach Terra geleitet werden. Jedenfalls so schnell wie möglich. Dass dies andernorts entsetzliches Leid zur Folge haben musste, war ihm durchaus bewusst. Er wünschte, er würde diese Entscheidung nicht zu treffen brauchen, verdammt viel würde er dafür geben. Aber er war Terra verpflichtet, seiner Heimat. Die anderen Welten lagen Tausende Lichtjahre entfernt, an sie durfte er seine Kraft nicht verschwenden. Perry hatte sich offenbar entschieden, diesem Dilemma auszuweichen. Das war ein Vabanquespiel. Alles oder nichts – ein Spiel um ungezählte Leben.

Julian wäre in dem Moment schon froh gewesen, hätte er die Zeit für ein paar Wochen anhalten können. Seine Gedanken flohen zurück, suchten nach einem Anhaltspunkt, nach irgendetwas, das Perry und er selbst womöglich übersehen hatten.

Tiff dachte an die gemeinsame Flucht, an die Verfolgung der Mantarheiler Trantipon, Schopsna und Kreolin, die ihnen zweifellos mehr über das Ara-Toxin hätten erzählen können. Ara-Toxin? Schulterzucken bei allen Gefragten. Dafür die Feststellung, dass die Umwandlung eines Großteils der Ara-Flotte auf Quarantäneraumer auf Trantipons Anraten erfolgt war.

Das Zusammentreffen mit Oclu-Gnas, dem Lordmediker von Aralon und dessen Eingeständnis, selbst nicht viele Informationen über Ara-Toxin zu haben. Aber die Liste der bereits vom Ara-Toxin befallenen Welten hatte sich wie ein Horrorszenario gelesen: Terra, Drorah, Ertrus, Lepso, Olymp ... Julian wusste, dass Perry am liebsten laut aufgeschrien hätte, als der Name Terra gefallen war. Ihm selbst war es in dem Moment kaum anders ergangen, das war ein Gefühl gewesen, als ziehe ihm jemand den Boden unter den Füßen weg, als stürze er in den Abgrund der Ewigkeit, ohne eine Aussicht, diesen Sturz jemals auffangen zu können.

Dazu die Erkenntnis, welch heimtückische Waffe das Ara-Toxin war. Es gab kein Gegenmittel, und es richtete sich gegen jegliche Lebensform. Trantipon hatte mehrere unter Laborbedingungen behandelte Beweisstücke übergeben, und er hatte auf den ins Endstadium eintretenden Praxisversuch an einem größeren Objekt hingewiesen: auf den Planeten Remion.

Hier war ihnen das Entsetzen überdeutlich vor Augen geführt worden. Sie hatten in jeder Konsequenz erkannt, welch grauenvolles Schicksal die Erde erwartete.

Warum?

Genau diese Frage erschien Tifflor richtungweisend. Er war überzeugt davon, dass die zugehörige Antwort vieles klären würde. Nur wusste er niemanden, der ihm diese Antwort hätte geben können. Er hätte sie aus jedem herausgeprügelt, und ganz gewiss würde er sich von Perry nicht davon abhalten lassen.

Eigentlich war er überzeugt davon, dass der Resident ähnlich dachte. Dass Rhodan ähnlich denken musste, denn was wog das Schicksal eines Einzelnen im Vergleich zu Milliarden? Was war mit der Würde der sechs Millionen ihrer Existenz beraubten Remiona? Noch dazu schienen Reste ihrer mentalen Substanz in das Instinktbewusstsein des Moby eingegangen zu sein. Fragte jemand danach? Gab es nur ein Wort des Bedauerns?

Vor allem: Waren die Remiona sich ihrer Existenz einst und jetzt bewusst? Ein entsetzlicher Gedanke, wenn dem so wäre.

Zhana sagte etwas zu ihm. Julian reagierte nicht darauf. Erst etliche Sekunden später wurde ihm bewusst, dass sie überhaupt das Wort an ihn gerichtet hatte. Aber er fragte nicht nach, und Zhana wiederholte es nicht.

Der Gleiter überflog soeben eines der Khalumvatt-Vorkommen; die Taster lieferten entsprechende Anzeigen. Es gab nur geringe Bestände dieser Hyperkristalle, die einen Abbau für Arkon bislang nicht wirtschaftlich erscheinen ließen. Tifflor war jedoch überzeugt davon, dass sich das schon in naher Zukunft ändern würde. Obwohl der Khalumvatt eigentlich ein minderwertiger Kristall war, der in jeder Anwendungsform sehr schnell zerfiel.

Die Wolkendecke riss auf. Erste Sonnenstrahlen geisterten über das Land. Hier, im Windstau der Berge, hatte sich die Vegetation großflächig ausgebreitet und beschränkte sich nicht nur auf ein Nischendasein. Vielleicht würde die Flora aus dieser Region zu einem umfassenden Siegeszug über den Planeten antreten – eines Tages, wenn die Feuerwalzen nicht mehr mit der Regelmäßigkeit von Jahreszeiten die Kontinente einäscherten. Und falls die Arkoniden, zu deren Einflussbereich das Salida-System gehörte, nicht doch Gefallen an dem roten Khalumvatt fanden.

Die schwere Maschine schien in der Luft stillzustehen. Tatsächlich gewann Tifflor den Eindruck, dass die Berge nicht mehr einen Deut näher rückten. Zhana, erkannte er, hatte die Reisegeschwindigkeit deutlich zurückgenommen. Ihr Ziel schien eines der tiefen Täler zu sein, die den Anschein erweckten, ein Riese habe die Felsschichtungen mit seiner Streitaxt eingekerbt, habe immer und immer wieder zugeschlagen, bis dieses Gebirge zu der gewaltigen Kulisse geworden war, als die es sich heute dem Betrachter darbot. Möglicherweise hatte sie ihm das sagen wollen.

Der Schattenwurf des Gleiters huschte über die ansteigende Hügellandschaft hinweg.

»Ortung?«, fragte er.

»Nichts, was zu Bedenken Anlass gäbe«, antwortete Zhana.

»Wir sind möglicherweise nicht allein!« Julian hatte nachgedacht über das, was er gesehen hatte oder zumindest gesehen zu haben glaubte. Er hatte sich entschlossen, Zhana zu provozieren. Falls sie wirklich nicht war, was sie zu sein vorgab, wollte er sich schnell darauf einstellen können.

»Angenommen, wir haben es tatsächlich mit einem Gestaltwandler zu tun ...«

Zhana schoss einen unwilligen Blick auf ihn ab.

»In dem Fall müssen wir darauf vorbereitet sein, dass wir plötzlich weiteren dieser Spezies gegenüberstehen.«

»Wer immer Plob Arnoyn getötet hat, er ist mit dem kleinen Raumschiff von Oyloz geflohen.«

Tifflor nickte zögernd. »Das sollen wir glauben. Wir hatten den Eindruck, dass er geflohen sei. Aber vielleicht verbirgt er sich auf Oyloz. Die Impulsfolgen, die den Moby angelockt haben ... Das Raumschiff als solches ... Erzähl mir nicht, das alles wäre nur ein Zufall und für uns ohne Bedeutung. Immerhin existiert mitten im Hochgebirge eine fremde Station.«

»... ein Stützpunkt meines Volkes. Wahrscheinlich eine wissenschaftliche Beobachtungsstation ...«

»... und in dem Fall wohl angelegt, um minutiös aufzuzeichnen, wie das Ara-Toxin den Nachbarplaneten entvölkert und transformiert«, versetzte Tifflor. »Mir dreht sich der Magen um, wenn ich an dieses durchgeplante Sterben denke. Das ist Perversion pur.«

Zhana schwieg. Julian konnte sehen, dass sie die Zähne zusammenbiss. Sie war wütend.

Der Gleiter jagte das Tal entlang. Kilometerhoch stiegen zu beiden Seiten die schroffen Felswände auf. Das Konchols-Gebirge war jung und wild. Grate und Zinnen badeten noch im Sonnenlicht, am Boden herrschte längst Dunkelheit. Die Einblendungen der Relieftaster auf der Frontscheibe vermittelten den Eindruck einer Simulation.

»Wenn ich von dieser Station gewusst hätte, hätten wir die Flucht verhindern können.« Zhana zerbiss die Feststellung wie eine Verwünschung zwischen den Zähnen.

Sie zog den Gleiter wieder höher, blieb aber weiterhin in einem Bereich, in dem Fremdortung die anfliegende Maschine schwerlich erfassen konnte.

Tifflor musterte die vielfältigen Displayeinblendungen. Nichts Außergewöhnliches. Kein Hyperfunk, keine Streustrahlung. Das Gebirge zeigte sich unberührt.

»Vielleicht handelt es sich nicht einmal um eine Station deines Volkes«, nahm er den Faden wieder auf.

»Natürlich. Gestaltwandler laufen überall zu Hunderten herum.« Zhana wusste genau, was er meinte. Sie warf den Kopf in den Nacken. »Was ist los mit dir? Wenn dir meine Nähe nicht mehr gefällt, lässt sich das jederzeit ändern. Ich hatte genug andere vor dir, Männer ohne Zellaktivator, die trotzdem einiges draufhatten, und ich werde nach dir bestimmt auch noch Männer finden, die diese Bezeichnung verdienen. Also bilde dir nicht ein, du könntest deinen Frust an mir auslassen.«

Schnaubend jagte sie den Gleiter fast auf Tuchfühlung über eine ausgezackte Abbruchkante hinweg. Für einen bangen Augenblick fürchtete Tifflor schon, Zhana lege es darauf an, die Maschine abstürzen zu lassen. Von scharfkantigen Graten aufgeschlitzt, aus einem Grund, den Perry niemals würde nachvollziehen können. Ihre sterblichen Überreste in der nachfolgenden Explosion verbrannt oder zwischen den Felsen unauffindbar.

»Hör zu ...«, begann er zögernd.

»Hör du mir zu!«, fauchte sie zurück. »Ich habe mich nicht um diesen Job gerissen ... Ist dir damit alles klar?«, fügte sie wütend hinzu.

»Du gefällst mir, wenn du derart aufgebracht bist«, stellte Tifflor sachlich fest, in einem Tonfall, als betrachte er ein abstraktes Kunstwerk, dessen Sinn sich ihm noch nicht erschloss. Ja, er betrachtete sie. Ihre funkelnden Augen, die markanten Linien, die ihrem Gesicht etwas Unnahbares und Geheimnisvolles verliehen, und er fragte sich in der Tat, ob nach einem Absturz des Gleiters jemals Zhanas sterbliche Überreste gefunden werden konnten. Nur er, Julian, würde den vermeintlichen Unfall wie durch ein Wunder mit wenigen Schrammen überlebt haben.

Diese Überlegungen verstärkten seine innere Zerrissenheit. Wenn Zhana ein Gestaltwandler war, hätte sie ihn allerdings schon mehrfach überwältigen und nachbilden können. Es wäre ihr ein Leichtes gewesen, ihn während einer leidenschaftlichen Umarmung auszuschalten.

Und wenn der Gestaltwandler erst vor Kurzem ihre Gestalt angenommen hatte? An Bord der APPEN?

Tifflor fröstelte.

»Was ist los mit dir?«, fragte Zhana scharf.

Julian zuckte mit den Schultern. »Ich denke über Gestaltwandler nach. Die Menschheit ist schon einigen Völkern mit entsprechenden Fähigkeiten begegnet ...«

»Das wird eines Tages auch wieder geschehen. Irgendwo zwischen den Sternen.« Die Ara-Frau lachte hell. »Ihr Aktivatorträger wollt wohl immer weiter hinaus? Ist das ein Zugvogelinstinkt oder einfach nur eine Nebenerscheinung des Vitalenergiespenders? In drei oder vier Minuten werden wir die fraglichen Koordinaten erreichen.«

Tifflor widmete sich wieder den Anzeigen. Die Gleiterpositronik hatte die Telemetriedaten der APPEN eingeblendet. Exakt waren jene Messungen nicht gewesen. Zudem hatte es eine Diskrepanz zwischen dem Ausgangspunkt der Hypersignale und dem zurückgerechneten Startbereich des Fluchtraumers gegeben.

Der Gleiter näherte sich der fraglichen Region.

»Ortung?«

Noch erfassten die Sensoren nichts. Schroffes, kahles Hochgebirge war ringsum, eine endlose Steinwüste, in der schmutzige Schneefelder und gewaltige Gletscher das Bild bestimmten. Der Widerschein der sinkenden Sonne tauchte das Massiv in blutiges Rot.

Plob Arnoyns mutmaßlicher Mörder hatte den Planeten überstürzt verlassen. Das bedeutete aber nicht zwangsläufig, dass er keine Zeit gefunden hatte, sich gegen Verfolger zu schützen. Der vermeintliche Stützpunkt mochte aus einem Hypersender bestehen und ein einziges Fluchtfahrzeug bereitgehalten haben.

»Im schlimmsten Fall hat der Gestaltwandler eine wehrhafte Besatzung zurückgelassen«, sagte Tifflor.

Das fragliche Gebiet war eine Region der Fünf- und Sechstausender. Wie eine Kette reihten sich die höchsten Gipfel quer über den Gebirgsstock hinweg.

Zhana zog den Gleiter auf wenig mehr als 3000 Meter Höhe. Sie drosselte die Geschwindigkeit bis auf 100 Stundenkilometer und hielt die Maschine nahe an einer steil aufragenden Bergflanke.

Ringsum gab es nur unberührte Wildnis. Sie bot ein atemberaubendes Schauspiel. Julian hatte nie gezählt, wie viele solcher Welten er in seinem langen Leben schon gesehen hatte, doch Oyloz erschien ihm in jeder Hinsicht extrem. Mit dem Schnee hatten sich Ruß und Asche der Vulkane abgelagert. Alle denkbaren Schattierungen von Weiß, Grau und Schwarz bestimmten das Bild. Dazwischen traten giftig grün schimmernde Quarzadern zum Vorschein, deren Verläufe erkennen ließen, welch ungeheure Gewalten das Gebirge aufgefaltet hatten.

Für Sekundenbruchteile hatte Tifflor den Eindruck, der Gleiter würde wie ein welkes Blatt im Herbststurm herumgewirbelt. Tatsächlich wurde die Maschine von einer unwiderstehlichen Gewalt zur Seite gedrückt, dann Dutzende Meter in die Tiefe gerissen und sofort wieder in die Höhe gewirbelt, als spucke der Taleinschnitt den Fremdkörper aus. Fast gleichzeitig tobte das Donnern eines Weltuntergangs heran. Da hatte Zhana den Gleiter aber schon wieder unter Kontrolle und ließ ihn auf der Druckwelle in die Höhe steigen.

Eine ganze Bergflanke schien abgebrochen zu sein. Eine Woge aus Staub, Asche, Eis und Gesteinssplittern brodelte an dem Massiv empor. Zugleich wälzte sich diese Flut auch durch den Taleinschnitt und stieg von dort schnell höher. Immer noch dröhnte die Luft. Ein tosendes Echo schien aus allen Richtungen zurückzufluten und das Donnern immer von Neuem anzuheizen.

Zhana hatte Mühe, den Gleiter in einer stabilen Fluglage zu halten. Aber sie schaffte es, in ein Seitental einzufliegen. Der Felssturz und seine vielfältigen Begleiterscheinungen blieben rasch zurück. Aber auch hier fraßen die Schatten bereits die Helligkeit auf, und der Gleiter tauchte dicht unter den schräg einfallenden Sonnenstrahlen hindurch, die ein weitläufiges Schneebrett auf der anderen Talseite anstrahlten. Deutlich waren dort die Spuren vieler kleiner Lawinenabgänge auszumachen.

Das schrill anschwellende Warnsignal der Energieortung kam in dem Moment, als Zhana die schwere Maschine fast bis zum Stillstand abgebremst hatte.

Eingeblendete Werte zeigten an, dass nur zwei bis drei Kilometer voraus Speicherbänke erwacht waren. Sie versorgten Strahlgeschütze. Anders konnte sich Tifflor die sprunghaft anschwellende Leistung nicht erklären.

Das Gleitertriebwerk wimmerte. Zhanauta Filgris beschleunigte mit hohen Werten. Die Maschine schnellte dem Ausgangspunkt der Emissionen entgegen und sackte gleichzeitig Dutzende Meter durch, ohne dass die Absorber zugeschaltet wurden. Tifflor hatte das Gefühl, dass sich sein Magen umstülpte.

Gleißende Helligkeit flutete durch die Kanzel. Die Blendfilter reagierten eine Nuance zu spät auf die jähe Lichtfülle. Julian spürte, wie ihm das Wasser in die Augen schoss. Sekundenlang begleitete ihn ein auffächernder violetter Streifen, der sich auf seiner Netzhaut eingebrannt hatte, das Abbild eines nur Millisekunden währenden Impulsschusses.

Die tödliche Energie hatte den Gleiter nur um Haaresbreite verfehlt, und das war Zhanas gedankenschneller Reaktion zuzuschreiben.

Der nächste Schuss. Dann Salventakt. Um mindestens 30 Meter lagen die ersten Glutbahnen über dem Gleiter, wurden nachgeführt – und stachen abermals ins Leere, weil Zhana die Maschine abkippen ließ.

Verbissen jagte sie der zu tückischem Leben erwachten Station entgegen, die nun auf der Frontscheibe durch eine blinkende Markierung gekennzeichnet wurde.

Immer noch flog der Gleiter ohne Schutzschirm. Schon ein Streifschuss aus dem Impulsgeschütz würde genügen, die Maschine aus der Luft zu holen. Wenn die Waffenenergie die beiden Insassen nicht sofort verbrannte, würde der Aufprall in der Tiefe sie unweigerlich töten.

»Willst du uns um…?« Die Frage blieb Julian im Hals stecken. Lodernder Feuerschein war plötzlich überall, als rase der Gleiter geradewegs hinein in die Hölle. Dazu das Gefühl, in einer rotierenden Zentrifuge gefangen zu sein. Die Welt stand Kopf. Tifflor erhaschte noch einen Blick auf die bizarre Gipfelwelt, die sich hoch über ihm in den Himmel zu bohren schien, danach wurde es still.

Das Triebwerk war ausgefallen. Es gab nicht einmal Warnanzeigen.

Rasend schnell kam eine Bergflanke näher. Julian wusste immer noch nicht, ob der Gleiter von einem Streifschuss erwischt worden war oder Zhana die Maschine einfach überfordert hatte. Jedenfalls schmierten sie ab und stürzten den Felsen entgegen.

Beim Aufprall würde die Maschine wie von einer Explosion auseinandergerissen werden. Ein banales Ende.

Tifflor versteifte sich. Sein Leben war vorbei, davon war er überzeugt. Gegen einen gewaltsamen Tod half auch der Aktivatorchip nicht. Nur hätte er sich sein Ende niemals derart banal vorgestellt.

Er hörte Zhana glockenhell lachen. Spöttisch geradezu. Also stimmten seine Befürchtungen. Der einzige Gedanke, der ihn jetzt noch beschäftigte, war die drängende Frage, ob es Perry auffallen würde, wenn ihm bald ein falscher Freund gegenübertrat. Der Außenminister der LFT ersetzt durch einen Gestaltwandler.

Ein neuerlicher mörderischer Ruck warf Tifflor in die Magnetgurte. Das Triebwerk dröhnte und übertönte sogar das Heulen der Distanzwarnung. Eine Felswand schoss heran und war scheinbar schon zum Greifen nahe, als Tifflor den zerklüfteten Schatten überhaupt erst registrierte.

Der Aufprall war keineswegs mörderisch hart. Das Dröhnen des Rumpfes vermischte sich mit dem Triebwerkslärm, der sich zum schrillen Crescendo steigerte, und ringsum war nur noch eine grau und schwarz aufstiebende Wolke, dichte Materie, die auf den Gleiter herabprasselte und ihn unter sich begrub.

Minuten schienen zu vergehen, doch Julian wusste, dass es nur Sekunden sein konnten. Schließlich endete die Bewegung. Ein dumpfes Knistern und Knacken blieb, als würde die Kanzel langsam von unheimlichen Kräften eingedrückt.

Aber da war zugleich ein helles Lachen. Zhanas Stimme nahm der wachsenden Anspannung die Schärfe.

»Ich bitte, die ungewöhnlich harte Landung zu entschuldigen. Aber das war die einzige Alternative dazu, geröstet zu werden.«

Julian schluckte krampfhaft. »Wir sind jedenfalls unten«, ergänzte er trocken. »Und sogar einigermaßen lebendig.«

Auf einen Impulstreffer, der den Gleiter jetzt noch in ein glühendes Wrack verwandelte, musste er wohl nicht mehr warten. Vielleicht war das Fahrzeug ohnehin schon ein Wrack, das würde sich schnell herausstellen. Doch Tifflor zweifelte nicht daran, dass Zhana die Maschine im toten Winkel der gegnerischen Stellung abgesetzt hatte.

Alle positronischen Funktionen waren erloschen. Nur der fahle Schimmer der Notbeleuchtung erhellte die Kabine. Zhana musste die gesamte Energieversorgung abgeschaltet haben, um die gegnerische Ortung zu täuschen.

Vielleicht 20 Sekunden waren vergangen, seit der Gleiter sich in das Schneebrett eingegraben hatte. Julian öffnete die Magnetgurte, die ihn fest im Sessel des Copiloten gehalten hatte. Gleichzeitig gab etwas nach; ein deutlicher Ruck durchlief die Maschine. Tifflor hatte den Eindruck, dass sie seitlich abrutschte. Im nächsten Moment dröhnte das Kreischen von reißendem Metall durch die Passagierzelle. Tifflor hatte das Gefühl, dass sich etwas drehte. Danach war wieder Stille, abgesehen von seinen eigenen tiefen Atemzügen und dem Rauschen des Bluts in seinen Schläfen.

»Wir sollten die Atemmasken anlegen«, hörte der Minister die Ara-Frau sagen. Die Atmosphäre von Oyloz war für Lemuroide, für Aras wie für Menschen, wegen der hohen Beimengungen von Kohlenstoffdioxid nicht atembar.

Möglich, dass der leichte Schwindel, den er wahrzunehmen glaubte, schon von der planetaren Atmosphäre stammte. Risse in den Wänden mochten daran schuld sein, dass sich die Kabinenatmosphäre mit der Planetenluft vermischte. Abgesehen von der dünnen Höhenluft war der überhöhte Gehalt an Kohlenstoffdioxid keineswegs angenehm. Die sehr schnell daraus resultierenden Kopfschmerzen und das rasende Schwindelgefühl konnte dann auch der Zellaktivator nicht mehr kompensieren.

Einen Moment lang spielte Julian mit dem Gedanken, einfach den Helm seines Schutzanzugs aus dem Nackenwulst hervorzuziehen und zu schließen. Aber das hätte die Hochleistungsbatterie des Lebenserhaltungssystems aktiviert und in der Ortung der gegnerischen Station wie ein Leuchtfeuer gewirkt. Wie groß mochte die Entfernung noch sein? Ein paar Hundert Meter, höchstens ein Kilometer?

Tifflor griff nach der Atemmaske, die im Seitenfach des Sessels steckte. Gleichzeitig sah er Zhana sich ihm zuwenden. Sie hielt ihre Maske schon in der Hand und war im Begriff, sich das Ding aufzusetzen. Aber vorher wischte sie sich mit dem Handrücken das Blut von der Stirn. Tiff bemerkte die quer über ihrer rechten Augenbraue verlaufende Wunde. Irgendein loser Gegenstand, der zum Geschoss geworden war, schien sie beim Aufprall getroffen zu haben.

Wieder ein spürbarer Ruck. Aber nicht der Gleiter bewegte sich, vielmehr prasselten Schnee und Geröll auf ihn herab. Risse entstanden in der molekular verdichteten Frontscheibe, doch das Panzertroplon hielt stand.

Die kleine Lawine fegte einen Teil des angehäuften Schnees beiseite. Julian konnte wieder den Himmel sehen, ein feuriges Rot in ungeahnten Schattierungen.

Mühsam tastete er sich bis zu der Einstiegsluke vor. Sie war verklemmt, reagierte erst auf den mehrfach wiederholten Öffnungsversuch, und als sie aufglitt, quollen Schnee und Eis herein. Tifflor gelang es dennoch, sich ins Freie zu zwängen. Zhana folgte ihm dichtauf. Ein eisiger Wind blies ihnen entgegen, und die Kälte stach wie mit Nadeln durch die Schutzanzüge. Immerhin hatten sie beide die Helme nicht geschlossen.

Tifflor sah sich um. Der Gleiter hatte eine deutliche Spur in dem Schneefeld hinterlassen und sich regelrecht in die schmutzige Schicht hineingewühlt. Das mäßige Gefälle des Hanges ließ die Maschine einigermaßen sicher liegen.

Erst gut 300 Meter höher wuchs eine kahle Felswand nahezu senkrecht auf. Gut 50 Meter unterhalb des Gleiters brach der Sims aber schon wieder ab, und dort ging es ebenfalls steil in eine unergründliche Tiefe. Mit untrüglichem Gespür hatte Zhana die einzige geeignete Stelle für die Notlandung ausgemacht.

Oder sie kannte die Umgebung des Stützpunkts, erkannte Julian bitter.

»Genau da!« Zhana streckte einen Arm aus und deutete auf eine vorspringende Formation, die Tiff an die Faltungen einer Fächerkoralle erinnerte. Er schätzte, dass diese Felsen etwa 500 Meter entfernt waren.

Zu sehen war von der gegnerischen Station allerdings nichts.

Der Schnee war verharscht, hatte sich aber noch nicht verdichtet. Bis über die Knöchel sank Tifflor ein. Unwillig betrachtete er die Spur, die er hangaufwärts zog, als er sich ein Stück weit von dem Gleiter entfernte.

Zhana und er waren hier, um zu sondieren und je nach den Gegebenheiten zu entscheiden, die sie vorfanden. Sofort mit einem Großaufgebot loszufliegen, hatte Perry nicht für sinnvoll gehalten.

»Wie geht es nun weiter?«

Zhana sah Julian irritiert an, als er die Frage stellte. Vielleicht hatte sie ihn nicht verstanden. Unter der Atemmaske musste seine Stimme ohnehin verzerrt klingen. Außerdem fror Zhana. Unentwegt schlug sie sich mit den Fingern auf die Wangen.

Niemand kam, um nach dem Gleiter zu sehen. Möglicherweise handelte es sich um eine rein positronisch gelenkte Station. Tifflors Blick schweifte über den Berghang hinweg, hinüber zu der eigenwilligen Formation und zurück. Das Schneebrett zog sich bis fast hinüber. Wenn es überall so stabil war, rechnete er sich eine gute Chance aus, die Strecke zu Fuß überwinden zu können. Die Waffensteuerung dort drüben mochte auf Gleiter und Raumfahrzeuge reagieren. Dass jemand zu Fuß kam, würde in ihren Schemata nicht unbedingt vorhanden sein. Schließlich konnte sie nicht auf jeden Einheimischen schießen, auf Tiere wie auf Borloomer.

Die Kälte war beißend. Tifflor konnte sich ausrechnen, wann er nicht mehr umhin kommen würde, die Heizung seines Anzugs zu aktivieren. Dann würde ihn die Energieortung der Station erfassen.

Mit einer knappen Geste gab er Zhana zu verstehen, was er vorhatte. Die Frau nickte.

Sie hatten sich beide noch nicht weiter als 100 Meter von dem Gleiter entfernt, da war ein leises Rumoren zu vernehmen. Die Richtung, aus der das anschwellende Geräusch erklang, war nicht sofort erkennbar, doch als Tifflor sich umdrehte, sah er den Riss, der das Schneefeld spaltete.

Der gesamte Bereich, in dem der Gleiter aufgesetzt hatte und zur Ruhe gekommen war, bis etwa 20 Meter oberhalb der deutlich erkennbaren Schleifspur, brach ab. Langsam erst, doch immer schneller werdend, lief der Riss dem Terraner und seiner Begleiterin entgegen. Sie sahen beide das Unheil auf sich zukommen, und in dem Moment blieb ihnen keine andere Wahl mehr, als die Anzugsysteme hochzufahren, wollten sie nicht von dem in die Tiefe donnernden Schneebrett mitgerissen werden.

Nahezu rechtwinklig knickte der Riss vor ihnen ab. Schneller werdend, rutschte die gewaltige Lawine aus Schnee und Geröll der Abbruchkante entgegen und schoss in hohem Bogen darüber hinweg.

Im gleichen Moment blitzte es bei dem vermuteten Standort der Station grell auf. Noch dicht über dem Felsabbruch schien eine neue Sonne aufzuflammen, ein lodernder Glutball, der durch Explosionen im aufbrechenden Rumpf des Gleiters weiter angefacht wurde. Tifflor glaubte, die Hitzestrahlung noch zu spüren, aber schon verschwand die Lawine mit dem lodernden Wrack in der Tiefe.

Tiff stieß eine Verwünschung aus und strecke Zhana die Rechte entgegen, weil er vor ihr ein schmales Felsband erreichte hatte, das sicheren Stand versprach. Sie ignorierte die Geste.

»Schön«, klang es unter ihrer Atemmaske hervor. »Das hätten wir einfacher haben können. Aber der Resident wollte nicht gleich schweres Geschütz auffahren. Wie oft lasst ihr Terraner euch eigentlich ins Gesicht schlagen, bis ihr endlich begreift, dass ihr handeln müsst?«

»Wir sind eben so«, erwiderte Tifflor tonlos. »Aber wenn wir erst einmal wütend werden, dann gleich richtig.«

Er erwiderte Zhanas forschenden Blick, ohne mit der Wimper zu zucken.

»Du bist wütend?«, fragte sie lauernd.

Julian schaute hinüber zu der Felsformation, in der sich die Station verbarg. Alles war wieder ruhig. Die Emissionen ihrer Anzüge schienen keine Abwehrreaktion hervorzurufen. Er riskierte es, sein Funkgerät einzuschalten, und gab eine kurze Meldung durch.

Kein tödlicher Blitz zuckte zwischen den Felsfaltungen hervor.

MEDIRA TASTETE ÜBER DAS ZERKLÜFTETE GEwirr, das einmal ein sperriges Aggregat gewesen sein musste. Einzelne Bereiche waren ausgeschlachtet worden, das hochkomplexe Innenleben akribisch präzise abgetrennt, andere Verbindungen hatte jemand mit brachialer Gewalt herausgerissen. Medira »sah« das an den glatten und unregelmäßigen Vertiefungen ebenso wie an den Fragmenten zerfetzter Verbindungen.

Zögernd glitten ihre Finger weiter. Als sie mit der rechten Hand zupackte und an einem kolbenförmigen Element rüttelte, spreizte sie die Finger der Linken fächerförmig auf, um wenigstens noch etwas wahrnehmen zu können. Was sie sah, wirkte nun allerdings seltsam flach, beinahe schon zweidimensional. Dass sie die Finger krümmte, verzerrte die Wahrnehmung zudem.

Medira hatte nicht die Kraft, den Kolben zu lösen. Mehrmals rutschte sie an dem glatten Material ab. Das Stück war nicht sonderlich dick, und seine gesamte Länge blieb ihr vorerst verborgen, aber es passte gut zu dem Menschen, den sie baute – einen künstlichen Menschen, der weder entsetzt auf ihren Anblick reagieren noch vor ihr fliehen würde.

Medira war hartnäckig. Ohne diese Eigenschaft, die sie sich sehr schnell angeeignet hatte – ihr Zeitbegriff verlor sich im Nebel vager Erinnerung, und »sehr schnell«, das erkannte sie erschrocken, konnte eigentlich alles bedeuten – ohne diese Eigenschaft hätte sie nicht lange überlebt. Sie rüttelte an dem Zylinder, bewegte ihn ruckartig hin und her, als könne sie ihn nur auf diese Weise aus seiner Verankerung lösen, und nahm vorübergehend sogar weitgehend Blindheit in Kauf, als sie auch mit der linken Hand zupackte.

Die Pergamenthaut ihrer Arme knisterte.

Medira züngelte, um Schweiß abzubauen. Zugleich schmeckte sie den eigentümlichen Geruch des Kolbens, der intensiver auf ihrer Zunge brannte, je verbissener sie an dem Material zerrte. Sie roch eine Mischung aus Kunststoff und Metall-Legierung. Etwas sehr Altes jedenfalls, denn sie schmeckte auch den an der Oberfläche verkrusteten Staub.

Sie verstärkte ihre Bemühungen. Der Zylinder splitterte, und die plötzlich scharfen Kanten schnitten ihre Handflächen und die Finger auf. Wie Feuer raste der Schmerz ihre Arme entlang. Ihre Hände wurden klebrig feucht. Der warme Eisengeruch des Blutes schüttelte sie, und obwohl sie mit den aufgeschnittenen Fingerspitzen kaum noch sehen konnte, registrierte sie einen Eindruck von düsterem Rot.

Sie glaubte sogar, die unzähligen winzigen Nanokörper zu riechen, die mit jedem Pulsschlag aus den Schnittwunden hervorquollen und sich an der Haut verankerten. Natürlich begannen die Maschinen sofort mit der Reparatur, unsichtbar und nicht wahrzunehmen, aber effektiv.

Mediras Erinnerung an den Anschlag kehrte zurück:

Vielfältige Gerüche. Blut überall. Und Tote; grässlich entstellte Körper, Menschen, die eben noch mit ihr diskutiert und gearbeitet hatten. Ohne jede Vorwarnung hatte sich die Explosion ereignet, begleitet von einem harten Strahlenschauer. Wen die umherfliegenden Splitter nicht durchbohrt hatten, den würde die Strahlung umbringen. Nicht sofort, aber innerhalb weniger Tage und äußerst qualvoll.

Medira hatte nicht die Kraft zu schreien. Sie flehte um Hilfe, wimmerte. Ihr Körper war eine einzige tobende Wunde.

Nach einer Weile erschien ein lächelndes Gesicht über ihr. Engelsgleich modelliert, beugte es sich aus der Höhe herab. Sie sah eine hohe Stirn mit zentimeterkurz geschnittenem Haar, vor allem aber die blauen Augen, die sie musterten, als wollten sie sich nie wieder von ihr abwenden.

Schließlich die Berührung des Fremden. Er hatte lange schlanke Finger mit gepflegten Nägeln. Jedes noch so unscheinbare Detail saugte Medira in sich auf; sie klammerte sich mit aller Kraft an ihr schwindendes Leben, wollte noch einmal mit allen Sinnen genießen.

Die Finger tasteten über ihre Schläfen, glitten tiefer, verharrten hinter ihren Ohren und drückten sanft auf die Halsschlagader ... »Du wirst in einen tiefen Schlaf versinken«, sagte das Engelsgesicht mit einschmeichelnder Stimme, die es ihr noch schwerer machte, loszulassen. »Wenn du wieder aufwachst, werden deine Schmerzen vergangen sein ... und ... du ...«

Medira spürte, dass etwas von diesen Fingern auf sie übersprang, und was immer das sein mochte, es tat ihr gut.

»... wirst dich ... an das Schlimme ... kaum mehr ... erinnern ...«

Immer weiter von ihr weg erklang diese Stimme, immer stockender, als dehne sich die Zeit ins Endlose. Der Mann, erkannte Medira mit vernebelten Sinnen, war ein Medoroboter. Und endlich verstand sie, dass der Roboter ihr ein starkes schmerzstillendes Medikament und wer weiß was außerdem injiziert hatte.

Eine lähmende Müdigkeit kroch durch ihren Körper.

Medira wollte nach der feingliedrigen Hand greifen, sie festhalten, aber ihre Muskeln gehorchten ihr nicht mehr.

Was blieb, war ein konstantes dumpfes Summen, ein schwereloses Schweben zwischen Traum und Wachsein. Ein seltsamer Zustand, in dem Medira den eigenen Herzschlag nicht mehr wahrnahm, nur dieses leise Summen unter ihrer Schädeldecke.

Irgendwann stach grelle Helligkeit in ihre Augen.

Später kamen Stimmen hinzu.

Viele Hände tasteten über ihren Körper. Fest und fordernd, als wühlten sie sich durch ihr Fleisch hindurch. Aber da waren auch kaum wahrnehmbare Berührungen. Das alles löste wohlige Schauder aus und ebenso Erschrecken, als ein bleicher eiförmiger Schädel sich über sie beugte und der sezierende Blick roter Augen sich an ihr festfraß.

Ein Ara, einer der Galaktischen Mediziner, von denen Medira McRoven immer nur gehört hatte. Für mehr als einen bestenfalls zwiespältigen Eindruck hatte es bei ihr nie gereicht. Zynische Stimmen behaupteten, dass Aras eines Tages die Milchstraße in den Untergang stürzen würden, andere sprachen davon, dass die Mediziner alle bewohnten Planeten in Paradiese verwandeln könnten, wenn sie nur wollten. Doch ihr Wollen hing von der Bezahlung ab ...

... oder davon, dass sie an etwas wirklich interessiert waren.

Was haben wir vom Paradies, wenn es uns niemals gehören wird und wir für ein Leben dort teuer bezahlen müssen? Aber die Alternative dazu ...?

Immer wieder stiegen diese Fragen in Mediras Bewusstsein auf. Bis viele Aras sie anstarrten und begafften. Von da an fragte sie sich, wohin der Medoroboter verschwunden sein mochte und warum keine terranischen Ärzte bei ihr waren.

Was immer diese Mediziner mit ihr machten, Medira glaubte nicht, dass ihr das letztlich gefallen würde.

Sie sah stetig neue Gesichter. Andere, die blieben, wurden grau, zeigten schnell Falten und sich ausbreitende Pigmentflecken. Diese Aras alterten mit unheimlicher Geschwindigkeit.

Mediras Erschrecken darüber, jedes Mal, wenn sie die Augen aufschlug, wich rasender Panik, als sie endlich begriff. Nicht die Eierköpfe alterten auf krankhafte Weise, sondern zwischen ihren eigenen wachen Momenten lagen Jahre.

Was geschah mit ihr?

Furcht und Entsetzen erfüllten sie. Medira McRoven entsann sich wieder der Gerüchte, Halbwahrheiten und

Vorurteile, die hinter vorgehaltener Hand verbreitet wurden und nicht totzukriegen waren.

»Was macht ihr mit mir?« Sie schrie die Frage hinaus, glaubte es zumindest, doch sie erhielt keine Antwort.

Die Furcht fraß sie von innen heraus auf, und irgendwann zerbrach sie fast daran. Sie lebte noch. Na und? Was war sie anderes als ein Versuchstier, eingesperrt und angeschlossen an Apparaturen, die ihre Lebensfunktionen auf ein rein wissenschaftliches Interesse reduzierten?

In ihrem Körper tobte mittlerweile etwas Fremdes.

Dann kam der Transport. Medira schlief nicht wieder ein, sie blieb endlich wach. Aber selbst mit weit aufgerissenen Augen sah sie kaum, was um sie herum geschah. Hell und dunkel, anderes vermochte sie nicht mehr zu unterscheiden. Sie war nahezu blind geworden. Andererseits spürte sie die Nähe der Aras, nahm die Mediziner auf eine Art und Weise wahr, die sie sich nicht erklären konnte. Als entwickelte sie einen Sinn für die elektrischen Felder ihrer Körper.

Flirrende, leuchtende Schemen entstanden vor Mediras innerem Auge. Dazu Stränge von Licht, die sich bündelweise vereinten, Boden und Wände durchliefen und in Aggregaten wahre Kaskaden von Helligkeit entfachten.

Medira registrierte, dass sie auf ein kleines Raumschiff gebracht worden war. Wahrscheinlich handelte es sich um ein Beiboot. Mit den Händen erfasste sie vielfältige Strömungen, die bald einen deutlichen Zusammenhang zeigten und ihr die Augen ersetzten.

Nach geraumer Zeit dockte das Beiboot irgendwo an. Das Zwischenziel der Mediziner war eine große Raumstation, erkannte Medira aus den Energieflüssen der holografischen Abbildungen. Andere Raumschiffe waren da, vielleicht einige Dutzend. Sie mochten vielen verschiedenen Völkern gehören.

Lange war sie nur von den bleichhäutigen Aras umgeben gewesen, nun hielt Medira es nicht mehr aus. Eine Handbewegung genügte ihr, die energetischen Fesseln der Liege erlöschen zu lassen. Sie erhob sich, ohne darüber nachzudenken, wie ihr das möglich gewesen sein konnte.

Der Raum, in dem sie sich befand, war verriegelt. Medira spürte die Energieflüsse auf, fuhr sie mit zwei Fingern der rechten Hand nach – und trat auf den schmalen Korridor hinaus.

Ein großes Schott, keine fünf Meter entfernt, führte in die Zentrale. Medira schritt einfach hindurch, als es sich vor ihr öffnete.

Zwei Aras arbeiteten in der Zentrale. Sie fuhren herum, als sie die junge Frau sahen, einer der beiden zog sogar die Waffe.

Medira ging weiter. Sie wusste nicht, warum sie das tat. Es war wie ein innerer Zwang, gegen den sie nicht ankam.

Der Ara mit der Waffe schrie ihr etwas entgegen. Sie achtete nicht darauf. Auch der andere Mann zog seinen Strahler. Medira erkannte das, als sie die Hand leicht anhob und öffnete.

Sie wunderte sich darüber, dass die Aras offenbar Furcht vor ihr hatten. In dem Moment schoss der erste. Der Paralysestrahl stoppte Medira, aber er bewirkte nicht mehr als ein Prickeln auf der Haut, die sich im Trefferbereich zusammenzuziehen schien und aufplatzte. Medira fühlte sich wie ein Reptil, das sich häutete und die alte zu eng gewordene Hülle abstreifte.

Der Ara wich vor ihr zurück, als sie weiter auf ihn zuging. Entsetzt feuerte auch der andere eine Paralyseladung ab – und gleichzeitig setzte Mediras bewusstes Denken aus. Sie hätte nicht zu sagen vermocht, was mit ihr geschah; sie taumelte in einem Rausch der Sinne, der ihr selbst nur Fetzen einer verzerrten Wahrnehmung ließ.

Aus dem Stand heraus schnellte sie nach vorn. Da war ein dumpfes Knacken, als sie mit dem Ara zu Boden ging und seinen Arm zur Seite bog. Der Mann brüllte unbeherrscht, aber Medira ertrug diesen Lärm nicht und hielt ihm den Mund zu. Sekunden später sackte er leblos zur Seite.

Sie spürte, dass der andere hinter ihr war, wälzte sich herum und entging seinem wuchtigen Hieb. Als er gleich darauf vor ihr floh, war sie auf allen vieren schneller, fuhr zwischen ihm und dem aufgleitenden Schott in die Höhe und schlug mit aller Kraft zu. Der Ara wurde von den Beinen gerissen und prallte gegen eine der Steuerkonsolen.

Medira zerrte ihn zu Seite.

Sie spürte den Energieströmen nach. Spielte mit ihnen. Unterbrach einzelne Verbindungen und knüpfte neue. Das kleine Raumschiff, spürte sie, bebte voll ungezähmter tödlicher Kraft, und es gehorchte ihrem Willen.

Niemand stellte sich ihr entgegen, als sie Augenblicke später die Außenschleuse betrat. Vor ihr spannte sich ein Energietunnel, der den Eindruck erweckte, als bewege sie sich durch den freien Raum. Sie sah das energetische Geflecht, das ihr Halt gab und die Atemluft zurückhielt.

Hinter ihr brach der Tunnel zusammen. Aber da stand sie schon in dem gewaltigen Objekt.

Das Schiff, mit dem sie gekommen war, entfernte sich. Augenblicke später, kaum mehr als 20.000 Kilometer entfernt, flammte ein neuer Stern in der Schwärze des Alls auf. Medira registrierte die Energiewolke, die sich aufblähte, für einige Dutzend Sekunden Bestand hatte und schließlich in wirbelnden Schleiern verwehte.

Sie war wieder allein.

Medira versuchte, zu sich selbst zu finden. Trotz des Fremden, das in ihren Adern, den Lymphgefäßen und in den Organen war.

Medira wischte die Erinnerung beiseite. Sie kauerte am Fuß des ausgeschlachteten Aggregats. Hier floss keine Energie mehr, nicht einmal Restströme nahm sie wahr. An Orten wie diesem fand sie immer ein wenig Ruhe, während im weiten Umkreis alles energetisch bebte. Hier, im Randbereich der kilometerlangen stählernen Brücke, legten die großen Frachtraumschiffe an, löschten ihre Ladung und nahmen andere Ware an Bord.

Oftmals beobachtete Medira die vor allem von Arbeitsrobotern erzeugten Energieströme. Das war ein buntes Kaleidoskop von pulsierendem Leben, völlig anders, als sie es in Erinnerung hatte. Sie vermisste ihr Augenlicht dennoch kaum. Nur wenn sie einen Gegenstand sehr nahe vor sich hatte, konnte sie noch einen vagen Abklatsch dessen erahnen, was Menschen sahen.

So wie jetzt.

Sie hatte sich die Hände vors Gesicht geschlagen. Mit den Fingern registrierte sie den schwachen Energiefluss unter ihrer Haut, mit den entstellten Augen sah sie die Schnittwunden an ihren Händen, sah, wie der Schorf wuchs, wie sich die Haut zusammenzog und vernarbte und letztlich unter der abplatzenden Schicht neues Gewebe zum Vorschein kam.

Seit nahezu eineinhalb Jahren lebte Medira in der Trümmerbrücke. Sie war allein geblieben in dieser Zeit. Die Nanomaschinen in ihren Adern heilten zwar Wunden und hatten noch keine Erkrankung aufkommen lassen, aber sie wünschte sich, sie hätte Einfluss auf ihr Äußeres nehmen können. Die Spuren der Explosion entstellten sie. Immer öfter fragte sie sich, ob die Aras wirklich versucht hatten, ihr zu helfen. Oder war sie nur ein Versuchsobjekt gewesen – und war es noch? Sie spürte, dass in ihrem Körper Dinge geschahen, auf die sie besser nicht achtete. Die Nanomaschinen veränderten sie, aber die Tragweite dessen konnte sie überhaupt nicht erfassen.

Vielleicht wäre Medira sogar zu den Medizinern zurückgegangen, hätte sie sich nicht vor dem Gefühl gefürchtet, ihnen hilflos ausgeliefert zu sein.

Das Rumoren in ihrem Körper wurde deutlicher. Hitzewallungen strahlten aus dem Unterleib in den Oberschenkel aus. Medira wusste, was kommen würde, in den letzten Wochen geschah dies immer öfter.

Da war der grelle Schmerz wieder, als schlitzte eine glühende Klinge ihr rechtes Bein vom Hüftknochen bis zum Knie auf. Sie taumelte, ihr Aufschrei wurde zum halb erstickten, krampfhaft nach Atem ringenden Gurgeln, und sie schaffte es gerade noch, sich mit dem Rücken an dem ausgeschlachteten Stahlgerippe entlang zu Boden sinken zu lassen. Der Schmerz war unerträglich. Medira verkrampfte sich, sie fürchtete, ersticken zu müssen ...

... und dann war nichts mehr.

Ebenso abrupt erlangte sie das Bewusstsein zurück. Der Schmerz hatte nachgelassen, war aber noch nicht vollständig abgeklungen. Medira zögerte erst, dann tastete sie über ihr Bein. Der Oberschenkel war hart, ein deutlich größeres Stück als bisher schon. Wenn sie beide Hände nebeneinanderlegte, deckte sie das veränderte Gewebe gerade noch ab. Immer schneller weitete sich diese Erscheinung aus. Vor wenigen Tagen hatte sie an der linken Hüfte einen gerade erst fingernagelgroßen schwarzen Fleck entdeckt. So hatte es am Oberschenkel ebenfalls begonnen.

Mit beiden Händen zerrte sie den Magnetsaum ihrer Kombihose auf. Die Haut darunter war schwarz. Und unglaublich hart. Medira konnte das Gewebe nicht eindrücken. Wie Stein erschien es ihr. Oder, schlimmer noch, wie Stahl.

Sie versuchte, sich wieder aufzurichten, schaffte es erst im zweiten Anlauf und musste sich an der Aggregatwand abstützen. Nach einigen Minuten stand sie wieder sicher auf beiden Beinen.

Mit der Linken tastete sie über ihre Kombination, fand das kleine Terkonitmesser, das sie irgendwann in einem Lagerraum an sich genommen hatte, und wog es abschätzend in der Hand. Dann stieß Medira entschlossen zu. Sie schrie, weil der Stahl die schwarze Haut an ihrem Oberschenkel nicht einmal ritzte. Stattdessen wurde die Klinge in ihrer Faust zurückgeprellt und schnitt ihr die Finger auf.

Die Wunde blutete extrem stark, schloss sich aber rasch. Schon setzte die Narbenbildung ein.

Medira schlurfte weiter. Sie hatte sich vorgenommen, ihren künstlichen Menschen bald zu vollenden. Er mochte ein bizarr zusammengesetztes Gerippe sein, aber das war ihr letztlich egal. Sie brauchte einen Gefährten, bevor ihr Körper womöglich völlig erstarrte. Positronikelemente fehlten ihr noch. Nach diesen Systemteilen hatte sie in den Umschlaglagern suchen wollen, doch mittlerweile fürchtete sie, dass dieser Tag keineswegs günstig für sie war.

Starke Störfronten drangen von außerhalb des Trümmerstegs auf sie ein. Medira glaubte zu erkennen, dass große Frachter im Schutz von Prallschirmen angedockt hatten. Roboter und Lastenplattformen näherten sich.

Es mochte besser für sie sein, wenn sie sich zurückzog.

Medira humpelte durch das Labyrinth von Gängen, Rampen und Frachträumen, in dem sie sich längst mit Leichtigkeit zurechtfand. Sie kannte die hauptsächlich frequentierten Verbindungsstollen und wusste von Zwischendecken und Nischen, die womöglich niemand außer ihr kannte. Jedenfalls hatte sie dort nie Spuren von Händlern oder Robotern gefunden. Aber mitunter veränderten einzelne Räumlichkeiten ihr Aussehen, dann musste sie sich neu orientieren. Überhaupt war vieles nicht so leblos, wie es den Anschein hatte. Medira hatte in Zwischendecken Energiespeicher aufgespürt und in unzugänglichen Räumlichkeiten Maschinen entdeckt, mit denen sie wenig anzufangen wusste.

Nahezu im Zentrum des Trümmerstegs gab es sogar Bereiche eines Lebenserhaltungssystems, wie sie sonst nur an den Übergangsstellen zu den beiden Auslegern zu finden waren. Bis auf wenige Hundert Meter an die beiden Seitenpfannen hatte Medira sich schon vorgewagt, aber nie weiter.

Ohne bewusst darüber nachzudenken, hatte sie den Weg zu den Wasserleitungen eingeschlagen. Sie hatte keines der Gefäße bei sich, mit denen sie sonst Wasser abzapfte, aber sie war durstig. Bevor sie die Deckung einer der letzten Wandnischen verließ, sondierte sie nach allen Seiten.

An der Wasserversorgung fand sie immer wieder Hinweise darauf, dass sich in dem Trümmersteg viele andere Wesen verbargen. Nicht alle waren friedlich. Mehrmals war Medira schon angegriffen worden, und sie hatte sogar einen oder zwei Tage lang schwer verletzt hier gelegen, hatte sich vor Schmerzen gekrümmt und fremdartig anmutende Geschöpfe gesehen, die sie hilflos angestarrt hatten und wieder verschwunden waren. Keiner hatte ihr geholfen. Sie alle waren wohl Aussätzige, Gestrauchelte, Verfolgte, und jeder fürchtete um sein armseliges Leben und klammerte sich daran fest, als wäre es immer noch das Wertvollste überhaupt.

Jetzt hielt sich niemand in der Nähe auf. Medira wuchtete den Schottflügel so weit zurück, dass sie sich in den Kontrollraum zwängen konnte. Die Anlage erstreckte sich über zwei Etagen. Ganze Leitungssysteme verliefen hier, es gab eine Vielzahl von Drucktanks und Messeinrichtungen. Die Arbeitskonsolen waren abgeschaltet, nur wenige Fluoreszenzplatten in den Wänden verbreiteten einen vagen Hauch von Helligkeit.

Medira tastete sich vorwärts. Irgendwo vor ihr tropfte Wasser. Es war ein steter, gleichmäßiger Klang und zudem eine deutliche Warnung. Falls nicht marode Dichtungen durchlässig geworden waren, hatte sich erst vor Kurzem jemand hier zu schaffen gemacht.

Manchmal kamen Jagdtrupps der Händler und durchsuchten Teilbereiche des Trümmerstegs. Wahrscheinlich immer dann, wenn sich jemand zu intensiv an eingelagerter Fracht vergriffen hatte. Medira war den Häschern stets erwischt, weil sie rechtzeitig auf sie aufmerksam wurde, aber sie hatte gesehen, wie die Springer und ihre Roboter mit den Gefangenen umsprangen.

Eine große Wasserlache bedeckte den Boden. Medira orientierte sich an dem nächsten Leitungsabschnitt, aber schon nach ein paar Schritten trat sie auf etwas Weiches. Zögernd, jeden Moment darauf gefasst, angegriffen zu werden, ließ sie sich in die Hocke nieder. Ihre tastenden Finger verkrallten sich in einem Kleidungsstück. Ein Overall, wie er meist von Schiffstechnikern getragen wurde. Das eigentlich schmutzabweisende Gewebe klebte vor Dreck. Außerdem stank es nach Schweiß und Ozon. Daneben lag etwas wie eine Kappe. Medira fühlte eine eigenartige Anspannung. Eine Schildmütze, stellte sie fest, eine Kopfbedeckung, die überwiegend von Terranern getragen wurde.

Hielt sich in der Nähe ein Terraner auf? Medira fieberte plötzlich der Begegnung mit einem Terraner entgegen, aber sie schreckte ebenso schnell davor zurück. Weil sie sich vor dem Moment fürchtete, in dem ein Mensch sich schreiend von ihr abwenden würde. Bislang waren es immer nur andere Wesen gewesen, darüber zerbrach sie sich nicht den Kopf. Aber ein Terraner?

Es war besser, sie ließ es nicht darauf ankommen. Sie wollte nicht den letzten Rest Menschsein in sich zerstören, der ihr manchmal über die Einsamkeit hinweghalf.

Medira ertastete eine dünne Klinge neben dem Kleidungsstück. Und Haare. Dichtes, wolliges Haar. Jemand hatte sich offenbar den Kopf kahl geschoren und sich seiner Kleidung entledigt. Um nicht erkannt zu werden. Das war der einzige Grund, den Medira sich vorstellen konnte.

Wer immer in der Halle kurzzeitig Unterschlupf gesucht hatte, war von hier aus weitergegangen. Zu den Händlern in der Station?

Medira hatte sich in eine Nische zwischen den Rohrleitungen zurückgezogen. Immer noch beschäftigte sie der Gedanke, so unerwartet einem Terraner zu begegnen. Ob sie sich vorerst hier aufhielt oder in ihrem Versteck zwischen uralten Linearkonvertern, die sogar noch mit Folienbeschichtungen aus Hyperkristall ausgekleidet waren, spielte keine Rolle.

Ein jähes Poltern schreckte sie auf. Medira hob die Hände. Jemand hatte die Halle betreten; sie spürte den schwachen Energiefluss eines Scheinwerfers. Ein Mann oder eine Frau? Das konnte sie vorerst nicht erkennen. Sie hörte Schritte näherkommen, dann machte sich der Unbekannte an den Wasserrohren und wenig später am Wasser selbst zu schaffen.

In der Halle verweilen wollte er offenbar nicht, denn er wandte sich schon kurz darauf wieder dem Schott zu. Der Lichtkegel seiner Lampe huschte noch einmal zwischen den Rohrsystemen hindurch, streifte für Sekundenbruchteile Medira – und erlosch jäh.

Sie hatte die Stimme auch gehört. Auf dem außen vorbeiführenden schmalen Korridor, der eigentlich nur ein Wartungsgang sein konnte, weil er nicht einmal 20 Meter weiter blind endete, hatte jemand halblaut geredet.

Der Terraner schien erstarrt zu sein. Medira glaubte, seine Anspannung fühlen zu können. Sie wusste nicht, ob die harte Strahlung nach dem Anschlag diese besondere Fähigkeit in ihr ausgelöst hatte, oder ob die Bemühungen der Aras damit zu tun hatten. Vielleicht beides. Oft genug hatte sie davon gehört, dass Menschen nach dem Verlust eines ihrer Sinne ihre Wahrnehmungsfähigkeit in einem anderen Bereich deutlich steigerten.

Sie wagte kaum noch zu atmen, weil sie fürchtete, in ihrem Versteck entdeckt zu werden. Der Mann, erkannte sie, hantierte wieder an den Rohren. Ein leises metallisches Schaben war zu vernehmen.

Nur Sekunden später flammte unter dem Schott ein lichtstarker Scheinwerfer auf. Medira registrierte, dass der Terraner herumfuhr.

»Du hast die Ware?«

Die Stimme gehörte einem Springer. Es fiel Medira nicht schwer, die Klangfärbung zu identifizieren.

»Wir sollen auf dich aufpassen. Die Trümmerbrücke ist nicht ganz ungefährlich.«

Zwei Rotbärte also. Medira registrierte, dass der Lichtkegel quer durch die Halle huschte, aber letztlich auf dem Terraner verharrte.

»Ein hübsches kleines Nest hast du dir eingerichtet. Aber das ist armselig. Wenn du uns die Ware gibst, wirst du bald sehr viel komfortabler untergebracht sein.«

»Wovon redet ihr überhaupt? Was wollt ihr von mir?«

Ein dumpfes Lachen folgte der Bemerkung. »Wo hast du das Päckchen, Freund? Ist es hier irgendwo versteckt? Wäre doch schade, wenn der teure Stoff nutzlos verrottet.«

Beide Springer kamen näher. Der Terraner wich vor ihnen zurück. Aber der Raum hatte nur einen Zugang. Medira wusste, dass der Mann nicht entkommen konnte, und er selbst schien das ebenfalls erkannt zu haben.

»Lasst mich in Ruhe!«, keuchte er. »Ich habe euch nicht hergebeten.«

»Natürlich nicht. Aber du hast etwas für uns, das wir gern in Verwahrung nehmen würden. Und falls du glaubst, schreien zu müssen, tu dir keinen Zwang an. Niemand hört dich.«

Als müsse er seine Behauptung beweisen, schlug der Springer mit der Handlampe gegen die Rohre. Ein dumpfes Dröhnen hallte auf.

»Trägst du das Päckchen am Leib, oder hast du es zwischen den Leitungen versteckt? Du sparst dir jedenfalls eine Menge Unannehmlichkeiten, wenn du uns die Ware übergibst. Andernfalls könnte ich mir vorstellen, dass einige Leute besonders daran interessiert wären, dich wiederzusehen.«

»Ich hab das Antazymol zwei Decks höher versteckt.«

»Natürlich.«

Für einen Moment fürchtete Medira, sich zu verraten. *Antazymol.* Der Name ließ ihren Herzschlag rasen. Sie entsann sich. Sie hatte die Aras davon reden hören. Antazymol hatte mit dem Zeug zu tun, das in ihrem Körper steckte, das sie quälte und zugleich schützte. Entweder unterdrückte es ihre Immunreaktionen, oder es war eine Art Katalysator und verlieh den Nanomaschinen besondere Eigenschaften. Sie wusste es nicht, sie wollte es auch nicht hören, nicht jetzt jedenfalls.

»Es gibt immer verräterische Wärmespuren. Wenn wir hier nichts finden ...« Einer der Springer aktivierte einen kleinen Detektor. Medira vermutete spontan, dass es sich um einen Infrarotspürer handelte.

Auch der Terraner schien das begriffen zu haben, denn er warf sich in dem Moment nach vorn. Es konnte nur eine Panikreaktion sein, die ihn versuchen ließ, an den beiden Springern vorbeizukommen. Er hatte jedenfalls keine Chance.

Sein Aufschrei wurde zu einem erstickten Gurgeln, als ihn ein Fausthieb von den Füßen riss und gegen einen der Tanks schleuderte. Sofort versuchte er, sich wieder aufzuraffen, aber ein zweiter Schlag schickte ihn auf die Knie.

»Wo ist das Zeug?«

»Ich ... weiß nicht ...«

Die Springer zerrten den Mann hoch. Dann schlugen sie wieder zu. Er wimmerte nur noch.

Medira zitterte. Alles in ihr schrie in dem Moment danach, dem Terraner zu helfen. Vielleicht würden die Springer ebenso entsetzt über ihren Anblick sein wie alle anderen, die ihr begegnet waren. Wenn sie einfach losstürmte ... Sie konnte es nicht, klammerte sich an ihr Dasein, dieses eigenartige Dahinvegetieren. Zu erfahren, was mit ihrem Körper geschah, erschien ihr plötzlich weitaus erstrebenswerter als noch vor wenigen Stunden.

Sie verkrampfte die Hände, presste sie fest auf ihren Leib, um nicht mit ansehen zu müssen, was kaum mehr als zehn Meter entfernt geschah. Sogar die verquollenen Augen hatte Medira geschlossen, doch die Geräusche konnte sie nicht ignorieren. Sie hörte die dumpfen Schläge, das Wimmern und Würgen, das jeder Treffer auslöste. Dazwischen die Fragen der Springer. Gnadenlos prasselten sie auf den Mann herab, ebenso wie die wuchtigen Hiebe.

Dann, unvermittelt, war Stille. Keine Erlösung folgte, sondern eher noch größere Qual. Nun würden die Rotbärtigen kommen, würden nach der Ware suchen und Medira aufspüren.

»Er ist tot«, hörte sie die teilnahmslose Feststellung.

»Und die Ware?«

In wenigen Augenblicken würden die Springer ihre Körperwärme anmessen. Medira schwitzte; sie spürte, wie ihr der Schweiß über das entstellte Gesicht tropfte. Sie verwünschte ihr Interesse an dem Terraner, das sie veranlasst hatte, in der Halle zu bleiben.

»Hier. Ich wusste es doch. Wieso er das Päckchen nur zwischen die Rohre geschoben hat, als wäre der Trümmersteg sicher wie die Bank von Arkon ...«

»Was machen wir mit ihm?«

»Keine Spuren, Saedh. Nichts, was irgendwann auf das Kontor zurückfallen könnte.«

Das charakteristische Fauchen eines Desintegrators war zu vernehmen. Medira zuckte bei jedem Schuss zusammen. Sie spürte die verwehende Bindungsenergie, die den Leichnam und die abgelegten Kleidungsstücke auflöste.

Augenblicke später war sie wieder allein und innerlich wie zu Stein erstarrt. Aber dafür waren nicht die Nanomaschinen in ihrem Körper verantwortlich.

Medira verfluchte diese Welt, in der sie Zuflucht gesucht hatte.

Sie war 25 gewesen, als die Explosion ihr Leben zerstört und das aus ihr gemacht hatte, was sie heute war. Ein Monstrum, vor dem sie sich selbst manchmal fürchtete. Das Leben in der Milchstraße hatte sie sich anders vorgestellt.

Sich einzureden, die Trümmerbrücke sei wirklich nur eine Ausnahme und andernorts hätten Intelligenzen ihre Verantwortung füreinander begriffen, fiel Medira verdammt schwer.

Schatten wuchsen aus der Tiefe empor wie ein unersättlicher Moloch, und am Himmel zeigten sich die ersten fahlen Sternbilder. Das Rot des Sonnenuntergangs, als spiegelten sich Feuerwalzen, die über die Kontinente hinwegrollten, war nahezu völlig verblasst. Bald würde die Nacht hereinbrechen.

Julian Tifflor und Zhanauta Filgris hatten ihre Schutzanzüge geschlossen. Die Temperatur war sehr schnell unter den Gefrierpunkt gesunken.

Nach wie vor kauerten beide auf dem schmalen Felsband. Stumm beobachteten sie die eigenwillige Felsformation, die der Wandel von Licht und Schatten minütlich veränderte. Nichts verriet jetzt noch, dass dort drüben, beinahe schon zum Greifen nahe, eine Station unbekannter Ausdehnung in den Fels eingegraben war.

Es wäre leicht gewesen, die kurze Distanz mit den Flugaggregaten zu überwinden. Aber Julian war längst nicht mehr der Heißsporn, der wegen ein paar Minuten Zeitgewinn sein Leben riskiert hätte. Das war es nicht wert. Und Zhana schien ähnlich zu denken. Sie wirkte gelangweilt und schwieg. Nur hin und wieder bedachte sie Tiff mit einem forschenden Blick.

Der Außenminister der LFT fragte sich, ob Zhana wusste, was sie erwartete. Immerhin hatte sie den Gleiter so abrupt aus der Gefahrenzone herausgerissen, dass ihnen nichts geschehen war. Jeder andere an ihrer Stelle hätte einen kurzen Moment der Überraschung gezeigt.

Wieder drängte sich sein Misstrauen in den Vordergrund. Tifflor wusste, dass er sich in etwas verrannte, das er so gar nicht wollte, trotzdem kam er nicht dagegen an. Vielleicht, dachte er, schreckte er vor der Entscheidung zurück, die unweigerlich kommen musste. Er mochte Zhana, obwohl er wusste, dass nicht alle Gefühle für sie seine eigenen waren. Es gab einen geheimnisvollen Unbekannten, der sie beide emotionell miteinander verbunden hatte. Aber Zhana war auch eine Sterbliche. Tifflor lag nicht daran, das Leben mit ihr für ein paar Dutzend Jahre wie im Rausch zu genießen und eines Tages aufzuwachen und den Kater zu spüren, die Ernüchterung, wenn sie neben ihm alterte, während er selbst frisch und unverbraucht blieb. Das war nicht sein Selbstverständnis, das er vom Sinn des Lebens hatte. Von vornherein musste ihm klar sein, dass nicht einmal die medizinische Kunst der Aras Zhana vor dem körperlichen Verfall bewahren konnte. Vielleicht, sagte sich Julian, war er ein hoffnungsloser Egoist. Aber ebenso wahrscheinlich wollte er ein Egoist bleiben und sich nicht mit Problemen auseinandersetzen, die ihn eines Tages dazu verleiten würden, sogar seine Unsterblichkeit zu verwünschen.

Ein rotes Pulsieren fraß sich in seine Überlegungen vor.

Es wuchs an und überschwemmte sein Blickfeld. Viel zu langsam reagierte er darauf. Im Helmfunk hörte er, dass Zhana bereits zischend einatmete.

Eigentlich war das Blinken winzig klein. Die Anzugpositronik blendete es in die Sichtscheibe ein. Innerhalb von Sekunden waren aus dem einen Punkt fünf geworden, gleich darauf zehn.

Ortungsimpulse.

Tifflors Blick huschte suchend über den Himmel. Die Sterne waren zahlreicher geworden, aber sie bewegten sich nicht.

»Wir verschwinden besser!«, sagte Zhana.

»Deine Leute werden nicht so verrückt sein, einen Feuerzauber zu veranstalten. Es sind Aras, die da kommen ...«

Der Blick, mit dem Zhana Tifflor bedachte, hatte etwas von Unverständnis.

»Chirurgisch präzise Schnitte gegen die Station«, erklärte er seine Bemerkung. »Ich erwarte eine Operation, Zhana, kein Gemetzel.«

Urplötzlich ein grelles Aufflammen. Drei Geschützprojektoren feuerten, einer in der bizarren Felsformation, die beiden anderen jeweils gut einen Kilometer entfernt. Die erste Impulssalve brach sich in den aufflammenden HÜ-Schirmen zweier anfliegender Space-Jets, die nächsten Schüsse vereinten sich bereits zu Punktfeuer. Aber schon jagten die Jets auseinander und verschwanden hinter den nächsten Gipfeln. Nur noch ein fahles Nachleuchten ionisierter Luftmoleküle war wahrzunehmen.

Eine zweite Formation war plötzlich da. Erneut zwei Space-Jets, diesmal jedoch von mehreren Space-Tubes flankiert. Keines der Schiffe erwiderte das ihnen entgegenschlagende Feuer. Es schien, dass sie den Gegner testen wollten, die Position der Geschützstellungen und ihre Stärke herausfinden.

Julian lächelte. Das sah nach Perrys Handschrift aus. Ortungsdaten sammeln hatte Priorität. Schließlich ging es nicht darum, die Station nur auszuschalten. Keinesfalls durften bei einem Angriff genau die Informationen vernichtet werden, deretwegen sie hier waren.

Die dritte Welle flog an ... Diesmal erwiderten Space-Jets und Tubes das Feuer. Waren bis eben keine gegnerischen Schutzschirme zu erkennen gewesen, so bauten sie sich nun blitzartig auf.

»Die Jets werden es nicht schaffen, die Schirme zu durchbrechen«, bemerkte Zhana irritiert. »Eher ebnen sie das halbe Massiv ein ...«

Tifflor deutete schweigend in die Höhe. Eine übergroße Space-Tube sank herab. Sofort konzentrierte sich das Abwehrfeuer auf dieses Beiboot der Quarantäneraumer.

Ein Knacken war im Helmlautsprecher zu vernehmen. Die Stimme eines Aras erklang.

»Ich rufe Julian Tifflor und Zhanauta Filgris. Wir gehen davon aus, dass ihr euch aus der unmittelbaren Nähe der Station zurückgezogen habt. Unsere Auswertungen lassen darauf schließen, dass wir eine positronisch gesteuerte Anlage arkonidischen Standardtyps vor uns haben. Der entscheidende Angriff läuft in diesem Moment an.«

Ein fahlgrüner Strahl stach aus der Höhe herab, glitt über den Schutzschirm hinweg, der die Felsformation einschloss, und vereinigte sich am jenseitigen Steilhang mit weiteren Desintegratorschüssen. Zugleich flogen Space-Jets und Tubes pulkweise Angriffe gegen die Abwehrstellungen.

»Holt uns jemand hier raus?«, rief Tifflor. Er erhielt keine Antwort.

Impuls- und Thermostrahlen entfesselten einen Hitzeorkan. In ihren Schutzanzügen spürten Julian und Zhana noch wenig davon, aber sie sahen die Schneefelder zusammenschmelzen. Mithilfe ihrer Flugaggregate zogen sich die beiden weiter zurück. Aus der Deckung einer massigen Felsnase bot sich ihnen immer noch ein guter Überblick. Sturzbäche ergossen sich bereits über die Steilhänge in die Tiefe.

Das Feuer der Aras konzentrierte sich auf den jenseitigen Bereich der Felsformation. Ununterbrochen stachen Impuls- und Desintegratorstrahlen in die Tiefe ...

... und dann, von einer Sekunde zur nächsten, schwiegen die Geschütze der Station. Einen Augenblick später verwehten die Schutzschirme in flackernden Entladungen.

Die Aras feuerten ebenfalls nicht mehr. Die große Space-Tube gewann langsam wieder an Höhe und wurde zu einem Stern unter vielen, nur zwei Space-Jets verharrten noch dicht über dem Taleinschnitt. Auch die anderen Schiffe zogen sich zurück.

Hinter der korallenartigen Felsformation stieg eine brodelnde Wolke auf.

»Wie ich es vermutet habe«, stellte Tifflor aufatmend fest. »Das war ein sauberer chirurgischer Schnitt. Ich gehe jede Wette ein, dass die Hauptenergieversorgung der Anlage lahmgelegt wurde. Jetzt warte ich nur noch darauf, dass Perry sich meldet ...«

Statt des Residenten erklang die Stimme des Aras wieder im Helmfunk. »Wir schleusen die Kampftruppen aus. Ziel ist die Übernahme der Station und die Sicherung aller relevanten Speicherdaten. Ich habe Order, den Außenminister der Liga Freier Terraner sowie Zhanauta Filgris als Befehlshaber unseres Truppenkontingents zu benennen. Das Vordringen in die Station wird von den Schiffen gedeckt. Ich denke ...«

»Gehört und verstanden!«, unterbrach Tifflor. »Allerdings würde ich gern mit dem Residenten einige Worte wechseln.«

»Ich bedauere«, sagte der Ara, »aber Perry Rhodan ist an Bord der CONNOYT zurückgeblieben.«

Tifflor reagierte einigermaßen überrascht darauf. »Ist etwas vorgefallen, wovon wir noch nichts wissen?«, platzte er heraus. »Gibt es neue Schwierigkeiten ...?«

»Ja?«, fragte der Ara, als Tifflor unvermittelt schwieg.

»Probleme mit dem Ara-Toxin oder auf der CONNOYT?«, vollendete Zhana.

»Der Terranische Resident wurde von Pron Dockt zu sich gerufen«, antwortete der Ara. »Mir ist lediglich bekannt, dass die Untersuchung von Plob Arnoyns Leichnam abgeschlossen wurde.«

»Also gibt es bemerkenswerte Feststellungen«, kommentierte Tifflor überzeugt. »Ein eindeutiger Hinweis auf seinen Mörder?« Er schaute Zhana an. Wenn Rhodan und Pron Dockt sich mit dem Leichnam befassten, musste es eindeutige Spuren geben.

Aber das bedeutete keineswegs, dass ihr Einsatz im Konchols-Gebirge überflüssig geworden war.

»Wir übernehmen den Befehl über die Kampftruppen!«, sagte Zhana entschieden.

Aus den Bodenschleusen der Space-Jets regneten sie ab. Julian Tifflor zog unwillkürlich den Vergleich zu den Sporen eines Pilzes, die der Wind verwehte. Er reagierte enttäuscht, denn das waren nicht mehr als 100 Soldaten, die da auf den Felsen herabschwebten. Zwischen ihnen, von der Restlichtaufhellung auf seiner Helmscheibe sichtbar gemacht, zeichneten sich freilich auch die klobigen Umrisse mehrerer Kampfroboter ab.

Andererseits: Worauf hatte er gehofft? Die Flotte im System bestand aus Quarantäneraumern und zehn Begleitschiffen. Das waren keine Kampfraumschiffe, sondern medizinische Einheiten, gedacht für die Erstversorgung einer Planetenbevölkerung. Eine Handvoll Raumsoldaten, vielleicht nur behelfsmäßig ausgerüstet, mehr stand nicht zur Verfügung. Und Medoroboter der Aras waren kaum die geeigneten Maschinen für die Sicherung der Station.

»Vielleicht war wirklich nur eine Positronik aktiv.« Zhana hielt Tifflor am Arm zurück. Als er sie anschaute, sah er ihr leichtes Kopfschütteln. »Mit dieser Truppe, Julian, heben wir, wenn es sein muss, das Gebirge aus den Angeln.«

»Aber nur, wenn es sein muss«, versetzte er und fragte sich zugleich, woher seine Skepsis kam. Hatte er nicht vor einer Stunde noch gehofft, zu zweit genau das bewegen zu können, was er mittlerweile den Aras in ihren Kampfanzügen nicht mehr zutraute? So schnell änderten sich also Gegebenheiten.

Eine Helmeinblendung zeigte ihm, dass von der Korvette relevante Daten übermittelt wurden. Es handelte sich um das Aufbauschema der arkonidischen Station.

Die Datenfülle wurde von der Anzugpositronik bestätigt und verarbeitet. Tifflor griff in den Vorgang nicht ein, der sich mit aberwitzig schnell wechselnden Einblendungen bemerkbar machte. Nur ein Hauch von Wehmut erfasste ihn, es war das Empfinden, verloren gegangenen Errungenschaften nachtrauern zu müssen. Vor dem Schock der Hyperimpedanzerhöhung war manches besser gewesen. Einfacher vor allem. Die Datenübermittlung hätte für einen leistungsstarken Pikosyn nur Sekundenbruchteile in Anspruch genommen.

Noch früher, entsann Julian sich, in der Anfangszeit des Solaren Imperiums, hätten Kampfanzüge, wie Zhana und er sie trugen, helle Begeisterung ausgelöst. So änderten sich also die Zeiten.

»Wir müssen die Zentralsteuerung der Anlage deaktivieren!«, sagte Zhana.

Tifflor fragte sich, ob er wirklich eine geheime Station im Hochgebirge erwartet hatte, die nicht mehr als einen Hyperfunksender und ein kleines Fluchtraumschiff zu bieten hatte, weil es kein bedeutendes galaktopolitisches Umfeld gab. Gefunden hatten sie eine wehrhafte Anlage, die durchaus mehr sein konnte als die weit verstreut liegenden Depots galaktischer Geheimdienste.

Mit Zhana setzte er sich an die Spitze der zusammengewürfelten Kampftruppe und suchte nach einem Zugang zu der Station.

Erst als er an der Felsflanke in die Tiefe schwebte, sah er, wie präzise die Besatzungen der Korvette und der Space-Jets gearbeitet hatten. Es erschien ihm in der Tat, als hätten die Aras ihre nanogenauen Operationstechniken auf die Bordgeschütze übertragen und ebenso präzise Schnitte gesetzt.

Ein düster rotes Glühen schimmerte aus der Tiefe empor. Wie Wachs waren einzelne Felszacken abgeschmolzen und erstarrten langsam in wellenförmigen Schichtungen.

Zwei Einschnitte klafften in der Wand. Einer nahezu kreisförmig, nicht mehr als fünf Meter durchmessend und von Desintegratoren tief vorangetrieben. Der andere ein länglicher Aufriss, intensiv nachglutend, als hätten nicht nur eng fokussierte Impulsschüsse den Fels verflüssigt, sondern als wären in einigen Metern Tiefe energieführende Systeme in einer Kettenreaktion hochgegangen. Tifflors Anzugsortung meldete zwar einen erhöhten Strahlungspegel, doch waren das keine kritischen Werte.

Der Trupp drang durch den Kreisschnitt in die Station ein.

Drei Roboter schwebten vor den Mannschaften, die anderen sechs übernahmen die Flankensicherung. Bei Letzteren handelt es sich um kegelförmige Typen, die an terranische TARAS erinnerten, aber nicht über deren Schlagkraft verfügten. Die anderen waren massige Kolosse: arkonidische Katsugos. Tifflor erkannte jedoch auf den ersten Blick, dass er es ebenfalls nicht mit Originalen zu tun hatte, sondern mit umfunktionierten Hüllen. Aber sie waren groß, imposant und mit ihren Thermogeschützen immer noch Gegner, die man besser nicht unterschätzte.

Die Station verzweigte sich auf eine Vielzahl von Ebenen. Während der Schusskanal, durch den sie eingedrungen waren, geradlinig gut 50 Meter tief verlief und dann unvermittelt endete, führten Rampen und Korridore in unterschiedliche Richtungen weiter. Die Desintegratoren, stellte Julian fest, hatten keineswegs Reaktoren oder Speicherbänke, sondern nur das übergeordnete Kontrollzentrum vernichtet und dadurch eine Notabschaltung ausgelöst.

Das Head-up-Display zeigte in Überblendung der jeweiligen Gegebenheiten mit den vorhandenen Planausschnitten, dass die Anlage tatsächlich kompakt errichtet worden war.

»In dem Fall lobe ich mir die Unflexibilität mancher Planer«, lästerte Tifflor, als er die Gruppen aufteilte. Ein Stollen führte quer durch den Fels zum Hangar, dessen Größe durchaus geeignet zu sein schien, außer dem Schiff, mit dem Plob Arnoyns Mörder geflohen war, zwei kleine Einheiten aufzunehmen. Tifflor kommandierte Zhana mit mehreren Kampfrobotern und einem Drittel der Mannschaft zur Sicherung des Hangars ab.

Eine zweite Gruppe sollte die Station durchsuchen und sichern, während Tiff selbst mit dem letzten Drittel zur Kommandozentrale vordringen wollte.

Eigentlich ein Spaziergang. Er glaubte, dass die Station für die Beobachtung des Planeten Remion errichtet worden war. Überwachung der Wirkung des Ara-Toxins. Mehr wissenschaftliche Basis als militärischer Stützpunkt. Wahrscheinlich weitestgehend vollautomatisch arbeitend und nur für wenige Wissenschaftler mit dem Lebensnotwendigen ausgestattet. Wobei sich die Frage stellte, ob Wissenschaftler hier gewesen waren, ob sie noch da waren oder den Planeten ebenfalls an Bord des Raumschiffs verlassen hatten.

Julian schob den Gedanken an eine eigenständige Basis der Gestaltverformer immer weiter von sich. Eher neigte er inzwischen zu der Feststellung, dass Fremde vielleicht schon seit Jahren unentdeckt unter den Aras lebten. Womöglich hatten sie das Ara-Toxin gebracht.

Tifflor glaubte in dem Moment, die Wahrheit vor sich zu haben – so nahe, dass er mit beiden Händen hätte zugreifen können, um sie festzuhalten, aber dennoch glitschte sie ihm aalglatt zwischen den Fingern hindurch.

Der Angriff kam überraschend.

Tifflors Gruppe hatte eine Kreuzung zweier Korridore hinter sich gelassen und bewegte sich auf einer gewundenen Rampe, die dem Plan entsprechend in eine Maschinenhalle münden musste. Dort befanden sich in der Regel die Tanks und Filteranlagen sowie die Wiederaufbereitung der Lebenserhaltungssysteme. Das war eine kompakte und eigenständige Einheit, die sich selbst regulierte und lediglich über eine Redundanzschaltung mit der Zentrale verbunden war. Allerdings führten von dort aus Wege zu den Energieanlagen und der Kommandozentrale weiter. Den Messwerten nach zu schließen, war die Lebenserhaltung nicht von der Energieversorgung abgeschnitten worden. Sie verfügte über eine eigene Speicherbank.

Als sich die Anzeige der Energieemissionen auf Tifflors Helmscheibe sprunghaft erhöhte, reagierten bereits die Kampfroboter. Sekundenbruchteile später tobte ein Feuersturm die Rampe hinauf. Im Helmfunk überschlugen sich die Stimmen.

Tifflor wirbelte herum, den schweren Kombistrahler in der Armbeuge. Aras hasteten ihm entgegen und behinderten ihn, als er den Korridor abwärtsstürmte. Der Gang war nicht breiter als vier Meter. Schon nach zwei Windungen sah Tiff vor sich einen Ara kauern und feuern, und nur wenige Meter weiter einen zweiten Mann auf dem Boden liegend und beinahe im Kreuzfeuer der Angreifer, hätte ihm nicht der ausglühende Torso eines der eigenen Kampfroboter noch trügerischen Schutz geboten.

Tifflor jagte Dauerfeuer aus seiner Waffe. Ein Dutzend Meter entfernt, im Bereich der Gangkreuzung, lagen zwei weitere Roboterwracks und zwischen ihnen mehrere tote Aras. Tiffs Schüsse vereinten sich mit denen des Mannes vor ihm. Der andere hatte sich inzwischen aufgerafft und hetzte im Zickzack weiter, den gegnerischen Maschinen entgegen, als wollte er sich auf sie werfen. Tifflors warnenden Aufschrei schien er gar nicht wahrzunehmen.

Im letzten Moment riss Tifflor seinen Strahler hoch. Um ein Haar hätte er den Ara, dessen Schutzschirm unter zwei gegnerischen Treffern aufflammte, auch noch in den Rücken getroffen. Dann, für Sekundenbruchteile, vereinten sich ihre Schüsse im Kopfbereich des Angreifers. Dessen Schutzschirm brach in einer grellen Entladung zusammen, sein Schädel glühte auf und wurde von einer heftigen Entladung deformiert. Zumindest eines Teils der Steuerpositronik beraubt, setzte der Antigrav des Roboters aus, die Maschine krachte auf den Boden, schrammte kreischend weiter, geriet in den Schussbereich des zweiten Angreifers und hielt nach dem erneuten schweren Treffer reglos inne. Knisternde Entladungen huschten über ihren Rumpf und die Waffenarme, sprangen auf die nahe Wand über, und dann wurde die Maschine von einer grellen Eruption auseinandergerissen. Geschossgleich fegten faustgroße Metallsplitter durch den Korridor.

Das alles geschah wahnsinnig schnell. Tifflor sah, dass der Mann neben ihm sich aufraffte, aber schon wurde er selbst von mehreren der Bruchstücke getroffen. Ein Flackern hüllte ihn ein, dann brach sein Schirmfeld zusammen. Ein Metallbrocken traf seine Schulter und riss ihn herum. Obwohl der Schutzanzug den Aufprall weitgehend dämpfte, raubte ihm der Schmerz den Atem. Tifflor taumelte rückwärts, er hatte das Gefühl, dass sein Schlüsselbein zerschmettert worden war, doch seine Rechte verkrampfte sich trotzdem um die Waffe.

Der andere gegnerische Kampfroboter schwebte auf ihn zu. Die Projektormündungen beider Kampfarme flirrten. Tifflor hatte die Wand hinter sich, er konnte nicht zurückweichen, hatte nur die Möglichkeit, vorwärtszustürmen oder zu versuchen, sich die Rampe hinaufzuretten. Doch der Roboter würde auf jeden Fall schneller reagieren.

Ein Desintegratorschuss löste sich. Tifflor sah das grüne Flirren – doch seltsamerweise zog in dem Sekundenbruchteil, den er benötigte, um das Unabwendbare zu erfassen, keineswegs sein ganzes Leben an ihm vorbei. Er fühlte weder Enttäuschung noch Hass, begriff zudem in dem Moment, dass der Desintegratorschuss nicht ihm gegolten hatte. Höchstens um eine Handspanne hatte ihn der Schuss verfehlt und den fliehenden Ara niedergestreckt.

Da war ein Blinken am Rand seines Sichtfelds. Ein Balkendiagramm, das sich langsam zurückbildete, dessen eben noch grelle Färbung verblasste. Die Reparaturmechanismen des Schutzanzugs aktivierten die in das äußere Gewebe eingebetteten Redundanz-Projektoren für den Individualschirm. Quadrat für Quadrat des Warnbalkens erlosch.

Sechs Sekunden noch, erkannte Tifflor. Das war zu lange. Der Schmerz lähmte seinen Arm. Er schaffte es nicht, die Waffe auszulösen.

»Verschwinde, Terraner!« Die Stimme in seinem Helmempfang überschlug sich.

Der Ara, der vorhin schon auf dem Boden gelegen hatte, war ebenfalls getroffen. Er krümmte sich inmitten einer größer werdenden Blutlache. Stoßweise quoll das Blut aus seinem Oberschenkel, den einer der kantigen Splitter der Länge nach aufgerissen hatte.

Es kostete den Mann schier übermenschliche Anstrengung, seinen Strahler mit beiden Händen hochzustemmen und auf den Roboter zu feuern. Die Maschine schoss gleichzeitig.

Tifflor sah den Desintegratorschuss aufleuchten, sah den Oberkörper des Mannes zerfallen. Einen Herzschlag lang schien die Zeit fast stehen zu bleiben. Der Kampfanzug verwehte in einer flirrenden Staubwolke, für einen Sekundenbruchteil war der nackte Oberkörper zu sehen, dann nur noch bleiche Knochen, und auch sie lösten sich auf.

Tifflor warf sich herum. Nur noch der nackte Überlebenswille trieb ihn weiter. Dabei wusste er, dass er keine Chance hatte. Jede Sekunde dehnte sich zu Ewigkeit, als hätte sich selbst die Zeit gegen ihn verschworen.

Zwei Sekunden noch im Display. Zwei verdammte blinkende Rechtecke, die ihn zu verspotten schienen. Sie bestimmten über Leben und Tod.

Dann lauf wenigstens, verdammt!

In dem Moment war alles wieder da, was Julian Tifflor ausmachte. Seine Ruhe. Seine Stärke. Die Lehren der Upanishad-Schule. Die Vollendung, sein Status eines Ewigen Kriegers. Alles um ihn herum versank in Bedeutungslosigkeit. Er konnte den Raum nicht beeinflussen, die Zeit nicht aufhalten, aber er konnte die Kräfte tief in sich mobilisieren. Wenn nicht jetzt, wann dann?

Er stieß sich ab, spürte jede Muskelfaser sich zusammenziehen und wieder ausdehnen, schnellte die Rampe empor. Schwerelos. Zeitlos. Nur noch bloßer Wille, eingepackt in einen Körper, der trotz allem noch zur Höchstleistung fähig war.

Federnd kam er auf, schnellte sich weiter ... und spürte einen Schlag zwischen die Schulterblätter, einen mörderischen Schmerz, der ihm die Luft aus den Lungen trieb und blutige Schleier vor seinen Augen wogen ließ. Irgendwo der Gedanke, dass der Roboter ihn getroffen hatte. Er strauchelte, streckte instinktiv die Arme vor, um den Sturz abzufangen und sich abzurollen. Obwohl er wusste, dass es zu spät dafür war, konnte er nicht anders, es war ein Reflex.

Der Aufprall ließ seine Arme nachgeben, sie konnten den Schwung des Körpers nicht auffangen. Die Waffe wurde Tifflor aus der Hand geprellt und schlitterte durch den Korridor.

Das letzte Blinken im Display erlosch.

Zu spät.

Julian Tifflors Schädel hallte wider vom Dröhnen im Alarmstart abhebender Raumschiffe. Mit lodernden Impulstriebwerken rasten sie in den Himmel empor, und erst lange Augenblicke später schlug die Hitzewoge über ihm zusammen.

Doch etwas daran war falsch.

Er versuchte, sich zu konzentrieren, die quälende Unruhe zu ignorieren, die ihn gefangen hielt.

Hunger und Durst, Hitze und Kälte konnten ihm nichts anhaben, wenn er es nicht zuließ. Sie bedeuteten Schwäche. Empfindungen, die ihn behinderten, die ihm den Weg zur Vollkommenheit verwehrten. Erst wenn er die Schwäche überwand, den Fehler der fleischlichen Existenz, war es ihm gestattet, die höchste Stufe der Vollkommenheit zu erringen. Hitze war Feuer, war hektische Bewegung, sie verzehrte das Leben, ließ es aufsteigen als Rauch und Asche, Dünger für Unvollkommenes ...

Aus irgendeinem Grund lebte er noch.

»Tiff ...!«

Ein Kaleidoskop schlaglichtartiger Erinnerungen brach über ihn herein. Fragmente weniger Augenblicke. Aber seine Anspannung wich, und er spürte den Boden unter sich, rollte herum, weg von dem Roboter, dessen nächster Schuss sein Schicksal endgültig besiegeln würde. Sein Blick jagte über den Boden, fand seinen Strahler, der bis an die Seitenwand gerutscht war, mehrere Meter die Rampe aufwärts, und er stemmte sich hoch, unglaublich geschmeidig, in Gedanken eine Schlange, die sich blitzschnell ihrem Ziel näherte und zustieß ...

»Minister Tifflor!«

Er hielt abrupt inne. Fand zu sich selbst zurück, zu seinem Dasein in Erdenschwere. Talosh, die fünfte Stufe der Upanishad, die Meditation, die sich über die Körperlichkeit erhob, verblasste schlagartig.

Was blieb, war Veränderung, war der tobende Schmerz in seiner Schulter. Mühsam krümmte er die Finger der rechten Hand, öffnete sie wieder, kam zugleich schwankend auf die Beine.

»Ich wusste, dass du einen Aufpasser brauchst!«, sagte Zhana. Sie stand zwei Schritte vor ihm, die Arme leicht angewinkelt und in jeder Hand einen schweren Kombistrahler.

Tifflors Blick fraß sich an ihr fest. Ein Hauch von Spott, fand er, umspielte ihre vollen Lippen. Ihre Nasenflügel bebten leicht, sie atmete schnell. Und in ihren roten Augen schimmerte wieder jene Unergründlichkeit, die ihn fragen ließ, wer Zhana wirklich war.

Eine Söldnerin.

Aber auch eine Frau, hochexplosiv in jeder Beziehung.

Hinter ihr standen mehrere Aras. Sie sicherten nach allen Seiten. In ihren schweren Kampfanzügen erschienen sie nicht mehr wie Individuen, sondern fast schon wie Maschinen. Leben bewahren um jeden Preis, für jeden Preis – und Leben nehmen. Wo lagen diese Extreme näher beieinander als bei den Aras?

Einer von ihnen kniete neben dem Toten nieder. Der Desintegratorschuss hatte nur die Hälfte des Körpers übrig gelassen. Der Rest war verweht, zu Staub geworden. Nicht mehr als Atome, die von der Luft davongetragen wurden. Ein irrwitziger Gedanke: Genfetzen, die irgendwann von den Kindern dieser Welt eingeatmet und assimiliert wurden. Der Anstoß für eine spontane Mutation, eine bessere Zeit?

Tifflor verdrängte die Gedanken. Er ging auf den Katsugo-Roboter zu, der quer auf der Rampe lag, hingestreckt, als habe ein mörderischer Hieb ihn gefällt, die Arme noch ausgestreckt und ein Bein angewinkelt. Beinahe menschlich wirkte der Koloss in dieser Haltung. Vor allem unverwundet. Als müsse er sich in der nächsten Sekunde wieder erheben und das Töten fortsetzen.

Tifflors irritiert suchender Blick fand endlich den Einschuss. Ein Loch, das nicht dicker war als sein kleiner Finger, war in die Rückenverkleidung hineingestanzt. Die Ränder kaum ausgeglüht, nur leicht geschwärzt.

Wer den Katsugo niedergestreckt hatte, war ein Perfektionist. Nicht nur mit dem einschlägigen Wissen versehen, sondern auch mit einer ruhigen Hand und vor allem ohne Nerven. Jemand, der wie ein Roboter fühlte und handelte?

Als Julian den Blick hob, begegnete er Zhanas herausforderndem Lächeln.

»Danke!«, sagte er.

Die Ara-Frau lächelte. »Ich habe einen Wunsch frei, Außenminister! Ich bin sicher, du wirst ihn mir nicht abschlagen.«

Julian sah sie nur an. Forschend und unentschlossen. Er wusste nicht, woran er mit ihr war. Aber er schwieg.

Weiteren Widerstand setzte ihnen die Station nicht mehr entgegen. Dennoch verging gut eine Stunde, bis sie sich Zutritt zu der hermetisch abgeriegelten, aber unbemannten Kommandozentrale verschaffen konnten.

»Ich werde den Teufel tun und mich mit fadenscheinigen Versprechungen hinhalten lassen! Warum sollte ich? Mein guter Ruf wird geschädigt, wenn ich nicht liefern kann – geht das endlich in eure verstaubten Gehirne hinein?«

Der altersschwache Antigravtisch dröhnte nicht nur, er kippte sogar beinahe zur Seite, als Lamos Ozwach beide Fäuste auf die Platte drosch. Herausfordernd starrte der THAU-Händler in die Runde.

»Ich habe wahrhaft Wichtigeres zu tun, als meine Zeit mit geschäftsunfähigen Leuten zu vergeuden!«

Der Patriarch spie aus, und dabei war es ihm herzlich egal, ob ein Ausschnäuznapf dastand oder nicht. In dem Fall stand keiner da. Denn der Besprechungsraum befand sich nicht in seinem Kontor, sondern an Bord eines altersschwachen Kugelraumers. Das ganze Schiff stank, fand Ozwach. Nach Ozon, nach Hydraulikflüssigkeit, nach Energie und Moder. Außerdem hing ein penetranter Hauch von Schwefel in der Luft. Die letzte Welt, auf der die stickige Bordatmosphäre ausgetauscht worden war, schien eine Urzeitwelt mit reger vulkanischer

Tätigkeit gewesen zu sein. Und falls zudem die Wassertanks durchgespült und neu befüllt worden waren, gab es wahrscheinlich längst das Problem aggressiver Algen, die selbst Terkonitstahl angriffen.

Geräuschvoll sog Ozwach die Luft ein und schnupfte die Prise eines Stärkungsmittels von seinem Handrücken. Peinlich genau verschloss er das fingerdicke Röhrchen wieder und verstaute es in seiner Brusttasche. Eindringlich musterte er dabei den Kapitän des Seelenverkäufers und dessen beide Vertraute.

»Sagen Sie selbst, meine Herren Terraner: Was soll ich von Vereinbarungen halten, die nicht erfüllt werden?« Ozwach war wütend. »Seit gestern warte ich auf die Ware. Ist sie nun da – oder ist sie es nicht?«

Er registrierte die Unsicherheit der Männer und ihre Verwirrung. Aber da war noch etwas, was er nicht zu deuten vermochte. *Furcht?* Die war allerdings berechtigt. Auf der Trümmerbrücke galten eigene Gesetze. *Oder eher Misstrauen?* Hin und wieder warfen Dimple Grenon und seine »Weltraumtramps« sich Blicke zu, als wollten sie ihn endlich fragen, ob er die Lieferung längst erhalten habe. Nur ahnten sie wohl, was dann geschehen würde. Kein Mehandor ließ sich des Betrugs bezichtigen, ganz egal, ob ein solcher Verdacht zurecht bestand oder nicht.

Es war immer das Gleiche. Irgendwelche dahergelaufenen Halbaffen bildeten sich ein, schnell das große Geschäft machen zu können. Das begann, sobald sie auf einem Hinterwäldlerplaneten ein paar Kilogramm grässlich verschnittenen Stoff gegen Glasperlen eingetauscht hatten. Erst fühlten sie sich stark, glaubten gar, die Welt aus den Angeln heben zu können, aber irgendwann verließ sie der Mut, und sie machten sich ins Hemd. Angeborene Dummheit, nannte Ozwach das.

Gerade Terraner waren die Schlimmsten. Waren ihre Obrigkeit gewohnt, ihre Bürokratie, die jeden Furz regelte, doch wenn es ernst wurde, kniffen sie den Schwanz ein wie ein geprügelter Milliwan. Dann hätten sie am liebsten nie ihre weißblaue Welt verlassen und sich hinter Rhodans breiter Schulter verkrochen. Hätten sie doch nur!

Ozwach wuchtete seine drei Zentner ächzend in die Höhe. Der altersschwache Sessel glaubte, an Lautstärke mit ihm konkurrieren zu müssen, die Schwebeplatte wimmerte.

»Ich werde dafür sorgen, dass dieser Seelenverkäufer konfisziert wird!«, keuchte Ozwach. »Wenn ich das recht erkenne, bedeutet er mit seinen maroden Maschinen eine permanente Bedrohung für den Trümmersteg.«

Die Terraner starrten ihn so ungläubig an, als hätten sie noch nicht begriffen, was es bedeutete, im Spezialitätenhandel mitzumischen. In dem Fall wurde es Zeit. Sie mussten lernen, dass ein im Handel mit Springern gegebenes Wort mehr wert war als jedes lächerliche Dokument.

»Ich lasse mir ungern die Zeit stehlen«, stellte Ozwach fest. »Sie ist das Wertvollste, über das ich verfüge.«

Er lachte selbst über seinen Witz. Brüllte diesen Emporkömmlingen seine Verachtung entgegen. »Schert euch zum Teufel!«, herrschte er sie an. »Der soll doch auf Terra wohnen, wenn ich mich nicht irre.«

Er wandte sich einfach um, ging auf das Schott zu. Seine innere Anspannung endete an dem Panzer des Zorns, mit dem er sich umgab. Er hatte seine Gesprächspartner genau beobachtet, hatte sich davon überzeugt, dass sie keine Waffen trugen. Doch hundertprozentig sicher durfte man sich eines solchen Eindrucks nie sein. Viele hatten eine Fehleinschätzung mit dem Tod bezahlt.

Ozwach war angespannt. Schließlich ging es nicht um eine banale Drogenlieferung, sondern um Antazymol und damit um ein erkleckliches Sümmchen. Für 15 Millionen Galax Endwert hätte er für niemanden die Hand ins Feuer gelegt.

Mit der Zunge tastete er über seinen vorderen linken Eckzahn. Die Schaltung war aktiv; er musste nur noch kurz drücken, um seinen Individualschirm aufzubauen. Bevor Kapitän Grenon ihn womöglich rücklings niederstreckte.

Ozwach traute diesem Terraner nicht. Der Mann, hatte er nach der letzten Lieferung herausgefunden, durfte sich auf Welten der LFT nicht mehr blicken lassen. Galaxisweit war der Terranische Liga-Dienst auf der Suche nach ihm. Andererseits: Wohin sollte Grenon sich zurückziehen, sobald er einen THAU-Händler hinterrücks niederstreckte und sich damit auch die Springer zu Feinden machte?

Dass der Kapitän des Seelenverkäufers ihm ebenfalls nicht traute, stand auf einem anderen Blatt. Ozwach konnte gut damit leben. Grenon war auf ihn als Abnehmer für das Antazymol angewiesen, halb legale Geschäfte folgten eben besonderen Regeln.

Das Schott glitt vor ihm auf. Ozwach wartete darauf, dass die Terraner ihr Versagen endlich eingestanden; bis eben hatte er nur Ausflüchte gehört.

»Darrin Ariel war bei dir?«

Ozwach ging weiter. Er fühlte sich nicht angesprochen. Vielleicht, sagte er sich, war Darrin Ariel der Mann, der sich ihm als Perry vorgestellt hatte, vielleicht auch nicht. Aber das spielte keine Rolle. Er hatte die Lieferung, und sie hatte ihn keinen müden Galax gekostet. Grenon konnte das nicht wissen. Und was auf der BLUE MOON geschehen sein mochte, wie dieser Darrin, Perry oder wer immer das Päckchen an sich gebracht hatte, interessierte ihn nicht. Noch war der Kapitän entsetzt über den Verlust; Ozwach wäre das an seiner Stelle auch gewesen. Aber Grenon würde bald einsehen, dass die Ware für ihn verloren war. Was blieb ihm anderes übrig, als die Scharte schnellstmöglich auszuwetzen? Vielleicht würde er schon in einem Jahr wieder liefern können.

Lamos Ozwach war an Bord des altersschwachen Kugelraumers gegangen, weil ihm ein Tag Hinhaltetaktik des Kapitäns genügte. Sobald der Gelau auf der Trümmerbrücke erschien, wollte er den Seelenverkäufer nicht mehr in der Nähe wissen.

»Warte, Lamos!«

Unter dem Schott wandte der Springer sich um, griff sich mit einer Hand in den Bart und verkrampfte die Finger um die Zopfenden. Deutlicher konnte er seinen Unmut nicht zum Ausdruck bringen.

»Die Ware wurde gestohlen«, sagte der Kapitän. »Ich vermute, dass der Dieb versuchen wird, sie zu verkaufen.«

Ozwach lachte dumpf. »Das geht nur über mich«, erklärte er.

»Eben.«

Fragend kniff der Händler die Augen zusammen. »Mein Kontor wurde bislang nicht kontaktiert. Aber jetzt verstehe ich, weshalb ungewöhnlich viele Besatzungsmitglieder der BLUE MOON das Schiff verlassen haben. Nicht, um sich zu vergnügen, sondern um die Trümmerbrücke zu durchsuchen.« Der Ärger kehrte in sein Gesicht zurück, auf seiner Stirn schwollen Zornesadern an. Ozwachs Stimme wurde lauter und klang mit einem Mal herausfordernd aggressiv. »Das THAU-Konsortium wertet ein solches eigenmächtiges Vorgehen nicht nur als Verstoß gegen die gewährte Gastfreundschaft, sondern darüber hinaus als Einmischung in die inneren Angelegenheiten der Trümmerbrücke. Was würde wohl geschehen, wenn wir Händler einen Durchsuchungstrupp auf die BLUE MOON schickten?«

Kapitän Grenon schwieg. Nur seine Fäuste öffneten und schlossen sich hektisch.

»Zehn Millionen Verlust, das ist keine geringe Summe«, sagte Ozwach schon deutlich milder. »Ich kann durchaus nachvollziehen, was das bedeutet. Und niemand soll sagen, ich würde mich Terranern gegenüber voreingenommen zeigen. Ich gebe euch acht Tontas Zeit, die Ware und den ... *Dieb* aufzuspüren.« Sein rhetorisches Zögern und die Betonung ließen deutlich erkennen, dass er nicht überzeugt war. »Nach Fristablauf hat die BLUE MOON umgehend ihren Liegeplatz und den Hoheitsbereich der Trümmerbrücke zu verlassen. Falls« – Ozwach machte eine geringschätzige Handbewegung – »falls mir die Ware wirklich noch angeboten werden sollte, weiß ich Bescheid.«

»Das ist alles?«

»Was erwartest du?«, fragte der Springer zurück. »Die Trümmerbrücke ist kein Überwachungsstaat. Und wenn es tatsächlich einen Dieb gibt, dann hat er sich längst an

Bord eines anderen Schiffes abgesetzt. Ich an seiner Stelle hätte es jedenfalls so gemacht.«

»Acht Tontas sind zu wenig ...«

Ozwach schnäuzte sich und spuckte auf den Boden. »Wie lange brauchst du, um eine Ratte auf deinem Schiff aufzuspüren, Dimple Grenon? Und wie lange könnte sich eine menschliche Ratte in der Trümmerbrücke verbergen? Wir dulden keine wochenlange Suche, die von vornherein keinen Erfolg verspricht. Acht Tontas! Danach hat die BLUE MOON die Station zu verlassen.«

Lamos Ozwach ging.

Ihm war egal, welche Flüche und Verwünschungen die Terraner ihm nachschickten. Sie würden es nicht wagen, sich der Anordnung eines THAU-Händlers zu widersetzen. Damit hätten sie sich selbst den letzten Boden unter den Füßen weggezogen. Und abgesehen davon, welchen Schaden hätte ein Schiff wie die BLUE MOON schon anrichten können?

Dieses eine Geschäft, fand Ozwach, hätte für ihn überhaupt nicht besser laufen können. Das Päckchen zur Weiterleitung an die Aras lag sicher verwahrt in seinem Tresor. Niemand holte es da heraus, es sei denn, er katapultierte die Trümmerbrücke in die nächste Sonne.

Endgültig zufrieden war Lamos Ozwach erst, als die BLUE MOON tatsächlich vom Trümmersteg ablegte und, wenn auch mit überraschend geringen Werten, beschleunigte. Der THAU-Händler fragte sich, ob er den altersschwachen Kugelraumer jemals wiedersehen würde. Zweifellos hätte ein Großteil der Kaufpreissumme für das Antazymol in Austauschaggregate investiert werden müssen. Aber das war nicht sein Problem, er hatte genügend andere, um die er sich kümmern musste. Ghorda war eines, der Gelau ein anderes.

Die Frist von acht Tontas war keineswegs schon abgelaufen, eineinhalb arkonidische Stunden fehlten noch. Die Terraner an Bord des Seelenverkäufers hatten also eingesehen, wie denkbar schlecht ihre Position war.

Ozwach gestattete sich eine Zeit der zufriedenen Ruhe, in der er nebenher die Arbeitspläne der Trümmerlotsen sichtete und ergänzte. Das Umfeld der Trümmerbrücke sollte während der Anwesenheit des Gelau von Störfaktoren freibleiben.

Ein leises, kaum wahrnehmbares Summen schreckte ihn auf. Es war ein Ton, der nicht in das Kontor gehörte, und Ozwach registrierte aus den Augenwinkeln einen Schatten. Etwas Großes, Düsteres jagte auf ihn zu.

Der Händler reagierte sehr schnell. Mit einer einzigen fließenden Bewegung wuchtete er sich aus dem Sessel, und noch während er an der Konsole entlangschrammte, bekam er den mit einer Magnethalterung unten an der Platte befestigten Kombistrahler zu fassen. Die Waffe reagierte auf seine Berührung, der Abstrahlpol wurde sofort aktiviert.

Keine zwei Sekunden nach dem ersten Geräusch lag Ozwach in halbwegs sicherer Deckung, wälzte sich auf den Rücken und stützte die in die Höhe zielende Waffenhand mit der Linken ab. *Grenon!*, dröhnte es in seinem Schädel. *Der Terraner glaubte offenbar, ihn reinlegen zu können.* Lamos argwöhnte, dass der Kugelraumer zwar abgeflogen war, aber einige Besatzungsmitglieder zurückgeblieben waren.

Das Summen war fast heran. Ozwach blieb keine Zeit für Überlegungen, er fragte nicht, wie Grenon es geschafft haben konnte, die Sicherheitssperren zu überlisten, er löste ganz einfach die Waffe aus, als der Schatten heranjagte.

Der flirrende Desintegratorschuss fraß sich in etwas Dunkles, oval Anmutendes, und einen Moment lang trieb eine sich ausdehnende Staubwolke weiter, bevor sie gedankenschnell in einem flirrenden Regen verging. Einige größere Überreste klatschten im Hintergrund zu Boden.

Keine Explosion folgte.

Ozwach wälzte sich herum – in derselben Sekunde brandete schier ohrenbetäubender Lärm los – und kam federnd und die Waffe im Anschlag auf die Beine. So schnell, wie es erforderlich gewesen wäre, konnte er seine Bewegung gar nicht unterdrücken.

Die Folge war ein noch lauteres Gebrüll. Tonna und Broschg trampelten heran und sprangen auf die Konsole – sie sprangen immer auf die Konsole, als müssten sie unbedingt herausfinden, welcher Gewalt positronische Bauteile standhielten. Dazu schrien sie wild durcheinander.

Lamos verstand nicht ein einziges Wort. Er kam überhaupt nicht dazu, sich auf das Geschrei zu konzentrieren, denn schon schnellte sich der ältere Broschg mit Schwung auf ihn. Broschg schaffte es nicht ganz, seine Hände krachten gegen Ozwachs Stirn und umfingen gerade noch seinen Hals.

Der THAU-Händler schrie auf, als er das Gefühl hatte, der eisern zupackende Junge reiße ihm das halbe Nackenhaar aus der Kopfhaut. Instinktiv wollte er zugreifen, um Schlimmeres zu verhindern, denn Tonna pflegte seinem Bruder für gewöhnlich alles nachzumachen, doch er brachte nur den linken Arm abwehrend nach vorn. In der Rechten hielt er noch den entsicherten Kombistrahler, und die Waffe wurde ihm fast aus der Hand geprellt, als Tonna mit aller Wucht dagegenstieß. Für einen Moment fürchtete Lamos, den Auslöser berührt zu haben; ihm war, als setze in diesem Sekundenbruchteil sein bewusstes Denken aus.

Ein gellender Aufschrei holte ihn in die Wirklichkeit zurück.

Ghorda hatte hinter den Zwillingen das Kontor betreten. Sie zerrte Veta und Elois an einer Hand mit sich, fuchtelte mit der anderen Pranke in der Luft herum, als könne sie noch irgendetwas ändern, schob sich dabei unaufhaltsam näher und fauchte ihn an.

Ozwach wünschte sich bei diesem Anblick, nicht die BLUE MOON hätte vor Kurzem die Station verlassen, sondern Ghorda und ihre tobende Brut.

»Die Waffe weg!« Ghordas Stimme überschlug sich und wurde zum hysterischen Kreischen. »Willst du uns alle umbringen, du fauler Fettsack?«

Das war Ghordas beste Idee seit Langem, fand Lamos. Doch er hütete sich, genau das auszusprechen.

»Seit Tagen verkriechst du dich in dem Kontor und schickst den Kindern und mir nur dein Holo-Avatar. Lebst du überhaupt noch?«

Endlich hatte Ozwach das Kunststück geschafft, den widerstrebenden Broschg so zu packen, dass der Junge ihm die Haare nicht gleich zopfweise ausreißen konnte. Dafür griff Tonna mit beiden Händen zu – und brüllte triumphierend, als er mit einem Ruck den Kombistrahler an sich brachte.

Lamos hatte die Wahl, Broschg festzuhalten oder Tonna an Dummheiten zu hindern. Er entschied sich spontan für Broschg, zumal er keine Lust verspürte, stundenlang dem Flechtroboter ausgeliefert zu sein. Er war kein Arkonide, der sich nichts dabei dachte, mit rückenlangem offenem Haar herumzulaufen.

Ghordas wüstes Schimpfen lenkte ihn ab.

Fast hätte Lamos schallend gelacht. Er biss sich gerade noch auf die Zunge.

Tonna saß jetzt rittlings auf der Konsole, unter seinem Hosenboden flimmerten falsch aktivierte Schaltungen. Mit beiden Händen umklammerte er den schweren Kombistrahler und hielt die Waffe trotz ihres Gewichts erstaunlich ruhig. Die Projektormündung zielte auf Ghorda, folgte sogar jeder ihrer Bewegungen.

Tonnas Zeigefinger schwebte demonstrativ ein paar Millimeter über dem Auslöser. Er krümmte den Finger. Lamos konnte es deutlich erkennen, dachte aber nicht daran, einzugreifen. Ghorda sah es ebenfalls. Die beiden Mädchen kreischten und schafften es endlich, sich loszureißen. Wie zwei Wirbelwinde stoben sich durch das Kontor, doch diesmal störte Lamos sich nicht daran. Er fragte sich nur, was Tonna machen würde.

»Untersteh dich!«, brüllte Ghorda. »Du wirst nicht auf deine Mutter schießen!«

Mit wuchtigen Schritten kam sie näher – und hielt dennoch abrupt inne, als der Junge leise, aber in aller Eindringlichkeit sagte: »Bleib stehen!«

Sein Zeigefinger krümmte sich, berührte den Auslöser.

Zum ersten Mal sah Lamos sein Weib blass werden. Noch mehr verblüffte ihn, dass sie außerdem verstummte.

»Pfff«, machte Broschg. Er ahmte das leise Fauchen eines Desintegratorschusses nach.

Ghorda begriff erst einen Augenblick später, als Lamos sein feistes Grinsen schon nicht mehr unterdrücken konnte. Der Junge konnte mit der Kombiwaffe anstellen, was er wollte, es war ihm unmöglich, jemanden zu gefährden. Das galt für jeden, der den Strahler in die Hand nahm, nur nicht für Lamos selbst. Das Griffstück war auf seine Zellkernstrahlung justiert, der Auslöser zudem auf seinen Fingerabdruck.

Ghorda starrte den Händler wütend an und stemmte ihre Fäuste in die Hüfte. Im Hintergrund hatten sich die beiden Mädchen in die Haare bekommen und stritten heftig um die Überreste des von Lamos abgeschossenen Flugobjekts.

Es schien sich um eine Modell-Space-Jet gehandelt zu haben, erkannte der THAU-Händler, um eines der sündhaft teuren Spielzeuge, die mühelos einen halben Planeten umrunden und dabei perfekte holografische Aufnahmen übertragen konnten. Kaufpreis um die 18.000 Galax. Nur über einen eigenen Schutzschirm verfügten diese fast einen Meter durchmessenden Diskusse noch nicht.

»Ich wusste doch, dass du dich einen Dreck um meine Sicherheit scherst«, fauchte Ghorda. Endlich war sie heran und entriss Tonna die Waffe. »Hier!« Sie hielt Lamos den Strahler hin und warf ihn, als er nicht sofort zugriff, in den Ausschnäuznapf hinter der Datenkonsole. »Deine Kinder sind noch schlimmer als du, Lamos! Und du bist ... du ...«

»Ja?«, sagte er völlig gefasst.

Ghorda starrte ihn aus weit aufgerissenen Augen an. »Ich hab genug!«, keuchte sie. »Ich werde dafür sorgen, dass der Vertrag für unser Zusammenleben sachgerecht gekündigt wird. Du wirst dich noch wundern, Lamos, das verspreche ich dir!«

Lamos nickte stumm. Er wusste, wann es besser war zu schweigen. Er wandte sich um, fischte seine Waffe aus dem Napf und spuckte hinein. Hinter ihm ging das Theater weiter. Ghorda versuchte, die Kinder zusammenzutreiben. Ozwach entsann sich, dass vor Jahren eine Gruppe reicher Kolonialterraner die Trümmerbrücke heimgesucht hatte; der Trubel jetzt und damals unterschieden sich kaum.

Er versuchte, den Lärm zu ignorieren, und vergrub sich in ein Info-Hologramm. Zu seiner Verwunderung hatten tatsächlich vier THAU-Händler auf seinen gestrigen Versuch reagiert, ein Zusammentreffen zu arrangieren. Ihre Antworten waren positiv. Mitunter geschahen also doch kleine Wunder.

Irgendwann stellte Lamos fest, dass es wieder ruhig geworden war. Ghorda und die Kinder hatten das Kontor verlassen.

Ein Reinigungsroboter wuselte vorbei und löste die Überreste der abgeschossenen Space-Jet vollends auf. Lamos schaute der flachen Maschine mit angespannter Genugtuung zu. Nun war eingetreten, was er geahnt hatte: Ghorda zeigte ihr wahres Gesicht. Sie wollte nicht nur ihr Kapital zurück, so billig war sie nicht, sie wollte alles, was er sich im vergangenen Jahrzehnt geschaffen hatte: seinen Anteil am THAU-Konsortium.

In dem Moment wusste Lamos nicht, ob er zufrieden oder eher besorgt sein sollte. Solange er noch keine Beweise in Händen hielt, musste er die Rechtsprechung fürchten.

»Einen Feuerbrand!«, verlangte er. »Einen Doppelten!«

Lamos trank selten Alkohol. Er entsann sich nicht, wann er das letzte kleine Glas getrunken hatte. Jetzt hatte er allerdings einen kräftigen Schluck dringend nötig.

Der Servo reagierte schnell wie immer. Als Ozwach aufschaute, sah er die Glasschale schon auf sich zukommen. Sie war so groß wie seine beiden Hände, wenn er sie hohl aneinanderlegte, und bis an den Rand mit irisierender Flüssigkeit gefüllt. Dass die Oberfläche brannte, war deutlich wahrzunehmen. Die Schale verharrte eine Armlänge vor ihm. Tief atmete Lamos die Ausdünstungen ein; er spürte, dass sich seine Gedanken klärten. Für wenige Stunden wirkte Feuerbrand wie ein Jungbrunnen – die Folgen waren danach umso niederschmetternder. Im Moment war ihm das aber egal.

Als die Flammen in sich zusammensanken und erloschen, dirigierte Ozwach die Schale mit einem leichten Fingerdruck vor seine Lippen. Tropfenförmig stieg ihm der Alkohol entgegen. Lamos genoss die wohlige Wärme, die ihn durchflutete, als er die Tropfen einsog. Für kurze Zeit half sie ihm zu vergessen.

Kurz darauf schreckte die Übermittlung einer Nachricht den THAU-Händler auf.

Es war eine kodierte Mitteilung seines Agenten auf Lepso, die über Hyper-THAU hereinkam. Der Mann hatte endlich verschüttete Dokumente ausgegraben.

Ozwachs Augen wurden größer, je mehr von den Abbildungen er überflog. Ghorda Kantarch war in der Tat eine Ausgestoßene. Ihr Kapital stammte aus mehreren Vertragsbetrügereien, aber vor allem: Sie hatte sich auf ehrenrührige Weise verkauft, und das nicht nur an Mehandor.

Eine bessere Nachricht hätte Ozwach sich nicht wünschen können.

Er lehnte sich im Sessel zurück und knallte die Hacken auf die Konsole. Eigentlich waren die letzten beiden Tage für ihn wundervoll gelaufen. Jetzt musste es nur so weitergehen.

SINNEND SCHAUTE PERRY RHODAN DEM SCHWEren Gleiter nach, mit dem Julian Tifflor und Zhanauta Filgris das Schiff soeben verlassen hatten. Der aufkommende Sandsturm schränkte die Sicht schnell ein. Die Maschine flog tief und keineswegs auf gerader Route dem Konchols-Gebirge entgegen. Um allen Eventualitäten vorzubeugen, sollte ihre Herkunft nicht sofort offenbar werden.

Vielleicht, ging es dem Residenten durch den Sinn, *war es ein Fehler, nur diesen einen Gleiter loszuschicken.* Was immer sich in dem Hochgebirge verbarg, es mochte wehrhafter sein als angenommen. Andererseits machte es durchaus Sinn, wenn Julian und Zhana sich darum kümmerten. Von ihnen konnte Rhodan sicher sein, dass sie nicht wie Elefanten durch den Porzellanladen trampelten und Scherben hinterließen, wo Feingefühl gefragt gewesen war.

Außerdem spürte er immer noch Ärger. Über die Art und Weise, wie Julian moralische Grenzen ignorierte und sich Zhana an den Hals warf. Sie war und blieb eine Mörderin. Auf unbestimmbare Weise fühlte er sich, als sei Tiff ihm in den Rücken gefallen. Tifflor war hochrangiger Politker, einer der wichtigsten Funktionsträger der LFT-Regierung. Was, wenn seine Liaison mit einer Berufskriminellen an die Öffentlichkeit drang? Seine Regierung hatte auch so schon alle Hände voll zu tun – einen solchen Skandal, einen Zweifel an Tifflors Selbstbeherrschung und Handlungsfähigkeit konnten sie wirklich nicht gebrauchen.

Das hätte auch Tiff klar sein müssen. Aber der unsterbliche Außenminister benahm sich wie ein pubertierender Jüngling, der gerade die Sexualität für sich entdeckte.

Was würde eine infoterrorristische Agentur wie der Sender Augenklar daraus machen?

Einen Moment lang schloss Rhodan die Augen, lehnte sich in seinem Kontursessel zurück und atmete tief ein. Als er wieder auf das Panoramaholo blickte, tobte der Sturm schon über den Raumhafen hinweg.

Gedankenversunken massierte Rhodan die kleine Narbe an seiner Nase. Er hatte das Gefühl, etwas zu übersehen. Ob Trantipon wirklich der Schlüssel zur Lösung war? Aus irgendeinem Grund zweifelte er daran.

Der Moby?

Was hatten der oder die Unbekannten davon, wenn sie wirtschaftlich prosperierende Welten in atmosphärelose taube Schlackeklumpen verwandelten? Vor allem die damit einhergehende Missachtung jeglichen Lebens entsetzte Rhodan.

Welche Interessen verbanden sich mit alldem? Ging es nur um Macht? Der Resident glaubte nicht daran. Wirtschaftliche Interessen? Das wäre zu anderen Zeiten eher denkbar gewesen. Aber ausgerechnet nach dem

Beinahe-Zusammenbruch der Großmächte in der Folge des Hyperimpedanz-Schocks?

Ein Ara kam quer durch die Kommandozentrale auf ihn zu. Der Mann gehörte zum Sicherheitspersonal. Rhodan war ihm zwei oder drei Mal während der Suche nach Plob Arnoyn begegnet, erinnerte sich aber nicht an dessen Namen. Wahrscheinlich hatte der Mann sich ihm überhaupt nicht vorgestellt.

Zwei Schritte vor dem Kontursessel blieb der Ara stehen.

Rhodan schaute auf. Der Mann wirkte nervös und schien in diesem Augenblick mit seinen Gedanken ganz woanders zu sein.

»Welche Hiobsbotschaft gibt es diesmal?«

»Hiobs...?« Der Ara biss sich auf die Unterlippe. Ihm war anzusehen, dass er nicht verstanden hatte, was der Terraner meinte.

»Wieder eine schlechte Nachricht?«, bemerkte Rhodan. Der Mann sah ihn immer noch verständnislos an. Wobei er sich jetzt zu fragen schien, wieso der Terraner schon informiert war.

»Ein Besatzungsmitglied wird vermisst!«

Rhodan nickte knapp. »Natürlich«, stellte er fest. »Das ist eine von mehreren Optionen ...«

Offensichtlich war dem Ara noch nicht zu Ohren gekommen, dass der Resident die Frage nach Vermissten gestellt hatte. Plob Arnoyns Mörder konnte schwerlich aus dem Nichts gekommen sein und musste sich schon vor der Tat im Schiff aufgehalten haben. Die Vermutung, mit einem Gestaltwandler konfrontiert zu sein, eröffnete indes eine Palette des Denkbaren. Alles an Bord, dessen Masse ungefähr der eines Aras entsprach, stand in dem Fall unter Generalverdacht.

»Und?«, fragte Rhodan auffordernd, als der Ara immer noch schwieg. Sein Gegenüber schien aus tiefen Überlegungen aufzuschrecken.

»Entschuldige, Perry. Ich dachte nur über die Konsequenzen nach ...«

»Ich höre!«

»Sekquoia wurde zuletzt vor mehr als zwanzig Tontas gesehen. Dienstantritt und -ende sind ordnungsgemäß registriert, danach gibt es keine Spur mehr von ihm. Es scheint, als habe er sich in Luft aufgelöst.«

»Sekquoia ...?«, sagte Rhodan gedehnt.

»Er ist ... er war Angehöriger des Sicherheitspersonals. Eingeteilt für das Team, dem Trantipons Überwachung an Bord oblag.«

»Du kennst ihn?«

»Seit mehreren Jahren.«

»Ist dir an ihm in letzter Zeit etwas Besonders aufgefallen? Ich meine, hat Sekquoia sich plötzlich anders verhalten als früher? Irgendwie ungewöhnlich? Drängt sich im Nachhinein der Verdacht auf, dass dieser Sekquoia nicht mehr er selbst gewesen sein könnte?«

Der Mann machte eine entschieden verneinende Geste. »Ich kann nicht sagen, dass er sich verändert hätte.«

»Dir ist also nichts aufgefallen?«

»Ja, genau.« Der Ara sträubte sich offenbar, den Gedanken zu Ende zu bringen.

Rhodan gewann den Eindruck, dass sein Gegenüber und Sekquoia näher miteinander bekannt gewesen waren, als der Mann zuzugeben bereit war. Möglicherweise ein intimes Verhältnis. Der Ara schaute durch ihn hindurch, als schrecke er vor sich selbst zurück ...

»Wurde Sekquoias Kabine nach Spuren untersucht?«

»Sie ist auf Anordnung des Sektionsleiters versiegelt.«

»Gut.« Der Terraner erhob sich. »Ich erwarte eine umfassende Analyse. In erster Linie geht es um auswertbares genetisches Material. Wir müssen wissen, ob dieser Sekquoia ein Ara ist oder ...«

»Oder?« Rhodans Gegenüber gab sich Mühe, seine Erregung zu verbergen.

»... oder eine exotische Lebensform.«

Der Ara schluckte krampfhaft. Von den Fontanellen seines kahlen Schädels ausgehend, breitete sich eine fahle Röte aus. Er war erregt.

»Wer nie mit einem Gestaltwandler zu tun hatte, kann sich ihre Gefährlichkeit nur schwer vorstellen«, sagte der Resident. »Vielleicht bist sogar du derjenige, dessen Aussehen der Angreifer imitiert?«

Der Ara starrte ihn entgeistert an. Allmählich schien ihm in jeder Hinsicht klar zu werden, was das bedeutete.

»Der Gestaltwandler ist geflohen«, rief Rhodan in Erinnerung. »Wir haben wenigstens vorerst nichts zu befürchten.«

Wahrscheinlich hatte der Gestaltwandler den Ara Sekquoia ausgeschaltet, um in dessen Gestalt an Trantipon heranzukommen. Denkbar war jedoch ebenso, dass Plob Arnoyns Mörder bewusst eine falsche Spur ausgelegt hatte. Gestaltwandler – sehr lange hatte in der Milchstraße niemand mehr von einem Volk mit solchen Fähigkeiten gehört.

Rhodans Gedanken schweiften in die Vergangenheit zurück. Die Cynos ... Die Pai'uhn K'asaltic, über die Tatcher a Hainu und Dalaimoc Rorvic ganze Speicherwürfel hätten füllen können ... Die Gys-Voolbeerah, besser als Molekülverformer bekannt, und ihr von Legenden umranktes Reich Tba. Aus mehreren Galaxien hatten sich ihre Vertreter in der Milchstraße zusammengefunden, damals, als er selbst zum Gefangenen von BARDIOCS Inkarnation geworden war und die SOL sich zum Zünglein an der Waage im Kampf der Superintelligenzen erwiesen hatte. Manchmal, erkannte Rhodan bitter, vermisste er den fetten weißhäutigen Tibeter und den dürren Marsianer der a-Klasse ebenso wie den Robotkaiser Anson Argyris, und das nicht allein deshalb, weil sie zu ihrer Zeit mit Gestaltwandlern konfrontiert worden waren. Es waren einfach die Menschen, die Menschen und *Wesen*, die ihm fehlten, die ein Stück seines Weges neben ihm gegangen und zu Vertrauten und Freunden geworden waren. Letztlich hatten sie doch zurückbleiben müssen. Eines Tages, fürchtete Rhodan, würde es einsam werden. Irgendwann in noch ferner Zukunft. Spätestens dann, wenn die Evolution fortschritt und er und seinesgleichen zu Relikten der Vergangenheit wurden. Sobald die Menschen ihr Aussehen veränderten, die Aktivatorträger jedoch das blieben, was sie immer gewesen waren: Homo sapiens. Die Natur experimentierte, und wenn nicht sie, dann höhere Mächte. Die Buhrlos der SOL waren eine solche Entwicklung gewesen, Menschen, die ohne Schutz im Vakuum des Weltraums hatten leben können. Dazu die Konzepte, aus der Not heraus geboren zwar, aber nichtsdestotrotz der Versuch, mehrere Bewusstseine in einem Körper zu vereinen.

Rhodan widmete sich wieder dem, was der in Sekquoias Unterkunft eingedrungene Spezialroboter wahrnahm.

Eine Baumstruktur holografischer Darstellungen war vor ihm entstanden, angefangen vom normaloptischen Bereich über Spektraleinfärbungen, in denen sogar einzelne Bakterien und Pilzsporen strukturiert hervortraten, über Infrarotwahrnehmung bis hin zu Ultraschallmessungen und in den Ortungsbereich.

Der Blickwinkel war ungewöhnlich. Rhodan sah immer nur das, was sich unter dem scheibenförmigen Roboter befand. Das Gefühl, wie eine Fliege an den Wänden emporzukrabbeln, jede Pore der eigentlich antiseptischen Wandbeschichtung wie einen kleinen Krater unter sich zu sehen, war sogar für ihn eine neue Erfahrung. Farbschattierungen verrieten, wo die nanomolekular eingebundenen Wirkstoffe bereits ihre keimtötende Wirkung eingebüßt hatten. Dort breiteten sich Bakterienherde aus, die wie Kraken ihre Fangarme gierig in alle Richtungen streckten. Auf einem Raumschiff der Aras, noch dazu auf einem Quarantäneraumer. Der Teufel steckte also auch hier im Detail. Erschreckend der Gedanke, eine dieser Verunreinigungen könnte auf Ara-Toxin zurückzuführen sein.

Der Roboter klebte jetzt kopfüber an der Decke. Antigravfelder kamen nicht zum Einsatz, Rhodan wusste auch ohne Erläuterung eines Spezialisten, dass ihre Streuwirkung genau die Dinge beeinflussen konnte, denen die Suche galt. Tausende Lamellen an den kurzen Beinfortsätzen des Roboters sorgten dafür, dass er auf nahezu jedem Untergrund unverrückbar fest haftete. Dabei konnte er ein Mehrfaches seines Eigengewichts tragen.

Hautschuppen und angetrocknete Schweißtropfen, außerdem zwei farblose, leicht geringelte Haare waren bislang die einzige Ausbeute. Das genügte für die Feststellung, ob es sich um menschliches Erbgut handelte oder um eine fremdartige Konstellation. *Menschlich.* Rhodan lächelte. Es war immer das gleiche verrückte Spiel. Terraner schimpften auf Aras; Aras hielten die Menschen des Planeten Erde noch heute für Emporkömmlinge und wähnten sich ihnen in jeder Hinsicht überlegen. Hier wie dort gab es die ewig Gestrigen, die nicht wahrhaben wollten, dass solches Gedankengut längst der Vergangenheit angehören sollte.

Rhodan hatte das alles schon einmal mitgemacht. Auf der Erde, die längst zum Schmelztiegel der Weltanschauungen und Kulturen, der Religionen und Hautfarben geworden war.

Mittlerweile vollzog sich dieses Zusammenwachsen auf der nächsthöheren Ebene, in der Milchstraße. Die Zeit würde kommen, da Blues und Tefroder, Haluter, Arkoniden und Terraner gleichberechtigte Galaktiker sein würden.

Eine Vision ...?

Natürlich. Aber Rhodan hatte schon viele Visionen wahr werden lassen, und er war überzeugt davon, dass er auch diesen Triumph erleben würde.

Wie groß war der Unterschied zwischen den von der Ersten Menschheit abstammenden Völkern eigentlich? Vielleicht zwei, drei zehntel Prozent ihres Genoms. Die Aras wussten das genau.

Die biologische Diskrepanz zwischen einem Menschen und einem Gestaltwandler? Keinesfalls so groß, wie jeder es auf Anhieb vermuten mochte. Vielleicht zehn Prozent. Aber schon das war viel, glaubte der Terraner.

Irgendwo in der Weite des Universums existierte auch Leben, das grundverschieden sein musste und nicht einen Hauch bekannter Strukturen aufwies. Das behaupteten die Wissenschaftler, und sie meinten damit keineswegs Wesen aus Antimaterie wie die Accalauries. Sie sprachen von dem wirklich Fremden.

Rhodan schaute auf, als er angesprochen wurde. Einer der Offiziere hatte sich ihm zugewandt.

»Pron Dockt meldet sich aus dem Labortrakt, Resident!«

Die Holofelder vor Rhodan wichen dem Konterfei des Ara-Wissenschaftlers.

Pron Dockt blinzelte irritiert. Als er Sekunden später bemerkte, dass die Verbindung umgelegt worden war, hielt er den Kopf ein wenig schräg und schielte an dem Terraner vorbei. »Ich störe dich«, sagte er schwach, als sei ihm der Anruf plötzlich unangenehm. »Ich ... dachte nur ...«

»Oclu-Gnas ist anderer Meinung als du; er glaubt nicht, dass das wirklich wichtig sein könnte, was du herausgefunden hast?«

Pron Dockt schnappte nach Luft. Diese Eröffnung überraschte ihn und beraubte ihn aller Argumente, die er sich wahrscheinlich schon zurechtgelegt hatte. »Ich störe dich«, wiederholte er schwach, aber sein Blick festigte sich. Er suchte jetzt sogar Rhodans Gesicht, wollte offenbar herausfinden, ob seine Befürchtung zutraf oder nicht.

»Ich war in Betrachtungen über das Leben als solches versunken«, sagte der Terraner.

»Hier geht es um das Gegenteil«, bemerkte der Ara. Er trug hochgeschlossene Schutzkleidung und zupfte gerade die aufgesprühten Schutzhandschuhe von seinen Händen. »Die Untersuchung des Leichnams wurde soeben abgeschlossen. Wir wissen jetzt, dass der Mörder ein Perfektionist gewesen sein muss.«

Pron Dockt sagte das auf eine Weise, wie andere über das Wetter sprachen.

»Du solltest dir das ansehen, Resident! Plob Arnoyns Tod wurde durch eine Schnittführung herbeigeführt, die dem Opfer nicht einmal einen Schrei entlockt haben kann. Aber das ist nicht alles.«

Pron Dockt zog die Mundwinkel in die Höhe. Viel weiter, als er das für gewöhnlich tat. Diesmal, hatte Rhodan den Eindruck, grinste der Wissenschaftler wirklich. Er war sich dessen bewusst, dass er eine entscheidende Entdeckung gemacht hatte. Aber er würde nicht am Interkom darüber reden, das erkannte der Resident deutlich.

»Ich komme zu dir!«

Rhodan sah noch das begeisterte Aufblitzen in den Augen des Aras, dann fiel die Übertragung in sich zusammen.

Von dem Offizier ließ er sich sagen, aus welchem Labortrakt Pron Dockt angerufen hatte, dann eilte er aus der Zentrale. Endlich hatte er das Gefühl, dass sich das Blatt wendete.

Als Rhodan das Labor betrat, standen sich Plob Arnoyn und Pron Dockt auf Tuchfühlung gegenüber. Für einen Moment war der Terraner versucht zu glauben, der Konsortiumsleiter sei von den Toten auferstanden.

Arnoyn überragte den Wissenschaftler nicht nur um fast eine Handspanne, für einen Ara wirkte er auch beinahe fettleibig. Er war unbekleidet – und dicht unter seinem Nabel registrierte Rhodan eine knapp einen Zentimeter breite Narbe. Ohne die dunkle Verfärbung des umliegenden Gewebes wäre sie ihm nicht einmal aufgefallen. Nach unten hin schimmerte der Fleck deutlich kräftiger als am oberen Narbenrand.

Diese Verfärbung stammte von Einblutungen unter der Haut, erkannte der Terraner.

Pron Dockt hatte soeben seine Rechte ruckartig nach vorn gestoßen, das war eine kurze, aber kraftvolle Bewegung gegen Arnoyns Unterleib. Rhodans Eintreten hatte ihn zusammenzucken lassen wie jemand, der sich bei einer geheimen Tätigkeit ertappt fühlte, und nun spreizte er die Hand und dirigierte den nackten Körper mit einer knappen Geste in die Waagerechte.

Erst in dem Moment war sich der Resident sicher, dass er weder den reanimierten Plob Arnoyn noch dessen Leichnam vor sich hatte, sondern ein in jeder Hinsicht perfektes Hologramm. In brillanter Wiedergabe schwebte der Konsortiumsleiter und Kommandant der APPEN inmitten des kleinen Laborraums. Seine Darstellung veränderte sich nun aber schnell.

Haut und Bindegewebe lösten sich auf. Die Muskeln wurden deutlich erkennbar, sie waren von kleineren Fettablagerungen durchsetzt. Sekunden später löste sich das letzte Gewebe auf; die Knochenstruktur des Brustkorbs lag frei, dazu Magen und Leber sowie die Schlingen von Dickdarm und Dünndarm.

Rhodans Blick suchte den winzigen Einstich. Er fand ihn nicht auf Anhieb und war schon versucht, an eine nur oberflächliche Verletzung zu glauben, dann registrierte er den angefüllten Bauchraum. Geronnenes Blut. Es war überall.

»Richtig!«, sagte Pron Dockt, und seine Stimme klang ein wenig heiser. Rhodan wurde sich dessen bewusst, dass der Wissenschaftler ihn nicht einen Moment lang aus den Augen gelassen hatte. Dabei war ihm gar nicht aufgefallen, dass Pron Dockt ihn beobachtet hatte.

»Arnoyn ist innerlich verblutet. Sein Mörder hat nur ein einziges Mal zugestochen, das jedoch mit absoluter Präzision. Wenn ich jemanden töten wollte, ich könnte es nicht besser.«

»Das Mordwerkzeug war demnach ...«

»... ein Skalpell.« Pron Dockts Mundwinkel wanderten schon wieder euphorisch nach oben. »Es wurde bislang aber nicht gefunden.«

»Der Unbekannte hatte ausreichend Zeit, das Skalpell in einen Konverterschacht zu werfen«, vermutete Rhodan.

Der Ara hörte ihm nicht zu. »Ein sauberer Schnitt«, murmelte er. »Ausgeführt, als Plob Arnoyn und sein Mörder sich auf Tuchfühlung gegenüberstanden. So nahe ...« Er wiegte den Kopf, als versuchte er, sich in die Situation hineinzuversetzen, wie er es eben schon getan hatte. »Sie müssen einander gekannt haben. Der Tod trat sofort ein, weil die Hauptschlagader vollständig durchtrennt wurde. Keine Gegenwehr, keine Spuren. Die Stichwunde ist optimal und verläuft zudem durch Fettgewebe, deshalb ist äußerlich nur das Hämatom zu erkennen. Der gesamte Bauchraum wurde vom Blut überschwemmt.« Mit beiden Händen tastete er über seinen eigenen Leib, als versuche er nachzuempfinden, wie sich das anfühlen musste. Er schien sich nicht schlüssig zu sein.

»Der Mörder verfügt demnach über einschlägige medizinische Kenntnisse?«, fragte Rhodan.

Pron Dockt blinzelte verwirrt, machte schließlich eine fahrig ablehnende Handbewegung. »So viel von Medizin versteht mindestens die Hälfte der Bevölkerung, selbst auf den agrarwirtschaftlich orientierten Randwelten.«

Das Hologramm des Toten war mittlerweile in einer Darstellungsschleife gefangen. Eine pietätlose Zurschaustellung, so empfand es Rhodan jedenfalls. Alle zehn Sekunden gehäutet, das Gewebe und die Fettablagerungen abgetragen, die inneren Organe der Reihe nach entfernt ...

»Ich hatte gehofft, deine Feststellungen würden mehr über den Mörder aussagen«, stellte er fest und fügte unwillig hinzu: »Kann man diese Leichenfledderei nicht abstellen?«

Pron Dockt riss die Augen weit auf. Er verstand nicht, was der Terraner wollte. Zumindest machte er sich keine Mühe, dessen Beweggründe zu verstehen.

»Sieh ihn dir an, Resident!«, drängte er vielmehr. »Sieh ihn dir genau an! Dann sage ich dir, Plob Arnoyn muss ein vorausschauender Mann gewesen sein. Kaum jemand sonst wäre in der Lage, uns nach seinem gewaltsamen Ende noch den Mörder zu präsentieren.«

»Dieses holografische Schauspiel macht mir nicht eben Lust auf Rätselfragen.« Rhodan versuchte, das Holo zu ignorieren, aber er konnte es nicht. »Heraus mit der Sprache!«, drängte er.

Pron Dockt klackte mit den Zähnen. Das hatte er bislang nie getan, vielmehr war das eine seltsame Angewohnheit des Konsortiumsleiters gewesen. Die Holosteuerung erkannte darin offensichtlich das Signal, ihre Projektion zu verändern.

Übergangslos erlosch der Körper. Nur mehr der Schädel schwebte vor den beiden Männern, aber auch das war kein wesentlich angenehmerer Anblick.

Pron Dockt gefiel sich in der Rolle des Wissenden. Sie machte ihn dem Residenten überlegen. Wenigstens in diesem Moment. Und er kostete das weidlich aus. Seine autistischen Züge traten dabei in den Hintergrund. Für eine oder zwei Sekunden hielt er sogar Rhodans forschendem Blick stand, bevor er sich doch wieder zur Seite wandte.

»Sieh dir seine Augen an!«, sagte er.

Plob Arnoyns Iris war wie die aller Arkoniden und von ihnen abstammenden Völker die eines Albinos. Allerdings zeigte die linke Iris kräftige Pigmentierungen. Rhodan war sich nicht schlüssig, ob Pron Dockt genau das meinte.

»Siehst du es?«, drängte der Ara.

»Diese winzigen Einsprenkelungen?«

»Das sind nicht nur banale Flecken. Sieh genau hin!« Pron Dockt kicherte verhalten. Er schien sich darüber zu amüsieren, dass er dem Terranischen Residenten auf die Sprünge helfen musste. Er, der sich sonst stets im Schatten seines In-vitro-Bruders wusste.

Die Holosteuerung gliederte das Auge aus der Gesamtprojektion aus, als Rhodan sich noch weiter nach vorn beugte. Im nächsten Moment war es bis auf eine Größe von gut 30 Zentimetern angewachsen. Jetzt war die Iris deutlich zu erkennen, übergroß die Rotschattierungen des pigmentarmen Augenhintergrunds und die ineinander verlaufenden Bindegewebsfasern. Die wenigen vermeintlichen Pigmentierungen traten nun deutlicher hervor. Sie schillerten in Regenbogenfarben und erinnerten Rhodan an siliziumbedampfte Oberflächen. Sie waren unterschiedlich groß, die größten in der aktuellen Wiedergabe etwa zwei Zentimeter durchmessend, und scheinbar wahllos über die Iris verteilt. Aber sie wiesen geometrisch exakte Form auf: Sechsecke und Achtecke. Rhodan erkannte sie endlich als Fremdkörper, die höchstens doppelt so dick wie die Hornhaut sein konnten.

Winzige Wurzelfäden verankerten diese Gebilde im Irisstroma. Zumindest sah es auf den ersten Blick so aus. Rhodan stellte fest, dass sich diese Fäden fortsetzten. Sie führten an den Stäbchen vorbei zum Sehnerv, waren aber nicht mit diesem verbunden, sondern ringelten sich darum herum wie eine schmarotzende Schlingpflanze um den Stamm eines Urwaldriesen.

»Nanotechnik?« Der Terraner schaute wieder auf.

Pron Dockt grinste an ihm vorbei. »Eine exzellente biotechnische Leistung, wie du sie so schnell nicht wieder zu Gesicht bekommen wirst. Die gesamte Anlage bezieht ihren Energiebedarf aus dem Stoffwechsel des Organismus.«

Der Ara hob die Schultern und ließ sie nach einem Moment kraftlos wieder sinken. »Sie bezog ihre Energie aus dem Organismus, sollte ich besser sagen. Die wenigen Stunden der Inaktivität haben sie zerstört. Was du siehst, ist Nanoschrott. Sündhaft teuer zwar, aber trotzdem nur noch als Anschauungsobjekt fürs Museum geeignet.«

»Handelte es sich um einen Datenspeicher, der den Sehnerv anzapft?«

Mit einer fahrigen Handbewegung stellte Pron Dockt den ursprünglichen detailreichen Körperscan wieder her. Das Zehnsekundenintervall startete von Neuem und geriet zur morbiden Unterhaltung, die Pron Dockt mit gelangweiltem Interesse betrachtete.

»Lappalien«, erwiderte er zögernd auf Rhodans Feststellung. »Ich habe nicht den Eindruck, dass sich der Konsortiumsleiter mit stümperhafter Massenware zufriedengegeben hätte. Die Sensorzellen auf der Iris, Resident, konnten Plob Arnoyn jedes Mikroskop ersetzen. Sie ermöglichten es ihm, sein Gesichtsfeld bis hinunter auf die molekulare Ebene aufzulösen. Dazu gaben sie ihm ein breites Wahrnehmungsspektrum.«

»Gibt es Fakten? Speicherdaten, die noch gelesen werden können?«

Pron Dockt nickte zögernd. Gedankenverloren setzte er sich in Bewegung und schritt durch das Hologramm hindurch. Auf der anderen Seite des Labors war einiges an technischen Gerätschaften aufgebaut. Der Wissenschaftler hantierte zielsicher an aufleuchtenden Schaltschemata, doch was er damit in Bewegung setzte, blieb zumindest für Rhodan noch verborgen.

»Oclu-Gnas hat mir einmal geraten, Operationen anderen zu überlassen und mich stattdessen mit Datenanalyse zu befassen. Er hatte recht.«

Rhodan schwieg. Er glaubte, Pron Dockts Labilität zu spüren; der Ara war begeistert und niedergeschlagen zugleich.

»Siehst du das, Rhodan?«

Der Resident atmete auf, als dieser entsetzliche Rhythmus endete, diese Zehn-Sekunden-Zurschaustellung, die Plob Arnoyns Leichnam zum bloßen Objekt degradierte. Ein Schaubild zeigte nun die implantierten Nanosensoren und ihre vermeintlichen Wurzelfäden. Darunter zwei längliche Platinen. Sie hatten annähernd sternförmigen Querschnitt. Aus dem Größenvergleich schloss Rhodan, dass sie jeweils etwa drei Zentimeter lang waren und von Sternspitze zu Sternspitze bestenfalls fünf Millimeter durchmaßen.

»Du siehst, worum es sich handelt?«

»Kieferimplantate«, vermutete der Terraner. »Steuerungs- und Speicherungseinheit ...«

»... angeschlossen an die körpereigenen Ströme und damit von der besten Energieortung nicht erfassbar. Das Material: Knochenimitat; verdichtetes Kalzium, eingelagerte Silizium-Hochleistungsspeicher. Das alles wurde sofort nach den Schichtaufnahmen des Leichnams extrahiert. Mit meinem Bruder Oclu-Gnas bin ich der Ansicht, dass der Konsortiumsleiter diese Implantate schon seit Jahrzehnten im Körper trug, die äußeren Molekülschichten waren bereits mit dem körpereigenen Gewebe verwachsen. Nein, keine Sorge, Resident, es gab keine Schäden bei der Sektion.«

»Also existieren Aufzeichnungen.« Rhodan war nahe daran, Pron Dockts Erläuterungen einfach abzuwürgen. Sosehr ihn Details interessiert hätten – nicht jetzt, nicht solange im Hintergrund das Ara-Toxin drohte. Außerdem konnte er Pron Dockt schnell in eine Abwehrhaltung hineintreiben, wenn er ihn unterbrach. Falls der Ara sich um den Erfolg seiner Bemühungen betrogen sah, mochte er sich in das Schneckenhaus seines autistischen Ich zurückziehen und erst einmal mit der Welt hadern.

»Gewisse Aufzeichnungen erlauben eine sehr gute Rekonstruktion«, erwiderte der Bruder des Lordmedikers schleppend. »Wir wissen, wie der Mord geschah – Oclu-Gnas weiß es, ich weiß es ... Und ich bin mir sicher, du willst es ebenfalls erfahren.«

»... das ist ausufernde Dummheit. Die Folge wäre eine irreparable Schädigung des Kortex und mindestens der Hälfte aller Synapsen, und was das für den Probanden bedeutet, muss ich wohl kaum betonen.« Die Stimme klang dumpf und wurde von einem leichten Widerhall begleitet. Ihre beißende Schärfe war dennoch unverkennbar.

Der Ara, dem die Zurechtweisung galt, erstarrte förmlich. In seinen vor Schreck geweiteten Augen spiegelte sich das Gesicht des Mannes, der ihn derart massiv der Unfähigkeit bezichtigte.

Es war ein fülliges Gesicht. Den Schädel zierte ein ungewöhnlich dichter weißer Haarkranz. Und der strenge, vor allem ungnädige Ausdruck verlieh diesem Gesicht Härte.

Unversöhnlich starrten sie einander an.

»Nimm wenigstens einen Rat von mir an: Verdinge dich auf einer der Außenwelten, weit weg von allem, was nach medizinischem Fortschritt aussieht! Die da draußen suchen immer jemanden für die Drecksarbeiten.«

Der Ara hob die Hand, die Finger angewinkelt. Einen Moment lang hatte es den Anschein, als wolle er dem Sprecher den Handrücken ins Gesicht schlagen. Aber dann packte er mit den Fingerspitzen zu, fing an seinem linken Ohr an und riss sich den aufgesprühten antiseptischen Schutz vom Gesicht. »Du weißt, dass ich ein guter Neurochirurg bin!«, stieß er schwer atmend hervor. »Ich erwarte eine faire Behandlung ...«

»Fair.« Ein zynisches Lachen klang auf. »Ich gebe dir die Chance, das zu tun, was du wirklich kannst. Nutze sie! Mehr steht nicht in meiner Macht …«

»Du bist voreingenommen, Plob Arnoyn, und in letzter Zeit unausstehlich. Als Konsortiumsleiter hast du die Pflicht …«

»*Pflicht* … Bleib mir mit diesem Geschwätz vom Leib, Koulwain. Wenn ich es nicht dulde, wirst du nicht einmal als Knochenbrecher arbeiten.«

Der Sprecher wandte sich ruckartig um. Rhodan hatte das Gefühl, von der abrupten Drehung mitgezerrt zu werden. Auf diese Intensität der Empfindung war er nicht vorbereitet. Sein Gleichgewichtssinn rebellierte, zumal der Blick nun ruckartig hin und her sprang und trotzdem alles gleichzeitig zu fixieren schien.

Beide Hände des Terraners fuhren hoch zu seinen Schläfen und neutralisierten das Wiedergabefeld. Er hatte erwartet, die Aufzeichnungen von Plob Arnoyns Augenimplantat wie in der Wiedergabe einer Datenbrille zu sehen, doch das Projektionsfeld schien unmittelbar auf seine Sinne einzuwirken.

»Die Wahrnehmung wird erheblich gesteigert«, hörte er Pron Dockt dozieren. Verglichen mit den Emotionen, die Rhodan eben wahrgenommen hatte, klang die Stimme unglaublich monoton.

»Implantate wie diese befinden sich seit Jahren in der theoretischen Forschung, Resident. Sie wurden entwickelt, um die Gefühlswelt eines Probanden greifbarer werden zu lassen. Die Reprojektion, heißt es, kollidiert jedoch mit hoher Wahrscheinlichkeit mit dem körpereigenen Beharrungsvermögen des Betrachters. Zerebrale Fehlschaltungen, Übelkeit bis hin zum Erbrechen oder vorübergehender Orientierungsverlust sind die direkten Auswirkungen.«

»Es freut mich, dass ich das jetzt schon erfahre«, kommentierte der Terraner.

Pron Dockt ignorierte die Bemerkung. »Ich empfehle, dass du deinen Metabolismus mit den Aufzeichnungen mitschwingen lässt. Die sitzende Haltung blockiert dich, die Aufzeichnung und deine eigene Physis ...«

»Damit werde ich fertig.«

Pron Dockts unsteter Blick verlor sich in vermeintlich weiter Ferne. »Gut«, sagte er nach einer Weile. »Ich kenne die Aufzeichnung, außerdem bist du kein labiler Charakter ...«

»Danke für diese offene Einschätzung.«

Rhodan wusste nun wenigstens, dass ihn deutlich mehr als eine einfache optische Aufzeichnung erwartete. Was jeder miniaturisierte Bildsensor leisten konnte, war zwar Teil des Ganzen, aber eben nur ein untergeordneter Teil. Der Rest war ...

... Leben. Womöglich ein Schritt in die Richtung, Leben zu speichern und erfahrbar zu machen. Vielleicht sogar kopierbar. Wenn auch nicht mit den Multiduplikatoren von einst vergleichbar. War es eine albtraumhafte Vorstellung, Heere von Klonen zu sehen, endlos am Fließband produziertes identisches Leben? Und jenes Leben mit einheitlichen Erfahrungen ausgestattet, mit den gleichen Erinnerungen, den gleichen Sehnsüchten, Wünschen und Zwängen?

Dieser Gedanke gefiel Rhodan überhaupt nicht.

Womöglich sollte die Entwicklung den Weg hin zu einer intermittierenden Unsterblichkeit öffnen. Das reihte sich dann nahtlos ein in die Forschungen, an denen

Trantipon beteiligt gewesen war. War wirklich aufgezeichnetes sterbliches Leben denkbar, das als Erfahrungswert nach seinem Tod an einen Klon weitergeben werden konnte, wieder und wieder …?

Rhodan fröstelte. Entwicklungen wie diese zu beurteilen, war jetzt nicht die Zeit. Es gab immer und für alles einen guten und einen schlechten Weg. Vielleicht ging es den Aras hinter dieser Entwicklung nur darum, künstliche Erinnerungen zu schaffen, als Kontrapunkt zu Hypnoschulung oder Simusense einfach Realität …

Der Resident zögerte nicht länger, sondern tippte entschlossen auf den an seiner Schläfe klebenden kleinen Projektor.

… er war wütend und atmete hastig. Schweiß brannte in seinen Augen, als er im Laufschritt den Sterilraum verließ. Das Geräusch der eigenen Schritte verfolgte ihn, als sei den Wänden des Korridors die schallschluckende Wirkung abhandengekommen. Es trieb ihn vorwärts. Vielleicht war es auch nur die Unruhe, die sich in ihm angestaut hatte.

Hastige Blicke nach allen Seiten. Unkonzentriert und sprunghaft. Gesichter erschienen, sie wirkten unbeteiligt, neugierig, huschten vorüber. Plob Arnoyn fixierte jeden nur kurz, keiner interessierte ihn.

Rhodan registrierte Gleichgültigkeit in der Wahrnehmung – und zugleich einen stärker werdenden Druck im Unterleib. Er kannte das nicht. Demnach sprang die unangenehme Empfindung einer prall gefüllten Blase von den Aufzeichnungen auf ihn über.

Plob Arnoyn bog in einen Seitenkorridor ab. Schritte folgten ihm, er wandte sich um. Offenbar argwöhnte er, dass Koulwain hinter ihm herkam. Aber nur ein Wachmann näherte sich, zögerte kurz – und ging vorbei. Der Mann schaute lediglich für einen Moment kurz auf, als Plob Arnoyn unmissverständlich abwinkte. Die Geste galt jedoch zwei Heilern. Sie waren an der Einmündung in den Hauptkorridor stehen geblieben, als sie den Konsortiumsleiter erblickt hatten.

Plob Arnoyn ging weiter. Eiliger als zuvor. Sein Blick folgte dem Wachmann, der eine der angrenzenden Ausrüstungshallen betrat und darin verschwand.

Rhodan war enttäuscht und erleichtert zugleich. Die Wiedergabe reizte seine Körperchemie. Abgesehen von dem unerträglich werdenden Harndrang vermittelte sie ihm keineswegs Gedanken oder gar Motivationen des Konsortiumsleiters. Er war und blieb nichts anderes als ein indiskreter Beobachter, der im Nachhinein sehen konnte, was Plob Arnoyn gesehen hatte, der dasselbe hörte und in die Lage versetzt wurde, in gewissem Rahmen Arnoyns körperliches Befinden nachzuvollziehen. Aber keineswegs mehr.

Der Resident konnte sich zusammenreimen, dass Plob Arnoyns Zorn dem Ara Koulwain galt. Weil sich das nahtlos aus der vorangegangenen Sequenz ergab – zu ergeben schien, korrigierte er sich schnell –, aber das war wirklich der einzige Anhaltspunkt, der ihn zu dieser Mutmaßung führte.

Arnoyn schritt auf eine Toilettenanlage zu, durchquerte den geräumigen Vorraum mit den flirrenden Desinfektionsschleusen und streifte mit unstetem Blick den ehemaligen Variobereich.

Formenergieeinsatz, um den Sanitärbereich für Angehörige der unterschiedlichsten Völker benutzbar zu machen, war gang und gäbe gewesen. *Syntrongesteuerte Anpassung zur Verrichtung körperlicher Notdurft in jeder Konsequenz.* Ungeheuer energieaufwendig, aber effizient; seit dem Hyperimpedanz-Schock und den dadurch bedingten technischen Einschränkungen jedoch wieder ein Thema. Auf der APPEN war dieser Bereich bislang nicht reaktiviert. Allein schon die Konstitution von Ertrusern, Terranern und Siganesen verlangte nach unterschiedlichsten Vorrichtungen. Im arkonidischen Einflussbereich war das kein Deut anders. Rhodan ertappte sich bei einem Lächeln, das sogar die Aufzeichnungswahrnehmung überlagerte, weil ihm die Vorstellung eines Latrinendecks in den Sinn kam. So einfach war es also, sich aus den fremden Empfindungen zu lösen. Oder galt das nur für ihn als Mentalstabilisierten und Aktivatorträger?

Plob Arnoyn befand sich allein in dem großen Raum. Aus irgendeinem Grund steuerte er dennoch auf die Nische im rückwärtigen Bereich zu. Dort zweigte der Zugang in den Technikbereich ab, in dem sich die vorgeschaltete Luftreinigung befand, die Kleinanlagen der Wiederaufbereitung, der Wartungsroboter ...

»Diffusorfeld!«

Plob Arnoyns Stimme mahnte den Residenten, dass er sich in unnötigen Betrachtungen verlor. Zugleich wurde ihm klar, dass der Konsortiumsleiter übersehen hatte, die Aufzeichnung zu unterbrechen. Ihm war bestimmt nicht daran gelegen, die Verrichtung seiner Notdurft für die Nachwelt festzuhalten. So weit konnte araischer Nihilismus auch nicht gehen. Möglich, dass Arnoyn von seinem Ärger auf den Neurochirurgen beeinflusst wurde. Oder hing das bereits mit Trantipon zusammen?

Ahnte Plob Arnoyn sein bevorstehendes Ende? Wohl kaum.

Die Toilettenanlage war kein schöner Ort, um zu sterben. Wenngleich nicht nur sauber, sondern steril.

Rhodan erschrak über seine eigenen Gedanken. Sie entstanden aus der Beeinflussung heraus. Trotzdem wollte er sich nicht erneut davon lösen – er musste sehen, was Arnoyn gesehen hatte.

Ein automatisches Diffusorfeld schirmte den Konsortiumsleiter gegen neugierige Blicke ab – und gleich darauf spürte Rhodan die beginnende Erleichterung. Das in der Luft verklingende Seufzen konnte nur von dem Ara stammen.

Im Hintergrund erklangen verhaltene Schritte. Sie waren eigentlich nur wahrzunehmen, wenn man sich darauf konzentrierte. Rhodan tat das. Weil er wusste, was gleich geschehen würde.

Die Schritte näherten sich.

Nur zu gern hätte der Resident sich umgedreht und dem Mörder ins Gesicht geschaut, doch Plob Arnoyn tat ihm den Gefallen nicht. Der Konsortiumsleiter schien das Geräusch überhaupt nicht wahrzunehmen.

In dem Moment legte sich eine Hand auf seine Schulter. Die Berührung war so fest und vor allem so unerwartet, dass Arnoyn zusammenzuckte. Und Rhodan ebenfalls; das Erschrecken des Aras sprang auf ihn über.

Kräftige Finger zwangen ihn herum.

Beiläufig registrierte der Terraner, dass das Diffusorfeld in dem Moment erlosch.

»Was fällt dir ein ...?«, stieß Plob Arnoyn keuchend hervor. Da war noch so viel mehr, was er hatte sagen wollen, aber er verstummte mitten im Satz, schien sich selbst darüber zu wundern, dass er nicht weitaus heftiger reagierte.

Vor ihm stand ein Wachmann. Es mochte derselbe sein, der vor wenigen Minuten in der Ausrüstungshalle verschwunden war.

»Gibt es ... Unregelmäßigkeiten?«, fragte Plob Arnoyn zögernd.

Der Wachmann blickte ihn nur an. Wortlos. Und so durchdringend, dass der Konsortiumsleiter fröstelte. Diese Augen waren kalt und unbarmherzig, und in dem Gesicht zuckte nicht ein Muskel. Es zeigte vielmehr den Ausdruck höchster Konzentration.

»Was ist mit dir ...? Was ...?«

Plob Arnoyn griff nach dem Arm des Wachmannes, um die Hand von seiner Schulter zu stoßen. Jedenfalls versuchte er das. Doch im nächsten Moment vergaß er es schon wieder. Ein Gurgeln drang zwischen seinen Lippen hervor, leise und kaum hörbar. Sein Atem ging schneller, sein Herzschlag steigerte sich zu einem unrhythmisch werdenden Dröhnen, das den ganzen Körper erschütterte.

Der mächtige Plob Arnoyn hatte Angst. Elende, kreatürliche Angst, die ihm den Schweiß aus allen Poren trieb. Trotzdem stand er wie erstarrt da und war unfähig, sich zu bewegen.

Rhodan wollte sich aus der Starre lösen, die auf ihn übergriff. Er stellte fest, dass ihm das unmöglich war; er schafft es nicht, gegen Arnoyns Panik aufzubegehren ...

... und reagierte nun selbst verstört.

Der Wachmann zerrte ihn mit sich, nur die paar Schritte bis in den Technikbereich. Aber das war es nicht, was ihn entsetzte, es war das Gesicht des Mannes. Es verfiel, schien rasend schnell zu altern. Falten gruben sich unter den Wangen ein, die Knochen stachen unter der rissig werdenden Haut hervor, die Augen quollen aus den Höhlen, die plötzlich blutunterlaufen erschienen und von dicken Tränensäcken geprägt. Innerhalb von Sekundenbruchteilen platzten diese Tränensäcke auf und ließen eine eitrige Flüssigkeit hervorquellen, während sich die Augen halbkugelig nach vorn wölbten, monströse dunkle Facettenaugen, in denen Plob Arnoyn sich tausendfach spiegelte. Ein kurzer, von Borsten übersäter Rüssel wölbte sich ihm entgegen.

Arnoyn wollte schreien. Er konnte es nicht.

Rhodan spürte, dass sich ihm ebenfalls die Kehle zuschnürte. Er starrte dieses Wesen an, das eben noch ein Ara gewesen zu sein schien und sich weiter veränderte. Eine einzige fließende Bewegung, unaufhörlich, eine quellende, brodelnde, sich stetig verformende Zellmasse.

Schon stach eine kantige, von schillernden Schuppen übersäte Schnauze dem Konsortiumsleiter entgegen. Aber noch während sich dieser Mund öffnete und Reihen fauliger Zähne entblößte, wandelte sich der Schädel zu dem rotbärtigen Antlitz eines Springers. Gleichzeitig schrumpfte der prächtig geflochtene Bart zu dünnem Flaum, und der Kopf wurde wie von unsichtbaren Zwingen zusammengequetscht. Er wirkte plötzlich tellerförmig, ließ Haut in kräftigem Rosafarbton erkennen und vier Augen, die erst sichtbar wurden, als sich der Kopf nach vorne neigte.

Ein Dutzend und mehr Wesen schienen sich gedankenschnell nacheinander manifestieren zu wollen, aber schon kehrten die menschlichen Züge zurück, wurde die Haut bleich und glatt, und die Schädeldecke wölbte sich auf, wie es für einen Ara typisch war.

Ein spöttischer Zug umfloss die Mundwinkel, in den roten Augen funkelte es herausfordernd.

Nur noch marginal veränderte sich der Schädel. Weißes, kurzes Haar wucherte für wenige Sekunden, unter den Jochbeinen polsterte sich die eben noch etwas schlaff wirkende Haut auf, auch das Kinn trat fleischiger hervor.

Dieses Gesicht – das war nicht irgendein Ara. Das war Plob Arnoyn. Ein perfekter Doppelgänger.

Rhodan stockte der Atem. Er ahnte die Bewegung seines Gegenübers geradezu, ein kurzes, konzentriertes Zucken des rechten Armes.

Doch er spürte nichts.

Im nächsten Moment bekam er keine Luft mehr und glaubte, ersticken zu müssen. Er wollte den Mund öffnen, wollte seinem Doppelgänger entgegenschreien, dass er ... Was eigentlich? In seinen Gedanken wirbelte alles durcheinander.

Er registrierte, dass der andere, der falsche Plob Arnoyn, sein Kinn und den Mund mit den langen kräftigen Fingern der linken Hand umklammerte, ihn am Schreien hinderte. Hindern wollte, denn er hätte ohnehin nicht die Kraft dafür aufgebracht.

Dann zog der Angreifer die Hand zurück. Ein Hauch von Genugtuung huschte über sein Gesicht.

Erst jetzt spürte Plob Arnoyn den Schmerz, ein kurzes, grelles Ziehen im Unterleib. Danach das Gefühl von

Nässe. Sie war in ihm, breitete sich aus, vermischte sich mit dem Gefühl plötzlicher Leere.

Er hatte keine Kraft mehr. Der Boden zitterte, wie bei einem heftigen Beben, als würde die APPEN in dem Moment angegriffen ... Das alles verwischte für ihn, und die Beleuchtung verblasste, sie wurde zum fahlen, bleichen Schimmer wie die Sonne, die im Morgennebel über Aralon aufging.

Plob Arnoyn atmete nicht mehr.

Sein Herz hatte zu schlagen aufgehört.

Obwohl die warme Nässe ihn ausfüllte, fror er.

Der andere Plob Arnoyn räusperte sich. Das Geräusch riss den Sterbenden noch einmal aus der Lethargie, die ihn mit träger Schläfrigkeit umfangen wollte. Er spürte, dass der Gestaltwandler noch einmal nach ihm griff, mit den Fingern durch sein Gesicht und nach seinem Auge tastete – aber dann waren da plötzlich Geräusche, Stimmen, die aus nächster Nähe erklangen, aber dennoch unendlich weit weg zu sein schienen. Haltlos sackte Plob Arnoyn in sich zusammen. Sein Ebenbild hielt ihn fest, ließ ihn auf den Boden gleiten, dann wandte der Mörder sich um und verschwand.

Stille.

Starr blickte Plob Arnoyn hinauf zu dem nahen Himmel über sich. Der Nebel war dichter geworden, senkte sich herab.

Mit dem Nebel kam die Einsamkeit. Schließlich war auch sie zu Ende.

ALS PERRY RHODAN DEN KLEINEN PROJEKTOR von seiner Schläfe löste, fühlte er sich noch benommen. Den Tod des Konsortiumsleiters aus der distanzierten Sicht des Außenstehenden zu sehen oder dabei zu sein und miterleben, wie das Leben des Opfers endete – das waren zwei grundverschiedene Dinge. Er hatte Plob Arnoyns Sterben empfunden, als wäre in dem Moment seine eigene Existenz zu Ende gegangen. Das war selbst für ihn eine neue Erfahrung. Er spürte die von dem Aktivatorchip in seiner linken Schulter ausgehenden Impulse und war froh darüber, dass er nicht wirklich betroffen gewesen war. Sicher, er hatte sein Leben gelebt, sehr viel länger, als die Natur es jedem anderen Menschen gestattete, aber selbst das konnte nicht alles gewesen sein. Noch war nicht die Zeit, dass er beruhigt hätte abtreten und es anderen überlassen können, die Menschheit in eine gute Zukunft zu führen, eine bessere, als sie sich in diesen Jahren abzeichnete. Es gab keinen Silberstreif am kosmischen Horizont, dort waren im Gegenteil schwere Gewitterwolken aufgezogen.

Rhodan sah, dass Pron Dockt ihn nachdenklich musterte, als er für einen Moment den Projektor abschätzend auf der Handfläche wog. Er erhob sich, stellte ungläubig fest, dass er tatsächlich ein wenig unsicher auf den Beinen stand, glaubte wieder den kurzen, stechenden Schmerz im Unterleib wahrzunehmen, und legte das kleine Hightechgerät auf eine der Arbeitskonsolen.

»Der Mörder wurde von Besatzungsmitgliedern der APPEN gestört«, stellte er fest. »Seine letzte Bewegung wirkte so, als wolle er nach dem Kiefer des Opfers greifen. Er muss demnach von dem Aufnahmegerät und den Speicherzellen gewusst haben.«

»So sehe ich es ebenfalls«, bestätigte Pron Dockt. »Ich frage mich, wie vielen Personen das Implantat bekannt gewesen sein kann.« Ruckartig hob er den Kopf. Diesmal schien er sich zu überwinden, denn sein Blick richtete sich gezielt auf Rhodan. Er starrte den Terranischen Residenten an – und schaute dennoch irgendwie an ihm vorbei. Sein Schielen wirkte in dem Moment unerträglich, vor allem wäre es jederzeit operativ behebbar gewesen. Warum Pron Dockt die Behandlung scheute? Es konnte unmöglich die Furcht vor einem Klinikbett sein. Oder doch? Rhodan hätte die Hand nicht dafür ins Feuer gelegt.

»Der Mörder war ein Gestaltwandler!« Der Ara-Wissenschaftler stieß die Feststellung wie eine Verwünschung hervor. »Das war nicht nur ein holografisches Tarnfeld, hinter dem er sich verborgen hat.«

Rhodan nickte zögernd. »Möglicherweise haben wir es mit einem Gys-Voolbeerah zu tun.«

Er dachte an die Molekülverformer, die nach dem Ende der Larenherrschaft in der Milchstraße besonders aktiv gewesen waren, aber seine Überlegungen wurden sofort unterbrochen.

»Bringt uns diese Erkenntnis wirklich weiter?«, wollte der Ara wissen.

»Eine gute Frage«, sagte Rhodan. »Entscheidend ist, dass Plob Arnoyn keineswegs zufällig zum Mordopfer wurde. Für den Gestaltwandler war der Konsortiumsleiter Mittel zum Zweck, um unbehelligt an Trantipon heranzukommen. Es ging ihm ausschließlich darum, den Mantarheiler unschädlich zu machen.«

Rhodan bemerkte, dass sich Pron Dockts Miene verdüsterte.

»Trantipon wusste zu viel und muss den Hintermännern des Ara-Toxins als Sicherheitsrisiko erschienen sein«, fuhr der Resident fort. »Für mich sind beide Morde das Indiz dafür, dass wir die richtige Spur aufgegriffen haben. Trantipon hat alles darangesetzt, uns glauben zu lassen, dass gegen Ara-Toxin kein Kraut gewachsen ist und alle davon Betroffenen die Folgen wie einen Gottesfluch hinnehmen müssen. Ich bin mittlerweile überzeugt, er selbst wusste es besser. Irgendwo existiert ein Heilmittel. Die Frage ist nur, in welchem Stadium der Seuche Gegenmaßnahmen eingeleitet werden können oder spätestens eingeleitet werden müssen ...«

Der Resident fuhr sich mit beiden Händen über das Gesicht und schüttelte benommen den Kopf. »In der Hinsicht kann ich leider noch nicht einmal Vermutungen anstellen. Für mich steht nur fest, dass Trantipon genau die richtigen Antworten hätte geben können.«

»Und Plob Arnoyn hatte den Mantarheiler nicht nur erfolgreich reanimiert, seine Methoden hätten Trantipon wohl auch über kurz oder lang zum Reden gebracht.«

Rhodan verbiss sich eine scharfe Erwiderung. »Das ist wohl ein zweites Motiv für den Mord«, bestätigte er. Ihm war klar, dass Pron Dockt nichts anderes als körperliche Folter meinte, wenn er von »Methoden« sprach. Er selbst hätte einer solchen Vorgehensweise aber keinesfalls zugestimmt.

Nachdenklich kaute der Terraner auf seiner Unterlippe. In letzter Konsequenz bedeutete das Geschehen, dass die Gegenseite über jeden Schritt informiert war, den er und Tifflor taten. Er fragte sich, ob schon ihre Maskierung durchschaut worden war.

Rhodan verschränkte die Hände im Nacken und begann eine unruhige Wanderung. Nicht weit, nur fünf Schritte hin, danach fünf Schritte zurück. Mitten in dem kleinen Labor, vorbei an Pron Dockt, der ihm schweigend hinterherschaute.

Warum, überlegte Rhodan, sollte jemand mit bester Infrastruktur ausgestattete Welten vernichten? Die Namen der mit dem Ara-Toxin verseuchten Planeten lasen sich wie ein »Who is Who?« der Milchstraße.

Terra. Eigentlich »der Aufsteiger« in den letzten drei Jahrtausenden. Zuvor der unbedeutende dritte Planet einer ebenso unbedeutenden kleinen gelben Sonne in einem nicht gerade ereignisreichen galaktischen Seitenarm. Dessen ungeachtet schon vor 50.000 Jahren die Heimat einer galaktischen Großmacht, der Lemurer.

Olymp. *Über lange Zeit hinweg die Zentralwelt der Freihändler. Mitte des vierten Jahrtausends der bedeutendste Umschlagplatz zur Versorgung des Solsystems, berühmt, vielleicht sogar berüchtigt für seine Transmitterverbindung.*

Drorah. *Die Heimatwelt der Akonen, deren Geschichte ebenfalls bis in die Zeit des lemurisch-halutischen Krieges zurückreichte.*

Dazu eine Vielzahl anderer Welten. Es war müßig, ihre Namen aufzuzählen wie in einem Requiem, denn noch waren sie nicht ihres Lebens entblößt und transformiert.

Eigentlich – um diesen Punkt kreisten Rhodans Überlegungen immer wieder von Neuem – waren Planeten kontaminiert worden, die er der großen Völkerfamilie der Lemurerabkömmlinge zurechnen musste. Die überwiegende Zahl gehörte sogar zum Einflussbereich der Liga Freier Terraner. Apas bildete eine der wenigen Ausnahmen, nach Planeten des arkonidischen Imperiums suchte er vergeblich. Und wer immer die treibende Kraft im Hintergrund war, die Chlorgas atmenden Gradosima waren für denjenigen wohl ebenso uninteressant wie die EM-Amöben, die ihre Intelligenz in den Zyan-Meeren ihrer Heimatwelt entwickelt hatten. Die Milchstraße war voll mit Himmelskörpern, die für Menschen unerträgliche Umweltbedingungen boten, aber dennoch intelligentes Leben hervorgebracht hatten.

Rhodan blieb abrupt stehen. »Rache!«, sagte er, mehr im Selbstgespräch als für fremde Ohren bestimmt, aber Pron Dockt reagierte sofort darauf.

»Oclu-Gnas meint ebenfalls, dass niedere animalische Instinkte die Ursache für all das Böse und Hässliche sein müssen, das uns in dem Ara-Toxin begegnet. Aber wer, Resident, könnte sich eines solchen Verbrechens schuldig machen?«

Rhodan bedachte den Ara-Wissenschaftler mit einem forschenden Blick, doch es war unmöglich, Pron Dockt anzusehen, ohne dass dieser dem Blick auswich.

Aras ..., wollte der Resident antworten, doch er biss sich lieber auf die Zunge, als den In-vitro-Bruder des Lordmedikers zu provozieren. Aras hatten mit der Entwicklung des Ara-Toxins zu tun, das war kein Geheimnis. Aber jedes Volk brachte käufliche und skrupellose Charaktere hervor. Und Gegner, die Terra gern am Boden und noch lieber vernichtet gesehen hätten, gab es etliche in der Milchstraße. Imperator Bostich gehörte ganz oben auf diese Liste, ebenso das akonische Energiekommando oder die eine oder andere Blues-Regierung.

Arkonidische Planeten waren bislang nicht verseucht; zumindest war Rhodan nichts davon bekannt geworden. Aber den Verdacht so deutlich auf sich zu lenken, wäre keinesfalls Bostichs Art gewesen. Vielleicht gerade deswegen? Unter dem Aspekt war das Energiekommando schon verdächtiger. Drorah stand auf der fiktiven Liste. Doch was bedeutete das schon? Für Rhodan war es unmöglich, nachzuprüfen, ob Drorah wirklich kontaminiert worden war. Das galt ohnehin für alle Welten, auch für Terra.

Es gab einen einzigen Beweis für das entsetzliche Wirken von Ara-Toxin, das war die Transformation von Remion.

Rhodan hatte mit seinen Überlegungen endgültig den Punkt erreicht, ab dem er sich nur noch im Kreis drehte, ab dem alles und nichts möglich und wahrscheinlich sein konnte.

Was wusste er wirklich?

Dass der Planet Remion dem oder den Unbekannten zum Opfer gefallen war. Dass Remion nicht mehr existierte und Millionen Tote zu beklagen waren. Das war Fakt!

Rhodan hämmerte mit der Faust in die linke Handfläche. Immer und immer wieder. Er ignorierte Pron Docks irritierte, fragende Haltung und war eigentlich froh darüber, dass der Ara schwieg.

Der Gegner hatte bewiesen, wozu er imstande war. Nun fehlte eine klare Forderung. Was wollte er erreichen?

Oder ging es dem Unbekannten gar nicht um Macht? Wollte er ein Imperium leiden sehen? Ein Volk? Ging es – Rhodan schluckte krampfhaft – um *ihn selbst?*

»Du weißt nicht weiter, Resident?«

Er schaute auf. Nein, Pron Dockt meinte seine Frage keineswegs zynisch. Vielleicht konnte der Ara wirklich nachvollziehen, wie es in ihm aussah. Rhodan verstrickte sich in einem Chaos aus Pflicht und Notwendigkeit und war im Begriff, zum Opfer seiner selbst zu werden.

»Mir ist vor allem bewusst, dass hinter dem Ara-Toxin mehr stecken muss, etwas, mit dem keiner von uns rechnet.«

Pron Dockt nickte stumm.

Rhodan fragte sich in dem Moment, ob der Wissenschaftler in Erwägung zog, dass die Anfänge weit in die Vergangenheit zurückreichten, bis ins Jahr 16.469 da Ark nach arkonidischer Rechnung. Für einen Terraner war das ein Zeitraum von sechs Jahrtausenden.

Der Name Ostiam Meharro spukte Rhodan durch den Sinn. Die Reine Heilslehre des Mo. Wie Julian aus den Aufzeichnungen des reanimierten Trantipon erfahren hatte, bedeutete *MO* ursprünglich Ostiam Meharro – zusammengesetzt aus den umgestellten Initialen. Trantipon hatte mit Meharro zusammengearbeitet, er hatte an der Entwicklung des Unsterblichkeitsserums mitgearbeitet und dafür, dass dieses Serum wirkte, war er selbst das beste Beispiel gewesen. Bis andere seinem langen Leben ein gewaltsames Ende bereitet hatten.

Von Meharro und seinen engsten Mitarbeitern, der Eskorte, war auch das Ara-Toxin entwickelt worden, das dunkle, untergründige Gegenstück zum Unsterblichkeitsserums. Die ultimate Waffe, deren Wirken erst dann bemerkt werden konnte, wenn sie einen Planeten schon verseucht hatte. Aber damals, als Meharro und seine Eskorte an den Seren forschten, hatte Terra die galaktopolitische Bühne noch gar nicht betreten.

Rhodan sah keine Zusammenhänge, keine Querverbindung, die zur LFT, nach Terra oder zu ihm geführt hätte.

Steckte hinter allem also doch nur ein Wahnsinniger?

Wie viel Wahnsinn gehörte dazu, bewohnte Welten auszulöschen? Eigentlich waren solche Vorgehensweisen ganz banal: eine Phiole mit Mikroorganismen fallen lassen; einen kleinen Sensorknopf berühren, der die Zündung einer Bombe bewirkte ... Seit Intelligenzwesen die ersten weit reichenden Waffen entwickelt hatten, war das Morden einfach geworden, anonym und skrupellos im wahrsten Sinn des Wortes. Niemand brauchte dem Gegner mehr in die Augen zu sehen, wenn er ihn niederstreckte.

Der Ara-Wissenschaftler, erkannte Rhodan, achtete schon nicht mehr auf ihn. Pron Dockt hantierte mit kleineren Felsbrocken. Wahrscheinlich handelte es sich hierbei wie bei dem Material in seiner Kabine um Gestein von Remion. Grau und leblos wirkte es und war zweifellos frei von jeder Spur von Leben. Nicht einmal Aminosäuren würden noch zu finden sein.

Rhodan fragte sich immer eindringlicher, wie der Gestaltwandler ins Bild passte.

Zumindest ergaben sich aus dessen Auftreten ein oder zwei passende Puzzleteile. Vorausgesetzt, dass es sich wirklich um einen Gys-Voolbeerah handelte, aber daran zweifelte der Resident nicht mehr. Im Zusammenhang mit diesen merkwürdigen Wesen, entsann er sich, war manchmal auch von Suggestivgaben die Rede gewesen.

Wenn er an Trantipons Fluchtversuch in der CONNOYT dachte, sah es tatsächlich so aus, als hätte da schon der Gestaltwandler die Hände im Spiel gehabt. Trantipons Versuch, sich selbst zu töten, sein heftiger Widerstand, als Julian ihm hatte beistehen wollen ... Möglicherweise hatte der Mantarheiler unter einem psychosuggestiven Bann gehandelt, und jener Vorfall war schon ein erster Versuch der Hintermänner gewesen, sich des Mitwissers zu entledigen.

Niemand wusste besonders viel von den Gys-Voolbeerah. Die griffigere Bezeichnung Molekülverformer hatte sich schon vor langer Zeit eingebürgert. Terraner waren ihnen erstmals Mitte des 21. Jahrhunderts begegnet und danach erst wieder an die 1500 Jahre später. Mitglieder dieses Volkes lebten über weite Bereiche des Universums verstreut, geprägt von der Sehnsucht und der Suche nach dem Tba, ihrem legendären Reich, das vor langer Zeit angeblich Tausende Galaxien umfasst hatte.

Gys-Voolbeerah – der Name bedeutete so viel wie »Die Unbesiegbaren«. Allerdings war ihr Handeln nie von profanen Zielen wie Machterlangung bestimmt worden. Sie waren keine Wesen, die zu Gewalttaten neigten. Im Grunde genommen hatten sie sogar Mitleid verdient, waren sie als Versprengte doch immer auf der Suche nach ihrem verlorenen Reich, das nie wieder aus der Asche der Vergangenheit auferstehen würde.

Sie waren tragische Figuren und geprägt von den Zwängen einer frühen Epoche, in der es im Universum noch darum gegangen war, Leben auszusäen, Intelligenz zu fördern und das GESETZ zu verbreiten. Sie hatten ihre Pflicht getan und waren zu Ruhelosen geworden, deren große Zeit nur noch in ihren eigenen Legenden Bestand hatte.

Vor mehr als 1300 Jahren hatten die Gys-Voolbeerah in der galaktischen Eastside eine neue Heimat gefunden. Auf dem Planeten Targriffe lebten sie seitdem in ihrer wahren Gestalt. Die Molekülverformer sahen aus wie Schneeflocken – menschengroße, kristalline, aus rötlich funkelnden Kristallen bestehende Schneeflocken. Sie waren ätherisch anmutende wunderschöne Geschöpfe. Wer sie so kannte, für den lag der Gedanke besonders fern, dass sie zu Gewalttaten fähig sein könnten.

Aber Rhodan hatte nicht nur gesehen, dass ein Gys-Voolbeerah den Konsortiumsleiter Plob Arnoyn getötet hatte, er hatte die Tat hautnah miterlebt.

»Ich weiß nicht mehr, was ich wirklich glauben soll«, sagte der Terraner tonlos.

Pron Dockt hörte auf, mit den Gesteinsproben zu hantieren. »Du sprichst von dem Gestaltwandler?«, erkundigte er sich zögernd.

Rhodan nickte. »Wir haben lange Zeit nichts von dem Volk der Gys-Voolbeerah gehört. Vielleicht, weil jeder Molekülverformer, der die Ursprungsform annahm, seine Fähigkeit der Gestaltwandlung verloren hat.«

»Ich weiß«, bestätigte der Ara. »Keiner der Gys-Voolbeerah auf Targriffe kann der Mörder gewesen sein.«

Rhodan reagierte keineswegs überrascht. Natürlich hatte Pron Dockt sehr schnell Erkundigungen eingezogen. Ohnehin brauchte der Wissenschaftler nur den nächsten Datenspeicher anzuzapfen, um nahezu alle relevanten Informationen über die Molekülverformer zu erhalten.

»Folglich müssen wir es mit dem Angehörigen eines bislang unbekannten Stammes der Gys-Voolbeerah zu tun haben«, sagte der Terraner. »Mit einem Molekülverformer, der Aggressivität gelernt hat. Die Suche nach dem Tba muss ihn verändert haben. Vielleicht die Einsamkeit ... Oder er wird beeinflusst ...«

Ein heller, kurzer Summton erklang, ein Rufsignal, das Rhodan nicht identifizieren konnte.

Es galt Pron Dockt. Der Ara legte den Kopf ein wenig schräg, seine Miene verhärtete sich. Offensichtlich lauschte er auf etwas, das nur er hören konnte. Eine Nachricht, die ihm über ein gerichtetes Akustikfeld zukam.

Seine Anspannung hielt nur wenige Sekunden lang an. Rhodan beobachtete den Ara genau. Dann zeigte sich das übliche aufgesetzt wirkende Grinsen wieder.

»Das wird dich besonders interessieren, Resident.« Pron Dockt sprach halb gegen die Wand. »Die Ortungsdaten unserer Schiffe konnten hinsichtlich aller Parameter ausgewertet oder zumindest extrapoliert werden. Wir kennen jetzt ziemlich genau den Kursvektor, den der Gys-Voolbeerah eingeschlagen hat.«

»Nur ziemlich ...?«

»Ein Unsicherheitsfaktor von knapp eineinhalb Bogensekunden bleibt bestehen.«

Perry Rhodan und Pron Dockt hatten die Zentrale der APPEN aufgesucht, um sich die Auswertungen anzusehen. In den holografischen Sternkarten war der Kurs des Fluchtschiffs eingeblendet. Aber natürlich hatte der Gys-Voolbeerah seinen Flug an jeder beliebigen Position unterbrechen und den Kurs ändern können.

»Wir werden klarer sehen, sobald wir wissen, welche markanten Positionen der Kursvektor berührt«, sagte Pron Dockt.

»Einige Zehntausend Sonnensysteme.« Rhodan hob die Schultern. »Falls es dem Molekülverformer nur darum geht, sich zu verbergen, werden wir selbst mit einer riesigen Flotte vergeblich nach ihm suchen. Auf der nächstbesten bewohnten Welt kann er seine Spur innerhalb kürzester Zeit verwischen. Ganz zu schweigen davon, dass er sein Aussehen vielleicht schon mehrfach gewechselt hat und sich über Transmitter oder an Bord eines anderen Raumschiffs weiterbewegt.«

»Du quälst dich gern selbst, Resident?«, fragte der Ara. »Es scheint eine typisch terranische Eigenheit zu sein, alles sehr genau wissen zu wollen, trotzdem die Ergebnisse in Zweifel zu ziehen, aber dann doch wieder nicht ...«

Rhodan lachte hell. »Ist es so schwer verständlich, dass ich Sicherheit haben will?«

Pron Dockt blickte an ihm vorbei. »Die terranische Bürokratie beherrscht euch und euer Denken, sie will alles genauer als genau. Du legst dich fest, Resident, lange bevor du alle Möglichkeiten wahrgenommen hast.«

Ich lege mich nicht fest, wollte er erwidern. *Ich versuche lediglich, falsche Hoffnungen zu vermeiden. Soll ich eine von vornherein aussichtslose Jagd beginnen, wenn ich nicht im Entferntesten erkennen kann, wie der Fliehende reagieren wird? Was beabsichtigt der Molekülverformer? Wo kann er seine Absichten am besten umsetzen?*

Rhodan sprach keinen dieser Gedanken aus, weil sich in dem Moment Julian Tifflor und Zhana meldeten.

Tifflor entstand in Lebensgröße vor ihm, Zhana, am Rand des Erfassungsbereichs, erschien eigenartig verzerrt. Überhaupt war die Übertragung auf Normalfrequenz von Störungen verzerrt. Im Hintergrund, stellte Rhodan fest, wogte Rauch. Schwerer Qualm, durch den hin und wieder Glut schimmerte. Tifflor machte einen erschöpften Eindruck.

»Und?«, fragte Rhodan nur. Kein Wort davon, dass er diese Meldung schon seit geraumer Zeit erwartete.

»Es hat kleinere Schwierigkeiten gegeben«, stellte Tifflor fest.

Im Hintergrund erklangen aufgeregte Rufe und das Prasseln schwacher Explosionen. Flackernder Feuerschein ließ die Übertragung unruhig werden. Zhanauta Filgris verschwand aus der Bilderfassung. Rhodan hörte sie Kommandos brüllen, konnte aber nicht verstehen, was sie anordnete.

»Es gibt noch Probleme ...«, korrigierte Tifflor. »Wir waren gezwungen, hier etwas härter durchzugreifen.«

»Komm zur Sache!«, drängte Rhodan.

Julian sah ihn durchdringend an. Auf seiner Stirn gruben sich tiefe Falten ein.

»Kampfroboter wollten uns ans Leder. Wir haben fünfzehn Tote zu beklagen und weit mehr Verwundete.« Tifflor hielt kurz inne. »Die Station ist arkonidischer Herkunft«, fuhr er dann fort. »Alle vordergründigen

Spuren, die wir sichern konnten, weisen auf arkonidische Tätigkeiten hin.«

Bostich, ging es Rhodan durch den Sinn. Imperator Bostich I. war stets für Überraschungen gut, zumindest für immer neue Enttäuschungen.

»Allerdings sind mir die Hinweise zu glatt«, sagte Tifflor schroff. »Zu sauber, zu deutlich, drapiert für ein paar Dumme, die sie als bare Münzen nehmen sollen.«

Rhodan nickte verbissen. Die Arkoniden im Allgemeinen und ihr Imperator im Speziellen hatten damit wenig zu tun. Ihre Mentalität passte nicht in das Schema, nach dem der Flüchtende vorgegangen war. Das waren Feinheiten, die sich erst in ihrer Gesamtheit zu einem überraschenden Bild zusammenfügten. Arkoniden hingegen nutzten ihre Technik und ihre damit verbundene Macht. Insbesondere Bostich hielt sich nicht mit Kleinigkeiten auf.

»Jemand hat falsche Spuren gelegt«, bestätigte Rhodan.

Tifflor nickte. »Zhana und ich sind einhellig dieser Meinung. Was wir jetzt brauchen, sind Positronikspezialisten, die das Rechnersystem der Anlage sezieren.«

»Wie schätzt du die Erfolgsaussichten ein?«

Julian hob die Schultern und ließ sie langsam wieder sinken. »Sollen wir auf alles verzichten?«, antwortete er mit einer herausfordernden Gegenfrage. »Egal, was wir finden, aber wir finden etwas, das uns weiterbringen wird. Du kannst dich dann um diese Spur kümmern, ich fliege endlich zur Erde zurück. Jemand muss dort geeignete Maßnahmen treffen.«

»Was ist ›geeignet‹, Tiff?«

Rhodan konnte sich des Eindrucks nicht erwehren, dass sie aneinander vorbeiredeten. Dass die Kluft zwischen ihnen wuchs, je länger sie zusammen waren. Keiner von ihnen beiden war diese stete Nähe gewohnt, und Zhana stand zudem zwischen ihnen.

Tifflor schwieg.

»Du bekommst die Spezialisten!«, entschied Rhodan endlich. »Ich nehme an, Zhanauta wird dich zur Erde begleiten wollen.«

Tifflor verstand nicht, warum Rhodan sich ausgerechnet danach erkundigte. »Natürlich kommt Zhana mit mir«, sagte er. »Sie weiß, wie wichtig es ist, auf Terra alle Vorbereitungen zu treffen.«

»Mit anderen Worten, Zhana ist die treibende Kraft für deine Entscheidung.«

»Sie will Terra sehen, solange unsere Heimat noch in dieser Form existiert.« Tifflor kniff die Brauen zusammen und fixierte den Residenten. »Wir dürfen nicht die Erde vor die Hunde gehen lassen, nur weil wir uns hier in etwas verbeißen, was uns nicht weiterbringen wird. Ich sehe die Notwendigkeit ebenso wie Zhana. Und wenn dir das nicht gefällt, können wir die Sache vor dem Parlament ausdiskutieren lassen. Dann möchte ich sehen ...«

Rhodan unterbrach die Verbindung ohne jeden weiteren Kommentar. Er hatte genug gehört. Sein Verdacht, so vage er auch sein mochte, schien sich zu bestätigen.

Als er sich umwandte, begegnete er für einen flüchtigen Moment Pron Dockts Blick. Der Wissenschaftler schien ihn während des kurzen Disputs beobachtet zu haben.

»Gibt es etwas, was ich wissen sollte?«, fragte Rhodan leise.

Der Ara ließ seinen Blick über die Hologalerie wandern. »Manchmal ist es besser, nicht alle Kräfte auf ein

Ziel zu konzentrieren«, erwiderte er gedehnt, als müsse er noch darüber nachdenken. »Terra ist bedroht. Warum vernachlässigst du deine Heimat?«

Auch du, Pron Dockt!, wollte Rhodan sagen. Er schüttelte den Kopf. »Ich tue nur das, was ich für richtig halte und was ich verantworten kann«, stellte er fest. »Vor allem glaube ich nicht, dass es kein Mittel gegen das Ara-Toxin gibt.«

IGNATS GORGIDES BLINZELTE HEKTISCH. DA WAR ein jähes Aufblitzen gewesen, groß, kantig und …

… und wenn er es nicht besser gewusst hätte, er hätte steif und fest behauptet, das Aufflammen einer Supernova gesehen zu haben, eine Sternexplosion nur wenige Lichtjahre entfernt. Bedrohlich nahe für die Trümmerbrücke, zu nahe.

Er warf einen Blick auf die Umgebungsmonitore. Aber das war unnötige Mühe. So viel Schrott da draußen auch herumschwirrte, er war noch nicht so kaputt, dass er seinen Arbeitsplan schon während der Schicht vergaß. In dem Bereich, in dem er das Aufblitzen bemerkt hatte, war nichts von Bedeutung verzeichnet. Das wusste er.

Ignats Gorgides schnappte nach Luft. Wie ein abgrundtiefes Seufzen klang sein Einatmen. Mit beiden Händen fuhr er unter seinen Rollkragen und zerrte den Stoff, der ihm längst schon lästig geworden war, von der Haut weg.

Gorgides hatte an der Justierung manipuliert und den Sauerstoffanteil der Atemluft erhöht. Nein, nicht bis hin zu euphorisierenden Werten, wie es manche Trümmerlotsen versuchten, aber doch in diese Richtung, gerade so weit, dass der Krake noch keinen Alarm auslöste.

Nach drei oder vier bebenden Atemzügen hatte Gorgides sich daran gewöhnt. Zwei Stunden vor Schichtende war das ganz und gar nicht selbstverständlich. Er mochte denjenigen seiner Kollegen sehen, der an Belastbarkeit jetzt noch mit ihm mithalten konnte.

Der Trümmerlotse lachte schallend und hätte am liebsten gar nicht mehr damit aufgehört. Zu lachen, wirklich laut und anhaltend zu lachen, baute den Frust ab und half zu vergessen. Hier draußen lag ihm der Weltraum zu Füßen.

»Das Universum hat Respekt vor mir«, murmelte er im Selbstgespräch und blickte angestrengt durch das Rautenmodul der umlaufenden Panzertroplon-Verglasung in die ewige Nacht hinaus. Er wusste, dass er sich selbst belog. Richtig war, dass das Universum ihn auf Schritt und Tritt belauerte und töten wollte. Es wartete nur darauf, ihn bei der nächsten Kollision zu zerschmettern. Ihn einzufrieren. Oder ihn mit seiner grenzenlosen Einsamkeit endlich zu ersticken.

Sein Lachen, das merkte Ignats Gorgides selbst, klang mit einem Mal wieder kläglich. Gar nicht mehr freudig, sondern furchtsam. Oder war das schon nackte Angst? Ignats mochte sie nicht, die Trümmer, den Schrott, die Abfälle, die den Weltraum rund um die Trümmerbrücke vergifteten. Trotzdem ging er jeden Tag von Neuem hinaus, und er würde das morgen wieder tun und übermorgen ebenso – so lange, bis das Nichts wirklich zurückschlug. Er würde keineswegs der Erste sein, der elend sein Leben verlor, und ganz gewiss nicht der Letzte.

Stimmen hallten aus dem Funkmodul. Sie redeten durcheinander, klangen zumeist schrill und aufgeregt in der Hektik der Arbeit. Die Trümmerlotsen, die jetzt noch in der Lage waren, ganze Sätze ruhig zu Ende zu bringen, standen unter Drogen. Drogen machten aus den Frauen und Männern körperliche Wracks, aber sie halfen, den Druck der Schichtarbeit durchzustehen. Ignats Gorgides fragte sich, wie seine Stimme sich wohl anhörte, wenn sie aus den Lautsprecherfeldern der anderen Kraken erklang.

Sein Fahrzeug folgte der programmierten Rotation. Der Stern, den Ignats gesehen zu haben glaubte, musste um zwei Rautenfenster weitergewandert sein. Noch einmal versuchte er, diesen eigenwilligen Reflex wiederzufinden, er nahm all seine Sinneskraft zusammen, die ihm der Dreier verlieh und die sich doch viel zu schnell wieder abbaute ...

Jemand brüllte seinen Namen. Eine andere Stimme hallte noch lauter durch die enge Kabine mit der umlaufenden Arbeitskonsole. Beinahe gleichzeitig erfüllte den Innenraum des Kraken ein grelles Violett. Die Warnfarbe, an die er sich nie gewöhnen würde, riss Gorgides aus seiner angespannten Konzentration heraus.

Kollisionsalarm!

Siedend heiß durchlief es den Trümmerlotsen. Jedes Anzeichen von Erschöpfung war in dem Moment wie weggewischt, weil der Dreier seine letzten Reserven mobilisierte. Dass es Reflexe und Sinneswahrnehmung schärfte, machte alle Nebenwirkungen unerheblich. Mehr als einmal war Gorgides nur wegen dieses Eyemalin-Derivats mit dem Leben davongekommen.

In nächster Nähe des Kraken schwirrte etwas durch den Raum, das bislang in keinem Ortungsprotokoll verzeichnet war. Anders konnte es nicht sein. Ignats Gorgides' Hände griffen in die Schaltflächen.

Sämtliche Scheinwerferbatterien, von denen eben erst zwei aktiv gewesen waren, flammten auf. Sie verwandelten den Kraken in ein gleißendes Tiefseeungeheuer auf der Jagd nach Beute. Ignats Gorgides zog diesen Vergleich stets heran, weil er ihn an bessere Zeiten erinnerte, als er noch Angehöriger eines Erkundungsteams gewesen war. Die Suche nach submarinen Bodenschätzen hätte er ewig fortsetzen wollen.

Heute fischte er nach Treibgut. Wohlstandsmüll.

Keine Ortung.

Gorgides murmelte eine Verwünschung. Die Sensoren versagten schon wieder, denn der Krake war seit ebenso vielen Jahren wie er im Einsatz. Dass das Ding längst verschrottet gehörte, wollte er nicht hören.

Die vermeintliche Supernova musste ein Fragment gewesen sein, das flüchtig in einen Lichtkegel geraten war. Gorgides entsann sich der Position. Wenigstens ungefähr. Eine einzige Kapsel Dreier machte solche Leistungen möglich. Selbst jetzt, nach fünf Stunden anstrengendem Dienst, ratterte er die Koordinaten herunter, ohne darüber nachzudenken. Das Funkmodul übertrug jede Äußerung zu den in nächster Nähe befindlichen anderen Lotsen. Maximaldistanz eine Drittellichtsekunde. Gorgides war Tefroder. Als solcher dachte er nicht in den arkonidischen Maßsystemen, die von den Springern ebenfalls verwendet wurden, sondern bediente sich der terranischen Werte. Keineswegs jeder seines Volkes dachte so – er schon, und bislang war er damit nicht schlecht gefahren.

Zwei Lotsen bestätigten die Angaben. Aber sie hätten ihre laufende Arbeit unterbrechen müssen, ohne sich selbst damit zu gefährden, dann die schwache Nahbereichsortung neu einrichten – zu lange!, befürchtete Gorgides.

Er spürte, dass die Bedrohung verdammt nahe war, ohne dass er zu sagen vermocht hätte, um was es sich handelte.

Immer noch keine eigene Erfassung. Die Drehung hatte den Kraken inzwischen so weit herumgeführt, dass Gorgides die Trümmerbrücke aus dem Nichts auftauchen sah. Hinter dem zerklüfteten Steg mit den angekoppelten Frachtraumern ging soeben die Sonne Cjuis auf. Obwohl der Stern weit entfernt war und der Steg über keine im Außenbereich gebundene Atmosphäre verfügte, schienen für einen Moment gleißende Lichtfinger durch den Raum zu schießen.

Fast über ihm ...!

Ignats Gorgides reagierte gedankenschnell. Die Greifarme waren eingefahren, von ihnen konnte der Reflex nicht stammen. Er stieß sich ab und fuhr mitsamt seinem Sessel herum. Mit Blickrichtung auf die entgegengesetzte Seite stoppte er die Drehung und beugte sich hastig nach vorn.

Die Rautenverglasung lief rundum. Zwei breite transparente Bänder, zwischen denen sich die Arbeitsebene befand. Der Eindruck, frei im Raum zu schweben, wurde manchmal unerträglich. Nur genau nach oben und unten versperrten Aggregate den Blick.

Über ihm! Ignats Gorgides warf sich förmlich nach vorn. Er stieß sich den Kopf an und verrenkte sich den Hals, als er versuchte, nicht nur in die Höhe zu schauen, sondern zudem einige Reflexe zu umgehen. Die Last seiner Ellenbogen, mit denen er sich auf der Konsole abstützte, sorgte für flackernde Warnanzeigen. Sie funktionierten, die Ortung hingegen reagierte nach wie vor nicht.

Ein winziger strahlender Punkt schien schräg über die Außenseite des Panzertroplons zu wandern. Der Reflex, erkannte Gorgides, stammte von einem der nächststehenden Kraken. Aber da war noch etwas: ein Schatten. Eher zu ahnen, als wirklich wahrzunehmen.

Mit bitterer Gewissheit erkannte der Lotse, dass ihm nur noch Sekunden blieben, bis ein Fragment gegen den Kraken prallen und vielleicht nur die äußeren Verankerungen wegfetzen, vielleicht aber auch die Hülle aufbrechen würde. Gorgides trug keinen Raumanzug, der ihn in der Enge der Rundkapsel nur behindert hätte. Schnell sein war gefragt. Flexibel sein. Auf Sicherheit hatte ohnehin jeder zu achten.

Unglaublich klar sah Ignats Gorgides in diesen wenigen Sekunden, die ihm noch zu Verfügung standen. Er wuchs über sich hinaus, was sein Wahrnehmungsvermögen und seine Reaktionen anbelangte. Zehntelsekunden hätte er plötzlich voneinander unterscheiden können, und seine Finger glitten schon in dem Moment durch die Holofelder, in dem diese erst ihre Bedeutung veränderten. So etwas war ohne gravierende Folgen nur dann möglich, wenn man exakt die Reihenfolge beurteilen konnte, die keineswegs immer gleich verlief. Gorgides hatte es oft versucht, aber ohne aktiven Dreier waren die Ergebnisse katastrophal gewesen.

Gegenschub. Zu langsam reagierte der Krake auf die trägen Steuerdüsen, die nicht auf Schnelligkeit, sondern auf Präzision ausgelegt waren.

Die oberen Fangarme. Nummer vier verklemmt. Gorgides erkannte das noch vor dem Aufleuchten der entsprechenden Warnmeldung – falls sie überhaupt aufleuchten würde. Zwei und Drei ausfahren. Beide saßen mehr am Rand der Polkappe und waren schon von der Gelenkführung her nicht so gut geeignet, einen Aufprall abzufang... Das Kreischen von berstendem Stahl, das jäh den Raum erfüllte, kam von der Armhydraulik. Zugleich bebte der Krake unter einer heftigen Erschütterung.

Es gab keine Absorber an Bord. Wegen der ohnehin nur geringen Beschleunigungsfähigkeit waren sie unnötig. Die Springer gingen davon aus, dass fünf, sechs, auch sieben Gravos kurzzeitig keinem Trümmerlotsen schadeten. Und wenn doch – es gab genug Bewerber, die als Nächste in Betracht kamen, die in der Trümmerbrücke ohnehin keine andere Arbeit fanden, falls sie ein halbwegs geregeltes Leben führen wollten.

Ein zweiter, weitaus heftigerer Schlag wurde von einem unheilvollen Bersten begleitet. Der Krake schien wie eine Glocke nachzuschwingen. Von irgendwoher erklang das Prasseln energetischer Entladungen. Es stank plötzlich unerträglich nach Ozon.

Ein Teil der Schaltfelder kippte weg. Zu ihnen hatte das Funkmodul gehört. Gorgides schrie wütend auf. Für einen Moment erwartete er sogar, dass die Hülle platzte und die Wabenfenster nach außen gedrückt wurden. Wie eine Blume, die ihre Blütenblätter abspreizte, sah das aus. Er hatte es einmal aus nächster Nähe miterlebt; es war ein tödliches Gemälde von schockierender Einprägsamkeit gewesen. Die stilisierte Blume hatte sich dann im Feuer ihrer spontan freigesetzten Speicherenergie selbst verzehrt.

Diese Erinnerung war einfach da, ausgelöst von überschießenden Neurotransmittern und Botenstoffen. Gorgides reagierte auf die energetischen Entladungen, die in dem Moment über die Fensterholme hinwegzüngelten und den Kraken in eine irrlichternde Aura hüllten.

Ein geisterhaftes Hologramm erwachte und gab Anweisungen, die Gorgides kannte. Sie waren vor Wochen relevant gewesen, aber jetzt stiegen sie offenbar aus einem überladenen Speicherkristall empor.

Ein Schatten schob sich über den Kraken, eine unregelmäßig geformte, zudem ausgezackte Platte. Sie driftete der Trümmerbrücke entgegen. Gorgides erkannte trotz seiner Erregung sofort, dass dieses Fragment die THAU-Station jedoch um bestimmt 100 Kilometer verfehlen würde. Vielleicht trieb das Stück Stahl seit Tausenden von Jahren als Zeuge einer längst vergangenen Katastrophe durch den Raum.

Das Fragment riss den Kraken mit sich. Gorgides bemerkte es, weil die Trümmerbrücke langsam nach der falschen Seite wanderte. Einer der Greifarme hatte sich offenbar in dem Artefakt verfangen.

Immer mehr Schaltflächen erloschen. Gorgides schaffte es nicht, den Arm zu kappen oder dessen Greifvorrichtung zu öffnen. Die massige Platte verlor zwar an Geschwindigkeit und wurde in ihrem Kursvektor leicht beeinflusst, aber die Masse des Kraken war zu gering, die Abdrift vollends zu stoppen.

Gorgides Bemühungen, den Antrieb seines Fahrzeugs zu reaktivieren, blieben erfolglos. Er schaffte es nicht, das positronische System wenigstens in den wichtigsten Bereichen aufrechtzuerhalten. Nach 20 Minuten waren nur noch wenige Schaltflächen aktiv, und ihr Flimmern blieb nach dem Ausfall der Innenbeleuchtung die einzige Lichtquelle.

Ignats Gorgides fröstelte. Inzwischen verwehte sein Atem schon als fahler Nebelhauch. Und wahrscheinlich arbeitete neben der Temperaturregelung auch die Lufterneuerung nicht mehr.

Ob einer der anderen Lotsen sein Missgeschick bemerkt hatte? Gorgides starrte in die Schwärze hinaus. Er suchte nach einem näher kommenden hell strahlenden Stern.

Inzwischen war seine Arbeitsschicht zu Ende.

Gorgides zitterte. Immer mehr sackte er in sich zusammen. Sein dünner Bordanzug mit dem Rollkragen hielt der beißenden Kälte nicht stand. Der Lotse rollte sich in dem Sessel zusammen, verschränkte die Arme vor dem Oberkörper und versuchte, wenigstens die Armmuskeln warm zu halten, indem er mit den Händen stetig auf die Oberarme schlug. In seinem Schädel dröhnte und hämmerte es, und diese Kopfschmerzen waren nicht einmal eine Folge der aufputschenden Wirkung des Dreiers. Die stete Reizüberflutung verschaffte sich andere Ventile. Wirklich Eyemalin-Süchtige hatten nur ein sehr geringes Schlafbedürfnis und erbrachten körperliche Spitzenleistungen. Der unweigerlich folgende Zusammenbruch kam irgendwann mit dem völligen Verlust der Selbstkontrolle und schweren Tobsuchtsanfällen. Aber Gorgides nahm kein Eyemalin, das hielt er sich immer wieder vor Augen. Er war mit dem Dreier-Derivat zufrieden, wollte gar nicht mehr, als seinen Körper zu besonderer Wahrnehmungsfähigkeit zu treiben. Anders hätte er es nie geschafft, sechs Jahre lang durchzuhalten und damit länger als jeder Trümmerlotse vor ihm. Drei, vier Jahre, dann war jeder ein Wrack, der täglich mit einem Kraken nach draußen ging. Und die Kranken beneideten die Toten in jeder Beziehung.

Gorgides lachte verbittert. Lautlos. Sein ganzer Körper wurde durchgeschüttelt. Die aufsteigende Übelkeit ließ ihn nach Luft ringen. Das war sein Fehler. Er hätte näher an der Trümmerbrücke bleiben sollen, dort, wo die Kraken nur den Frachtumschlag kontrollierten und weitgehend abwickelten, umgeben von einem unablässig variierenden Konglomerat aus Schub- und Zugfeldern. Aber auch dort lauerte Gefahr. Im Schubstrahl eines zündenden Impulstriebwerks war schon mancher Krake wie ein Falter in offener Flamme verbrannt.

Er, Gorgides, hatte sich für mehr Freiheit entschieden, ein paar Kilometer weiter entfernt von der feist grinsenden Visage des Lamos Ozwach. Gorgides mochte den THAU-Händler nicht, er mochte überhaupt keinen der überheblichen Springer, die glaubten, stets aus dem Vollen schöpfen zu können. Mehr als billige Manövriermasse waren die Milchstraßen-Tefroder nie für sie gewesen.

Deshalb war Gorgides immer möglichst weit draußen, am äußeren Ende von Pfanne zwei. Befasst mit dem Einfangen von Schrott und mitunter sogar Frachtgut, das an irgendeiner von Hunderten Verladestationen verloren gegangen war. Bauarbeiten an diversen Stationen gab es zudem unaufhörlich.

Gorgides' Kopfschmerzen waren stärker geworden, ein Pochen und Ziehen unter der Schädeldecke. Dieser

Schmerz verfolgte ihn, seit er auf die Trümmerbrücke gekommen war, aber er hatte auch von anderen Tefrodern gehört, dass es ihnen ähnlich erging. Nur ein paar Wochen hatte er ursprünglich bleiben wollen, Jahre waren daraus geworden. Er dachte nicht darüber nach, ob er etwas an diesen Jahren bereute. Sie waren vergangen – und wären es anderswo auch.

In sich zusammengesunken, hing Ignats Gorgides inzwischen wie ein Häufchen Elend in seinem durchgewetzten Sessel, der nie über Sicherungsgurte verfügt hatte. Ihm fielen die Augen zu; er war müde geworden.

Wie viel Sold stand noch aus? Der Gedanke war plötzlich da und schreckte ihn auf.

Morgen, dachte er. Jetzt fühlte er sich zu erschöpft für lange Berechnungen. *So um die fünfzig Galax ... Ich werde sie diesem Fettwanst Ozwach nicht schenken, bestimmt nicht ...*

Und seine Informationslieferung für die Liga? Es wurde Zeit für ihn, eine neue reißerische Geschichte zu erfinden. Seit Wochen hatte er nichts mehr an den TLD gemeldet, dabei zahlten die auf Terra gut. Der Liga-Dienst sammelte jedes noch so schräge Gerücht über Blues oder Aras und Arkoniden. Ignats Gorgides verglich alle galaktischen Geheimdienste mit einem unersättlichen Moloch; man konnte in sie hineinstopfen, was man wollte, sie fraßen die Informationen unbesehen und ohne daran zugrunde zu gehen.

Wenn ich ... nur noch Detailwissen erfinde? Der Handel ... geht gut ...

Jemand räusperte sich hinter ihm.

Gorgides streckte sich, aber sofort pulsierte eine neue Schmerzwoge durch seinen Körper. Sie nahm wieder unter der Schädeldecke ihren Anfang. Erst als er aufhörte, sich zu bewegen, ebbte der Schmerz langsam wieder ab.

Das Räuspern wiederholte sich. Lauter als zuvor. Dazu ein unheilvolles Klacken, als beiße jemand rhythmisch und ungeduldig mit den Zähnen aufeinander. Träge öffnete Ignats Gorgides die Augen. Er blickte geradewegs in das bärtige, rot angelaufene Gesicht des THAU-Händlers.

»Was ist mit dem Kraken?«, herrschte Ozwach ihn an.

Ignats Gorgides wollte zu einer ebenso heftigen Erwiderung ansetzen, konnte es aber nicht. Er war wie gelähmt und brachte nicht einmal ein heiseres Ächzen über die Lippen. Und schon fielen ihm die Augen wieder zu.

»Den Schaden wirst du mir ersetzen, Gorgides! Kapierst du? Ersetzen, jeden Galax ...«

Irgendwo zwischen den tobenden Kopfschmerzen fragte sich der Trümmerlotse, wie der Händler überhaupt an Bord des Kraken gekommen sein konnte. Das war eigentlich unmöglich. Es gab keine Druckschleuse, und wenn jemand von außen das Schott öffnete ... Gorgides' Gedankengang brach jäh ab, als Ozwach zupackte, seine Finger in den dünnen Bordanzug krallte und ihn schüttelte.

Immer heftiger beutelte ihn der Springer. Gorgides wurde von einer Seite zur anderen geworfen, dabei wollte er doch nur schlafen. Einfach nur in Frieden seiner Erschöpfung nachgeben, diesem unerträglichen Gefühl des Ausgebranntseins.

Jetzt eine Kapsel Dreier schlucken ... Aber in seinen Taschen steckte keine mehr, die letzte hatte er vor Antritt seiner Schicht geschluckt, wie jedes Mal, bevor er sich in den Kraken zwängte, wenn er seine Furcht überwinden musste, in dem gläsernen Sarg hinauszufliegen ...

Mühsam blinzelte Ignats Gorgides unter seinen bleiern schwer gewordenen Lidern hervor. Ozwach war verschwunden, er war nichts als eine Halluzination der nachlassenden Wirkung des Derivats gewesen – doch das Schütteln hatte Bestand.

Obwohl ein dumpfes Dröhnen durch den Kraken rollte, schreckte erst ein grässliches Splittern Ignats Gorgides vollends aus seiner Lethargie auf. Er riss die Augen auf, so weit, bis er das Gefühl hatte, sie würden ihm aus den Höhlen fallen.

Zwei Fangarme klebten an der Sichtscheibe vor ihm. Dutzende handflächengroße Saugnäpfe erschienen ihm wie eine unheimliche Bedrohung. Sie rüttelten an seinem halb wracken Gefährt, als wollten sie es aufbrechen. Erst nach einer Weile ließen die Erschütterungen nach.

Ignats Gorgides begriff, dass ihn die Freunde nicht im Stich gelassen hatten. Wenigstens ein anderer Krake war ihm gefolgt und schleppte ihn nun zur Trümmerbrücke zurück.

Der Lotse schaffte es nicht, die Augen offen zu halten. Nicht nach sieben Stunden Schicht und der schwer einzuschätzenden Zeitspanne seitdem.

Er war erschöpft und sehnte sich nur noch nach Ruhe.

»ICH VERSTEHE IHN NICHT MEHR«, SAGTE JULIAN Tifflor. »Was will er wirklich damit erreichen? Einer derart vagen Spur zu folgen ...«

Minutenlang war er in seiner Kabine auf und ab gegangen. Wie ein gefangenes Raubtier in seinem Käfig. Und genauso fühlte er sich. Eingesperrt. Gefangen in einer Situation, die ihm immer weniger behagte.

Mit beiden Händen massierte er seine Schläfen. Dann schaute er ruckartig auf. Vor ihm dehnte sich der freie Weltraum. Die Sterne, hingestreut auf schwarzen Samt, scheinbar zur Reglosigkeit erstarrt, obwohl das Schiff mit hoher Geschwindigkeit dahinraste. Die nächste Linearetappe stand in einer Stunde bevor.

Das Band der Milchstraße war nur vage zu erkennen. Nicht so schön, wie man es am Nachthimmel der Erde sehen konnte, weil eine nahe Dunkelwolke mit ihren Krakenfingern das Licht der fernen Sonnen absorbierte. Und so farbenprächtig faszinierend der nahe planetare Nebel auch erschien, er verdeckte ebenfalls einen Teil des gewohnten Anblicks.

»Wenn ich geahnt hätte, wie sich das alles entwickelt ...«

»Was dann, Julian?«, fragte Zhana. »Hättest du darauf verzichtet, nach Tahun zu fliegen und das neue Gesundheitszentrum einzuweihen?« Sie schüttelte den Kopf. »Nein, mein Lieber. Ich denke, nichts, wirklich gar nichts wäre anders verlaufen. Vor allem ...«

Sie schwieg plötzlich wieder, und gerade das weckte Tifflors Interesse. Für einen Moment hing sein Blick noch an der Bildwand, die den Sternenhintergrund wiedergab, wie er ebenfalls auf der Panoramagalerie der CONNOYT zu sehen war, dann wandte er sich Zhana zu. Sie war vor zehn Minuten, nach der letzten Überlichtetappe, zu ihm gekommen, und sah seitdem zu, wie er sich in Selbstvorwürfen erging.

»Verstehst du, was du verpasst hättest?« Zhanas Stimme vibrierte leicht. Sie schwang sich aus dem Sessel, in dem sie mit übereinandergeschlagenen Beinen gesessen hatte. Eigentlich, erkannte Tifflor, hatte er ihre Nähe gar nicht richtig wahrgenommen.

Sein Blick schweifte hinüber zur Zeitanzeige. Der Kabinenservo registrierte seine Blickrichtung und schaltete die Leuchtanzeige auf hell. Der 6. Juli war noch nicht einmal zweieinhalb Stunden alt. Aber schon konnte Tifflor sagen, dass er diesen Tag nicht mochte. Diesen und die nächsten vier wohl ebenso wenig. Und was danach kommen würde – er hatte keine andere Wahl mehr, als sich überraschen zu lassen. Weil Perry die Entscheidung für sie alle getroffen hatte.

Eine rein demokratische Entscheidung, dachte Julian bitter. Trotz seines Ärgers lächelte er. Allerdings war es ein eher zynisches Lächeln, das sich um seine Mundwinkel eingrub.

Er fuhr sich mit beiden Händen in den Nacken und massierte die Halswirbel.

»Na also«, bemerkte Zhana. »Woran denkst du gerade?«

Tifflor schaute sie an. Gedankenverloren. Sinnend. Stumm schüttelte er den Kopf.

»Du hast Geheimnisse vor mir?«

»Unsinn«, erwiderte Tifflor.

»Trotzdem gäbe ich jetzt viel dafür, könnte ich deine Gedanken lesen«, beharrte die Ara-Frau.

Julian seufzte. »Ich denke an Perry«, gestand er ein.

Zhana zog die ohnehin hohe Stirn noch mehr in die Höhe. Brennende Neugierde drückte sich in dieser Geste aus.

»Also gut«, sagte Tiff nach einer Weile. Seiner Stimme war anzumerken, dass er sich dazu durchringen musste. »Perry und ich kennen uns seit Jahrtausenden. Bis gestern dachte ich, jeder wüsste den anderen richtig einzuschätzen, im Voraus zu sagen, was der andere als Nächstes tun oder lassen würde. Wie ein altes Ehepaar, das sich vertraut ist und keiner Worte mehr bedarf.«

Zhana lachte hell. »Aber dem ist nicht so? Und du bist deshalb enttäuscht, Julian? Fühlst du dich betrogen?«

»Ich ...«

Zhana stand nun dicht vor ihm. Ihre roten Augen funkelten ihn an, glichen in gewisser Weise dem planetaren Nebel, der immer noch scheinbar unverrückbar die Bildwand beherrschte. »Ich hätte nie geglaubt, dass ich einmal die Seelenklempnerin für einen Terraner spielen würde. Aber vielleicht brauchst du auch nur etwas Abwechslung, Julian.« Ihre Hand legte sich auf seinen Brustkorb und glitt langsam zur Schulter hoch.

»Ich verstehe Perry nicht mehr. Das ist alles.«

»Altersstarrsinn.« Zhana sagte das so betont, dass Tiff sie entgeistert anstarrte und im nächsten Moment eine abwehrende Bewegung machte.

»Du tust ihm unrecht. Perry hat immer alles für die Erde und seine Menschheit gegeben. Viele behaupten sogar, er sei die Menschheit. Aber diesmal ...«

Ihre Lippen erstickten seine Rechtfertigung. Er roch Zhanas Haar, ihren Körper, spürte ihr heißes Verlangen, dessen Beben auf ihn übersprang, und schon schlang sie ihre Arme um seinen Hals und wühlte mit beiden Händen durch seine Frisur.

»Wir haben vier Tage Zeit, Julian! *Vier Tage*, bis wir unser Ziel erreichen, und es gibt an Bord bestimmt keinen Gestaltwandler mehr, keine anderen Mörder und kein Ara-Toxin, die uns diese Zeit verderben könnten.«

Nur allzu gern war Julian bereit, sich fallen zu lassen und an nichts anderes zu denken als an Zhanas berauschenden Körper, sich voll und ganz in sie zu versenken und die Wonnen ihres ungestörten Zusammenseins bis zur letzten Sekunde auszukosten. Nie hatte er eine Frau getroffen, die Zhana auch nur annähernd gleichkam. Sie war unersättlich und ausdauernd, eine Wildkatze, die es schaffte, auf einem verdammt schmalen Grat zu balancieren, ohne abzustürzen, ohne nur einen Moment lang zu zögern oder langsamer zu werden. Sie war wie die Redox-Androiden, die Liebesdiener, die seit geraumer Zeit zum geheimen Verkaufsschlager terranischer Firmen avanciert waren, von denen aber trotzdem kaum jemand offen sprach und die schon gar niemand für teueres Geld gekauft haben wollte. Doch irgendjemand, wusste Tifflor, kaufte diese Liebesandroiden.

Die Wiedergabe der Bildwand wich dem wesenlosen Wogen des Zwischenraums. Für mehrere Stunden würde die CONNOYT mit vielfacher Überlichtgeschwindigkeit ihrem Ziel entgegenrasen.

Ein Stützpunkt der Springer – der Mehandor, wie sie sich selbst nannten, der Galaktischen Händler.

Vielleicht war das die richtige Spur. Tifflor bezweifelte es nicht. Er wusste jedoch, dass es so gut wie unmöglich sein würde, die Spur des Gestaltwandlers wiederzufinden.

Sich vorzustellen, was am Ende des Fluges wartete, fiel ihm nicht schwer. Die Trümmerbrücke war ein Ort, den man besser nicht betrat, wenn man um seine Gesundheit bangte. Abenteurer, Taugenichtse, Geschäftemacher, Drogenhändler, dazwischen knallharte Kaufleute, die nicht weniger halsabschneiderische Methoden entwickelt hatten als das Gesindel in ihrem Schlepptau. Ein Schmelztiegel, in dem Gut und Böse ihrer Unterscheidungsmerkmale beraubt wurden, in dem das Recht des Stärkeren galt oder, wenn man es vornehmer ausdrückte: das Recht des Reicheren, in dem Korruption die gleiche Lebensberechtigung hatte wie jede Art von Sucht und Erpressung. Ein Sumpf. Eine Spielhölle. Drogenparadies. Exterritoriales Gebiet, für das fremdes Recht nicht galt und das ein eigenes Rechts- und Wertesystem entwickelt hatte.

»Julian!«

Zhanas empörter Aufschrei holte den Außenminister der LFT aus seinen Gedanken in die Realität zurück.

Zhanauta hatte ihn rücklings auf das Antigravbett geworfen und kniete über ihm, sie hatte sich selbst die dünnen Fetzen ihrer Kleidung vom Leib gerissen und zerrte nun an seinen Magnetsäumen. Zugleich kämpfte sie um ihr Gleichgewicht, als Tifflor versuchte, sich herumzuwälzen.

»Du bist nicht bei der Sache!«, fuhr sie ihn an. Obwohl das, was sie gleich darauf in der Hand hielt, ihre Worte der Lüge strafte.

Tifflor starrte sie an. Dieses edle Gesicht, die Augen – die sich jetzt veränderten und schmal wurden. Er sah starre Pupillen und Schuppenhaut, und mit einem Mal war es für ihn wieder wie in dem Gleiter. Zhanas untere Gesichtshälfte schien sich vorzustülpen, dabei schmaler zu werden, kantig. Kalte Reptilienaugen taxierten ihn.

Julian wich diesem Schädel aus, der gespaltenen Zunge, aber er konnte den Blick dennoch nicht von dem schlanken Körper wenden, der sich ebenfalls veränderte. Mit letzter Kraft warf er sich herum, stemmte die Arme in die Höhe, drückte Zhana von sich weg – den Gestaltwandler Zhana – und kam aus ihrem Griff frei.

Einen keuchenden Atemzug später war alles wieder normal.

Julian lag an der Kante des großen Antigravbetts, und Zhana kauerte eine Armlänge von ihm entfernt und blickte ihn ungläubig an. Ihr Gesicht war zur Maske erstarrt, aber es war wenigstens wieder ihr Gesicht, umrahmt von dem dünnen hellblonden Haar. Zhanas fein geschnittene Züge, die leicht hervortretenden Wangenknochen, die gerade Nase, die ihr dieses edle Profil verlieh, und die roten Augen. Der kräftige Lidschatten kaschierte, dass Zhana keine Brauen hatte.

»Was ist los mit dir, Julian?«, fauchte sie ihn an. »Du behandelst mich, als sei ich dieser Gestaltwandler.«

Tifflor schwieg.

»Nein. Sag, dass das nicht wahr ist. Du glaubst das wirklich?« Zhana schien nicht zu verstehen, dass er überhaupt auf einen solchen Gedanken kommen konnte. »Du glaubst wirklich, ich sei Plob Arnoyns Mörderin? Das kann nicht dein Ernst sein.«

Es war sein Ernst. Zhana spürte es. Weil Tiff nicht einmal versuchte, sie zurückzuhalten.

Sie raffte ihre Kleidungsstücke zusammen, streifte sich nur das Nötigste über, dann ging sie. Sie ließ einen Julian Tifflor zurück, der sich nicht erklären konnte, was in ihn gefahren war. Der froh war, wieder allein zu sein, und zugleich entsetzt darüber.

Julian war versucht, Rhodan über Interkom anzurufen, doch er unterließ es.

Stattdessen beschaffte er sich die Aufzeichnungen von Trantipons Aussagen. Vielleicht, sagte er sich, fand er einen Hinweis, der ihm bislang entgangen war. Eigentlich glaubte er nicht daran, aber jede Beschäftigung war besser, als einfach nur abzuwarten.

Vier Tage bis zur Trümmerbrücke. Was waren schon vier Tage?

Angesichts dessen, was das Ara-Toxin anrichtete, konnten sie zur Ewigkeit werden.

Es passte alles zusammen.

Perry Rhodan ließ die aus der Station im Koncholsgebirge stammenden Datenfragmente durchlaufen. Sie waren tief im positronischen System verborgen gewesen, und die Bezeichnung *Fragmente* traf leider in vollem Umfang zu. Mehr war es nicht, was die Spezialisten der Aras aus der Anlage herausgekitzelt hatten.

Auch wenn der Resident sich mehr gewünscht hätte, diese Daten waren immerhin ein Schritt in die richtige Richtung. Sie bewiesen Warenverschiebungen in größerem Stil. Arkonidisches Frachtgut, zum Teil für Ara-Welten bestimmt, aber auch für Springer und einige nicht zu eruierende Empfänger, war über das Salida-System umgeleitet worden. Wahrscheinlich, argwöhnte Rhodan, stimmten die Frachtpapiere sowieso nicht, von denen Kopien in den Daten zu finden waren. Den Warenbeschreibungen nach zu urteilen, ging es um technische Erzeugnisse sowie um verderbliche Lebensmittel.

Tarnbezeichnungen.

Je länger der Terraner sich mit den Unterlagen befasste, einzelne Margen verglich, andere retuschierte und Ausschnitte zu Listen zusammenstellte, desto sicherer wurde er, dass sein Verdacht keineswegs aus der Luft gegriffen war.

Die angeblichen technischen Erzeugnisse waren keineswegs wie ausgewiesen Landmaschinen für die biologische Bewirtschaftung nur bedingt fruchtbarer Ackerböden. Weit eher handelte es sich um Waffensysteme für die Bestückung überwiegend kleiner und wendiger Raumschiffe. Gemeint waren Hochenergiewaffen ebenso wie Speicherbänke und Projektoren für leistungsstarke Schutzschirme. Das alles mindestens in einem Umfang, mit dem eine schlagkräftige Privatarmee hätte ausgerüstet werden können.

Noch interessanter fand Rhodan die vermeintlichen Lebensmittel. Hyperkristalle jeder Couleur, daran konnte es keinen Zweifel geben. Schon in den ersten Jahren nach dem Hyperimpedanz-Schock waren die Schwarzmarktpreise für Schwingquarze extrem angestiegen. Mittlerweile hatten sie schwindelerregende Höhen erreicht. Was in dunklen Kanälen versickerte, war enorm. Der Resident kannte die Spekulationen, dass Hyperkristalle zentnerweise mehrfach in den Wirtschaftskreislauf eingebracht wurden. In diesen Zeiten kursierten Gerüchte zuhauf, nur waren Beweise so gut wie nie zu beschaffen. Den wirtschaftlichen Schaden konnte ohnehin niemand auch nur annähernd zutreffend beziffern.

Nun hielt Rhodan Unterlagen in der Hand, die eine Beteiligung des THAU-Konsortiums bewiesen, aber er konnte diese Informationen nicht verwerten. Weil es eine Farce gewesen wäre, sich mit den genannten Springersippen anzulegen. In seinem verzweifelten Bemühen, die mit Ara-Toxin verseuchten Welten zu retten, hätte ihn das nicht einen Schritt weitergebracht.

Rhodan hatte die Spur eines noch unbekannten Massenmörders gesucht, der nicht davor zurückschreckte, ganze Planeten und alles Leben auf ihnen auszulöschen. Gefunden hatte er Hinweise auf kriminelle wirtschaftliche Verflechtungen. Beides passte nicht zusammen. Denn sobald das Ara-Toxin die Endphase erreichte, würden wirtschaftliche Verbindungen großmaßstäblich zusammenbrechen.

Mehrere Hundert Welten ... Verglichen mit der Population der Milchstraße war das nicht anders, als würde ein Strandwanderer eine Handvoll Kiesel aufheben. *Eigentlich unbedeutend,* sagte sich Rhodan. Dennoch würde der Untergang von Terra, Olymp, Gatas und etlichen anderen Planeten eine Kettenreaktion in Gang setzen. Entsetzen erst. Danach allgemeine Lähmung. Schließlich, vielleicht schon nach wenigen Monaten, der völlige Zusammenbruch. Wie viele Welten gab es, die wirklich

Selbstversorger geblieben waren? Rhodan glaubte, sie an beiden Händen abzählen zu können.

Über kurz oder lang würde die Milchstraße in Agonie liegen.

Reif für jemanden, der die Macht an sich reißen wollte? Wenn dann Gestaltwandler die Führungspersönlichkeiten der wichtigsten Völker übernahmen, würde der Wandel nicht mehr aufzuhalten sein.

Warum? Rhodan hätte viel für die Antwort auf diese eine Frage gegeben.

Tief atmete er durch und massierte sich mit den Fingerspitzen die Schläfen. Julian hatte sich sofort nach dem Start der CONNOYT von Oyloz zurückgezogen. Rhodan konnte den Freund sogar verstehen. Er sorgte sich um die Erde und glaubte, vor Ort mehr tun zu können, als wenn er einem Phantom nachjagte. Aber das wäre der falsche Weg gewesen, davon war Rhodan überzeugt. Zur Erde zurückzufliegen, hätte nichts anderes geheißen, als die Dinge so zu akzeptieren, wie sie waren, zu kapitulieren und anzuerkennen, dass es gegen das Ara-Toxin keine Hilfe gab. Genau das wollte der Unbekannte.

Das Sternenmeer wich dem gestaltlosen Wogen des Zwischenraums. Die CONNOYT war soeben in die nächste Linearetappe eingetreten.

3900 Lichtjahre galt es zu überwinden. Das war gleichbedeutend mit fünf Tagen Flugzeit, die notwendigen Zwischenstopps für die Wartung der Konverter und eine dezidierte Orientierung eingerechnet. Die CONNOYT überwand immerhin mehr als 34 Lichtjahre in der Stunde.

Das Ziel war von einiger Brisanz. Keine Raumstation im eigentlichen Sinn, sondern schlichtweg ein Wracksegment.

Rhodan wusste davon. Er selbst war allerdings nie vor Ort gewesen. Auch Julian nicht.

Die Trümmerbrücke, wie das Objekt seines Aussehens wegen genannt wurde, galt als eine der wirtschaftlichen Hochburgen der Springer. Pikanterweise aufgebaut auf den kläglichen Überresten eines Kosmischen Basars, die vor nicht ganz 120 Jahren vom Händlerkonsortium THAU in die Nähe der Sonne Cjuis geschleppt worden waren, nur 523 Lichtjahre von Arkon entfernt, aber beachtliche 34.472 Lichtjahre von Sol.

Arkon duldete diesen Trümmerbrocken in seinem Hoheitsgebiet, ohne Einfluss zu nehmen – das war die offizielle Version. Inoffiziell hatte es den Anschein, als mischten Imperator Bostich und seine Arkoniden kräftig mit, und es gab wahrhaft genug im Dunkeln zu wühlen.

Niemand in der Trümmerbrücke würde erfreut darüber sein, den Terranischen Residenten zu sehen. Oder auch nur den Außenminister der LFT. Rhodan fuhr sich mit beiden Händen übers Gesicht. Ihm blieben noch vier Tage Zeit, wieder in eine Maske zu schlüpfen. Und Tifflor würde sich dem nicht entziehen, mochten sie mit ihren unterschiedlichen Ansichten auch wieder aneinandergeraten.

Nicht nur die Daten der Station im Konchols-Gebirge wiesen auf die Trümmerbrücke hin.

Plob Arnoyns Mörder war in diese Richtung geflohen. Der Kursvektor des Fluchtschiffs zielte zwar nicht exakt auf das Wrackstück des Kosmischen Basars, sondern führte 300 Lichtjahre daran vorbei. Aber was bedeuteten schon 300 Lichtjahre?

Dieser scheinbare Widerspruch, argwöhnte Rhodan, sollte vielleicht sein Interesse wecken. Der Gestaltwandler spielte mit ihm. Halbherzig verwischte er seine Spuren und machte sie gerade damit offensichtlich.

Warum? Da war sie wieder, diese Frage, die Rhodan nicht beantworten konnte.

Er war auf Vermutungen angewiesen. Eine davon sagte ihm, dass Trantipon selbst nur ein Werkzeug gewesen sein konnte. Der Mantarheiler hatte klarmachen sollen, dass es kein Mittel gegen das Ara-Toxin gab. Doch im Begriff, zu viel zu verraten, hatte er sterben müssen.

Plob Arnoyns und damit auch Trantipons Mörder hatte darauf gehofft, dass Rhodan und Tifflor, nachdem jede Spur erloschen war, ins Solsystem zurückkehren würden. Um sich ihrer Heimatwelt und der dort lebenden Menschen anzunehmen. Genau so, wie Julian es zweifellos immer noch beabsichtigte.

Einen Moment lang war Rhodan versucht zu glauben, der vermutete Gys-Voolbeerah könnte Tiff in der Hinsicht beeinflusst haben. Nie war eindeutig zu belegen gewesen, ob einzelne Molekülverformer über Suggestivkräfte verfügt hatten. Solche Wirkungen konnten ebenso gut eine Folgeerscheinung des von ihnen ausgeschiedenen organischen Nervengases sein. Doch sowohl Tifflor als auch Rhodan selbst waren mentalstabilisiert und nicht auf diese Weise angreifbar.

Aber beeinflussbar durch Dritte, erkannte der Resident.

Hatte Zhana nicht spontan für Julian Partei ergriffen? Für Pron Dockt galt das in gewisser Hinsicht ebenfalls. Es war durchaus denkbar, dass sie an Bord der CONNOYT oder der APPEN dem Gestaltwandler begegnet und von ihm beeinflusst worden waren, für die Rückkehr nach Terra zu plädieren.

Gerade mit einer solchen Handlungsweise wären Rhodan und Tifflor zu den besten Botschaftern für die vernichtende Wirkung des Ara-Toxins geworden.

Rhodan fragte sich eindringlicher, wie gut ihn der Gegner kannte oder zumindest einzuschätzen vermochte. »Er hat auch für den Fall vorgesorgt, dass ich nicht das tue, was er sich erhofft«, sagte der Resident im Selbstgespräch. »Wenn ich mich schon nicht als Botschafter für die Unbesiegbarkeit des Ara-Toxins einspannen lasse, will er mich in seiner Nähe wissen.«

Unter dem Aspekt bedeutete die Trümmerbrücke eine Falle.

»Der Mohr hat seine Schuldigkeit getan, der Mohr kann gehen«, zitierte Rhodan und rieb sich die Narbe an seinem Nasenflügel.

»Aber der Mohr denkt nicht daran!«, fügte er Sekunden später überzeugt hinzu.

Er brauchte einen klaren Kopf. Nachdenklich öffnete Rhodan den Magnetsaum seiner Kombination und streifte das Oberteil ab.

Mit seiner überstürzten Flucht und dem Hyperfunkspruch, der den Moby zum Angriff auf Oyloz veranlasst hatte, hatte der Gestaltwandler die Station im Kochols-Gebirge preisgegeben. Alle Speicherbänke zu löschen, war ihm offenbar nicht mehr möglich gewesen. Aber vielleicht waren die Fragmente bewusst lanciert worden. Der Verdacht hatte auf die Trümmerbrücke fallen sollen.

Rhodan warf das letzte Kleidungsstück auf sein Bett und betrat die an seine Unterkunft angrenzende Nasszelle. »Wasser!«, sagte er. »Wechseldusche ohne Zusatz.« Die Rückfrage nach seinen Temperaturwünschen unterblieb, die Automatik hatte diese Werte schon in den letzten Tagen erkannt.

Ein angenehm kühler Sprühregen ging über ihm nieder. Rhodan hob den Kopf, blickte zur Decke empor, ohne jedoch die verborgenen Düsen zu entdecken. Sein Ehrgeiz war geweckt, seit er sich in dieser Kabine befand, aber offenbar war die CONNOYT nicht gewillt, ihm all ihre Geheimnisse preiszugeben.

Angenehm prickelte das Wasser auf seinem Gesicht. Rhodan schloss die Augen und genoss den Regen, der nun auch von den Seiten kam. Mit beiden Händen fuhr er sich durchs Haar.

Danach setzten die Massagefelder ein. Exakt dort, wo der Hautwiderstand Verspannungen erkennen ließ, die nicht einmal der Aktivatorchip schnell genug beseitigte.

Aber schon regte sich Rhodans Gewissen. Er war im Begriff, zu viel Zeit für sich selbst zu vergeuden. Auch wenn der Flug der CONNOYT noch mehrere Tage in Anspruch nehmen würde, galt es bereits jetzt, Vorbereitungen zu treffen.

Rhodan winkte ab. Die Warmluft setzte ein, holte die letzten Reste der Nässe schnell von seiner Haut. Mit den Händen bändigte er sein Haar, mehr war nicht erforderlich. Er würde ohnehin nicht mehr lange Perry Rhodan sein.

Als er die Nasszelle verließ und sich wieder ankleidete, beschäftigten ihn zwei Möglichkeiten.

Die eine war, dass er sich irrte. Dass der Gestaltwandler die Spuren keineswegs bewusst hinterlassen hatte. Dann war er als Gegner nicht so gefährlich, wie es den Anschein hatte. Aber dann stand jemand hinter ihm, der die Fäden zog.

Die zweite Möglichkeit – und Rhodan vermochte nicht zu sagen, ob sie ihm mehr behagte – bedeutete, dass der Gegner ihn und Julian ausschalten wollte. Wer nicht nach Plan funktionierte, für den war das Spiel zu Ende. So wie für den Mantarheiler Trantipon.

Eine makabere Vorstellung, erkannte Rhodan. Aber er nahm die Herausforderung an. Er konnte gar nicht anders.

HIN UND WIEDER HALLTE EIN DUMPFES DRÖHnen heran, doch der Lärm fand keinen Zugang zu Ignats Gorgides' Unterbewusstsein. Wie tot lag er in dem Sessel des schwer havarierten Kraken, und wäre das kleine Boot explodiert, hätte er es nicht einmal mitbekommen. Nach dem Rausch aufgepeitschter Sinneswahrnehmungen reagierte der Körper des Trümmerlotsen kaum mehr auf äußere Reize.

Rings um den Trümmersteg und im Bereich der beiden Pfannen herrschte ungewöhnlich rege Geschäftigkeit. Sehr viele Kraken waren im Einsatz, um die vor Anker liegenden Frachter beschleunigt abzufertigen. Frachtcontainer wurden sogar im Außenbereich des Stegs zwischengelagert.

Von alldem bemerkte Ignats Gorgides noch herzlich wenig. Er hätte die Trümmerbrücke wohl mit einem Insektenstock verglichen, in dem die Brut endlich ausschwärmte. Solche Vergleiche musste sich jeder anhören, der mit Gorgides über längere Zeit hinweg zu tun hatte. Auf gewisse Weise gab der Tefroder damit aber immer zutreffende Kommentare ab.

Zwei Kraken stabilisierten Gorgides' beschädigtes Boot in der letzten Anflugphase auf Pfanne zwei. Schließlich setzte es auf einem der Ausweichlandeplätze auf. Der THAU-Händler Lamos Ozwach als Eigner des Fahrzeugs würde über Reparatur oder Recycling entscheiden müssen. Der Landeplatz, den er schroff über Funk angewiesen hatte, lag bezeichnenderweise schon in der Nähe eines großen Konverterschachts.

Der Krake prallte ungewohnt heftig auf, weil niemand seine Landebeine ausfahren konnte. Zudem befanden sich die unteren Fangarme keineswegs in der Ruheposition. Zwei dieser Arme wurden geradezu zusammengestaucht, dann verkantete sich der Hydraulikrest und drückte die Kapsel zur Seite.

Die Erschütterungen schreckten Gorgides endlich auf. Blicklos starrte er vor sich hin, während die Kapsel in Seitenlage zur Ruhe kam. Eine unheimliche Kraft zerrte ihn aus dem Sessel. Noch halb unbewusst, schlug Gorgides mit beiden Armen um sich und suchte nach einem einigermaßen brauchbaren Halt, aber erst, als er zwischen der Rundkonsole und dem Sessel eingeklemmt zur Ruhe kam, war sein Kopf wenigstens so weit wieder klar, dass er verstand, was geschah.

Würgende Übelkeit stieg in ihm auf. Während schräg über ihm etwas Monströses an der Rautenverglasung rüttelte, konnte Gorgides den Brechreiz nicht länger unterdrücken. Viel hatte er ohnehin nicht im Magen, nur bitterer Schleim stieg in seiner Speiseröhre auf.

Zweimal nacheinander übergab sich Gorgides, dann hing er keuchend da, versuchte mit einer matten Handbewegung sein Rollkragenoberteil zu säubern – und verwünschte den Dreier, der an seinem miserablen Zustand schuld war. Andererseits, das war ihm ebenso deutlich bewusst, hätte er sofort die nächste Kapsel geschluckt, um von dieser quälenden Leere und den pochenden Kopfschmerzen wegzukommen.

Der an dem Panzertroplon rüttelnde Zangenarm stieß endlich das Schott in die Doppelwand zurück. Der Tentakel streckte sich, pendelte quer durch den Innenraum und schrammte über die Konsole hinweg.

Gorgides entsann sich, dass jemand diesen Arm steuerte. Wahrscheinlich Yrroth oder Beler, die beiden mussten sich während der Kollision in seiner Nähe befunden haben.

Die Zange ruckte seinem Schädel entgegen, sie öffnete und schloss sich bedrohlich. Gorgides sagte etwas, was er selbst nicht verstand. Zusammenhangsloses wirres Zeug, stellte er unwillig fest.

Die Zange reagierte nicht auf seine abwehrende Haltung, sie stieß schmerzhaft gegen seinen Brustkorb, schob sich unter ihm hindurch und schlang sich um seinen Leib. Ein heftiger Ruck folgte. Ignats Gorgides blieb der Atem weg. Im nächsten Moment wurde er in die Höhe gezerrt.

Eine Minute später stellte ihn die Zange auf der Landeplattform auf die Füße. Gorgides taumelte, und der Tentakelarm versteifte sich sofort. Auf diese Weise fand der Lotse noch festen Halt. Nach einigen Stunden weitgehender Schwerelosigkeit war das für ihn oft genug ein Problem.

Neben ihm setzte jetzt der zweite Krake auf. Surrend wurden die Fangarme zurückgezogen und arretiert. Gorgides erkannte die grinsende Visage von Yrroth.

Zumindest hatte der Bursche den Schnabel weit aufgerissen und das Flaumgefieder aufgeplustert, dass der Eindruck entstand, er grinse von einem Ohrloch zum anderen.

Yrroth war einer der wenigen Nicht-Tefroder, die mit den Kraken rausgingen. Mit erstaunlicher Geschmeidigkeit sprang er aus der Luke und kam federnd auf der Plattform auf.

»Mann, Ignats, eines Tages kann dir niemand mehr den Arsch retten. Dann schaffen es nicht einmal die Aras, dich zusammenzukleben. Was war da draußen los? Ich hoffe nicht, dass du alt wirst.«

»Ich hab das Trumm nicht gesehen. Das heißt, ich hab's erst zu spät bemerkt.« Ignats Gorgides fuhr sich mit beiden Händen über den Kopf, dann schüttelte er sich. »Ich frage mich, warum Ozwach nicht schon hier ist oder nicht zumindest einen seiner Bluthunde schickt. Der Schaden dürfte beachtlich sein.«

Yrroth klackte mit dem Schnabel. »Da gehen Dinge vor sich, von denen wir keine Ahnung haben«, behauptete er. »Sieh dich doch um!«

»Sie schwärmen!«, stellte Gorgides überrascht fest, als er die unzähligen winzigen Lichtpunkte vor allem entlang des Trümmerstegs endlich bewusst in sich aufnahm. »Was haben die Händler vor?«

»Ich weiß es nicht.«

»Komm schon, Vöglein!« Gorgides ließ endlich den Tentakelarm los und stand einigermaßen sicher wieder auf den Beinen. So sicher, dass er sein Gegenüber mit dem gestreckten Zeigefinger anstoßen konnte. »Du hörst jeden Samen keimen, das sagst du doch, oder? Also spuck schon aus, was da los ist!«

Der Freund stieß eine schrille Tonfolge aus.

»Zier dich nicht!« Gorgides Hand wühlte durch das Gefieder, und im nächsten Moment hielt er triumphierend eine der prächtig gefärbten Brustfedern hoch. Er hatte sie nicht ausgerissen, sie war ihm fast in die Hand gefallen. »Das müsste sich auf einigen Welten gut verkaufen lassen«, murmelte er nachdenklich. »Wieso sind die Händler bislang nicht auf den Gedanken gekommen ...?«

»Einige reden vom Gelau.«

Ignats Gorgides hatte selbst den Eindruck, dass er nicht eben besonders geistreich dreinschaute. Der Gelau – wer auf der Trümmerbrücke hatte nicht schon von dem Mann gehört, dem angeblich die meisten Anteile gehörten?

»Ist er hier?«

»Ich war mit dir da draußen, also weiß ich nicht mehr als du«, pfiff Yrroth.

Da draußen, selten weiter entfernt als 100.000 Kilometer, erfuhr man in der Tat denkbar wenig. Seit Gorgides auf der Trümmerbrücke lebte, hörte er immer wieder vom Gelau; die einen sprachen verächtlich von ihm als Wichtigtuer, die anderen furchtsam, aber wirklich Tiefgreifendes über ihn schien niemand zu wissen. Ignats Gorgides fragte sich, ob das Stichwort Gelau eine Meldung an den TLD wert war. Zweifellos war es das, und falls sich ihm nicht bessere Quellen öffneten, konnte er das Thema hinlänglich selbst ausschmücken. Hauptsache, der Preis dafür stimmte.

»Danke für die Hilfe!« Mit zwei Fingern hielt er dem Freund die Feder entgegen, doch als Yrroth nicht danach griff, ließ er sie einfach fallen.

Er hatte noch leichte Koordinationsprobleme, als er sich in Richtung des nächsten Antigravschachts wandte, doch mit jedem Schritt bekam er seine Muskeln wieder besser unter Kontrolle. Seit gut drei Stunden war seine Arbeitsschicht zu Ende. Ignats Gorgides wusste nicht, ob er Igou überhaupt noch antreffen würde. Das war der einzige Blue auf der Trümmerbrücke, sein Name war für eine lemurische Zunge unaussprechbar, ein Konglomerat von Pfeiftönen im Ultraschallbereich. Deshalb nannten ihn alle Igou.

Stickige warme Luft schlug Gorgides entgegen, als er den Antigravschacht auf der fünften Ebene verließ. Einen Moment lang hatte er Mühe, sich zu orientieren, dann hastete er weiter, tauchte ein in einen der engen Korridore, die Pfanne zwei im Mittelbereich zu einem unübersichtlichen Labyrinth gemacht hatten. Nichts schien hier mehr so zu sein, wie es einmal aufgebaut worden war, und immer noch wurde ständig versetzt, erneuert, weiter parzelliert.

Ohrenbetäubender Lärm schlug Gorgides entgegen. Er hielt abrupt inne, als sei er gegen eine unsichtbare Wand gelaufen. Beide Hände presste er sich auf die Ohren. Er reagierte überempfindlich, sein Körper schrie nach Ruhe, die er nicht bekam. Die Zeit seiner Bewusstlosigkeit konnte den fehlenden Schlaf nicht ersetzen. Und seine Gedanken befassten sich immer mehr mit dem Gelau. Der Hauptaktionär des THAU-Konsortiums an Bord der Trümmerbrücke ...? Ringsum brodelte die Station weitaus hektischer als sonst. Gorgides schwankte, sein Atem ging hastiger. Vor seinen Augen verwischten die Passanten zu einem Farbklecks. Sie fluteten ihm entgegen, rempelten ihn an, rissen ihn mit sich. Er taumelte weiter, hinein in den unersättlichen Sog, der alles zu verschlingen schien …

Weiter … Nicht aufhalten lassen … Jemand redete ihn an, hielt ihn am Arm zurück. Ignats Gorgides erkannte den Mann nicht, wollte ihn in dem Moment vielleicht auch nicht erkennen. Er wollte nur endlich Igou erreichen und danach weiter, vorübergehend Ruhe finden und diesen Tag vergessen.

Igous Quartier war wie eine Höhle, nicht der Ort, an dem Gorgides sich im Entferntesten hätte wohlfühlen können. Schwaden hingen in der Luft. Dieser giftig grün schimmernde Dunst stieg aus scheinbar wahllos über den Boden verteilten Schalen auf, in denen etwas wie Säure verdampfte. Die Flüssigkeit brodelte jedenfalls ohne ersichtliche äußere Einwirkung; vielleicht reagierte sie auch nur mit atmosphärischen Bestandteilen.

Unvermittelt stand Igou vor ihm. Jedes Mal nahm Gorgides sich vor, darauf zu achten, aber wieder erschien es ihm, als wäre der Blue einfach materialisiert. Da gab es kein Versteck, nichts, was den Blue vor neugierigen Blicken hätte verbergen können. Zögernd wischte Gorgides mit einer Hand durch den Dunst.

»Wie viel?« Ein Translator machte Igous Stimme verständlich.

»Zwei!« Ignats Gorgides hob die Hand, spreizte Zeige- und Mittelfinger ab, aber darauf achtete der Blue schon nicht mehr. Er zog seinen Besucher hinter sich her.

Längst war der Trümmerlotse an die irreale Umgebung gewohnt, die ihn erwartete. Auch daran, dass sie jedes Mal verändert wirkte. Heute federte kein Moos unter seinen Füßen, vielmehr spürte Gorgides schroffen Fels unter den Stiefeln. Verwittertes, ausgewaschenes Kalkgestein, erkannte er, als er den Blick auf den Boden richtete.

Projektionen? Mentale Beeinflussung? Gorgides hatte es längst aufgegeben, die Wahrheit zu suchen. Er akzeptierte Igous Sicherheitsbedürfnis. So schnell, wie der Blue erschienen war, so schnell und problemlos konnte er sich wohl auch zurückziehen, falls ihm Gefahr drohte. Gorgides gestand sich ein, dass sogar er schon mit dem Gedanken gespielt hatte, dem Tellerkopf einfach seinen unerschöpflich scheinenden Vorrat des Dreiers abzunehmen. Aber das war lange her; längst hatte er akzeptiert, dass sein Sold als Trümmerlotse bei Igou landete.

Gorgides zerbiss eine Verwünschung zwischen den Zähnen. Er hatte nicht bemerkt, dass der feingliedrige Blue schon wieder verschwunden war. Wenn er jetzt weiterging, das wusste er aus Erfahrung, würde er schon nach zwei Schritten auf unüberwindbaren Widerstand stoßen.

»Igou!«

Sein Ruf verlor sich ohne Halleffekt. Es gab nichts, was Rückschlüsse auf die Umgebung ermöglicht hätte. Gorgides hätte sich nicht einmal darüber gewundert, wenn er sich wirklich nicht mehr auf der Trümmerbrücke befunden hätte. Vor dem Hyperimpedanz-Schock waren derartige Transmitterspielereien leicht machbar gewesen, inzwischen stand der hohe Energieaufwand dem entgegen. Zudem bargen normale Transmitter die Gefahr, dass man als Benutzer das Ziel überhaupt nicht mehr oder nicht lebend erreichte.

Einige Minuten lang trat Gorgides unruhig von einem Bein auf das andere, dann ließ er sich auf den Boden sinken. Die Perspektive veränderte sich für ihn. Er blickte nun über eine windgepeitschte, von ausgewaschenen Felsformationen geprägte Ebene hinweg. Vor ihm befand sich etwas wie ein Lagerplatz. Eine Mulde, in der vor Kurzem noch ein Feuer gebrannt hatte, denn die Asche qualmte noch. Daneben stand ein einfaches Essgeschirr.

Auf dem Topfrand balancierten Würmer. Gorgides würgte zwar, und eine unsichtbare Hand drückte seine Kehle zu, doch er konnte den Blick nicht abwenden. Aus dem Topf kletterten immer mehr Würmer nach oben. Sie waren grau, ziemlich fleischig, und Gorgides glaubte, ein leises Zischen zu hören. Der Topf war voll von ihnen.

Dunkel entsann sich der Lotse, gehört zu haben, dass die Tellerköpfe mit größtem Genuss lebende Speisen zu sich nahmen. Sein Magen rebellierte erneut, unter seiner Schädeldecke marschierte ein Haluterheer, und in dem Moment stand Igou wieder vor ihm. Zwei Kapseln des Eyemalin-Derivats wechselten den Besitzer, und Gorgides fragte sich, wie lange er das noch durchhalten würde. Aber schon schloss sich seine Rechte um die Kapseln, und alles war wieder gut. Für mindestens zwei Tage konnte das Leben in den gewohnten Bahnen weitergehen.

Gorgides sah den Blue mit spitzen Fingern in den Topf hineingreifen, ein gutes Dutzend der fetten Würmer herausziehen und sich in den Halsmund stopfen. Er hörte das Schmatzen des Tellerköpfigen – und von dem Moment an fehlte ihm die Erinnerung.

Irgendwie hatte er es dennoch geschafft, den Übergangssektor von Pfanne zwei in den Trümmersteg zu erreichen. Jedenfalls erwachte Ignats Gorgides nicht in einer stinkenden Ecke zwischen Schrott und biologischen Abfällen, weil vielleicht ein Reinigungsroboter im Begriff war, ihn aus dem Abfall hervorzuziehen – als sich seine Gedanken klärten, stand er mitten in dem Wohndeck.

Er achtete nicht auf die Tefroder, die ihm begegneten. Auf gewisse Weise, erkannte Ignats Gorgides, floh er inzwischen vor sich selbst.

Sein Kopfschmerz war wieder da und verschleierte seinen Blick. Sein Herzschlag raste, und der Puls dröhnte in seinen Schläfen.

Er war am Ende seiner Kraft, würde nicht einmal mehr Schlaf finden, wenn er keine neue Kapsel schluckte. Trotzdem verkrampfte sich seine Hand um die beiden Dreier.

Gorgides taumelte in seine Behausung, als sich die Tür öffnete. Die flackernde Beleuchtung ließ ein fürchterliches Durcheinander erkennen. Einen Moment lang stand der Trümmerlotse wie erstarrt da; er war nahe daran, sich einfach herumzuwerfen und vor sich selbst und seinem Leben zu fliehen. Doch wohin hätte er gehen sollen?

Mit zitternden Fingern fischte Gorgides das hermetisch verschließbare Glas aus dem Regal. Ein schwacher Hauch von Eyemalin wehte ihm noch entgegen, als er den Deckel öffnete. Beide neuen Kapseln ließ er hineinfallen, doch als er das Glas dann schließen wollte, zögerte er, griff hinein und fischte eine der beiden Kapseln wieder heraus, genau so, wie es der Tellerkopf mit den Würmern gemacht hatte.

Gorgides trug einen stummen Kampf mit sich selbst aus. Er durfte den Dreier noch nicht einnehmen. Vor ihm lag eine lange Schlaf- und Erholungsphase. Wenn er das Mittel jetzt schluckte, würde er in seinen Träumen kopfstehen und die bewusstseinsverstärkende Wirkung bis zum Beginn der nächsten Arbeitsschicht weitgehend wieder verlieren.

Gorgides warf sich auf sein Bett. Es war lange her, dass er eine richtige Antigravmatratze besessen hatte. Das Zeug, über das er hier in der Tefroder-Kolonie verfügte, wäre auf jedem durchschnittlich erschlossenen Planeten längst in einen Konverter gewandert. Eigentlich sollte es einer Wirtschaftsmacht wie den Springern jederzeit möglich sein, ihre eigene Station topmodern auszustatten. Aber verbesserte das ihre Geschäfte? Nein. Also legten sie keinen Wert darauf.

Gorgides wälzte sich von einer Seite auf die andere. Seine Finger hatten sich um die Kapsel verkrampft – er war sicher, dass er so auch einschlafen würde. Falls er schnell einschlafen konnte. Wenn nicht ...

Die gedimmte Beleuchtung flammte grell auf. Dem Trümmerlotsen schoss das Wasser in die Augen, weil das Licht ihn blendete.

Er rollte sich aus dem Bett, kam schwankend auf die Beine und zerrte mit der linken Hand schnaubend den Unrat zwischen Vorratsschrank und Tisch hervor. Den zum Vorschein kommenden altertümlichen Holovidmonitor hob er auf den Tisch. Die Kabelverbindung machte das Ganze archaisch, aber auch ortungssicherer. Bei dem, was im Bereich der Trümmerbrücke an Funkverkehr abgewickelt wurde – gerade wegen des Relaissystems Hyper-THAU, mit dem sich die Springer eine beachtliche Einnahmequelle neu erschlossen hatten –, fiel eine enge Spezialfrequenz so gut wie gar nicht auf.

Die Nachricht war verschlüsselt.

Nur Ton, kein Bildkanal. Gorgides rümpfte die Nase, zumal der Absender nicht Terra zu sein schien. Wenn er es richtig erkannte, hatte ihn ein Schiff der Galaktischen Mediziner angefunkt. Unmöglich.

Verwirrt musterte Gorgides die Kennung. In seinem Hinterkopf flüsterte eine Stimme, dass die Aras die Spezialfrequenz nicht kennen durften.

Was war das? Eine Falle? Ahnte Ozwach, dass er seit Jahren eine Laus im Pelz hatte?

Dumpf brütend starrte Gorgides auf den bildlich umgesetzten Kode. Ein Irrsinn, in der Wiedergabe mehr als Störungen erkennen zu wollen. Er konnte morgen noch so dastehen und würde keinen Schritt weitergekommen sein.

Dass er die Dreier-Kapsel schluckte, fiel Ignats Gorgides erst auf, als sie sich in seiner Kehle querstellte. Er griff nach einem Becher, zapfte Wasser aus der Leitung und trank hastig.

Die Wirkung setzte danach schnell ein. Sie würde sich in den kommenden Stunden weiter verstärken, aber schon jetzt verlor die Trostlosigkeit seiner Unterkunft an Bedeutung. Einen Moment lang schloss Ignats Gorgides die Augen.

Als er sie wieder öffnete, war alles anders: Sein Blick streifte die Liegestatt aus blutroter arkonidischer Seide. Sogar Imperator Bostich schlief in solchen Kissen, und sein Blick wanderte nach dem Aufwachen ebenso hinauf zu dem ausgebreiteten Sternenbaldachin.

»Ignats, wie lange willst du mich noch warten lassen?« Amaleen räkelte ihren hellen Körper zwischen den Kissen.

Gorgides schenkte der Frau einen Kussmund, dann widmete er sich wieder der Holowand, auf der die fremden Symbole erschienen waren. Sein Blick glitt die Zeilen entlang, er sortierte in Gedanken, analysierte und stellte um. Der Kode, stellte er fest, war einfach gehalten.

Ignats Gorgides las den für ihn bestimmten Text. Irgendwo in seinen Gedanken befasste er sich noch mit dem Dreier; der Inhalt der Kapsel schien diesmal irrsinnig scharf gewesen zu sein, ein fast reines Eyemalin-Derivat. Oder sein ausgelaugter Körper reagierte deutlich empfindsamer als gewöhnlich.

Schnell hatte er die Dekodierung abgeschlossen. Der Trümmerlotse wandte sich Amaleen zu.

Diese Frau existierte nur in seiner aufgepeitschten Fantasie, in der auch der schmutzige Verschlag zum Palast geworden war.

Gorgides' Blick streifte Amaleens volles Haar, streichelte über ihren Körper, glitt die Innenseiten ihrer Schenkel entlang. »Amaleen, meine Göttin ...«

Ein schrecklich banaler Gedanke störte den Lotsen: Amaleens Bild klebte seit Monaten auf der Türinnenseite des Vorratsschranks, und es war nicht einmal dreidimensional.

Verlangend streckte sie ihm die Arme entgegen ... Gorgides zerrte sich die Kleidung vom Leib ... Erst als er sich zwischen die Kissen wühlte, entsann er sich wieder der verschlüsselten Nachricht.

Ein hochrangiger Vertreter der LFT, hatte der Text verkündet, würde in Kürze auf der Trümmerbrücke eintreffen. Der Beobachter war angewiesen worden, dem Mann jede denkbare Unterstützung zukommen zu lassen. Vor allem: Der Besucher kam in Maske und musste unerkannt bleiben.

Augenblicke später war Ignats Gorgides eingeschlafen. Nur sein Geist war wach und tobte sich aus – er lebte ein Leben, das nie wirklich so sein konnte. Doch in Stunden wie diesen war der Tefroder glücklich.

»Es ist entschieden zu wenig, was wir von Trantipon in Erfahrung gebracht haben«, klagte Julian Tifflor. »Ich hätte massiver und vor allem entschlossener vorgehen müssen. Dann wäre es jetzt deutlich leichter, die richtige Entscheidung zu treffen.«

Perry Rhodan schaute nicht zu seinem Außenminister hinüber, der soeben von zwei Medorobotern auf perfektes Aussehen hin »überprüft« wurde. Er konzentrierte sich vielmehr auf das Spiegelfeld, das vor wenigen Sekunden einen Meter vor ihm entstanden war. Dieses Feld verdeckte den rückwärtigen Laborbereich völlig. Eigentlich sah Rhodan nur sich selbst – und darüber hinaus homogen verwischte Konturen. Sogar der schalenförmige Pneumosessel, der wie ein hochmodernes Folterwerkzeug anmutete, schimmerte nur schemenhaft an der Seite auf.

»Du kannst dich jetzt von der Arbeit überzeugen, Resident«, sagte der Ara-Chirurg, der in den letzten eineinhalb Stunden nahezu wortlos an Rhodans Gesicht hantiert hatte.

Der Terraner spitzte die Lippen. Sie waren voller geworden und verliehen ihm einen negroiden Einschlag.

Sein Mund an sich wirkte wegen einer von außen induzierten Muskelanspannung größer. Das war eine Veränderung, die der Aktivatorchip nicht als Eingriff erkannte und die demzufolge nicht schon in kurzer Zeit über das Immunsystem kompensiert wurde.

Rhodan biss sich auf die Unterlippe. Er spürte den Schmerz, als handele es sich um eigenes Körpergewebe, auch der Zahnabdruck war für einen Moment deutlich zu sehen, bevor das Blut zurückfloss.

Seine Zähne schimmerten in einem scheußlichen Gelb. Diese Verfärbung galt gemeinhin als Symptom für den Genuss bewusstseinserweiternder Drogen. Personen, die zu psychischen Grenzerfahrungen neigten, konsumierten diese Stimulanzien. Ihnen begegnete man besser mit einer gewissen Vorsicht, neigten sie doch zu spontanen Wutanfällen und extremen Gefühlsschwankungen.

Der Vorschlag für diese Veränderung stammte von Tifflor. Rhodan hatte nicht widersprochen. Innerlich schmunzelte er sogar darüber, aber nach Lachen war ihm gewiss nicht zumute.

Mit beiden Händen tastete er über sein Gesicht. Die Wangen waren ebenfalls dicker geworden, unter den Augen hingen schwere Tränensäcke, und das falsche Doppelkinn und der Hals schienen zur ineinander übergehenden Fettdeponie geworden zu sein. Vorübergehend musste Rhodan wirklich überlegen, wie früher diese Erkrankung geheißen hatte, die zu korrigieren es heute nur einer leichten Gentherapie bedurfte. Als *Kropf,* entsann er sich, war diese Schilddrüsenüberfunktion bezeichnet worden. Heutzutage wussten bestenfalls wenige Spezialisten – Mediziner und Altertumsforscher –, dass es sie überhaupt gegeben hatte.

Gut zehn Prozent an Körpermasse hatte der Resident zugelegt. Es war lebendes Gewebe, das von dem Ara mit einigen Schnitten an Rhodans Blutkreislauf gekoppelt worden war. Steriles Bioplasma hielt oberflächlichen Untersuchungen ohne Weiteres stand. Und vor allem in den aufgepolsterten Oberschenkeln und Oberarmen verbarg sich einiges an Notfallutensilien.

Noch fehlte die Veränderung der Augen. Ebenso das Haar. Rhodan hatte sich für eine kräftige blaue Augenfarbe entschieden sowie für halblanges, wallendes und vor allem blauschwarzes Haar.

Wenn in den nächsten zwei Tagen keine Nachbesserungen erforderlich wurden, war die Arbeit perfekt. Der Resident zweifelte nicht daran. Zuletzt würde seine Haut einen dunklen, rissigen Schimmer erhalten, durchsetzt von vielen Pigmentflecken.

Seine Vita, die er sich zurechtgelegt hatte, war die eines rastlosen Tramps und erfolglosen Prospektors. Kosmische und planetare Strahlung hatten seine Haut im Lauf der Jahre verändert. Sein Alter war so gut wie nicht mehr zu schätzen, er mochte erst 70 sein oder schon 120.

»Du bist zufrieden, Resident?«, wollte der Ara wissen.

Rhodan wiegte den Kopf. »Momentan bin ich noch nicht überzeugt. Schließlich sehe ich mich selbst mit besonders kritischen Augen. Ich denke, zumindest Terraner würden mich sehr schnell erkennen.«

Falls der Ara enttäuscht war, ließ er sich das nicht anmerken. »In zwei Tagen wird dich nicht einmal mehr Imperator Bostich erkennen«, behauptete er.

Rhodan verzog das Gesicht zu einem gezwungenen Lächeln. Erst jetzt schaute er zu Tifflor hinüber, der mit geschlossenen Augen in seinem Sessel lag. Obwohl Rhodan kein Geräusch verursachte, schien der Freund zu spüren, dass er plötzlich beobachtet wurde.

»Ich habe nachgedacht«, sagte Julian, ohne die Augen zu öffnen.

Über uns, vermutete Rhodan. *Du willst dich entschuldigen. Ich weiß, dass es dir schwerfällt ...*

»Wir sind auf der Trümmerbrücke keineswegs auf uns allein gestellt«, behauptete Tiff.

Die Medoroboter hantierten jetzt an seinem Oberkörper. Sie trugen Plasmafluid auf, das sich sofort mit der Haut verband. Tifflors Äußeres war nicht so umfassend verändert wie das des Residenten. Schminke erzielte bei ihm ein Großteil der Wirkung.

»Ich könnte mir alle relevanten Informationen auf Terra besorgen ...«, fuhr Tifflor fort. »Ich weiß: kein Funkkontakt in der augenblicklichen Situation. Ein Weiterflug ins Solsystem schon überhaupt nicht, weil der Zeitverlust enorm wäre. Das Dumme ist, Perry, ich kann dir da nicht einmal widersprechen. Keiner von uns ist in der Lage vorherzusagen, wie schnell der Gestaltwandler die Trümmerbrücke wieder verlässt. Aber wenn wir Terra erst dann wiedersehen, wenn aus dem Blauen Planeten ein verdammter öder Moby geworden ist ...« Julian schwieg, weil er selbst erkannt hatte, dass er im Begriff war, weit über das Ziel hinauszuschießen.

Minutenlang war Stille. Nur im Hintergrund erklangen gedämpfte Stimmen.

»Wenn mich mein Gedächtnis nicht täuscht, haben wir auf der Trümmerbrücke einen Informanten«, sagte Julian nachdenklich. »Wir brauchen jede Unterstützung, die wir bekommen können.«

»Ja«, kommentierte Rhodan. Flüchtig zog er in Erwägung, der Chirurg, der soeben weitere Bioplasmastreifen unter seinen Augen und an den Schläfen aufbaute, könnte längst durch einen Gestaltwandler ersetzt worden sein. Aber wenn er das annahm, musste er jeden auf der CONNOYT unter Generalverdacht stellen. Dann waren ihm die Hände gebunden, egal, was er zu unternehmen beabsichtigte.

Dass Julian so offen im Beisein des Chirurgen redete, war kein Problem. Wer ihre Maske kannte, konnte sie auf der Trümmerbrücke ohnehin jederzeit auffliegen lassen.

»Der Informant ist ein Agent des TLD?«, fragte Rhodan nach.

»Meines Wissens nur freier Mitarbeiter«, antwortete Tifflor leichthin.

Rhodan wollte sich aufrichten, doch der Ara drückte ihn mit fester Hand zurück. »Am besten nicht bewegen!«, mahnte der Chirurg. »Ich brauche eine Verbindung zu größeren Blutgefäßen.«

Rhodan spürte einen kurzen Schmerz an seiner Schläfe, gefolgt von einem unangenehmen Taubheitsgefühl.

»Wir sollten einen unverbindlichen LFT-Kode senden«, fuhr Tifflor fort. »Unser Mann wird dann hoffentlich bereitstehen. Ich bin mir nicht völlig sicher, aber er lebt seit einigen Jahren auf der Trümmerbrücke.«

»Gut«, stimmte Rhodan zu. »Du weißt, wer er ist?« Auf gewisse Weise war der Resident erleichtert, dass Tifflor sich entschieden hatte, den eingeschlagenen Weg mitzugehen. Vielleicht nur zähneknirschend, aber sich dennoch bewusst, dass sie keine andere Chance hatten.

»Ich habe keine Ahnung, wie er aussieht«, antwortete Julian Tifflor. »Aber wenn wir ihn über Funk erreichen, wird er uns bestimmt finden.«

Mit jeder Stunde, die verstrich, näherte sich die CONNOYT der Trümmerbrücke um weitere 34 Lichtjahre.

Julian Tifflor hatte sich Rhodan gegenüber ruhiger gezeigt, als er es war. Eigentlich brodelte es in ihm. Er verstand die Entscheidung nicht, einer derart vagen Spur zu folgen. Wahrscheinlich wollte er sie auch nicht verstehen, weil es für ihn nach wie vor wichtiger erschien, auf der Erde dem Ara-Toxin nachzuspüren. Die Wissenschaftler der LFT brauchten einen Vergleich ihrer Fähigkeiten weiß Gott nicht zu scheuen. Tifflor fragte sich, warum es den eigenen Galakto-Medizinern, Kosmobiologen und Hyperphysikern nicht möglich sein sollte, die Wirkstoffe des Ara-Toxins aufzuspüren und zu isolieren. Und wenn es ihnen vorerst nur gelang, den Wirkstoff zu hemmen, hatten sie wenigstens Zeit gewonnen.

Das Einzige, in dem Tiff mit dem Residenten übereinstimmte, war die Feststellung, dass ein Hyperkomspruch ins Solsystem der Situation keineswegs gerecht wurde. Eine derartige Verharmlosung hielt er eher für kontraproduktiv. Wenn schon, musste einer von ihnen beiden das in die Hand nehmen. Die Bedrohung durfte nicht unterschätzt werden, wie es ein Funkspruch zweifellos nahegelegt hätte. Das andere Extrem, eine ausufernde Panik, konnte ebenso verhängnisvolle Folgen nach sich ziehen.

Aber Terra einfach zu ignorieren, den Planeten sich selbst zu überlassen, bis er womöglich in Agonie fiel ...

Tifflor verstand das immer weniger, je länger er über Rhodans Beweggründe nachdachte. Er fragte sich, ob Perrys Handeln und Denken grundverschieden sein konnten. Glaubte der Resident an einen Bluff?

Die Transformation des Planeten Remion war entsetzlich real und von einer lebensverachtenden Brutalität, die Julian tief in die Knochen gefahren war. Sich darüber hinwegzusetzen und mehr oder weniger zur Tagesordnung überzugehen, erschien ihm undenkbar. Wer hinter diesem Verbrechen steckte, hatte keinen Anspruch darauf, mit Samthandschuhen angefasst zu werden. Die freiheitliche Ordnung der LFT durfte kein Freibrief sein, der es erlaubte, eben diese Freiheit abzuschaffen.

Vielleicht, überlegte Tifflor, blieb er gerade deshalb entgegen seiner Überzeugung auf der CONNOYT und machte den Flug zur Trümmerbrücke mit. Weil er bereit war, notfalls die Wahrheit aus dem Gestaltwandler herauszuprügeln. Oder aus jedem anderen, der die Hintergründe kannte und dennoch schwieg. Perry würde nicht so einfach zuschlagen – er schon. Tiff ertappte sich in dem Moment dabei, dass er verbissen mit der rechten Faust auf den linken Handballen schlug. Immer und immer wieder. Eine verdammt hilflos anmutende Geste war das.

Entscheidung nach Sachlage vor Ort – der Lieblingssatz im Hauptquartier des Terranischen Liga-Dienstes, den er immer wieder zu hören bekam. Inzwischen benutzte Julian ihn selbst, um sich nicht mangelnder Planung bezichtigen zu müssen.

Er löschte alle Bedienelemente der manuellen Schiffskontrolle, dann verließ er die Space-Jet, die im Haupthangar der CONNOYT stand. Montageroboter arbeiteten seit Stunden daran, das ohnehin modifizierte Beiboot umzurüsten. Nichts durfte die Herkunft des Diskusschiffs von Bord eines Ara-Transportraumers verraten.

Die Space-Jet hatte ihre besten Tage ohnehin längst hinter sich.

Wer genau hinschaute, konnte sogar noch die ursprüngliche Frachtversion erkennen. Dieses Boot hatte bis vor gut 100 Jahren einer Springersippe gehört, deren Hoheitszeichen schlecht übersprüht noch an einigen Bauteilen prangten. Irgendwann in der Folge war das Schiff in den Besitz der Aras übergegangen, aber keineswegs für die medizinische Versorgung umgerüstet, sondern vielmehr als schnelles Kurierboot eingesetzt worden. Mit dem Hyperimpedanz-Schock hatte die Jet diesen Status indes eingebüßt.

Der schnelle Überlichtantrieb war in den letzten Jahren herausgerissen und durch einfache Linearkonverter ersetzt worden. Dazu stärkere Kraftwerke ... die Schutzschirmstaffeln mit einem HÜ-Schirm mehr schlecht als recht kompensiert ...

Tifflor hatte das Innenschott des Hangars fast erreicht, als hinter ihm das Fauchen von Hochenergiestrahlern erklang. Auf dem Absatz fuhr er herum. Hitze flutete ihm entgegen; sie wurde vom Rumpf des Bootes reflektiert.

Wieder feuerten die Roboter. Eine Glutwoge brodelte über den gut 50 Meter durchmessenden Diskus hinweg. Die Roboter brannten alle nachträglich aufgebrachten Markierungen weg, die einen Bezug zur CONNOYT hatten. Dafür würden im Anschluss Tiga-Ranton-Symbole aufgespritzt werden, die der drei Arkon-Welten.

Über dem Innenschott des Hangars blinkten Warnanzeigen. In wenigen Sekunden, erkannte Tifflor, würde der Hangar wegen der Hitzeentwicklung abgeriegelt werden. Er eilte weiter bis zu dem Schott und schlug mit der flachen Hand auf den Öffnungsmechanismus. Einen Moment lang befürchtete er, dass die Anlage schon nicht mehr reagierte, aber dann glitt der schwere Torflügel doch vor ihm zur Seite.

Das Warnsignal blieb jetzt konstant. Hinter Tifflor schloss sich das Schott, der Mechanismus wurde blockiert.

Die Veränderungen in seinem Gesicht hatten die Hitze aufgesogen. Julian hatte den Eindruck, dass seine Haut nun schrumpfte, sich zusammenzog und an manchen Stellen einriss. Doch als er mit den Fingerspitzen über die Maskenteile hinwegtastete, schien alles wunderbar verhaftet zu sein.

Er suchte seine Kabine auf und hielt das Gesicht in einen kalten Wasserstrahl. Nicht lange, dann trocknete er sich schon wieder ab. Abgesehen von einer leichten Rötung, die eher auf Symptome von Hypertonie hinzudeuten schien, war seine Maske unversehrt. Tifflor zwinkerte sich zu und übte sein tiefschürfendes Lächeln. Sekunden später registrierte er, dass er beobachtet wurde. Zhanas Konterfei zeichnete sich neben seinem Gesicht ab, als Tiff in ein Spiegelfeld schaute. Zhana musste sofort nach ihm die Kabine betreten haben, jedenfalls stand sie mitten im Raum und ließ ihn nicht aus den Augen.

Zögernd wandte Julian sich um. Sein warmes Lächeln gefror.

»Wirklich überzeugend sieht das noch nicht aus«, sagte Zhana. »Aber als Außenminister der Liga hat man wohl ohnehin andere Dinge im Kopf.«

Tifflor musterte die Ara-Frau. Sein Blick verharrte anerkennend auf ihren endlos langen und wohlgeformten Beinen, die in einem hautengen Chamäleon-Catsuit steckten, dann wanderte er langsam höher. Verführerische fünf Zentimeter nacktes Fleisch leiteten zu ihrer Überwurf-Jacke weiter, und der Ausschnitt ließ Tifflor erst einmal schlucken. So üppig ausgestattet kannte er Zhana nicht.

»Du kommst aus der Medostation?«, hörte Tiff sich fragen und schalt sich zugleich einen verdammten Narren, dass er erst jetzt daran dachte. Warum hatte er den Ara-Operateur nicht informiert und ihn aufgefordert, von Zhana eine Gewebeprobe zu nehmen? Während der Maskenbildung musste es ein Leichtes sein, einige Blutstropfen, Haarschuppen oder auch Haare unbemerkt beiseitezuschaffen. Dann hätte er sehr schnell Gewissheit.

Andererseits ...

Zhana schien um Jahre gealtert zu sein. Falten prägten ihr Gesicht, und etwas war mit ihrer Nase geschehen. Jedenfalls blähten sich die Nasenflügel unnatürlich weit; Tifflor glaubte, die fast schon verheilten Narben einer Operation zu erkennen. Diese winzigen Hautwulste waren vorher nicht da gewesen.

... warum versuchte er nicht selbst, eine Gewebeprobe von ihr zu bekommen?

Tifflor ging auf die Frau zu. Sie hob den Kopf ein wenig an. Ein trübes Sekret schimmerte in ihren Nasenlöchern. Tifflor registrierte, dass Zhana durch den Mund atmete.

Sie wich ihm aus. Es fiel ihr schwer, das merkte er – trotzdem ließ sie nicht zu, dass er sie an sich zog.

»Was ist los?«, fragte Tifflor.

Zhana fixierte ihn von oben herab. Die zwei Zentimeter, die sie größer war als er, spielten plötzlich eine Rolle. »Ich mag diese Typen nicht«, sagte sie schroff. »Hätte es nicht eine Nummer weniger sein können?«

Tifflor lachte. »Also haben die Roboter und der Chirurg ihre Arbeit gut gemacht. Was wollen wir mehr?«

Zum zweiten Mal wich sie ihm aus, als er diesmal nach ihren Armen griff und sie mit sich ziehen wollte.

»Du solltest deine Maske nicht überstrapazieren«, sagte Zhana warnend. »Ein einziger Fehler ...«

»Noch sind wir nicht auf der Trümmerbrücke.«

»Vor allem musst du deine Hormonausschüttung in den Griff bekommen, Herr Minister. Deine Erregung, sobald du eine Frau siehst, verrät dich sofort.«

Tifflor schluckte schwer. Entgeistert blickte er Zhana an. Dann lachte er. »Fast hättest du mich verblüfft.«

»Ich meine es ernst. Wenn der Gestaltwandler deine Erregung riecht und daraus den richtigen Schluss zieht ...«

»Halt die Luft an!«, fuhr Tifflor auf. »Was soll der Unsinn?«

Endlich begriff er. Zumindest glaubte er zu verstehen. Zhana hatte sich in dem Moment selbst verraten.

Konnte sie ihn beeinflussen, wenn er jetzt sofort die Waffe zog und auf sie richtete? Nein, das konnte sie nicht.

Aber sie konnte ihn mit ihrem Körpergas betäuben – vorausgesetzt, ein Gys-Voolbeerah hatte sie nachgebildet –, und dagegen war kein Kraut gewachsen. Nicht einmal eine Atemmaske hätte ihn vor der Bewusstlosigkeit bewahrt, und der Aktivatorchip konnte die Wirkungsdauer bestenfalls einschränken, aber nicht verhindern, dass er zusammenbrach und Zhana fliehen oder ihn kopieren konnte.

»Perry hat dir alles berichtet«, entsann er sich und baute Zhana damit die goldene Brücke, die ihm ebenfalls Zeit verschaffen sollte. Rhodan hatte wirklich ausführlich über die Gys-Voolbeerah gesprochen, und Zhana hatte ihm wie gebannt zugehört – wie jemand, der auf einfache Weise in Erfahrung bringen konnte, was andere über ihn und sein Volk wussten.

Perry hatte sie informiert, dass ein Molekülverformer aufgrund seiner Körperkraft und Reaktionsschnelligkeit sogar einen Roboter in Schwierigkeiten bringen konnte. Dass das von diesen Wesen produzierte Körpergas selbst Metall durchdringen und auch dann noch jedes organische Lebewesen betäuben konnte. Dass ein Gys-Voolbeerah mithilfe des Motuul, der Kraft aus dem Inneren, die Erinnerung eines betäubten Lebewesens in sich aufnehmen und sich in eine identische Kopie des Betreffenden verwandeln konnte, mit dessen komplettem Wissensschatz.

Rhodan hatte auch den arttypischen Geruch der Molekülverformer nicht unerwähnt gelassen, den nur sie selbst wahrnehmen konnten. Egal, in welcher Gestalt Gys-Voolbeerah in der Vergangenheit aufgetreten waren, sie waren immer in der Lage gewesen, ihresgleichen zu identifizieren. Allerdings hatte es auch Menschen gegeben, die fähig gewesen waren, den Geruch eines Gys-Voolbeerah zu erkennen.

»Ja, der Resident hat mir alles gesagt«, bestätigte Zhana. Sie hob beide Hände und tippte mit den Zeigefingern an ihre Nasenflügel. »Allerdings hat er nicht erwähnt, dass ein Julian Tifflor plötzlich Furcht empfinden würde.«

Tiff schüttelte den Kopf. Er lachte dabei, aber dieses Lachen klang absurd, dessen wurde er sich sofort bewusst. Seine Waffe lag in dem Wandfach neben dem Bett. Zu weit entfernt, als dass er sie mit einem schnellen Sprung erreichen, herausnehmen und feuern konnte. Er hätte nicht einmal zu sagen vermocht, ob sie auf Paralysemodus oder tödlichen Energiestrahl justiert war. Egal. Zhana – vielmehr der Gys-Voolbeerah, der sich für sie ausgab – würde ihn mit dem Gas betäubt haben, bevor er in der Lage war, sich zur Wehr zu setzen.

»Das ist doch Unsinn!« Tifflor atmete tief ein. »Du sagst selbst, dass du meine Erregung riechen kannst. Dabei hast du es bisher nie belassen. Und jetzt?«

Ein Lächeln umfloss ihre Mundwinkel. Zhana biss sich auf die Unterlippe und hielt sich die Nase zu, indem sie nur die Fingerspitzen beider Hände aneinanderpresste. Sie schaute sich um, ignorierte, dass Tifflor seine Jacke aufreizend langsam öffnete, ging auf das Bett zu, daran vorbei und ließ sich seufzend in den Sessel sinken.

»Diese neue Wahrnehmungsstufe ist noch etwas verwirrend, Julian. Ich denke, ein guter Schluck kann jetzt nicht schaden.«

Tifflor stand zwischen Zhana und dem Bett und verwünschte sich dafür, dass er von Frauen sehr viel weniger verstand als von den eruptiven Gleichrichtern eines Linearkonverters der neuen Generation. Bis auf einzelne Ausnahmen schien es das Schicksal jeden Aktivatorträgers zu sein, allein leben zu müssen und niemals länger währende Bindungen eingehen zu können, wenn überhaupt. Er hatte zwei- oder dreimal Anlauf genommen, einen Ehevertrag zu schließen, aber entweder hatte die Frau im letzten Moment den Rückzieher gemacht, oder er selbst war über seine Entscheidung erschrocken, einen Menschen an seiner Seite alt werden und sterben zu sehen, während er selbst immer der Fünfunddreißigjährige blieb, der er beim Erhalt seiner ersten Zelldusche gewesen war. Damals, im Jahr 1996 alter Zeitrechnung, lange bevor er den Zellaktivator erhalten hatte. In manchen Dingen war er altmodisch geblieben, das gestand er gern ein. Dazu zählte, dass für ihn kein Ehevertrag auf wenige Jahre in Betracht kam, sondern nur die altehrwürdige Floskel »Bis dass der Tod euch scheidet«. Wobei er sich äußerst gemein vorgekommen wäre, um nicht zu sagen hinterhältig, denn er selbst alterte nicht mehr.

Ein kluger Mensch hatte schon vor langer Zeit behauptet, dass die Einsamkeit der einzige Begleiter eines relativ Unsterblichen sei. Je länger Tifflor lebte, desto mehr war er versucht, jenem Zeitgenossen recht zu geben.

»Ist das alles, was du von mir verlangst?« Tifflor setzte sich auf sein Antigravbett. »Ein Vurguzz? Oder Glutwein von Aralon?«

Hartnäckig drückte Zhana an ihren Nasenflügeln herum. Sie schien die Frage gar nicht wahrgenommen zu haben. Erst nach einigen Sekunden ruckte ihr Kopf hoch. Sie sah den Minister aus tränenden Augen verwirrt an und sog prüfend die Luft ein.

»Egal«, sagte sie. »Glutwein. Obwohl ... Ich rieche, dass deine Erregung nachlässt. Richtig?«

»Was soll der Unsinn, Zhana? Ich muss annehmen ...«

Jetzt oder nie. Tifflor warf sich herum. Seine Rechte bekam den Strahler zu fassen, die Finger schlossen sich um den Kolben, verkrampften sich beinahe. Die Sensoren in den Griffschalen registrierten den Hautwiderstand und aktivierten die Projektormündung. Thermomodus, erkannte Tifflor.

Er wunderte sich in dem Moment, dass er noch bei Bewusstsein war.

»Willst du mich erschießen?«, fragte Zhana tonlos.

»Wenn es sein muss, ja. Vorher wüsste ich nur gern, wie viele ihr seid.«

»Wir?«

»Die Gys-Voolbeerah.«

Zhana lachte hell – und verstummte ebenso abrupt wieder. »Du hältst mich offenbar für einen Gestaltwandler«, erkannte sie. »Womöglich gar für den Mörder von Plob Arnoyn?«

»Bist du es?«

»Ein Gestaltwandler?«

»Der Mörder!«

Zhana schüttelte den Kopf. »Du solltest das besser wissen, Julian. Aber jetzt nimm die Waffe weg. Oder glaubst du wirklich ...? Du bist überzeugt davon, dass ich ein Gys-Voolbeerah sein muss? Bei allen Sternengöttern, Tiff, nur weil ich deine Hormonausschüttung riechen kann ...«

»Das ist ein Indiz.«

»Das ist verrückt, Julian? Als Außenminister der LFT hältst du unsere Heiler tatsächlich für Stümper? Ich habe meine Riechschleimhäute verändern lassen, zusammen mit den ohnehin geplanten kosmetischen Korrekturen.«

Tifflor schwieg dazu. Er starrte die Frau nur an. In dem Moment, in dem er eine Veränderung an sich feststellte, entweder den Versuch einer mentalen Beeinflussung oder das Körpergas eines Gys-Voolbeerah, würde er kompromisslos schießen. Zu viel hing davon ab, dass den Hintermännern des Ara-Toxins das Handwerk gelegt wurde.

»Meine Riechschleimhäute wurden hypersensibilisiert«, schleuderte Zhana ihm wütend entgegen. »Ausgehend von mehr als dreißig Millionen Riechzellen, Julian. Jetzt sind es nach einem stimulierten explosiven Wachstum etwa dreihundert Millionen. Ich wollte dir damit helfen. Dir und dem Residenten.«

Sie verstummte gurgelnd, zog die Nase hoch. Ein Hauch von Nässe schimmerte auf ihrer Oberlippe.

Vielleicht, fragte sich Tifflor, waren das abgestorbene überzählige Riechzellen.

Die Waffe in seiner Hand zielte unverändert auf Zhana. Trotzdem verstand er nicht, weshalb sie nicht angriff. Ging es ihr gar nicht darum, seine Identität anzunehmen?

»Rhodans Informationen haben mich auf die Idee gebracht.« Zhana redete einfach weiter. Spürte sie seine Unsicherheit? Tifflor ertappte sich dabei, dass er selbst prüfend die Luft einsog. Aber er schmeckte nur ihr dezentes Parfum, das zweifellos Pheromone enthielt.

»Wenn die Gestaltwandler – zumindest Gys-Voolbeerah – sich gegenseitig durch ihren Eigengeruch identifizieren können, egal ob sie sich als Lebewesen zeigen oder als vermeintlich toten Gegenstand, dann muss es auch einer Ara-Frau möglich sein, diese Duftstoffe zu interpretieren. Ich wollte euch helfen, Julian, aber ihr solltet vorher nichts davon erfahren. Du glaubst mir immer noch nicht? Erth Mosann hat mich mit den Botenstoffen behandelt. Warum fragst du ihn nicht danach?«

Weil die Gefahr bestand, dass der Ara Erth Mosann ebenfalls ein Molekülverformer war. Tifflor schüttelte den Kopf. Er war im Begriff, sich lächerlich zu machen, dessen war er sich bewusst. Er begriff auch, dass die Gys-Voolbeerah zur Phobie werden konnten. Über kurz oder lang würde er hinter jedem Gegenstand, hinter jeder Person, der er begegnete, einen Gestaltwandler vermuten.

Das ist ausgeschlossen, sagte er sich. *So viele Gys-Voolbeerah können nicht plötzlich in der Galaxis erschienen sein. Sie haben stets nur in kleinen Gruppen operiert.*

Aber das galt für den Fall, dass der Gestaltwandler wirklich ein Gys-Voolbeerah war und nicht Angehöriger eines Volkes, das ähnliche Fähigkeiten beherrschte. Sogar Psi-Kräfte mussten in Erwägung gezogen werden, wenngleich Tifflor die Wahrscheinlichkeit für das Wirken eines Mutanten als äußerst gering einstufte.

Er hob seinen Arm und aktivierte damit den Minikom an seinem linken Handgelenk. Zwei endlos lange Minuten vergingen, bis er den Ara-Heiler Mosann zu Gesicht bekam. Der Ara bestätigte, dass er Zhanauta zu einer modifizierten Wucherung ihrer Riechzellen verholfen hatte.

»Mir fehlt allerdings die praktische Bestätigung, dass diese Vervielfachung, einhergehend mit einer gleichzeitigen Sensibilisierung der Riechsensoren, wirklich dazu beitragen kann, den individuellen Geruch eines Gys-Voolbeerah aus Tausenden Duftnuancen herauszufiltern ...«

Mit einem knappen »Danke!« unterbrach Tifflor den Redefluss des Mediziners und schaltete sein Armband wieder ab.

Er legte die Waffe in ihr Fach zurück, dann wandte er sich Zhana zu.

Aber die Frau hatte sich bereits wortlos umgedreht und ging. Sie schaute sich nicht um, als das Türschott vor ihr zur Seite glitt. Der Korridor verschluckte sie, dann war Julian Tifflor wieder allein.

Das Los des Unsterblichen? Er fragte sich, ob es tatsächlich so sein musste.

Vor allem war ihm längst nicht mehr klar, weshalb er Zhana überhaupt verdächtigte. Es hatte auf Oyloz angefangen; vielleicht eine Schwäche nach seinem mentalen Kampf. Dann würde dieser Einfluss hoffentlich bald weiter nachlassen, denn er wollte Zhana nicht verlieren. Weder, weil sie ging, noch, weil er sich gezwungen sehen würde, sie zu töten.

LAMOS OZWACH ENTSANN SICH NICHT, DASS ER in den letzten Jahren jemals eine derartige Anspannung registriert hätte, wie sie ihm nun entgegenschlug.

In dem kleinen Versammlungssaal an der Peripherie von Pfanne zwei hatten sich alle THAU-Händler versammelt, die auf der Trümmerbrücke ihre Geschäfte führten. Neun an der Zahl mit Ozwach. Nummer zehn, der Gelau, hatte sich stets nur über Hyper-THAU zugeschaltet. Das war erstmals anders.

Lamos Ozwach glaubte, die Anspannung greifen zu können.

Er wartete auf den Moment, in dem der geheimnisvolle Anteilseigner sich zu erkennen geben würde. Obwohl Ozwach sich einredete, dass genau das am wenigsten bedeutungsvoll war, fieberte er dem entgegen. Den anderen, die schon an der Schwebeplatte Platz genommen hatten, erging es keinen Deut anders. Sie gaben sich jede Mühe, ihre Gedanken im Zaum zu halten, trotzdem standen ihnen die Fragen auf der Stirn geschrieben.

Dieses Zusammentreffen war etwas Besonderes.

Nach Ozwachs Interpretation standen umwälzende Geschehnisse bevor. Mit dieser Meinung wusste er die Mehrheit hinter sich. Nur Angut Vorris und Arkin Deltai – beide hatten sich schon vor Jahrzehnten in die besten Segmente von Pfanne eins eingekauft – teilten diese Erwartung nicht. Vielleicht, vermutete Ozwach, weil sie am meisten zu verlieren hatten. Doch er sagte nichts dazu, hatte diese Gedanken schon anlässlich der mit einigen Händlern geführten Vorbesprechung für sich behalten.

Irten Tusay betrat den Saal. Er hielt sich stets aus allem heraus – offiziell. Tatsächlich aber, das hatten Ozwachs Leute herausgefunden, schürte er im Hintergrund das Feuer. Mochten die anderen hin und wieder ihre Intrigen spinnen, Tusay war der Schlimmste von allen. Dürr, mit schütterem rotbraunem Haar, wirkte er ständig krank. Schon deshalb glaubte jeder, mit Tusay nur bedingt rechnen zu müssen.

Ozwach hütete sich davor, ausgerechnet diesen Mann zu unterschätzen. In mühsamer Detailarbeit hatte er zwei von Tusays Geschäften nachrecherchiert und herausgefunden, wie sehr Irten Tusay sich auf Kosten der anderen bereichert hatte. Ozwach selbst war der Einzige, der das wusste. Ihm war klar, dass er dieses Wissen zu Kapital machen würde. Sobald der Gelau die Trümmerbrücke wieder verlassen haben würde.

Tusay steuerte auf eine Stirnseite der ovalen Schwebeplatte zu und setzte sich wortlos. Sein Blick schweifte in die Runde, scharf wie ein Skalpell. Ozwach wich ihm aus. Ihm war es nur recht, wenn Tusay ihn deshalb für schwach hielt und ihn unterschätzte. Irten Tusays Bart und sein Haupthaar abrasiert, stellte er soeben fest, würde der Mann eine prächtige Ara-Statur abgeben. Nahezu jeden Betrag hätte er darauf gewettet, dass in Tusays Stammbaum eine gehörige Portion Ara-Blut zu entdecken sein musste.

Die beiden letzten Händler trafen ein und nahmen schweigend Platz.

Emmett Skov rammte jäh die Ellenbogen auf die Tischplatte und legte beide Hände aneinander. Er formte die Finger so zur Halbkugel, dass niemand sehen konnte, was er verbarg. Offenbar wurde über den Handflächen ein Hologramm projiziert; Ozwach registrierte von seiner Position aus den schnellen Wechsel von Licht und Schatten, der sich auf Skovs Gesicht spiegelte.

Der Gelau ließ auf sich warten.

Sein Schiff, ein kleiner Walzenraumer, hatte vor dreieinhalb Tontas »unter« Pfanne zwei angedockt. Kurz darauf hatte jeder THAU-Händler auf sein Datenholo die Nachricht erhalten, wann und wo sie sich einfinden sollten.

Abgesehen davon, dass diese Mitteilung ohne Absenderkennung übermittelt worden war, was sich noch mit einer banalen technischen Spielerei erklären ließ, war die Signatur einigen Händlern deutlich in die Knochen gefahren. Schlicht und einfach »Gelau«, hatte sie gelautet.

Er wusste also, wie alle auf der Trümmerbrücke über ihn redeten. *Gelau. Der Wichtigtuer.* Er wusste, was geschah, und er zeigte ihnen allein mit dieser Signatur, womit sie zu rechnen hatten. Ozwach fragte sich seitdem, ob der große Unbekannte womöglich gar nicht so unbekannt war. Vielleicht hatte er sich schon monatelang unbemerkt zwischen ihnen bewegt.

Tusay schaute in die Runde. Sein Blick wirkte gehetzt. Er schien etwas sagen zu wollen, zog es dann aber doch vor, wie alle anderen zu schweigen.

Der Gelau war noch nicht erschienen, aber schon zog er alle in seinen Bann. Ozwach warf einen Blick auf die Zeitanzeige. Bereits eine zehntel Tonta über den Termin. Ein Ausbund an Pünktlichkeit schien der Mann jedenfalls nicht zu sein.

»Wir haben keine Spur von ihm, Herr«, wisperte es in Lamos Ozwachs linkem Gehörgang. Die Stimme seines Sekretärs Saedh war gerade noch zu verstehen. »Es gibt nicht viele Möglichkeiten, wo er ...«

Doch, diese Möglichkeiten gab es. Ozwach achtete nicht mehr auf das Raunen aus dem winzigen Empfänger, denn in dem Moment schob sich das Schott zurück. Vier Personen traten ein. Sie waren alle Mehandor – oder Springer, wie sie von den Terranern und längst auch von vielen anderen Völkern genannt wurden. Im Gegensatz zu einigen der THAU-Händler umgab sich der Gelau offenbar nicht mit Tefrodern als Berater.

Ozwach musste sich nicht fragen, welcher der vier der Anteilseigner sein mochte. Der Mann war groß, schätzungsweise eine Handspanne größer als zwei Meter. Seine prunkvolle Kleidung hätte einem arkonidischen Adligen zur Ehre gereicht.

Die beiden hinter dem Gelau, in deren filigran geflochtenen Bärten Ozwach ein leichtes Funkeln wahrzunehmen glaubte wie von eingeflochtenen winzigen Howalgonium-Kristallen, blieben beiderseits des Schottes stehen. Ozwach brauchte nur noch einen Blick für die Erkenntnis, dass ihre Umhänge im Achselbereich leicht ausgebeult waren. Offensichtlich trugen diese Männer schwere Waffen. Sie waren Leibwachen. Von dem Moment an interessierten sie ihn nicht mehr.

Und der andere, der neben dem Gelau langsam näher kam? Oder hatte der Unbekannte zwei Handlungsbevollmächtigte geschickt und würde der Konferenz selbst nur als Holoprojektion beiwohnen? Aber dann wären die Wachen überflüssig gewesen ...

Die beiden Mehandor blieben einen Schritt vor dem Tisch stehen.

Ozwach reagierte überrascht, als zwei der THAU-Händler aufstanden. Vorris und Deltai taten es ihnen nach, dann erhoben sich die anderen ebenfalls, wenngleich zögernd. Ozwach stand nach ihnen auf. So viel waren also ihre Absprachen wert. Sie hatten nicht in Demut erstarren wollen, aber was war dieses Aufstehen anderes als ein Zu-Kreuze-Kriechen?

»Wir sind vollzählig!« Die Stimme war ein tiefer Bass. »Ich liebe es nicht, Zeit zu verschwenden, kommen wir also gleich zur Sache. Jeder von euch wird schon erkannt haben, dass Umwälzungen bevorstehen.«

Sie standen immer noch. Ozwach stellte erstaunt fest, dass keiner Anstalten machte, sich wieder zu setzen.

»Wir sollten erst dann Grundlegendes besprechen, wenn deine Legitimation hinreichend nachgewiesen ist.« Wenn er jetzt nicht die Initiative ergriff und sich zum Wortführer aller auf der Trümmerbrücke aufschwang, wann dann? Ozwach war sicher, dass er dabei nur gewinnen konnte.

»Auf diesen Einwand habe ich gewartet. Ich war mir nur nicht sicher, ob er von dir, Lamos Ozwach, oder von Irten Tusay vorgebracht werden würde.«

Der Gelau setzte sich, Sekundenbruchteile nach ihm sein Sekretär.

»Eine Vorstellung ist nicht nötig – ich bin über jeden von euch informiert. Nur so viel: Der Mann an meiner Seite ist Koztelka, meine rechte Hand in allen geschäftlichen Belangen. Ich für meinen Teil mag es nicht, als Gelau angesprochen zu werden – ich bin Patriarch Saghul, und als dieser werde ich ab sofort höchst offiziell die Geschicke des THAU-Konsortiums leiten. Die Zeit, in der ich aus dem Verborgenen heraus gearbeitet habe, gehört der Vergangenheit an. Ach ja, meine Legitimation. Es wird hoffentlich jeden überzeugen, wenn die Hauptpositronik der Trümmerbrücke meine Identität bestätigt. Mit Blick darauf habe ich mir im Klinikbereich zwei Genproben entnehmen lassen. Darüber hinaus wurden meine Zellschwingung überprüft, Irisscans zur Kontrolle der hinterlegten Merkmale vorgenommen und ebenso meine Stimmabdrücke überprüft. Die vollständige Nachfrage ist von diesem Raum aus möglich, wir müssen also das Gespräch nicht künstlich in die Länge ziehen.« Patriarch Saghul räusperte sich kräftig. »Datenzentrale – die Identifikation ...«

»Ich übernehme das mit meinem Abrufkode!« Ozwach nickte knapp in Richtung des Gelau. »Mit Verlaub, Patriarch, aber angesichts der besonderen Situation soll jede Möglichkeit einer Manipulation ausgeschlossen werden.«

Er benutzte sein Armband für die Kommunikation mit der Datenzentrale. Die Prüfung der Sicherheitsfilter nahm mehrere Minuten in Anspruch. Ozwach registrierte seine beginnende Unruhe, aber dann baute sich über der Tischmitte eine Holoprojektion auf. Die Ergebnisse der DNA-Kontrolle wurden dargestellt und schließlich mit den Speicherdaten verglichen. Von jedem THAU-Anteilseigner lag die komplette Biometrie in einem besonders abgesicherten Speicher vor.

Nach etwa zehn Minuten zweifelte keiner der Händler mehr daran, dass Patriarch Saghul mit dem Gelau identisch war.

»Bestehen noch Unklarheiten oder Zweifel, sollten wir sie sofort ausräumen.«

Keiner der neun Händler meldete sich zu Wort.

»Gut. Damit komme ich zum Zweck meiner Anwesenheit. Ich schicke voraus, dass ich meine Maßnahmen auch allein anordnen könnte, denn mittlerweile befinden sich mehr als fünfzig Prozent der Anteile in meinem Besitz ...«

Diese Feststellung schlug wie eine Bombe ein, wenn auch mit einigen Sekunden Zündverzögerung. Plötzlich redeten alle durcheinander.

Patriarch Saghul gab den Händlern einige Sekunden Zeit, genau so lange, wie er brauchte, um seinem Sekretär Koztelka einen bezeichnenden Blick zuzuwerfen. Ozwach ließ sich von der Aufregung der anderen nicht anstecken. Deutlich registrierte er das zynische Lächeln, das Saghuls Mundwinkel umfloss.

»Genug! Wenn ich mehr als fünfzig Prozent sage, dann meine ich auch mehr als fünfzig Prozent. Die Bestätigung, dass dem so ist, kann jederzeit erbracht werden. Eine Rückfrage bei der Hauptpositronik ...«

»Das wird nicht nötig sein«, platzte Irten Tusay heraus. »Auch nicht die Feststellung, wie viel über fünfzig Prozent sich in einer Hand befinden.«

»Richtig!«, bestätigte Patriarch Saghul. »Ich will, dass eine Restrukturierung meiner Besitztümer vollzogen wird.

Deshalb wird es in der Trümmerbrücke in den nächsten Tagen zu sehr umfangreichen Warenverschiebungen kommen. Ich erwarte von allen Anwesenden, dass sie ihre Lager im Bereich des Stegs mit sofortiger Wirkung räumen und alle Güter und Hilfskräfte in die Pfannen zurückziehen. Der Zeitrahmen für die vollständige Räumung wird mit längstens drei Arkon-Tagen veranschlagt. Die Frist beginnt in diesem Moment. Das ist alles, was ich zu sagen habe. Ich kann nicht überstimmt werden!«

»Wir können unmöglich ...«

»Schon diese Frist ist zu knapp bemessen. Vor allem steht in den Pfannen nicht ausreichend Lagerraum zur Verfügung.«

»Was geschieht nach Ablauf der Frist? Wir verfügen im Steg über ausreichend leere Räume, die wir für neue Projekte nutzen könnten ...«

Alle redeten plötzlich durcheinander. Was der Gelau erwartete, bedeutete einen ziemlich großen logistischen Aufwand.

»Warum sollen die Lager geräumt werden? Dahinter kann kein greifbarer Nutzen stecken.«

»Ich werde meine Besitztümer im Steg zusammenlegen. Im Übrigen bin ich aufgrund der Mehrheitsverhältnisse keine Rechenschaft schuldig.«

Patriarch Saghul wandte sich kurz seinem Berater zu, dann erhob er sich und ging ohne weiteren Kommentar. Koztelka folgte ihm mit zwei Schritten Abstand wie ein Schoßtier.

Genau diesen Eindruck hatte Ozwach, der den beiden unverwandt nachblickte. Er erlaubte sich ein Aufatmen, als sich das Schott gleich darauf hinter dem Gelau und seinen Begleitern schloss.

Im Grund genommen waren die Bereiche des Trümmerstegs, auf die Saghul soeben kompromisslos seinen Anspruch angemeldet hatte, ohne nennenswerte Ausstattung. Hier wurden schon immer die großen Walzenraumer angedockt und ihre Fracht gelöscht. Das war wie ein Gewohnheitsrecht, wenngleich Gewohnheiten nicht zwangsläufig wirtschaftliche Vorteile bedeuten mussten.

»Was erlaubt sich dieser Saghul, so mit uns umzuspringen?« Ozwach schaute auf, als Emmett Skov ihn plötzlich ansprach. »Will der Gelau uns wirtschaftlich ruinieren?«

Der Gelau? Oh ja, der Name hatte nichts von seiner spöttischen Bedeutung verloren. Eher im Gegenteil, erkannte Lamos Ozwach betroffen. Er fragte sich, was für einen außergewöhnlichen Coup der Patriarch plante. In einem solchen Zusammenhang hätten seine Anordnungen womöglich Sinn gemacht. Für ihn zumindest. Es lag nahe, ein Riesengeschäft zu vermuten, an dem die Arkoniden beteiligt waren und von dem nur der Gelau selbst profitieren wollte.

»Das letzte Wort ist noch nicht gesprochen«, sagte Skov bedeutungsschwer. »Und wenn der Gelau noch so viele Anteile in seinen Besitz gebracht hat und seine Autorität hervorkehrt: Wir dürfen uns nicht wie Hilfskräfte behandeln lassen.«

»Ich bin ebenfalls der Meinung, dass wir das nicht hinnehmen können«, schimpfte jemand im Hintergrund.

»Was ist? Wer ist dafür, dass wir uns zur Wehr setzen? Lamos ...?«

Ozwach zögerte zwar, aber schließlich hob er beide Arme zu einer bestätigenden Geste. In dem Moment schien endgültig klar zu werden, dass es Absprachen der THAU-Händler untereinander geben würde. Zum ersten Mal seit sehr vielen Jahren.

Synuit dachte höchst selten über Ursachen und Hintergründe nach. Die Vergangenheit interessierte ihn nicht, solange er mit den Dingen zufrieden war, wie sie sich entwickelten.

Im Salida-Sonnensystem hatte es jedenfalls keine nennenswerten Probleme gegeben. Es hätte sie ohnehin nicht geben können. Synuit war zufrieden mit der Entwicklung. Perry Rhodan hatte die tödliche Dimension der Bedrohung erkannt. Auch und vor allem, dass nichts und niemand diese Lawine auf ihrem zerstörerischen Weg aufhalten konnte. Es war längst zu spät, Bollwerke zu errichten. Jeder Versuch, die Ausbreitung des Ara-Toxins irgendwie noch aufzuhalten, musste scheitern.

Synuit zweifelte nicht daran, dass der Terraner und seine Begleiter Oyloz schon kurz nach ihm verlassen hatten und sich bereits abmühten, die erschreckende Nachricht von der Wirkung des Ara-Toxins mit ihrer ganzen Autorität hinauszuschreien. Anderen würden die Völker wohl keinen Glauben schenken, sie wahrscheinlich müde belächeln und darauf hoffen, dass sich alle Warnungen als unbegründet und Panikmache erwiesen. Denn was war schon eine Welt wie Remion? Ein einmaliger Fall, aber gewiss kein Präzedenzfall.

Perry Rhodan war eine Autorität. Nicht einmal seine Widersacher kamen umhin, seine Leistungen anzuerkennen.

Und Julian Tifflor? Als Außenminister der LFT kam ihm ebenfalls eine nicht zu unterschätzende Autorität zu. Auch er gehörte zum Kreis der relativ Unsterblichen, zu denen viele aufsahen wie zu Halbgöttern.

Synuit war sich nicht schlüssig darüber, ob er deshalb etwas wie Belustigung empfinden sollte. Viele Völker, erkannte er, durchlebten irgendwann eine Phase, in der sie ihre Götter vom Thron stürzten, und demzufolge erst recht ihre Halbgötter.

Synuit schaute sich in seiner neuen Unterkunft um. Die Holowand zeigte die Trümmerbrücke aus unterschiedlichen Perspektiven. Die Umsetzungsarbeiten liefen bereits unter Hochdruck; sogar zwei große Walzenraumschiffe waren aufgeboten worden, um die peripheren Frachträume zu leeren.

Drei Tage, schätzte Synuit, länger würden die Arbeiten keinesfalls dauern. Mehr Zeit durften sie auch nicht in Anspruch nehmen.

Kurzfristig hatte es so ausgesehen, als wollten die THAU-Händler doch den Aufstand proben. Synuit hatte mehrere Zugriffe auf die relevanten Dateien registriert. Lamos Ozwach und Irten Tusay interessierten sich offensichtlich brennend für die neuen Mehrheitsverhältnisse. Beide hatten sich nicht damit zufriedengegeben, dass der Gelau tatsächlich im Besitz von mehr als 50 Prozent der Anteile war, sie hatten herauszufinden versucht, wie es ihm gelungen sein konnte, die absolute Mehrheit zu erwerben.

Inzwischen musste ihre Neugierde gestillt sein. Vor allem wusste sie nun, dass alles mit rechten Dingen zugegangen war.

Synuit war zufrieden. Die Psychogramme der Händler hatten ihm von vornherein aufgezeigt, wo und in welchem Umfang er Schwierigkeiten erwarten musste.

Nach diesem zwangsläufigen Zögern trieben alle die Räumung des Stegs voran. Natürlich, wusste Synuit, würden die THAU-Händler weiterhin ihre kleinen Intrigen spinnen, wie sie es stets praktizierten, doch solche Bemühungen waren lächerlich und konnten den reibungslosen Ablauf nicht behindern.

Drei Tage noch. Lamos Ozwach und seinesgleichen ahnten nicht einmal, welch unangenehme Überraschung ihnen bevorstand.

Synuit zoomte einen Bildausschnitt heran. Er hätte selbst nicht zu sagen vermocht, warum. Das kleine diskusförmige Fahrzeug, das soeben an den beiden Walzenraumschiffen der Springer vorbeizog, hatte seine Aufmerksamkeit geweckt. Es handelte sich um eine Space-Jet. Ein älterer Typ und arkonidische Hoheitszeichen, die auf eine feudale Kolonialwelt hinwiesen.

Glücksspieler, Sternenreisende ... Auf der Trümmerbrücke herrschte ein stetes Kommen und Gehen, und es interessierte Synuit nicht einmal am Rande, wer daran beteiligt sein mochte.

Die Space-Jet flog Pfanne zwei an. Synuit folgte dem kleinen Schiff mit den Blicken, bis es zur Landung ansetzte. Dann, von einer Sekunde zur nächsten, interessierte ihn der Diskus nicht mehr.

MEHR ALS FÜNF TAGE FLUGZEIT UND EINE DIStanz von 3900 Lichtjahren lagen hinter der CONNOYT, als sie das letzte Etappenziel erreichte, ein Doppelsternsystem aus zwei einander umkreisenden Roten Riesen. Trotz des in Sonnennähe herrschenden Gravitationschaos' hatten diese Sonnen mehrere Planeten an sich binden können. Allerdings waren diese Welten ausgeglühte, von Strahlenstürmen zerfressene lebensfeindliche Wüsten. Nie hatte ein raumfahrendes Volk hier eine Station errichtet.

Der Rücksturz der CONNOYT aus dem Zwischenraum blieb demzufolge unbeobachtet. Ebenso, dass ein Beiboot ausgeschleust wurde.

Diskusförmig war dieses Boot und ein wenig dicker aufgewölbt als die meisten Space-Jets. Mit geringer Beschleunigung strebte es von dem Mutterschiff weg und nahm Kurs auf eine sternenarme Region im Einflussbereich naher Kugelsternhaufen. Eine von Gezeitenkräften zerrissene Dunkelwolke war schon mit bloßem Auge auszumachen; sie verdeckte einen Teil der Sterne und war dennoch nicht mehr als eine Momentaufnahme der Unendlichkeit.

Knapp 40 Minuten lang jagte die Space-Jet schneller werdend durch den Raum. Dann verschwand sie von einem Sekundenbruchteil zum nächsten.

Zwei kurze Überlichtetappen lagen hinter der DERWAY. Sie fiel mit annähernd 200.000 Sekundenkilometern durch den interstellaren Raum. Jederzeit konnte der Diskus wieder in den Zwischenraum eintreten und die letzte Distanz in einer halben Stunde überwinden.

»Fünf Lichtjahre noch.«

Perry Rhodans Stimme klang gewöhnungsbedürftig hell, schrill beinahe. Eine Spritzenkur der Aras wirkte auf seine Stimmbänder ein. Er selbst hatte das im ersten Erschrecken als Eunuchenkur bezeichnet, sich mittlerweile aber daran gewöhnt.

Entspannt saß er im Pilotensessel und ließ alle relevanten Daten vor sich Revue passieren.

Eine Handvoll Sonnensysteme standen im näheren Umfeld. Die Sonne Cjuis leuchtete im Zentrum des Ortungsholos. Ansonsten nichts von Bedeutung. Rhodan glaubte sogar, die Ruhe und die Verlassenheit des interstellaren Raumes wahrzunehmen. Milliarden Kilometer Einsamkeit – und irgendwann ein winziges, im Atombrand verglühendes Staubkorn, umkreist von noch kleineren Partikeln.

Wer keine Ahnung hatte, wie sich die Ewigkeit anfühlte, der konnte das zwischen den Sternen begreifen lernen.

Sogar das Ara-Toxin schrumpfte zur Bedeutungslosigkeit.

Vorübergehend gab sich der Terraner dem berauschenden Gefühl hin, dass alle Probleme bedeutungslos wurden. Wenige Herzschläge lang durfte er sich eins fühlen mit dem Kosmos und die unglaubliche Harmonie der Schöpfung erleben, dann hielt ihn die Realität schon wieder in ihren Klauen. Sein Traum verwehte. Es war der seit Jahren unerfüllte Traum von einer friedlichen Erforschung der Universen, Seite an Seite mit anderen Lebewesen, vertrauten oder bizarr wirkenden, denen er selbst ebenso fremdartig erschien.

Warum immer nur Hass und Missgunst und Machtgelüste?, verhallte ein Seufzen in seinen Gedanken. Die Antwort darauf lag vielleicht in der Evolution verborgen.

Rhodan schaute auf. Sein Blick traf sich mit dem Julians. Hinter Tiffs aufgesetztem Lächeln konnte Rhodan Sorge und Unmut erkennen. In der Hinsicht hatte sich während des Fluges der CONNOYT nichts verändert.

Glaubst du, mein Freund, ich sorge mich nicht? Kennst du mich nach all den Jahrhunderten immer noch nicht? Rhodan verdrängte die aufkommende Verbitterung.

Tifflor korrigierte noch ein Detail der Aufzeichnung. Dann gab er die Sendung, mit der er großspurig seine Ankunft ankündigte, auf mehreren Hyperfrequenzen frei. Auf der Trümmerbrücke mochte der Eindruck entstehen, dass ein Schlachtkreuzer im Anflug sei. Aber diese Vorstellung würde sich sehr schnell relativieren, zumal die Springer ohnehin derart großspurige Ankündigungen richtig einzuschätzen wussten.

Julian grinste schräg. Nach dem polternden Auftritt würde das Interesse an der Space-Jet sehr schnell erlöschen. Aber zweifellos erreichte er damit die Aufmerksamkeit desjenigen, für den diese Ankündigung vor allem bestimmt war.

Zwei Minuten später jagte er die Aufzeichnung noch einmal durch den Hyperäther. Dann lehnte er sich zurück. Seine düster rot schimmernden Augen richteten sich auf den Residenten.

»Was machen wir, falls der Gestaltwandler die Trümmerbrücke nur als Zwischenstation genutzt hat und längst Hunderte von Lichtjahren weit weg ist?«

Das fragte Rhodan sich ebenfalls. Er hatte keine Antwort darauf. Unvermittelt mit völlig leeren Händen dazustehen und nicht mehr weiter zu wissen ... das erschreckte ihn.

Inzwischen tickte die Zeit. Sie war erbarmungslos, auch oder gerade für einen Aktivatorträger.

Keiner redete jetzt noch ein Wort. Jeder hing seinen eigenen Gedanken nach.

Rhodan hatte das Gefühl, dass sich die Leidenschaft zwischen Zhana und Julian etwas abgekühlt hatte. Die Blicke der beiden wirkten müder, distanziert.

Manchmal rümpfte die Frau die Nase. Dann tastete sie über die Nasenflügel hinweg und tupfte ein leicht blutiges Sekret ab.

»Hast du gesundheitliche Probleme, Zhana?«, fragte Rhodan nach einer Weile.

Sie sah ihn fragend an.

»Wegen deiner Nase?«, fügte er hinzu.

Sie schüttelte den Kopf und tupfte sich erneut etwas Sekret ab. »Die Luftumwälzung der DERWAY muss gewartet werden«, sagte sie nachdenklich. »Die Filteranlage arbeitet fehlerhaft. Es riecht nach Schleimbakterien.«

Rhodan ertappte sich dabei, dass er prüfend die Luft einsog. Er roch nichts, was er als außergewöhnlich erkannt hätte. Die Atemluft war frisch und angenehm temperiert. Wahrscheinlich, sagte er sich, machte sich die Anspannung auch bei Zhana bemerkbar. Sie musste erkannt haben, dass sich der Hass aller vom Ara-Toxin Betroffenen auf ihr Volk richten würde. Zwei Jahre Karenzzeit blieben bis zu dieser Entwicklung, sehr wahrscheinlich weniger. Sobald die ersten leicht feststellbaren Veränderungen erkennbar wurden, würden sich die betroffenen Regionen in einen Hexenkessel verwandeln. Panik, Verdächtigungen und erbitterte Schuldzuweisungen, sobald sich herausstellte, dass es kein Gegenmittel gab. Wer seine Welten sterben sah, würde mit einem Flottenkontingent antworten und blindwütig gegen jeden Verdächtigen zurückschlagen. Dieses Horrorszenario fürchtete Rhodan nicht weniger als das Ara-Toxin. Er fragte sich, wie lange er selbst in der Lage sein würde, entsprechende Reaktionen in der Liga Freier Terraner zu unterbinden. Panik machte nicht nur blind, sondern vor allem unempfänglich für Mahnungen, und mochten diese noch so berechtigt sein.

In der Trümmerbrücke antwortete niemand auf den Funkspruch. Rhodan hatte das ohnehin nicht erwartet.

Kurz darauf leitete der Terraner die letzte Linearetappe ein. Im Zentrum des Frontschirms stand eine fahle, unbedeutende Sonne.

Noch eine halbe Stunde ... Rhodan hoffte, dass er keineswegs nur einen verlassenen Unterschlupf vorfinden, sondern mitten in ein Wespennest hineinstechen würde.

Die Distanz betrug noch 25 Millionen Kilometer. Rhodan warf nur einen flüchtigen Blick auf die automatische Auswertung der Masse- und Energieortung: eine Vielzahl unterschiedlicher Reflexe, dicht gruppiert um etwas, das auf den ersten Blick an eine platt gedrückte, deformierte Hantel erinnerte.

Die Auswertungspositronik projizierte ein sich stetig anpassendes Koordinatengitter, in dem das erfasste Objekt aber nur schemenhaft Gestalt annahm. Dieses Hilfsgitter erschien wie ein Sammelsurium von Ausbuchtungen, Einschnürungen und Engstellen, vergleichbar dem Gravitationseindruck eines Schwarzen Lochs in Raum und Zeit, nur nicht so intensiv und schon gar nicht so gleichmäßig berechenbar.

Was immer die Ortung erfasste und wiederzugeben versuchte, es war nichts anderes als ein chaotischer Körper.

Rhodan hatte die Impulstriebwerke der DERWAY auf Bremsschub hochgefahren. Der Diskus verzögerte merklich.

»Bislang kein Kontaktversuch!«, meldete Julian, der die Funküberwachung an sich gezogen hatte. »Sieht aus, als wollten die Springer uns ignorieren.«

Bei zehn Millionen Kilometern registrierten die Sensoren erstmals auftreffende Aktivortung.

Allmählich stabilisierte sich die optische Wiedergabe. Im Zoombereich zeichnete sich ein zerklüftetes, düsteres Konglomerat ab, nur abschnittweise in grelles Scheinwerferlicht getaucht, dazwischen scharf gezeichnete Schlagschatten, der Rest schwarz vor dem schwarzen Weltraumhintergrund, nur düster aufgelockert von einer sehr schwachen Albedo.

Hartnäckig folgte die Fremdortung dem Diskus. Schließlich hallte eine befehlsgewohnte Stimme durch die Kommandokuppel der DERWAY: »Das anfliegende Kleinraumschiff wird zur Identifikation aufgefordert! Wir erwarten Kennung bis Distanz zwei Millionen. Andernfalls werden geeignete Abwehrmaßnahmen ergriffen.«

»Wer spricht?«, fragte Tifflor indigniert. »Warum bekomme ich kein Bild übermittelt? Das wäre wohl das Mindeste, was ich erwarten darf.«

»Identifikation: Trümmerbrücke. Zugehörigkeit: Händlerkonsortium THAU.« Das war eine künstlich generierte Ansage. »Anfliegende, nicht ausreichend identifizierte Objekte werden ab Distanz zwei Millionen mit Wirkungsfeuer belegt. Identifikation des anfliegenden Kleinraumschiffs erforderlich. Wiederholung: Identifikation des anfliegenden Kleinraumschiffs zwingend erforderlich. Beurteilungsfaktor: Space-Jet. Herkunft: unbekannt.«

»Identifikation: Schiffsname DERWAY!«, schnaubte Tifflor aufgebracht. »Meine Ankunft wurde avisiert. Aber ich frage mich, ob ich überhaupt noch anfliegen will. Ist das die Höflichkeit, die Springer einem Geschäftspartner entgegenbringen?«

»Übertreibe es nicht, Tiff«, warnte Rhodan mit seiner Eunuchenstimme. »Wenn sie uns hier nicht haben wollen ...«

»Kein Springer lässt sich ein Geschäft entgehen! Unabhängig davon, ob wir kaufen, konsumieren oder uns einfach nur vergnügen wollen.«

»Schiffsname DERWAY ...?«, wurde über Funk nachgefragt. »Wir haben nur eine Space-Jet in der Ortung.«

»Die DERWAY *ist* eine Space-Jet. Weiß ich vorher, mit wem ich es zu tun bekomme? Meine Fracht liegt sicher auf dem Mutterschiff.«

»Welche Fracht?«

Tifflor lachte amüsiert. »Das werde ich bestimmt nicht dem erstbesten Lakaien darlegen. Wer hat das Sagen auf diesem Stützpunkt? Ich erwarte, dass mir ein Landeplatz zugewiesen wird. Und erst, wenn ich damit und mit meiner Unterbringung auf dieser Handelsstation zufrieden bin, sehen wir weiter.«

Einen Moment lang war Stille. Dann meldete sich die Stimme wieder: »Luhs da Kosameu ...?«

»Na also«, triumphierte Tifflor. »Das Avis liegt vor und wurde zur Kenntnis genommen.«

»Welches Geschäft bietest du an?«

»Vielleicht will ich diesen ganzen Schrotthaufen aufkaufen.«

Nun war das Lachen auf der anderen Seite. »THAU verkauft nicht. Bestimmt nicht.«

Tifflor wechselte in einen verschwörerischen Flüsterton. »Mir wurde zugetragen, dass es auf der Trümmerbrücke alles gibt. Ich suche Zerstreuung ... Abwechslung vom Üblichen ... Du weißt schon.«

»Zugetragen?«

»Ich bin nicht gewohnt, alles zweimal sagen zu müssen.«

»Von wem zugetragen?«, erklang es unerbittlich, und das war der sprichwörtliche Tropfen, der das Fass zum Überlaufen brachte. »Ich lasse mich nicht wie Pöbel behandeln«, keuchte Tifflor. »Ich werde eine Beschwerde an das Konsortium einreichen. Ich, Luhs da Kosameu von Obsut III, bin stolz auf eine lange adlige Ahnenreihe. Zu einer Zeit, als noch der Robotregent die Geschicke des Großen Imperiums lenkte, wurde meinen Vorfahren wegen herausragender Verdienste für das Imperium die höchste Würde von Obsut III verliehen. Heute gebiete ich über achtzehn Sonnensysteme ... Was echauffiere ich mich? Informiere dich selbst, oder lass es sein!«

»Du bekommst einen Peilstrahl, Luhs da Kosameu!«, erklang es nach einer sekundenlangen Pause. »Für dich wird ein Landeplatz freigehalten.«

»Das ist ja wohl das Mindeste, was ich erwarten darf«, kommentierte Tifflor und schaltete ab.

Der Peilstrahl stand.

Tiff nickte dem Residenten zu, dann konzentrierte er sich auf die mittlerweile sehr viel deutlicher gewordene optische Übertragung.

Luhs da Kosameu gab es wirklich. Zhana hatte den Namen in den Archivdateien der CONNOYT ausgegraben. Ebenso die zugehörige Vita, die sich jedoch in wenigen Bemerkungen erschöpfte. Kosameu war Kolonialarkonide, geboren auf einer Welt, die seit Jahrtausenden zum arkonidischen Imperium zählte. Ein undurchsichtiger, sogar zwielichtiger Charakter mit eindeutiger Prägung auf das eigene Geschlecht. Geld, Dekadenz und der Hang zur Überheblichkeit zeichneten da Kosameu aus, ebenso die Tatsache, dass von ihm kaum Aufnahmen existierten. Er war immer irgendwo in der Galaxis unterwegs, feierte rauschende Feste und warf mit seinem Reichtum um sich.

Seit dem Hyperimpedanz-Schock war es still um ihn geworden. »Vielleicht ist er nur noch ein Mythos, und seine Knochen treiben in einem Wrack durch den Raum«, hatte Zhana geargwöhnt. »Die Gefahr, ihm zu begegnen, halte ich für so groß ...« Ein Fingerschnippen war das gewesen, nicht mehr.

Die Space-Jet hatte sich der Trümmerbrücke währenddessen bis auf zwei Lichtsekunden genähert. Dem bloßen Auge erschien sie als winziger, leicht verzerrter Lichtpunkt, zwischen dem Sternenmeer des Hintergrunds nur auszumachen, weil sie sich vor den tiefblauen Farbschleiern eines planetaren Nebels besser abzeichnete.

Zhanas Blick klebte an der Holowiedergabe. Ungefähr 15 Kilometer längste Ausdehnung der Trümmerbrücke mochten für sie schon gigantisch sein. Sie äußerte sich nicht dazu, aber ihre starre Miene verriet genug. Für Rhodan und Tifflor – beide kannten die Herkunft des Objekts nur zu gut – war das nicht mehr als ein müder, unbedeutender Abklatsch einstiger Größe.

Sie hatten das Fragment eines ehemaligen Sporenschiffs vor sich. Vor einer Ewigkeit war dies ein wahrhaft gigantisches Kugelraumschiff gewesen, 1126 Kilometer durchmessend und damit eigentlich schon ein kleiner Mond. Gebaut, um Lebenskeime in fernen Regionen des Kosmos auszustreuen und das Leben zu fördern.

Diese Schiffe waren schließlich den Terranern zur Verfügung gestellt und zu Basaren der Kosmischen Hanse »degradiert« worden. Mehr als 800 Jahre lag die Zerstörung etlicher dieser gewaltigen Einheiten schon zurück. Damals hatten sie nicht in die Hände eines unerbittlichen Gegners fallen dürfen.

Erst Generationen später, im Jahr 1222 NGZ, war das Händlerkonsortium THAU im Auftrag der arkonidischen Regierung dazu übergegangen, mehrere große Trümmerfelder am ursprünglichen Standort des Basars NOWGOROD zu bergen. Es handelte sich dabei um Überreste, die im Rahmen größerer Umbauarbeiten entsorgt worden waren. Weshalb, nur 27 Lichtjahre von Arkon entfernt, niemand jemals daran gedacht hatte, diese gewaltigen Materialmengen einer sinnvollen Verwertung zuzuführen, hatte im Nachhinein keiner klären können. Rhodan und Tifflor wussten das bis heute nicht.

Jedenfalls hatte das Händlerkonsortium die größten Fragmente zur Sonne Cjuis transportiert und sie dort für eigene Zwecke instand gesetzt und weiter ausgebaut.

Rhodan war nie vor Ort gewesen, Tifflor ebenso wenig.

Die Bezeichnung Trümmerbrücke war treffend gewählt. Dieses riesige Stück kosmisches Strandgut erschien in der Tat wie eine gewaltige Brückenkonstruktion. Ein leicht gebogenes, kompaktes Mittelteil, gut neun Kilometer lang, das sich an beiden Enden zu tellerartigen Ausläufern verbreiterte. Mindestens drei Kilometer durchmaß jede dieser Plattformen, die, ebenso wie das Mittelstück, die Struktur mehrerer Stockwerke des ehemaligen Basars noch erkennen ließen.

Zum Greifen nah wuchs das Stahlgebirge vor der DERWAY auf. Die Space-Jet tauchte ein in den Schlagschatten der Trümmerbrücke, die wie ein zerklüftetes Monstrum wirkte.

»Selbst das Adjektiv *bizarr* trifft die Realität nur ungenügend«, stellte Tifflor fest. »Die gesamte Station erweckt den Eindruck, als hätten die Hohen Mächte hier ein fulminantes Bleigießen veranstaltet.«

Nur kurz wandte Rhodan sich dem Freund zu. Der Minister hob die Schultern und ließ sie langsam wieder sinken. Wie eine Entschuldigung wirkte seine Geste – dafür, dass er nicht längst dieser Handelsstation der Springer seine Aufwartung gemacht hatte. Doch die galaktische Politik hatte immer Wichtigeres bereitgehalten.

»Bleigießen?«, fragte Zhanauta Filgris irritiert.

»Verflüssigtes Metall, in Eiswasser schockgekühlt«, antwortete Tifflor. »Aus der Form, in der das Metall erstarrt, lässt sich angeblich vieles herauslesen. Oder auch nicht.«

»Ich verstehe«, sagte die Ara-Frau, wenngleich das keineswegs überzeugend klang.

»Das Ganze ist ein alter terranischer Brauch, der helfen soll, die Zukunft zu deuten. Tatsächlich ist es nicht mehr als ein Aberglaube.«

Zhana ignorierte diese nachgeschobene Feststellung. Ihr Blick klebte an der Bildwiedergabe, als müsse sie jede einzelne Struktur in diesem Konglomerat verinnerlichen.

Die Space-Jet glitt an einem aufgerissenen und ausgeglüht wirkenden Abschnitt vorbei. Die Spuren einer schweren Explosion waren unverkennbar. Offensichtlich waren die Überreste eines kleineren Raumschiffs mit den Strukturen verbacken, doch niemand kümmerte sich darum. Ein Mahnmal? Oder hatte sich der vermeintliche Unfall erst vor Kurzem ereignet?

Zwei Frachtwalzen hingen nebeneinander an offenen Decks. Rings um die beiden Raumer herrschte hektische Geschäftigkeit. Hunderte Roboter, Lastenplattformen, sogar kleinere Space-Jets waren in den Entladevorgang einbezogen. Energiefelder sicherten den Bereich ab und hielten die Atmosphäre rings um die Schiffe.

Einzelne Geschützprojektoren der Walzen waren ausgefahren. Sie erschienen wie eine drohende Phalanx, die den Weg der DERWAY begleitete.

»Die Springer demonstrieren Stärke.« Tifflor grinste schräg. »Wer auf die Trümmerbrücke kommt, unterwirft sich ihren Regeln, das gilt sogar für Kolonialarkoniden wie mich.« Mit beiden Händen strich er sein schulterlanges weißblondes Haar in den Nacken zurück.

Dann waren sie an den Frachtern vorbei und hatten wieder freie Sicht auf die herrschende Betriebsamkeit. Beiboote jeder Form und Größe; Roboter; zudem kapselartige Gebilde mit einer Vielzahl von Tentakelarmen, die an Kraken erinnerten ...

Auf einigen offenen Decks stapelte sich Schrott in allen Variationen. Dieser Bereich schien den mitunter gewaltigen Schrottplätzen und Wiederverwertungsanlagen zu entsprechen, die vielen planetaren Raumhäfen angegliedert waren.

»In den Jahren der erhöhten Hyperimpedanz wird die Trümmerbrücke einiges an Umsatz verloren haben«, vermutete Rhodan. »Vielleicht war selbst dieser Sektor früher ein florierender Bereich ... aber jetzt?«

Der Leitstrahl hatte eindeutig eines dieser Decks zum Ziel.

»Das kann doch nicht wahr sein!« Tifflor reagierte wütend. Sein Schnauben kam aus tiefer Seele, als sich das Logo einer Bildverbindung vor ihm aufbaute. »Was soll das?«, platzte er heraus. »Ich bin es nicht gewohnt, abgeschoben zu werden. Und anders kann ich den zugewiesenen Landeplatz nicht bezeichnen. Halten die Mehandor Luhs da Kosameu für einen Tagedieb, oder werde ich mit Terranern auf eine Stufe gestellt? Ich verlange einen Landeplatz, bei dem ich nicht schon im Anflug das Schlimmste befürchten muss. Ich warte!«

»Worauf?«, erklang eine Stimme, die ebenso gut einer seelenlosen Positronik gehören konnte wie einem desinteressierten Lebewesen. Sie sprach das Interkosmo allerdings ohne jeden Akzent.

»Darauf, dass mir ein geeigneter Platz zugewiesen wird!« Tifflors Stimme stand kurz davor, zu entgleisen.

»Ich bedauere, Luhs da Kosameu, aber ...«

»Ist das alles?«

»Weite Bereiche der Landefelder wurden wegen Frachtverlagerungen gesperrt. Deshalb müssen Umschichtungen vorgenommen werden ...«

»... die mich nicht betreffen! Ich lasse mein Schiff jetzt aus dem Leitstrahl lösen und suche mir einen geeigneten Landeplatz. Niemand wird mich daran hindern. Ich hoffe, dass wir uns verstanden haben.«

»Pfanne zwei!«, sagte der Sprecher so emotionslos wie zuvor.

Schon die Benennung ließ vermuten, dass es sich um eine der großen Plattformen handelte. Dort schien sich ohnehin das Leben auf der Station abzuspielen, während das Mittelsegment dem Warenumschlag vorbehalten blieb.

»Der Leitstrahl springt um«, stellte Rhodan fest. Er sah Tifflor an. »Eine gewisse Aufmerksamkeit ist gut, aber du solltest deine Rolle nicht überziehen.«

Tiff lachte. »Willst du dich in dem Trümmersteg verkriechen, während der Gestaltwandler sich dort verbirgt, wo das meiste Leben pulsiert? Und vergiss nicht: Du bist mein Leibdiener. Zweifel an meinen Entscheidungen solltest du besser nicht äußern.«

Rhodan presste die Lippen aufeinander und widmete sich wieder der Flugüberwachung. Tifflors schlechte Laune war unverkennbar. Sie hatten sich auf etwas eingelassen, das sich möglicherweise als ein Schlag ins Wasser erweisen würde.

Die Space-Jet näherte sich dem Ende der Trümmerbrücke. Was als Pfanne bezeichnet wurde, mochte einmal Stück eines Hauptdecks des Basars gewesen sein. In vielen Bereichen war die ehemalige räumliche Struktur noch prägend, und bis zu mehreren Hundert Metern hoch ragten Fragmente einstiger Übergänge auf. Deutlich zeichneten sich aus der Höhe die sternförmig zu ehemaligen Antigravschächten hin verlaufenden Korridore ab, an anderen Stellen muteten kompakte Aggregatverkleidungen an wie die Hochhäuser einer Stadt. Terraner hätten manche verbliebene Ruinenstruktur längst zu nutzbaren Funktionen umgebaut, die Springer schienen sich an solchen Schandmalen nicht zu stören. Offensichtlich ließen sie vieles, was von ihnen nicht genutzt werden konnte, weiter verfallen. Auf diese Weise waren Inseln wie ein bizarrer Stahldschungel entstanden, ein Kunstwerk profitorientierten Denkens.

Wie die Arme eines Flussdeltas zogen sich Landefelder über die Plattform hinweg, als hätten sie sich in diese Strukturen hineingefressen – und als weiteten sie sich immer noch nach allen Seiten aus.

Ein Prallfeld spannte sich in geringer Höhe über den Ausleger der Trümmerbrücke. Problemlos stieß die DERWAY hindurch. Zwei Minuten später setzte sie auf.

Der Landeplatz lag nur wenige Hundert Meter vom Übergang der Pfanne zwei in das Mittelteil der Trümmerbrücke entfernt. Ein reges Treiben herrschte in diesem Bereich. Dutzende weiterer raumtüchtiger Fahrzeuge, kaum größer als die DERWAY, schwebten in unablässiger Folge über Pfanne zwei ein.

Alle diese Boote glitten entweder aus eigener Kraft ins Innere des Auslegers hinab oder gingen auf markierten Flächen nieder, die sich letztlich als Lastenaufzüge entpuppten. Auch die Space-Jet schien auf einem solchen Platz zu stehen, doch sie wurde nicht in die Tiefe der Plattform abgesenkt.

Mehrere Minuten warteten Perry Rhodan und seine Begleiter darauf, dass jemand versuchte, mit ihnen Kontakt aufzunehmen. Doch nichts dergleichen geschah. Der Diskus und seine Besatzung blieben unbeachtet. Lediglich ein Trupp von Arbeitsrobotern wich dem Schiff aus, wie man einem unerwarteten Hindernis eben ausweicht. Die Maschinen bewegten sich danach exakt in der vorherigen Richtung weiter.

»Ein miserabler Service«, schimpfte Tifflor. »Ich glaube nicht, dass ich nach diesem Aufenthalt eine Empfehlung aussprechen werde.«

»Wir befinden uns eben mittendrin in der Sternenwüste«, korrigierte Rhodan. »Wenn du dich beschweren willst, tu dir keinen Zwang an. Ich steige jedenfalls aus.«

»Nicht ohne mich!«, begehrte Tifflor auf. »Wo kommen wir hin, wenn jeder Lakai seinem Brötchengeber vorschreibt, was er zu tun und lassen hat?«

Das klang immer noch gereizt. Rhodan vermochte in dem Moment nicht zu sagen, ob Julian nur seiner Rolle gerecht wurde oder er tatsächlich schon auf und an war, seinem angestauten Ärger Luft zu verschaffen.

Wann waren sie beide schon einmal über einen derart langen Zeitraum so eng zusammen gewesen? Nie zuvor, gab sich der Terraner zur Antwort. Offenbar stellte sich bei Tiff inzwischen ein gewisser Koller ein. Aber das lag wohl keineswegs an der steten Bedrohung, der sie ausgesetzt waren, sondern schlicht und einfach daran, dass sie einander zu ähnlich waren. Zwei gleich stark ausgeprägte Charaktere, jeder ein Alphamännchen, konnten auf Dauer nicht gleichberechtigt nebeneinander bestehen. Es musste zwischen ihnen zwangsläufig zu Reibereien kommen. Vielleicht hatten sie ein paar Tage mehr Schonfrist als normal Sterbliche, aber darüber hinaus war kein Aktivatorträger vor Eigenwilligkeiten gefeit. Und ihre jahrtausendelange Erfahrung? Was half sie schon, wenn sich das Unterbewusstsein gegen die Situation an sich auflehnte? Rhodan glaubte, eine Handvoll Gründe aufzählen zu können, warum

Tifflor und er so und nicht anders reagieren mussten. Der Erfolgsdruck war einer davon. Vor allem, weil Dinge auf dem Spiel standen, die ihnen beiden heilig waren.

Rhodan schaute auf. Tief atmete er durch, dann erhob er sich aus dem Pilotensessel. Alle Antriebsaggregate der Space-Jet waren mittlerweile abgeschaltet. *Und?*, fragte sein Blick. *Worauf warten wir?*

»Wir gehen!«, bestimmte Tifflor Sekunden später. Seine Eigenständigkeit hätte er unter Beweis gestellt, wenn er genau anders entschieden hätte.

Rhodan schürzte die Lippen. Es war so unnötig, fand er, dass sie sich gegenseitig in die Haare bekamen, aber wohl ebenso unvermeidbar. Doch wenn sie erst dem Gestaltwandler gegenüberstanden, würden sie sich wie üblich wortlos verstehen und einer dem anderen blind vertrauen.

Der Resident ließ Tifflor den Vortritt. Es ziemte sich nicht für einen Leibdiener, seinem Herrn voranzueilen. Und eine Bauchaufschneiderin war besser dort aufgehoben, wo sie ihre Nase nicht überall hineinstecken konnte. Das musste Zhana erfahren, als sie ihren Schützlingen wortlos folgen wollte, Tifflor sie aber mit einer herrischen Geste daran hinderte.

»Sehe ich krank aus?«, fragte der Minister unwillig. »Habe ich sonst ein Gebrechen, das einen schnellen Aderlass geboten erscheinen lässt? Eben.« Sein Tonfall veränderte sich schlagartig, er lächelte plötzlich wieder. »Ich weiß dich gern an Bord, Zhana. Falls bei uns irgendwas gewaltig schiefläuft, will ich mich darauf verlassen können, dass du eingreifst.«

Sie antwortete mit einer ehrerbietenden Geste. Als Rhodan und Tifflor sich in den Antigravschacht schwangen, hatte sie schon hinter den Kontrollen Platz genommen.

Rhodan hielt sich drei Schritte hinter Tifflor, der zügig ausschritt, erst unter der Rumpfkante der Space-Jet stehen blieb und sich umschaute wie jemand, der soeben ein unbesiedeltes Eiland betreten hatte und dieses für sich in Besitz nehmen wollte.

Beide trugen sie ihre Raumanzüge, den Helm jeweils offen im Nacken. Die Luft über Pfanne zwei war kühl, beinahe unangenehm kalt, und sie hatte einen schalen Beigeschmack. Es roch nach metallischen Legierungen, stellte Rhodan fest, nach freigesetzter Energie und dementsprechend nach Ozon. Außerdem glaubte er, Staub und Moder zu schmecken, als seien die Verantwortlichen der Trümmerbrücke im Begriff, die hintersten und längst vergessenen Winkel der Station kräftig zu lüften. Aber wahrscheinlich legten sie auf gewisse Annehmlichkeiten wenig Wert. Luxus zählte für den, der ihn auch genießen konnte, einem guten Verdienst stand er einfach im Weg.

Rhodan glaubte zumindest, diese Gründe nachvollziehen zu können.

Tifflor sah sich um. Vergeblich wartete er darauf, vor der Space-Jet in Empfang genommen zu werden. Nach nicht einmal zwei Minuten wandte er sich um. »Eine Frechheit ist das!«, rief er laut. »Wer erlaubt es sich, einen aus dem Geschlecht der da Kosameu warten zu lassen? Was stehst du herum, Sanborn? Bring mir die Verantwortlichen her!«

»Natürlich, Herr!«

Rhodans Fistelstimme weckte Aufmerksamkeit. Zumindest sah er, dass sich einige Personen in der Nähe nach ihm umwandten. Es waren Springer und einige Topsider. Als sich ihr Halbkreis ungewollt öffnete, sah Rhodan das Holo zwischen ihnen. Offenbar handelte es sich um eine räumliche Wiedergabe des Stationsinnern. Rhodan konnte es nicht so genau erkennen, doch er ging auf die Gruppe zu – und blieb stehen, als sich ein schwerer Lastengleiter nur wenige Meter vor ihm herabsenkte. Die Maschine schwebte noch ein Stück weit zur Seite und setzte knirschend auf.

»Was ist?«, rief Tifflor. »Worauf wartest du?«

Rhodan reagierte nicht darauf. Unmittelbar vor ihm war der Boden in Bewegung geraten und senkte sich mit dem Lastengleiter ab. Ein flüchtiger Blick auf sein Kombiarmband verriet Rhodan, dass in dem Bereich die Schwerkraft keineswegs aufgehoben worden war.

Während er sich noch den Anschein der Unschlüssigkeit gab, ging Luhs da Kosameu weiter. Sein Gang hatte etwas Weiches, Wiegendes, als er um den Aufzug herum auf die Springer und die Topsider zueilte, und dann redete er gestikulierend auf sie ein.

Rhodan verstand nicht viel von dem, was der vermeintliche Kolonialarkonide sagte, weil Gleiter dicht über die Space-Jet hinwegzogen und mit aufheulenden Triebwerken in der Nähe niedergingen. Immerhin sah er, dass die Springer ärgerlich reagierten. Schließlich hob einer der Rotbärtigen die Hand vor die Lippen und redete offensichtlich in ein aufgeklebtes Funkmodul.

Tifflor war die Ungeduld in Person. Er kam auf die DERWAY zu, blieb aber schon nach zehn oder fünfzehn Schritten abrupt stehen, wandte sich wieder um und ging zurück. Rhodan sah, dass Tiff die Gelegenheit nutzte, sich ausgiebig umzuschauen. Insbesondere die Personen, die ringsum stehen blieben, schienen es ihm angetan zu haben.

Rhodan blickte sich ebenfalls um und versuchte, möglicherweise ein bekanntes Gesicht zu entdecken. Oder gar den haarlosen aufgewölbten Schädel eines Aras. Doch selbst wenn der Gestaltwandler sich in der Nähe befand, weil er alle Neuankömmlinge in Augenschein nahm, mochte er längst sein Aussehen oder gar die Gestalt verändert haben.

Vielleicht war der Gesuchte identisch mit dem blauhäutigen Ferronen, der soeben mit einem Flugaggregat heranschwebte und dem Lastengleiter folgte. Oder mit einem der beiden Springer, die heftig gestikulierend miteinander redeten und immer wieder auf den Übergang zum Trümmersteg deuteten.

Ein Mensch löste sich aus dem Schatten eines walzenförmigen Beibootes. Er hatte dort mit mehreren Springern geredet und schien die Neuankömmlinge erst jetzt zu bemerken. Irritiert wanderte sein Blick von Tifflor zu Rhodan und wieder zurück.

Irgendetwas an diesem Mann weckte Rhodans Interesse. Vielleicht waren es seine schnellen Bewegungen. Derart steif und geschmeidig zugleich bewegte sich selten jemand. Alles an diesem Mann schien mühsam verhaltene Kraft zu sein, und er wirkte auf die Entfernung in der Tat sehr muskulös.

Ein Terraner, glaubte Rhodan zu erkennen, als er sekundenlang das Gesicht des Mannes sehen konnte. Das dunkle Haar und die samtbraun schimmernde Haut ließen auf einen Phänotypus schließen, dessen Wurzeln in der Südsee lagen. Zugleich regte sich Widerspruch. Möglicherweise, vermutete der Resident, hatte er keinen

Terraner oder Terraner-Nachfahren vor sich, sondern einen Neu-Tefroder. Sie lebten in der Eastside der Milchstraße, spielten aber bis heute keine aktive Rolle im galaktopolitischen Geschehen. Einige besiedelte Sonnensysteme, die eine oder andere Botschaft …

»Sanborn!«, hallte ein unwillig klingender Ruf heran. »Worauf wartest du? Ich brauche keinen unaufmerksamen Leibdiener. Von der Sorte kann ich zehn an jedem Finger haben.«

Ein kleiner, grüngelb gemusterter Gleiter näherte sich der Space-Jet. Tifflor schien überzeugt zu sein, dass es sich um das erwartete Abholkommando handelte, jedenfalls hob er befehlend eine Hand. Tatsächlich bremste die Maschine ab und glitt auf ihn zu.

Julian Tifflor alias Luhs da Kosameu winkte den Schwebegleiter ungeduldig ein. Je exzentrischer er erschien, desto mehr Narrenfreiheit würde er haben. Genau das, dachte Rhodan, sagte Tiff sich. Da war etwas Wahres dran, doch ebenso gut konnte der Schuss nach hinten losgehen. Falls Tifflor seine Rolle überzog, würde Rhodan ihn bremsen müssen, und das würde dann Grund genug sein für ihre nächste Reiberei.

Der kleine Gleiter hatte aufgesetzt. Rhodan sah einen Springer aussteigen. Zumindest das schulterlange rote Haar und der Vollbart wiesen den Mann als Angehörigen der Galaktischen Händler aus.

Julian schien schon nach wenigen Augenblicken seinen Diener vergessen zu haben. Heftig gestikulierend redete er auf den Springer ein.

Rhodans Blick schweifte wieder über das Landefeld. Tifflor hatte es mittlerweile geschafft, die Aufmerksamkeit fast aller Umstehenden auf sich zu ziehen. Auch der braunhäutige Terraner oder Tefroder, er trug eine eigenwillige Kombination mit hohem Rollkragen, blickte zu dem vermeintlichen Arkoniden hinüber. Dann, als fühlte er sich in dem Moment von Rhodan beobachtet, wandte er den Blick.

Sie standen mindestens 30 Meter weit auseinander. Trotzdem glaubte der Resident, ein Aufleuchten in den Augen dieses Mannes wahrzunehmen. Ihm kam es so vor, als suchte derjenige seinen Blick, doch die Distanz war zu groß dafür.

Der Mann hatte die Daumen hinter seinen Bauchgurt eingehakt. In einer fließenden Bewegung hob er jetzt die rechte Hand. Er schien sich völlig sicher zu sein, dass Rhodan genau das bemerkte, spreizte Zeige- und Mittelfinger weit auseinander und bog die anderen Finger zur Faust ein. Einen Moment lang hielt er die Hand vor die linke Brust, dann ließ er den Arm wieder sinken und wandte sich um, weil die Springer ihm etwas zugerufen hatten.

Rhodan verstand nicht, weshalb die Mehandor auf den Mann einredeten, aber ihre Gesten waren eindeutig. Etwas im Umfeld von Pfanne zwei schien ihnen nicht zu behagen. Der Mann lachte hektisch und machte mit beiden Händen Bewegungen, als greife er nach unsichtbaren Dingen. Er wirkte ungehalten, als er schließlich auf den Steg deutete, aber dann ging er mit hastigen Schritten weiter und schaute nur noch starr geradeaus.

Rhodan erkannte, dass der Mann auf der anderen Seite der DERWAY vorbeigehen würde, hinüber zu den großen Containern, die zu Dutzenden durcheinanderstanden, als wären sie in aller Eile abgesetzt worden. Roboter waren damit beschäftigt, diese Container auf ein

Antigravband zu verladen. In unregelmäßigen Abständen verschwanden die großen Behälter in einem weitläufigen Gebäude.

Rhodan tauchte unter der Space-Jet hindurch, schaute den Robotern zu und achtete zugleich auf die näher kommenden Schritte. Sein Gesicht brannte inzwischen von der herrschenden Kälte, die wie mit Nadeln sogar durch die aufgeklebten Bioplasmastreifen hindurchstach.

Es war eindeutig, dass der andere ihm mit den gespreizten Fingern ein Zeichen gegeben hatte. Ein »V«, das für »Victory« stand. Nur jemand, der mit Terra und terranischer Geschichte vertraut war, konnte um den Sinn wissen.

Die Schritte waren bereits hinter ihm. Rhodan spannte die Muskeln an, bereit, es mit einem Gegner aufzunehmen, falls er sich getäuscht hatte. Aber schon war der andere auf gleicher Höhe mit ihm.

Nur einen Moment lang sah Rhodan das markante Gesicht neben sich, die grobporige Haut und die braunen Augen, und war sich vollends sicher, es mit einem Tefroder zu tun zu haben.

Der Mann verlangsamte seinen Schritt nur unwesentlich. Rhodan hörte ihn etwas murmeln. Ein Name oder ein Begriff und eine Uhrzeit. Dann war der Tefroder vorbei. Nicht die Roboter und die Container hatte er zum Ziel, sondern eines jener eigenwilligen Fahrzeuge, die dem Residenten schon während des Anflugs aufgefallen waren. Dieses kapselartige Fahrzeug, das gut 200 Meter entfernt im Schlagschatten einer treppenartigen Anlage stand, erschien Rhodan wie ein in heftiger Bewegung erstarrter Krake. Eigentlich eine Schimäre, denn die vielen Greifarme, die aus dem aufgewölbten Chassis hervorstanden, waren so unterschiedlich, wie sie es nur sein konnten.

Rhodan warf einen Blick auf sein Armbandchronometer. Nach terranischer Standardzeit war es jetzt zehn Minuten nach 22 Uhr. Der Tefroder hatte »sechs Uhr dreißig« gesagt. Rhodan zweifelte nicht daran, dass der Unbekannte auf Tifflors Anruf reagiert hatte und entweder im Auftrag des LFT-Agenten erschienen oder selbst jener Agent war. In dem Fall hatte er nichts anderes als ebenfalls Standardzeit gemeint. Natürlich unterlag die Trümmerbrücke wie jedes Raumschiff fiktiven Tag- und Nachtphasen. Momentan wusste Rhodan aber noch nicht, ob dieser Zeitrechnung entsprechend Mittag war oder Mitternacht und wie viel Stunden ein Tag überhaupt umfasste. Abgesehen davon herrschte auf Einrichtungen wie dieser nie wirklich Nachtruhe.

Der Name, den der Tefroder genannt hatte, bezeichnete einen Treffpunkt.

Julian schien mittlerweile mit dem Springer einig geworden zu sein. Rhodan sah, dass der Freund aufgebracht winkte.

Trotz ihrer beachtlichen Abmessungen war die Trümmerbrücke letztlich ein begrenztes Refugium, und genau das unterschied sie von den sogenannten Freihandelswelten in der Milchstraße, die ähnliche Voraussetzungen boten. Lepso war das bekannteste Beispiel solcher Unabhängigkeit von den großen galaktischen Machtblöcken, Refugium für ehrliche Händler ebenso wie für zwielichtiges Gesindel jeder Couleur. Schwarzhandel und Schiebereien blühten auf Lepso ebenso wie Glücksspiele jeder Art und eine gewaltige Vergnügungsindustrie. Dazwischen tummelten sich Agenten aller großen Mächte und jener, die glaubten, ein Wort mitreden zu können, skrupellose Geschäftemacher und Glücksritter ...

Die Trümmerbrücke, das erkannte Rhodan schnell, nachdem Julian und er von einem robotgesteuerten Schwebegeleiter abgeholt worden waren, bot offenbar alles das in dicht gedrängter Form. Ein morbides, düsteres Flair schlug ihm schon auf den ersten Decks entgegen.

Die Handelskontore erschienen inmitten der brodelnden Fülle werbeträchtiger, sich gegenseitig überbietender Holodarstellungen noch sehr dezent. Vergnügungsstätten hatten sich wie wuchernde Geschwüre in ihrem Umfeld festgesetzt. Geradezu unbelebt wirkten dagegen die ersten Wohnquartiere, die in diese quirlende Melange aus Eifer und Müßiggang eingepfercht waren. Eine düstere Welt aus Stahl und Kunststoff öffnete sich vor den Besuchern.

Diesen Eindruck gewann Rhodan jedenfalls, als der Gleiter sie in schneller Fahrt durch das Gewühl der Decks manövrierte.

An dem brodelnden Chaos waren vor allem die schwer beladenen Lastengleiter schuld, Schweber ebenso wie bodengebundene Fahrzeuge, die in die tieferen Regionen von Pfanne zwei strebten. Auch Roboter transportierten Waren; sie erinnerten mit ihren langen Kolonnen an Ameisen, die Beute in ihren Bau schleppten.

Springer kommandierten lautstark und mit herrischen Gesten. Schon ihre Allgegenwart machte sie unübersehbar.

Das 14. Jahrhundert Neuer Galaktischer Zeitrechnung war beileibe kein Zeitalter paradiesischer Zustände. Licht und Schatten bedingten einander wie in allen vergangenen Epochen. Wo der Handel prosperierte, fanden sich sehr schnell auch jene ein, die es mit den Gesetzen nicht so genau nahmen. Magisch wurden alle vom Glanz vermeintlich heiler Welten angezogen, und letztlich blieben sie daran kleben wie Motten am Licht.

Wer versuchte, solche Dinge zu verändern, stand von vornherein auf verlorenem Posten. Die Zeit war noch nicht reif dafür, das wusste Rhodan leider nur zu gut – nicht, solange die Milchstraße und ihre Völker immer wieder in Auseinandersetzungen hineingezogen wurden, die sie letztlich nicht zu verantworten hatten.

Eine saubere, vielleicht sogar sterile Welt hatte der Resident nicht anzutreffen erwartet. Wer auf der Trümmerbrücke gestrandet war, konnte sich aus eigener Kraft kaum wieder lösen. Es sei denn, er verkaufte sich – als Söldner für obskure Einsatztruppen, als Versuchsobjekt an Aras oder Antis, oder er heuerte auf altersschwachen Seelenverkäufern an, von denen niemand jemals wieder hörte.

Der Schwebegleiter stoppte abrupt und setzte auf. Beide Seitenwände öffneten sich.

»Aussteigen, Sanborn!«, kommandierte Tifflor und schwang sich bereits nach draußen. Rhodan folgte ihm. Als Diener hatte er die Möglichkeit, etwas zögerlicher vorzugehen. Während Tiff bereits auf die farbig glühende Fassade zuschritt, schaute Rhodan sich ausgiebig um.

Im Gegensatz zu anderen Sektoren, die der Gleiter durchquert hatte, war hier die künstliche Helligkeit ein

Stück weit gedimmt. Abendstimmung herrschte, zumindest breitete sich entlang der Decke ein rötlich-orangefarbenes Leuchten aus.

Der Platz, auf dem die Maschine aufgesetzt hatte, durchmaß etwa 20 Meter. Nicht ganz so hoch hing die Zwischendecke. Ringsum erhoben sich Wände, viele glatt und mit deutlichen Spuren von Patina, einige wenige von Fenstern oder ähnlichen Öffnungen durchbrochen.

In einiger Entfernung flackerte ein Lichtgewitter in den grellsten Farben. Irgendein Etablissement, in dem Springer ihren Mut kühlen konnten, vermutete Rhodan. Während des kurzen Transfers hatte er einige ähnlichen Anlagen vorüberhuschen gesehen.

Er folgte Tifflor, der sich mit wehendem Umhang einem Portal näherte, sich aber im nächsten Moment ruckartig umwandte. »Sanborn!«, keifte der angebliche Arkonide.

Rhodan verbiss sich eine Antwort. Geschäftig eilte er Luhs da Kosameu hinterher. Er sah zwar mehrere Springer vorübereilen, die Tifflor forschende Blicke zuwarfen, aber beobachtet wurden sie nicht. Auch sein Kombiarmband, dessen Anzeige er im Auge behielt, erfasste nichts Ungewöhnliches.

Ein Holoportier empfing sie in der Gestalt einer leicht bekleideten dunkelhäutigen Frau. Es handelte sich um ein denkbar schlechtes Programm, fand Rhodan, denn die Frau war eher fett als gut gebaut, und ihr feistes Lächeln hatte etwas von der »ausnehmenden« Art. Eindeutig ein Springer-Programm, das sich hier manifestierte.

Die Holofigur schien Tifflor um den Hals fallen zu wollen. Im letzten Moment wich er zur Seite. Die Frau löste sich in einem flirrenden Regen auf und stand in derselben Sekunde wieder vor ihm.

Julian verlangte nach der besten Unterkunft und fragte nach den üblichen Möglichkeiten körperlicher Zerstreuung.

»Ein Speicherkristall, auf dem alle Möglichkeiten ausgiebig dokumentiert sind, Zhdopan, befindet sich in der Suite.«

Mittlerweile hatte sich die holografische Körperfülle der Empfangsdame umverteilt. Immerhin war das ein Zeichen für die Lernfähigkeit der Empfangspositronik. Verglichen mit Tifflors Größe, sah Rhodan, war das Holo um gut zehn Zentimeter größer geworden. Das Gesicht der Frau wirkte jetzt hagerer, das eben noch rotschwarze Haar zeigte erste blonde Strähnen und färbte sich weiter um.

Noch weitere zehn Zentimeter mehr an Körpergröße und gut zwanzig Kilogramm vermeintliches Gewicht weniger, resümierte Rhodan, und die Gestalt würde einen durchaus passablen Eindruck hinterlassen, wenn auch nicht so, als könne man sich in der »Suite« wirklich wohlfühlen.

»Mein Leibdiener erhält dieselben Zutrittsberechtigungen wie ich!«, hörte Rhodan den Kolonialarkoniden befehlen. »Ist das verstanden worden?«

»Selbstverständlich, Zhdopan!«, versicherte die holografische Gestalt. »Dein Leibdiener erhält das Permit für alle hauseigenen Einrichtungen. Wenn du gestattest, werde ich ...«

»Wie viel Zeit soll ich mit Warten verbringen?«, schnaubte Tifflor. »Ich frage mich, ob ich die Nächte besser an Bord meines Raumschiffs verbringe.«

Es sah aus, als teleportierte die Frau. Eben hatte sie noch vor Tifflor gestanden, im nächsten Sekundenbruchteil verdichtete sie sich vor seinem Diener Sanborn. Das nun kantige Gesicht, die roten Albinoaugen und das Pferdegebiss machten diese Frau weder für Arkoniden noch für Springer attraktiv.

Sie forderte Rhodan auf, die linke Hand unter einen Impulsgeber zu halten. Augenblicke später klebte ein stecknadelkopfgroßer Identifikator auf seinem Handrücken.

Tifflor hatte das gleiche Gerät erhalten. Er testete es schon, indem er geradewegs auf die rückwärtige Wand zuging, die das Symbol für einen Antigravschacht trug. Ein Energiefeld bremste ihn ab, während sich ein Stück der Wand zur Seite schob. Tifflor betrat den Schacht, dessen Positroniksteuerung ihn – und Rhodan Sekunden später – zwei Etagen höher wieder absetzte.

Der Blick schweifte scheinbar über eine Steppenlandschaft hinweg. Ein Fluss wälzte sich träge mit schlammig braunen Fluten dahin, und kilometerweit in der Ferne, vor der Silhouette einer schneebedeckten Bergkette, erstreckte sich ein Raumhafen. Mehrere Walzenraumschiffe der Springer waren zu sehen, und soeben senkte sich ein weiteres Schiff im Landeanflug herab. Der Himmel zeigte die ersten fahlen Sterne, über den Bergen stieg die Nacht empor.

Tifflor überließ es Rhodan, die Suite zu öffnen. Drei Schlafräume, zwischen ihnen eine gemeinsame Nasszelle.

»Einfach«, kommentierte Tifflor. »Die Chronners nicht wert, die ich dafür aufwenden muss. Hoffentlich ist das Vergnügen umso größer.«

»Erhabener, ich wage zu bezweifeln, dass in dieser Umgebung ...«

»Ich entsinne mich nicht, dass ich um eine Meinung gebeten hätte, Sanborn!«, fuhr Tifflor auf. »Vielmehr frage ich mich schon jetzt, welche Essoya mich geritten haben, dass ich mir ausgerechnet diesen Schrotthaufen ansehen muss.«

Rhodan konzentrierte sich auf die Anzeigen seines Armbands, während er sich in den Räumen umschaute. Nach 20 Minuten, in denen auch Julian Tifflor mit seiner Ausrüstung die Suite überprüfte, stand fest, dass es keine Überwachungseinrichtungen gab.

»Keine ungebetenen Mitbewohner«, stellte Tifflor unumwunden fest. »Ich mag Wanzen nicht.«

Er ließ sich in einen Sessel sinken, schwenkte mit dem Rücken zu der aktivierten Bildwand, die einen Teilausschnitt der Trümmerbrücke zeigte, als gäbe es wirklich ein Fenster zum Weltraum, und schaute Rhodan auffordernd an.

»Der Mann bei der Space-Jet, was hat er zu dir gesagt, Sanborn?«

»ICH VERSPRECHE MIR NICHT VIEL DAVON.«

Julian Tifflor stand vor der Holowand und fixierte das Abbild der Trümmerbrücke, die sich in der Weltraumschwärze verlor. Die beiden Walzenraumer, an denen die DERWAY vorbeigeflogen war, schienen ihre Fracht gelöscht zu haben. Im Licht starker Sonnenlampen war zu erkennen, dass der erste Frachter sich von den stählernen Gerüsten löste und langsam abdriftete. Noch bewirkten energetische Felder den Abstoßeffekt, aber schon nach wenig mehr als einer Minute arbeiteten die Impulstriebwerke. Der zweite Frachter legte nun ebenfalls ab.

»Unser *Freund* ist längst verschwunden.« Tifflor wandte sich dem Residenten zu. »Warum willst du das nicht akzeptieren? Ich frage mich sogar, ob er überhaupt hierhergeflogen ist. Vielleicht wurden wir bewusst auf eine falsche Spur gelockt und sind darauf hereingefallen.«

»Nein«, sagte Rhodan.

»Was, *nein?*« Tifflors Augen funkelten. »Ich verstehe nicht, Sanborn, wie jemand so hartnäckig an einer Meinung festhalten kann, obwohl er nicht die Spur eines Beweises für deren Richtigkeit hat.«

»Erhabener« – Rhodan lächelte, als er die Anrede für einen Edlen Dritter Klasse benutzte – »Gefühle sind oftmals zutreffend. Man muss nur damit umgehen können und darf sich nicht ablenken lassen.«

»Ich reagiere nicht emotional, falls du mir das vorwerfen willst.«

»Habe ich das gesagt, Zhdopan da Kosameu? Ihr seht mich enttäuscht.«

»Wir vergeuden unsere Zeit!« Tifflors Stimme vibrierte. »Wenn es dir schon darum geht, unseren Freund zu treffen, warum stehst du dann noch hier herum? An die Hunderttausend unterschiedlicher Wesen dürften die Trümmerbrücke bevölkern ...« Herausfordernd und wütend zugleich sah er Rhodan an, der gelassen nickte.

»Das dürfte in etwa den Gegebenheiten entsprechen, Zhdopan.«

»Jeder von ihnen kann es sein. Sag mir, welcher Springer, Arkonide, Akone und was weiß ich, wer noch alles auf dieser Station lebt.«

»Du willst zurück, Zhdopan?«

»Diese Frage ist naiv. Ich habe genug, Sanborn. Es gibt wahrlich Wichtigeres zu tun.« Tifflor hatte sich in Rage geredet. »Du stocherst ein wenig im Nebel, weil du dich weigerst, die Bedrohung in ihrer Endgültigkeit wahrzuhaben. Du lenkst dich ab, versuchst zu ignorieren, und mich hinderst du daran, das einzig Vernünftige zu tun. Weißt du, wie du mir vorkommst?«

Rhodan schüttelte den Kopf. »Ich weiß es nicht und denke, ich will es auch nicht wissen.«

»Ich sag es dir trotzdem«, brauste Tifflor auf. »Du kommst mir vor wie ein alternder Mann, dessen Starrsinn jede Vernunft unterdrückt. Du glaubst, du seist unbesiegbar – aber du bist es nicht. Du bildest dir ein, jeder Bedrohung gewachsen zu sein – doch du bist schwach und verletzlich geworden. Vor allem bist du tief innen verwundet. Terra steht am Abgrund der Vernichtung. Welche Bedrohungen haben wir nicht schon überstanden, aber nun versetzen ein paar Aras der Menschheit den Todesstoß, und genau das verkraftet dein Selbstverständnis nicht …«

»Das glaubst du nicht im Ernst?«

»Doch!«, schleuderte Tifflor dem Residenten entgegen. »Das glaube ich. Du bist schwach und verwundbar geworden. Aber das hast du dir selbst zuzuschreiben. Zumal du auch keine Hilfe akzeptierst.«

Abwehrend hob Rhodan beide Hände. »Es reicht!«, sagte er beschwörend.

»Das ist das erste vernünftige Wort seit Tagen«, bestätigte Tifflor. »Du läufst einem Phantom nach, Sanborn. Weil du deine Hoffnung über alle Fakten stellst.«

»Was ist falsch daran?«

Tifflor setzte zu einer geharnischten Erwiderung an – und schwieg. Für Sekunden schloss er die Augen und atmete tief ein. »Dein Optimismus wird dich eines Tages umbringen«, behauptete er dann. »Ich hoffe, du musst nicht bitter bereuen, dass du unsere Heimat ausgerechnet jetzt im Stich gelassen hast.«

»Warum willst du nicht begreifen, dass Terra nur eine einzige Chance hat, Zhdopan? Ist das zu viel verlangt? Wir müssen die Verantwortlichen stellen, und die finden wir bestimmt nicht auf der Erde.«

»Was willst du unternehmen, sobald du den oder die Hintermänner aufgespürt hast? Willst du die Wahrheit aus ihnen herausprügeln?« Tifflor lachte gequält. »Das glaube ich nicht.«

»Wenn es sein muss!« Rhodan zerbiss den Satz regelrecht zwischen den Zähnen und spuckte jedes Fragment aus. »Ja, verdammt! Ich krieg die Verantwortlichen, und dann gnade ihnen Gott.«

»Was du willst, ist Rache«, stellte Tifflor fest. Nachdenklich kaute er auf seiner Unterlippe. »Rache dafür, dass du es versäumst, Milliarden Menschen rechtzeitig zu evakuieren. Ich hoffe, wenn du deine wahren Beweggründe erkennst, wird es noch nicht zu spät sein.«

Die nachfolgende Stille hatte etwas ungemein Bedrückendes. Tifflor stand breitbeinig da, die Arme verschränkt, als fürchte er sich davor, in seiner Meinung beeinflusst zu werden. Eine Strähne des Blondhaars hing ihm wirr ins Gesicht. Er wich Rhodans Blick aus.

»Ich kann es dir nicht einmal verdenken«, sagte der Resident endlich. »Wir kleben seit Wochen zu eng aneinander. Mittlerweile ergänzen wir uns nicht mehr, wir reiben uns, sind reizbar ...«

Ich bin nicht gereizt, wollte Tifflor widersprechen, das war ihm anzusehen, doch er schwieg und wischte sich lediglich mit dem Handrücken über den Mund.

Rhodan deutete auf die Holowand. Nachdem die beiden Walzenraumer verschwunden waren, lag die Trümmerbrücke in ihrer ganzen Ausdehnung vor ihnen. Dutzende kleiner Frachtboote umschwirrten den Steg wie ein gieriger Insektenschwarm. In stetem Strom flogen sie in die offenen Deckbereiche ein, während andere geradezu ausgespien wurden und Kurs auf die Pfannen nahmen.

»Der Gestaltwandler ist auf der Station!«, sagte Rhodan mit Bestimmtheit. »Aber wir finden ihn nicht, wenn wir es uns hier gemütlich machen.« Er warf einen ungeduldigen Blick auf sein Armband. Noch drei Stunden waren es bis zu der Zeit, die ihm der Tefroder zugeraunt hatte.

»Du kümmerst dich um deine Verabredung«, stellte Tifflor fest, »ich sehe mich anderweitig um.«

»Das ist immerhin eine Lösung, damit wir uns nicht gegenseitig anfeinden.« Rhodan lächelte. Er wartete auf Julians Erwiderung und glaubte genau zu wissen, was der Freund sagen würde. Beinahe jedes Wort ahnte er.

»Wenn es darum geht, dass wir die Trümmerbrücke schnell wieder verlassen können, ist mir alles recht.«

Die Trümmerbrücke war ein unkonventioneller Umschlagplatz für Waren und Leistungen aller Art. Sie war, wenn man es so sagen wollte, ein weißer Fleck im arkonidischen Staatsgebiet und Imperator Bostich höchstwahrscheinlich ein Dorn im Auge. Davon war Rhodan überzeugt. Dennoch konnte nicht einmal Gaumarol da Bostich I. diese Station annektieren, ohne einen Sturm zu entfachen. Außerdem profitierte der Imperator wohl von manchen der hier abgewickelten Geschäfte.

Vor einer halben Stunde hatte der Resident das Quartier verlassen. In Pfanne zwei herrschte jetzt Nachtzeit, aber das Leben pulsierte so ungehemmt wie am Tag.

Auf seine Weise, gestand sich Rhodan ein, hatte Tifflor keineswegs unrecht. Es würde keineswegs leicht sein, die Spur des Gestaltwandlers aufzunehmen. Wer wusste auf der Trümmerbrücke schon von seinem Nächsten? Allen, die untertauchen wollten, bot die Station genügend Zufluchtmöglichkeiten. Und mit jedem ablegenden Frachter öffnete sich ein neuer Weg hinaus in die Freiheit, vor allem für einen Gestaltwandler. Jedes Gepäckstück, jeden Warencontainer zu überprüfen, war schlicht unmöglich.

Hatte jemand die DERWAY nach der Landung inspiziert? War nur einmal nach einer sicheren Identifikation gefragt worden? Niemanden schien es zu interessieren, ob Zhdopan Luhs da Kosameu wirklich der arkonidische Adlige war, als der er sich ausgab. Und sein Diener Sanborn? Selbst wenn er der Terranische Resident persönlich gewesen wäre, hätte das keine Reaktion ausgelöst.

Rhodan ballte die Hände. Der Gestaltwandler – auch er vermutete wie Zhana einen Gys-Voolbeerah – hatte keinen riesigen Vorsprung. Aber schon ein Tag konnte zu viel sein. Hatte der Verfolgte die Trümmerbrücke nur angeflogen, um seine Spur zu verwischen? Vielleicht war er hier von Helfern erwartet worden, die das Fluchtraumschiff übernommen hatten, und er selbst setzte seinen Weg auf andere Weise fort.

Rhodan wurde von hinten angerempelt und zur Seite gestoßen. Er taumelte und fuhr geschmeidig herum. Die Wesen, die rücksichtslos vorbeidrängten, waren Insektoide. Ihre Gliedmaßen wirkten zerbrechlich, wenngleich sie eine beachtliche Kraft entwickelten.

»Entschuldigung!«, sagte Rhodan schrill. Die neue Stimmlage irritierte ihn immer noch, er kam sich vor wie mit rostigen Stimmbändern.

Nur zwei dieser Wesen nahmen überhaupt von ihm Notiz, der Rest der Meute flutete vorbei. Rhodan glaubte zu spüren, dass die Luft vibrierte.

Volater!, kam es ihm in den Sinn. Diese Insektoiden waren Volater, er hatte seit einem halben Jahrhundert keinen Angehörigen dieses Volkes mehr gesehen. Ruckartig wandten die beiden ihm ihre kantigen, nach vorne spitz zulaufenden Schädel zu. Das Antennenpaar, mit dem sie ihre Umwelt wahrnahmen, neigte sich ihm entgegen.

»Warum entschuldigst du dich?« Sie redeten im Ultraschallbereich. Aber ein kleines Kästchen, auf den Brustpanzer aufgeklebt, wirkte als Translator und reduzierte die Frequenz.

»Nicht ich – ihr sollt euch entschuldigen«, stellte Rhodan fast.

Ihre Fühler klatschten gegen seine Stirn. Die beiden bedachten ihn mit durchdringend hohen Lauten – wahrscheinlich pöbelten sie ihn für ihr Empfinden im tiefsten Bass an –, dann warfen sie sich herum und folgten den anderen, ohne ihn länger zu beachten.

Rhodan schaute ihnen nach, bis sie hinter der nächsten Abzweigung verschwanden.

Darauf zu hoffen, dass ein Ara aufgefallen war, der eventuell vor einem Tag oder möglicherweise erst vor wenigen Stunden auf der Trümmerbrücke angekommen war, hieß, das Glück übermäßig zu strapazieren. Und wer hätte schon sagen können, in welcher Gestalt Plob Arnoyns Mörder aufgetreten sein mochte?

Rhodan schaute auf sein Armband. Er hatte noch Zeit, knapp eine Stunde.

Mit weit offenen Sinnen ließ er sich treiben. Wie oft hatte er schon an solchen Orten gestanden und geglaubt, dass es sie eines Tages nicht mehr geben würde, weil mit der technischen Entwicklung das Leben leichter wurde. Aber immer wieder musste er erkennen, dass er sich getäuscht hatte, dass die schöne neue Welt wohl eine Utopie bleiben würde. Vielleicht gab es sie hinter dem Horizont ... oder jenseits der Zeit ...

War ein Paradies nicht erstrebenswert? Suchten Intelligenzen lieber die Niederungen des Daseins, weil sie ihnen greifbarer und vertrauter erschienen?

Unwillig wischte Rhodan diese Überlegungen beiseite. Alles das waren nur Randerscheinungen, die er nicht verallgemeinern durfte – schon gar nicht, weil ihn seine düsterer werdende Stimmung beeinflusste.

Er beobachtete, spitzte die Ohren, schnappte aber nur wenig Bedeutungsvolles auf. Nach einer Weile stellte er fest, dass er sich immer weiter von dem Treffpunkt entfernt hatte. Seine Finger schlossen sich um den zentimetergroßen Kristallwürfel, den er aus der Suite mitgenommen hatte. Über seinem Handrücken entstand ein schwach leuchtender Grundriss samt Schaltflächen. Das Hologramm reagierte auf jede Richtungsänderung und führte ihn quer durch das Gewühl. Rhodan hatte diesen Wegweiser schon in der Suite getestet und festgestellt, dass er lediglich die Hauptdecks von Pfanne zwei anzeigte, jene Bereiche, in denen die Freizeitattraktionen das Leben bestimmten. Schon für den Übergang zum Trümmersteg gab es keine Darstellung mehr, ebenso wenig für die Warenlager im Außenbereich der Pfanne. Lediglich zwei Wege zum Landeplatz der DERWAY wurden angezeigt, der Speicherwürfel war demnach personalisiert worden.

Sechs Uhr dreißig hatte ihm der Tefroder zugeraunt. Fünf Minuten fehlten noch, als der Resident den Treffpunkt erreichte.

Übergangslos öffnete sich vor ihm ein lärmendes Panoptikum auf mehreren Ebenen. Rhodan blieb jäh stehen, aber schon schob ihn die Menge weiter. Er löste sich aus dem Strom und drückte sich an eine Seitenwand. Hier war der Lärm leiser. Natürlich gab es in der Station die üblichen Akustiksperren und all die gerichteten Felder, die ein unmittelbares Nebeneinander der unterschiedlichsten Einrichtungen zuließen.

Nur mehr dumpf drangen Stimmen heran, obwohl zwei, drei Schritte weiter die Hölle tobte. Rhodan musste sich sogar konzentrieren, um die Ansage zu verstehen, die einen halben Millionengewinn im Ta-Gho verkündete, einem strategischen 3-D-Spiel, das ebenso nach wenigen Stunden wie erst nach Tagen oder Wochen entschieden sein konnte. Anfangs beteiligten sich mindestens 100 Personen am Ta-Gho, am Schluss kämpften drei, jeder gegen jeden, bis hin zur völligen körperlichen und geistigen Erschöpfung. Rhodan hatte schon Bilder von Siegern gesehen, die während einer Spielphase zu ausgemergelten, von Haut überspannten Skeletten geworden waren – aber dennoch hatten sie glücklich gewirkt.

Er biss die Lippen zusammen, fragte sich, wie der TLD-Verbindungsmann ihn hier finden wollte. Das Areal war von allen Seiten zugänglich, ein unaufhörliches Gedränge herrschte. Natürlich waren die meisten Besucher Springer. Rhodan sah aber auch Angehörige ziemlich aller raumfahrenden Völker. Einige Arkoniden, teils von einem ansehnlichen Tross begleitet, bahnten sich ihren Weg zu den oberen Etagen. Topsider; Blues; einen Moment lang glaubte der Resident, die Löwenmähne eines Gurrads in der Menge verschwinden zu sehen; alle überragend die massige Gestalt eines Ertrusers. Außerdem menschliche Gesichter: Terraner, Tefroder, Akonen, auf die Distanz und in diesem Durcheinander schwer zu unterscheiden.

Es war exakt sechs Uhr dreißig. Rhodan stand mit dem Rücken zur Wand und versuchte, halbwegs einen Überblick zu erlangen. Aber das war schlicht unmöglich. Ein Blue taumelte heran, stützte sich neben ihm ab und sank langsam in sich zusammen. Aus zwei seiner vier Augen starrte er Rhodan an, dann kippte er zur Seite. Sein Halsmund öffnete und schloss sich, ohne dass der geringste Ton hörbar geworden wäre. Vielleicht redete der Tellerkopf im Delirium, womöglich schrie er seine Qual im Ultraschallbereich hinaus. Rhodan konnte es nicht hören. Er sah nur die blassrosa Haut des Blues bleicher werden, fast grau. In dem Moment ließ er sich neben dem Mann in die Hocke nieder, tastete über dessen Schädel hinweg und stellte fest, dass die Haut sich mit klebriger Nässe überzog. Der Blue starrte ihn an, hob mühsam beide Arme, griff nach Rhodans Händen ... in dem Moment wurde der Resident an der Schulter gepackt und zurückgezerrt. Er wollte protestieren, aber da drängte sich ein Medoroboter zwischen ihn und den Blue und hob den schlaffen Körper vom Boden hoch. Wortlos schritt der Roboter dann mit seiner Last weiter. Vor ihm teilte sich die Menge, und für wenige Sekunden erschien Rhodan der Medoroboter wie ein Fels in stürmischer Brandung, dann schien alles wieder wie zuvor.

Rhodan wollte sich umdrehen, doch er stieß mit einem Mann zusammen, der wie aus dem Boden gewachsen vor ihm stand. Braune Augen blickten Rhodan an, mit einem Ausdruck, der ihn im ersten Moment erschreckte. Dieser Blick war unsagbar scharf und starr und ließ jedes Blinzeln vermissen, jede Regung, die verraten hätte, dass es sich nicht nur um perfekt nachgestaltete künstliche Augen handelte. Aber da waren auch das dunkle Haar und die samtbraune, grobporige Haut, und wenn Rhodan noch nicht überzeugt gewesen wäre: Der hohe Rollkragen, den sein Gegenüber trug, hätte ihm endgültig verraten, wen er vor sich hatte.

Ein undefinierbares Grinsen huschte über das Gesicht des Tefroders.

»Du bist pünktlich, Perry. Ich wusste nicht, ob ...«

Er schien Rhodans Erschrecken zu registrieren, denn er verstummte im Satz. Rhodan kniff die Brauen zusammen, fixierte sein Gegenüber, fragte sich, ob er dem Gestaltwandler in die Falle gegangen war, doch der Tefroder griff nun wortlos nach seinem Arm und dirigierte ihn vor sich her.

Rhodan spürte das unruhige Zucken der Finger, das völlig im Gegensatz zu dem durchdringenden Blick stand, dem nichts zu entgehen schien. Der Mann war nervös, obwohl ihm das nicht anzusehen war.

Der Resident hatte diese Begegnung gesucht, ließ sich nun führen, alles andere hätte keinen Sinn gemacht. Brennend interessierte ihn, weshalb der Tefroder seinen Namen genannt hatte. Zum Glück hatte niemand etwas davon mitbekommen. Aber selbst wenn, viele Eltern hatten ihre Kinder schon Perry genannt, alle paar Jahrzehnte war das in regelmäßiger Wiederholung eine Modeerscheinung.

Ein offenes Antigravfeld trug sie zwei Etagen in die Höhe. Sequenzen unterschiedlichster Beschallung wechselten in rascher Folge ab. Dann erreichten sie einen Bereich, der sich so gut wie gar nicht von den ungezählten Raumfahrerkneipen unterschied, die es im Umfeld aller Raumhäfen gab.

Holografische Bildsequenzen, die Landschaften von Extremwelten entstehen ließen, Tanzareale und sogar Tauchbecken für voyeuristische Bedürfnisse – die Gestalten, die sich momentan im Wasser vergnügten, waren aber nur holografischer Natur –, schwebende Servoroboter und dazwischen die eine oder andere Uralt-Maschine mit martialischem Körperbau und mehrgelenkigen Gliedmaßen. Roboter wie diese hatten längst Museumswert und waren mitunter unerschwinglich. Rhodan fragte sich, ob es sich um Nachbauten handelte.

Der Tefroder steuerte auf einen Platz am Ende des verwinkelten Lokals zu. Die Tischgruppen, erkannte Rhodan, waren schallisoliert. Die plötzliche Stille, als er Platz nahm, traf ihn beinahe wie ein Guss Eiswasser.

Sein Gegenüber tippte eine mehrteilige Bestellung in das aufleuchtende Display. Rhodan wählte lediglich einen arkonidischen Fruchtsaft. Es dauerte nur wenige Augenblicke, bis ein halbkugelförmiger Schweberoboter die Getränke servierte.

Der Resident hatte die kurze Zeitspanne genutzt und versucht, den Tefroder einzuschätzen. Es fiel ihm schwer, denn die von dem Mann kommenden Signale wirkten teilweise gegensätzlich.

»Ich bin Sanborn, Diener des Zhdopan Luhs da Ko...«

»Ignats Gorgides«, unterbrach der Tefroder. »Vor mir musst du dich nicht verstellen. Hier können wir übrigens ungezwungen reden. Niemand hört uns zu.«

Er räusperte sich und trank einen kräftigen Schluck aus seinem breiten Glas, wirkte aber plötzlich unsicher, weil Rhodans forschender Blick ihn nicht freigab. Vergeblich versuchte er, dem Residenten auszuweichen, bis er endlich spürte, dass Rhodan ein wenig mehr von ihm hören wollte.

»Ich habe auf Neu-Tefa gelebt. Vor elf Jahren wurde ich über ein Rekrutierungsbüro als Wanderarbeiter angeworben. Seit sechs Jahren arbeite ich ausschließlich für die Springer als Trümmerlotse.«

»Was ist mit dem TLD?«

Gorgides lächelte müde. »Ein kleiner Nebenverdienst«, antwortete er matt. »Nicht der Rede wert. Irgendwann hat mich ein Agent angeworben, nur als Informationsgeber. Ich habe keine Ausbildung und gebe halt das weiter, was mir wichtig erscheint.«

Rhodan schluckte schwer. Vorübergehend hielt er sich an seiner Glasschale mit dem Fruchtsaft fest und musste aufpassen, das Glas nicht zu zerquetschen. *So viel zum viel gerühmten Terranischen Liga-Dienst*, sagte er sich. Irgendeinen Wanderarbeiter anzuheuern, war nicht gerade die professionelle Arbeitsweise, die er vom terranischen Geheimdienst erwartete. Für solche Auswüchse gab es keine Entschuldigung, das war schlicht Unfähigkeit. Wer immer solche Methoden praktizierte, würde in Zukunft wenig zu lachen haben.

Zumindest schien Gorgides die Wahrheit zu sagen. Eine solche Geschichte zu erfinden, hätte schon an Dummheit gegrenzt.

Rhodan musterte den Mann eindringlich. Die vielen kleinen Widersprüche in Gorgides Körpersprache hatten sich verstärkt. Im krassen Gegensatz dazu standen seine Augen und sein Gesichtsausdruck.

»Du nimmst Drogen?«, fragte der Resident geradeheraus.

Er sah Gorgides zusammenzucken. Aber sofort entspannte sich der Tefroder wieder. Sein stummes Kopfschütteln hatte etwas Zwiespältiges.

»Aber irgendein Mittel hält dich auf den Beinen ...«

»Dreier-Kapseln«, sagte Gorgides, und als Rhodans Blick nicht von ihm abließ, fügte er hinzu: »Das ist ein einfaches Eyemalin-Derivat. Es schärft das Wahrnehmungsvermögen und hilft, die Lotsenarbeit durchzustehen. Ohne Dreier wäre ich vermutlich längst tot. Das kann nicht falsch sein, Per...« Er biss sich auf die Zunge.

»Wie kommst du auf diesen Namen?«

Gorgides grinste jetzt breit. Mit genau der Frage, erkannte Rhodan, gab er seinem Gegenüber das Gefühl, wichtig zu sein, eine Selbstbestätigung. Vielen Tefrodern mangelte es ohnehin an Entschlussfreudigkeit, ihr melancholischer Volkscharakter lag zweifellos in tiefer Vergangenheit begründet.

»Erst der Funkspruch, der einen hochrangigen Vertreter avisierte ... Dann die Space-Jet mit zwei Personen ... Deine Verkleidung ist billig, Sanborn. Ich sehe doch die aufgeklebten Bioplasmastreifen, und deine Diskantstimme passt nicht zu deiner Erscheinung. Für jemanden, der das durchschauen will, ist es nicht schwer.

Und der andere, dieser schräge Arkonide? Wirklich scharfe Sinne kann er nicht täuschen. Größe, Statur ... das scheint Tifflor ...« Gorgides biss sich schon wieder auf die Zunge und sah Rhodan aus weit aufgerissenen Augen fragend an.

Der Resident nickte.

»Bei mir ist dein Geheimnis sicher«, versetzte Gorgides. »Wenn du eventuell ... als Gegenleistung ... Ich meine, ich will bestimmt nicht auf der Trümmerbrücke alt werden und sterben ...«

Rhodan überging diese Feststellung bewusst, um den Tefroder nicht abzulenken. »Wer außer Luhs da Kosameu und mir ist in den letzten sechsunddreißig Stunden auf der Trümmerbrücke angekommen?«, fragte er. »Das ist wichtig, Ignats. Möglicherweise entscheidet sich damit das Schicksal einiger Hundert bewohnter Planeten.«

Gorgides riss die Augen weit auf. »Ein Ara?«, platzte er heraus.

»Nicht unbedingt. Wer immer die Station in dem genannten Zeitraum betreten hat, kann der oder die Gesuchte sein.«

»Tontas?«

»Ich spreche nicht von arkonidischen Stunden, sondern von terranischer Standardzeit.«

Ignats Gorgides nahm einen kräftigen Schluck. Er wollte die Schale schon absetzen, überlegte es sich aber anders, setzte sie erneut an die Lippen, leerte den restlichen Inhalt und wischte sich mit dem Handrücken über die Lippen. In verschwörerischem Gehabe beugte er sich über die Tischplatte Rhodan entgegen. Sein Blick schien allerdings durch den Terraner hindurchzugehen.

»Der Gelau!«, flüsterte er. »Ich habe sechs Jahre lang immer nur diesen Namen gehört. *Der Wichtigtuer.* Jetzt ist er erstmals persönlich auf der Trümmerbrücke eingetroffen, und er macht seinem Namen alle Ehre.«

»Ein Ara?«, erkundigte sich Rhodan.

»Ein Springer.« Heftig schüttelte Gorgides den Kopf. »Patriarch Saghul. Ich habe ihn noch nicht gesehen, Sanborn – aber ich mag ihn nicht.«

Mit einer ausholenden Handbewegung ließ Rhodan das Display entstehen und bestellte für Gorgides ein zweites Getränk. Er wartete, bis der Roboter serviert hatte, dann verschränkte er die Arme, stützte sich auf der Schwebeplatte ab und beugte sich dem Tefroder entgegen. Gorgides saß immer noch so da, ihre Gesichter waren nun gerade eine Handspanne voneinander entfernt.

»Erzähle!«, forderte der Resident den Trümmerlotsen auf. »Alles, was dir einfällt!«

»ALSO NICHT GERADE DER GROSSE WURF?«, sagte Julian Tifflor unzufrieden. »Ich hoffe, Perry, du wirst rechtzeitig genug zugeben, dass du auf Terkonit beißt.«

Rhodans Gesicht verzog sich zur Grimasse. »Das war mehr, als wir unter den gegebenen Umständen erwarten durften«, erwiderte er. »Mit einem Wunder habe ich von vornherein nicht gerechnet.«

»Wir werden bald eins nötig haben«, bemerkte Tifflor zynisch. »Es tut mir leid, Perry, aber ich bin nach wie vor anderer Ansicht.«

Rhodans Blick wanderte von Tifflor zu Zhana. Er spürte die Anspannung beider, und ihm selbst erging es kein Deut anders. Beide hatten es sich in den Sesseln bequem gemacht, und sie schauten zu ihm auf, als wollten sie auf diese Weise seine innere Unruhe noch schüren. Rhodan setzte sich ebenfalls.

Zweieinhalb Stunden lang hatte er mit Gorgides geredet, manches doppelt und dreifach durchgekaut, und am Ende hatte er das Gefühl mitgenommen, selbst seit Jahren auf der Trümmerbrücke heimisch zu sein. Trotzdem war er kaum einen Schritt weitergekommen.

Auf dem Rückweg in die Suite hatte er Zhana angefunkt und sie aufgefordert, in die Pfanne nachzukommen. Niemand hatte sich während der Nacht mit der Space-Jet befasst. Der Diskus würde nun wohl auch keine Neugierigen mehr auf den Plan rufen.

Gorgides hatte ihm Begebenheiten aus sechs Jahren Trümmerbrücke berichtet, hatte vor allem von seinen Träumen gesprochen, als Trümmerlotse leicht und schnell Geld zu verdienen. Drei, vier Jahre, hatte der Tefroder geglaubt, danach würde er sich zurückziehen, sogar eines Tages nach Andromeda fliegen können, in die Heimat seiner Vorfahren.

Aber schon die ersten Tage hatten eine gewisse Ernüchterung bereitgehalten. Gorgides war kein Besucher für kurze Zeit, er hatte einen Arbeitsvertrag in der Tasche. Fast einen Tag lang hatten ihn Aras ärztlichen Untersuchungen unterzogen, mit einer Gründlichkeit, die ihm heute noch wie Schikane erschien. Seine Belastbarkeit unter Extrembedingungen, seine Reaktionsschnelligkeit – halbwegs verstanden hatte er den Grund dafür erst nach seinem ersten Unfall mit dem Kraken. Das war schon nach wenigen Monaten gewesen und hätte ihn fast umgebracht.

In den Tagen danach war er zwar wieder hinausgegangen, aber die Furcht vor einem zweiten Unfall hatten ihn immer wieder zögern lassen. Lamos Ozwach, sein Arbeitgeber, war deshalb nicht nur kurz davor gewesen, ihn aus dem Vertrag zu entlassen, er hatte sogar mit einer Klage auf Schadensersatz gedroht.

In der Situation war Gorgides erstmals mit dem Eyemalin-Derivat konfrontiert worden. Nach drei Tagen entsetzlicher Qual hatte er eine Dreier-Kapsel geschluckt –

und in der Folge mehr oder weniger regelmäßig. Das Mittel hatte ihm die Angst vor dem Kraken genommen, aber von seinem Verdienst war so gut wie nichts übrig geblieben. Dreier war nicht billig zu haben.

Irgendwann hatte Gorgides durch Zufall herausgefunden, dass hinter dem Handel mit dem Derivat einer der THAU-Händler steckte: Patriarch Ozwach, der offensichtlich mit der linken Hand das wieder einnahm, was er mit der rechten geizig ausgab.

Die Erkenntnis, dass dem so war, lag erst wenige Monate zurück. Da hatte Gorgides aber nicht mehr die Kraft gehabt, alles hinzuwerfen und die Trümmerbrücke zu verlassen. Er wollte fort, doch er konnte es nicht. Er redete mit den Kapitänen von Frachtern, aber sobald die Schiffe ablegten, war er weit weg und sah sie nur starten und fraß seinen Zorn und seine Verwirrung in sich hinein.

Lamos Ozwach war wie ein Stichwort gewesen. Gorgides hatte den gut beleibten Springer zum Anlass genommen, über die THAU-Händler auf der Trümmerbrücke zu reden, über die steten Streitigkeiten der Patriarchen und ihrer Familien untereinander. Mehr schlecht als recht hatten sie die Nutzungsrechte untereinander aufgeteilt, jeder fühlte sich dennoch irgendwie übervorteilt und setzte alles daran, die anderen auszustechen.

Nun war der geheimnisvolle Gelau erschienen. Als hätte er genug von den Auseinandersetzungen um Lagerhallen, Landeplätze und Umschlagmöglichkeiten. Vielleicht ließ er deshalb den Mittelsteg der Trümmerbrücke räumen und alle Waren auf die Pfannen verteilen. Gerüchte verbreiteten sich sehr schnell, und es hieß bereits, Patriarch Saghul habe die absolute Anteilsmehrheit erworben.

»Ignats Gorgides ist unschlüssig, was sich daraus entwickeln wird«, beendete Rhodan seine prägnante Zusammenfassung. »Einerseits hofft er auf besser werdende Verhältnisse, andererseits fürchtet er, dass der ausbleibende Konkurrenzdruck alles Negative festigen wird.«

»Ein Eigentümer, den keiner kennt ...«, wiederholte Tifflor sinnend.

»... und der ausgerechnet einen Tag vor unserer Ankunft hier erscheint.« Zhana hatte in dem Moment die Ausstrahlung einer zum Sprung ansetzenden Raubkatze. »Freilich mag das nichts als Zufall sein, zumal dieser Saghul seit Langem aus dem Hintergrund die Fäden zieht.« Sie entspannte sich schon wieder.

»Trotzdem«, sagte Rhodan. »Einiges deutet darauf hin, dass Patriarch Saghul mit dem Gestaltwandler identisch sein könnte. Wobei sich die Frage stellt, ob Plob Arnoyns Mörder erst jetzt Saghuls Identität übernommen oder ob er sich diese Tarnung schon vor Jahren aufgebaut hat.«

»Vermutungen sind nichts wert«, wandte Tifflor ein.

»Richtig«, sagte Rhodan. »Wir brauchen Gewissheit, ob der Gelau und der Gestaltwandler eine Person sind. Und wir müssen in Erfahrung bringen, weshalb die Fluchtroute des Gestaltwandlers die Trümmerbrücke als Ziel erkennen ließ. Ich habe Gorgides den Auftrag gegeben, Augen und Ohren weit offen zu halten. Er soll mehr über die Warenverlagerungen herausfinden. Ich kann mir beim besten Willen nicht vorstellen, dass Saghul einen solchen Aufwand ohne tieferen Sinn betreibt.«

»Nach allem, was du über Gorgides berichtet hast, überforderst du ihn damit«, wandte Tifflor ein.

Rhodan stutzte. Ein Hauch von Nachdenklichkeit überzog sein Gesicht. »So ungefähr hat Ignats das auch ausgedrückt. Er sagte, er sei eigentlich nur ein einfacher Arbeiter ohne besondere Beziehungen ...«

»... und zum Informantendasein kam er wie die sprichwörtliche Jungfrau zum Kinde.«

»So ungefähr. Aber er kennt die Trümmerbrücke, und ich habe die Glut in seinen Augen gesehen, die trotz des Eyemalin-Derivats noch nicht erloschen ist. Ignats Gorgides ist begeisterungsfähig, Tiff. Weißt du, wie er mich angeschaut und versucht hat, hinter meine Maske zu blicken? Nicht aus Neugierde, sondern weil er den Menschen dahinter sehen wollte. Auf ihn können wir uns verlassen.«

»Ein falsches Wort von ihm an der falschen Stelle, und wir sind geliefert.«

Der Resident reagierte auf Tifflors Bemerkung sichtlich verärgert. Einen Moment lang schränkte er die Hände ineinander. »Befürchtest du das, Julian – oder hoffst du es?«, fragte er schrill.

Zhana erhob sich jäh. Leicht vornübergebeugt und die Fäuste auf die Tischplatte gestützt, stand sie zwischen ihnen. Ihr Blick pendelte von Tifflor zu Rhodan, dann streckte sie sich, hob die rechte Hand und massierte ausgiebig die Nasenflügel. »Ich kann das Adrenalin nicht mehr riechen«, sagte sie bitter. »Du hast Vorurteile, Resident? Ausgerechnet du – ist das möglich? Dich stört, dass Julian mit mir schläft? Nein, nicht mit einer Ara-Frau, das ist dir egal, aber mit einer Mörderin!«

»Zhana«, protestierte Tifflor. »Lass das Thema!«

»Schon gut«, sagte Rhodan. »Ich verstehe, was sie meint. Und warum sollten wir nicht endlich unsere unterschiedlichen Standpunkte auf einen Nenner bringen? Wir kümmern uns also um diesen Saghul.«

»Und falls du mit diesem Verdacht falschliegst?«

»Sobald sich herausstellt, dass wir die Spur von Plob Arnoyns Mörder verloren haben, fliegen wir auf dem schnellsten Weg ins Solsystem.«

»Der Entschluss fällt dir schwer, Perry?«

»Was sollte schwer daran sein, dass ich meine Heimat wiedersehen will?«, antwortete Rhodan mit einer Gegenfrage. »Es war zu allen Zeiten üblich, am Bett eines Sterbenden Totenwache zu halten. Noch hoffe ich aber auf eine Heilungsmöglichkeit.«

Tifflor sah an dem Residenten vorbei auf die Bildwand, die unverändert die Trümmerbrücke zeigte. Rings um das Mittelstück wimmelte es von kleinen Raumfahrzeugen und Lastenplattformen.

»Es tut mir leid, Perry«, sagte Tifflor leise.

Rhodan hob den Kopf, schaute den Freund an und nickte langsam. »Ich weiß. Jeder von uns versucht auf seine Weise, mit dem Unbegreiflichen klarzukommen. Aber das ist nicht das Problem. Das Schlimmste wäre es, die Hoffnung zu verlieren.«

»Gorgides hat von einer medizinischen Untersuchung gesprochen«, sagte Zhana, als hätte sie auf diesen Moment gewartet. »Als deine Bauchaufschneiderin, Tiff, steht es mir wohl zu, wenn ich mich bei meinen Kollegen umsehe. Ich denke, auf der Trümmerbrücke wird es ohnehin eine medizinische Börse geben.«

»Gorgides hat eine Kolonie von ungefähr zweihundert Aras erwähnt, die überwiegend als medizinisches

Personal arbeiten«, bestätigte Rhodan. »Auch wird einiges an medizinischem Equipment umgeschlagen.«

Zhana tippte mit einem Finger auf ihre Nase. »Es wird Zeit, dass ich lerne, mit meinem verbesserten Geruchssinn umzugehen. Bislang, finde ich, stinkt es hier an Bord entsetzlich. Euch beide kann ich schon auf mehrere Meter Distanz unterscheiden. Ohne hinzuschauen«, fügte sie hinzu. »Aber das ist nicht genug, das kann erst der Anfang sein. Ich brauche Vergleichswerte, ein möglichst breit angelegtes Spektrum, und ich sollte damit anfangen, arttypische Gerüche zu determinieren. Vielleicht läuft mir sogar dieser Patriarch Saghul über den Weg.«

»Keine Eigenmächtigkeiten!«, sagte Rhodan warnend. »Wenn der Gestaltwandler dich kopiert, haben wir keine Möglichkeit, das herauszufinden.«

Sie lachte hell und herausfordernd. »Das gilt andersherum genauso«, stellte sie unumwunden fest. »Julian?«

»Ich bin nicht der Gestaltwandler«, erwiderte Tifflor schroff.

Die Frau zuckte mit den Schultern. »Mit Worten lässt sich gar nicht wiedergeben, was das für Erfahrungen sind, wenn du plötzlich über zehnmal so viel Riechzellen verfügst. Ich kann das nur vergleichen, als hätte ich bislang nur gedruckte Bilder in Schwarz-Weiß gesehen und stünde plötzlich einem vor Farben strotzenden Hologramm gegenüber. Deinem Atem, Perry, haftet ein Fruchtaroma an. Ich kann es nicht identifizieren, aber ich behaupte, du hast in den letzten Stunden Fruchtsaft getrunken. Wahrscheinlich mit Gorgides zusammen.«

»Nicht schlecht«, bestätigte Rhodan.

Tifflor sah die Frau durchdringend an. Eine leichte Röte zeichnete sich unter seinen Augen ab.

»Sobald ich Erfahrungswerte habe, wie ein Angehöriger meines Volkes riecht, werde ich einen falschen Ara identifizieren können«, behauptete Zhana. »Dabei ist egal, ob es sich um einen Gys-Voolbeerah, einen Mutanten oder um irgendein anderes Wesen handelt, das die Fähigkeit der Gestaltwandlung besitzt. Ich habe keine Ahnung, wie ein Gys-Voolbeerah riecht, Perry. Aber wenn ich die Ausdünstungen von zehn, zwanzig oder mehr Mehandor gespeichert habe, und Saghul riecht anders, werde ich wissen, was das bedeutet.«

Vielleicht war das die ganze Wahrheit. Möglicherweise hielt Zhana auch mit einigen Erkenntnissen zurück. Rhodan konnte mit ihrer nahezu emotionslosen Art wenig anfangen, manchmal erschien sie ihm deshalb mehr roboterhaft als menschlich. Und doch neigte sie hin und wieder zu Gefühlsausbrüchen. Aber selbst die, fand Rhodan, waren eher kalte Leidenschaft.

»Ich bin einverstanden, wenn du dich umsiehst«, sagte er. »Julian und ich werden das ebenfalls tun. Mit Gorgides habe ich für morgen, neun Uhr, ein neues Treffen vereinbart. Ihm eröffnen sich immer noch mehr Möglichkeiten als uns.«

Ebenfalls in Pfanne zwei, wenig mehr als einen Kilometer von der Suite des Erhabenen Luhs da Kosameu entfernt, hatte der THAU-Händler Lamos Ozwach eine Entscheidung herbeigeführt. Mit hochrotem Gesicht sah er den letzten Patriarchen nach, die den Besprechungsraum verließen. Nur Irten Tusay hielt für einen Moment inne, wandte sich um und nickte Ozwach auffordernd zu. Ausgerechnet er, dessen Intrigen jeder fürchtete, obwohl niemand das jemals zugegeben hätte. Tusay hatte sich als Erster auf Ozwachs Seite geschlagen.

Dann war Ozwach allein in dem kahlen, einfach eingerichteten Raum. Neun Stühle gruppierten sich um einen Tisch. Alles das unbequem, kalt, nicht zum Verweilen gedacht. Bis heute hatte keiner der anderen Patriarchen von diesem Raum gewusst, in dem Ozwach mehr als einmal riskante, aber sehr ertragreiche Geschäfte getätigt hatte.

Er hatte diesen Raum »geopfert«, weil er glaubte, dass ohnehin bald nichts mehr so sein würde, wie er es gewohnt war. Was der Gelau veranlasst hatte, gefiel ihm nicht. Es gefiel keinem der Händler.

Minutenlang saß Ozwach da wie versteinert. Er hatte gehofft, sich der vertraglichen Bindung an Ghorda schnell entledigen zu können, bevor sein Noch-Weib ihm womöglich zuvorkam. In der Hinsicht traute er ihr nicht mehr weiter, als er sie sehen konnte. Doch was in der Trümmerbrücke geschah, war wichtiger als Ghorda.

Was hatten die Patriarchen den Anordnungen des Gelau entgegenzusetzen?

Nichts.

Es stand fest, dass Patriarch Saghul die Mehrheit der Anteile auf sich vereinte. Nur das war entscheidend, aber nicht die Art und Weise, wie er das geschafft hatte.

Mit Hochdruck wurden Waren und Personal aus dem Steg in die Pfannen verlegt. Die Arbeiten schritten zügig voran. Ozwach war allerdings überzeugt davon, dass nicht nur eine Verlagerung bevorstand.

Vor zwei Stunden war der erste Frachter sehr nah an der Trümmerbrücke aus dem Linearraum gefallen. Die

SAG III hatte auf die üblichen Funkanrufe nicht reagiert, sondern im Bereich des Mittelstegs angelegt. Seitdem wurden Unmengen von Containern aus dem Schiff geladen. Roboter erledigten die Arbeit. Ein Heer von Robotern, die zugleich die Lager des Gelau in beiden Pfannen öffneten und auch die dort befindlichen Waren zum Steg transportierten.

Ozwach verstand das nicht.

Er schreckte auf, als sein Funkarmband sich mit einem schrillen Ton meldete. Morghons Konterfei entstand über seinem behaarten Handrücken, als er den Anruf entgegennahm. Auf Anhieb registrierte Ozwach die ernste Miene seines Sekretärs.

»Zwei weitere Frachter der Saghul-Sippe sind eingetroffen, Herr!«

Ozwachs Schädel ruckte hoch. Es wurde Zeit, fand er, die ersten Schritte einzuleiten. Der Zeitpunkt schien sogar günstig zu sein.

»Saedh steht bereit?«

»Er wartet auf deinen Befehl.«

»Befehl erteilt!«, sagte der THAU-Händler. »Aber ich reiße ihm persönlich den Kopf ab, wenn ein Verdacht auf mich fällt.«

Dass Morghon unwillig die Mundwinkel verzog, war eine Anmaßung, die Ozwach keineswegs übersah. Er schaltete ab.

Vorrangig ging es darum, Saghuls Pläne aufzudecken, bevor in spätestens zwei Tagen vollendete Tatsachen geschaffen sein würden. Die anderen Händler dachten ebenso. Und bevor er sich das Heft des Handelns aus der Hand nehmen ließ, schickte Ozwach seinen zweiten Sekretär Saedh. Für solche Sachen war Saedh

Spezialist. Es war immer gut, ausgebildete Söldner im eigenen Dienst zu haben.

Nur flüchtig dachte Ozwach an die Tefroder. Mehr als 7000 von ihnen lebten im Bereich des Brückenstegs. Sie sonderten sich ab. Von Anfang an hatten sie ihr eigenes Refugium aufgebaut. Vor etlichen Jahren, entsann er sich, hatte es Bestrebungen der Patriarchen gegeben, die provisorischen Behausungen der Tefroder zu räumen und sie in den Pfannen anzusiedeln. Ein Befehl des Gelau über Hyper-THAU hatte diese Bemühungen unterbunden.

Jetzt schienen dem Gelau die Tefroder gleichgültig zu sein. Niemand kümmerte sich um sie. Möglich, dass es dafür eine einfache Erklärung gab, sinnierte Ozwach.

Er verriegelte den Hauptzugang des Raums. Obwohl es hier nichts zu holen gab, wollte er informiert sein, falls jemand widerrechtlich einzudringen versuchte. Solche Geschehnisse bedeuteten, dass ihn ein anderer Händler ins Visier genommen hatte. Ozwach grinste, als er den verborgenen Zugang benutzte, um sich unbemerkt zurückzuziehen. Momentan schienen seine Vorhaben wirklich unter einem guten Stern zu stehen.

Ein steter, nicht abreißender Strom von Fahrzeugen pendelte zwischen dem Mittelteil der Trümmerbrücke und den beiden Pfannen. Saedh entsann sich nicht, dass er jemals eine solche Geschäftigkeit gesehen hätte.

Scheinwerferbatterien stachen durch die ewige Nacht, aber nur wo sie auftrafen, fraßen sie grelle Kreise in die Dunkelheit. Davon betroffen waren schon deutlich mehr Positionen als noch vor einem halben Tag.

Minutenlang verfolgte Saedh das Ablegemanöver des Frachters. Zwei kleinere Schiffe warteten schon und schoben sich langsam vor die Helligkeit. Ein Teil der Transporte geriet ins Stocken, als die Schiffe andockten.

Saedh schloss seinen Spezialanzug, die ihm schon früher gute Dienste geleistet hatte. Zu einfach für kämpfende Truppen, zu geringe Überlebenschancen in lebensfeindlicher Umgebung – Argumente wie diese hatten ihn nie beeindruckt. Für Kampfeinsätze war das dünne Gewebe wirklich nicht widerstandsfähig genug, und gegen eine bedrohliche Umgebung konnte man vorsorgen. Er hatte einen dünnen Flexhelm im Nacken verstaut, mit Sauerstoffvorrat für knapp eine Tonta. Das genügte, selbst wenn der Transport von Pfanne zwei zum Brückensteg mehrfach angehalten werden würde.

Saedh zog sich die Kapuze über den Kopf und verband deren Rand sorgfältig mit dem Kragen. Schwache Induktionsströme veränderten das Gewebe, dann war die Programmierung justiert. Das Gewebe lenkte Ortungsstrahlen ebenso wie Lichtquanten ab. Es machte für einen bestimmten Zeitraum unsichtbar, und das hatte Saedh stets genügt.

Moderne Deflektorschirme waren besser. Aber nicht im Einsatz gegen Roboter.

Saedh wusste, dass er mit den Schatten verschmolz, als er sich dem nächsten Verladebereich näherte. Über ihm hingen die Lastenmaschinen wie eine Perlenschnur im Raum, unbeweglich darauf wartend, dass der Weiterflug freigegeben wurde. Er streifte den Konvoi nur mit einem abschätzenden Blick, dann glitt er weiter.

Die ersten Kampfroboter patrouillierten vor ihm. Saedh glaubte nicht, dass alle diese Maschinen mit dem

Frachter eingetroffen waren. Ozwach hatte erst vor Stunden Zweifel daran geäußert und nachgewiesen, dass Roboter schon vor dem Eintreffen der SAD III tätig gewesen waren. Eine größere Zahl von Robotern jedenfalls, als in den Inventarverzeichnissen aufgeführt waren. Diese Maschinen mussten sich in den Frachträumen des Gelau befunden haben.

Plante Saghul, die Macht über die Trümmerbrücke gewaltsam an sich zu reißen? Saedh glaubte nicht, dass der Gelau das nötig hatte. Es war dem Patriarchen gelungen, mehr als die Hälfte aller Anteile auf sich zu vereinen, er hätte wohl ebenso gut mehr aufkaufen können.

Saedh huschte weiter, als der Roboter an ihm vorbei war. 50 Meter Landepiste ohne Deckungsmöglichkeit lagen vor ihm. Er eilte im Laufschritt weiter, sah mindestens ein halbes Dutzend Roboter ringsum, aber die Maschinen registrierten ihn nicht, und schon hatte er die Lastenöffnung erreicht und schwang sich in die Tiefe. Das Antigravfeld fing ihn sanft auf, Augenblicke später hatte er wieder Boden unter den Füßen.

Der Bereich gehörte schon zu Saghuls Revier. Vor Saedh reihten sich Dutzende Container, deren Weitertransport ins Stocken geraten war. Nur Roboter patrouillierten hier, kein einziger Mehandor.

Saedh lief weiter. Mehrmals erschienen Roboter nur wenige Meter vor ihm, aber stets reagierte er schnell genug und konnte den bewaffneten Maschinen ausweichen. Er ging kein Risiko ein.

Nach wenigen Minuten erreichte er die ersten Lagerräume: Hier standen noch geöffnete Container. Einige wurden von normalen Arbeitsmaschinen mit zusätzlichen Waren beladen. Kampfroboter standen nur noch an den Knotenpunkten, von denen aus die geschlossenen Container weitertransportiert wurden.

Er sah sich in einem der Lager um.

Hyperkristalle wurden hier aufbewahrt. Die Menge schätzte Saedh auf etliche Kilogramm, und das war ein beachtliches Vermögen. Die Preise für Hyperkristalle aller Art hatten sich in den letzten Jahren vervielfacht. Falls der Gelau über mehrere solcher Depots verfügte, hatte er allein durch Zuwarten ein extrem gutes Geschäft gemacht. Möglich, dass er die Hyperkristalle tranchenweise auf den Markt werfen wollte.

Aber die anderen Sachen? Energiepacks und Energiewandler waren nichts Besonderes. Dazu positronische Bauelemente. Andere Gegenstände identifizierte Saedh als multifunktionale Komponenten, angefangen vom fingernagelgroßen Steckteil bis hin zu den Meterplatten, die für gewöhnlich in Raumschiffen Verwendung fanden. Andere, zum Teil winzigste Bauteile, die absolut stoßsicher verpackt waren, konnte Saedh nicht einmal annähernd einschätzen.

Von alldem machte er Aufnahmen, die eine spätere Identifizierung ermöglichen würden. In der Pfanne hatte er jedenfalls genug gesehen. Wenn er die Warengruppen richtig einschätzte, handelte es sich überwiegend um Standardprodukte, die lediglich in Kriegsgebieten eine hohe Marge einbringen würden.

Die Frage war, was die Schiffe brachten, die am Steg angelegt hatten.

Saedh schwang sich in einen der zum Abtransport bereitstehenden Container. Nur Minuten später wurde der Behälter von außen verschlossen.

Saedh zog den Folienhelm aus dem Nackenwulst und rollte ihn nach vorn. Als der Verschluss griff, blähte die anlaufende Sauerstoffversorgung den Helm auf.

Erschütterungen bewiesen, dass der Container verladen wurde. Danach trat Ruhe ein. Saedh nutzte die Zeit, um die Bildaufnahmen in den kleinen Sender einzuspeisen, den er am Handgelenk trug.

Wieder spürte er Erschütterungen. Doch offenbar ging es nur stückweise vorwärts.

Kurz bevor der Sauerstoffvorrat aufgebraucht war, öffnete Saedh den Helm wieder. Zweifellos befand er sich schon auf dem Steg, denn von fern drangen Geräusche heran. Als niemand kam, um den Container zu öffnen, machte Saedh sich am Innenmechanismus zu schaffen. Summend schob sich der Torflügel zur Seite.

Siedend heiß durchfuhr es Ozwachs Sekretär, als er auf die Stahlwand blickte, die vor ihm aufragte. Genau damit hatte er nicht gerechnet, und doch war es naheliegend gewesen, dass die Roboter die Behälter erst einmal dicht an dicht abstellten. Gerade eine Unterarmlänge stand der andere Container entfernt. Immerhin ausreichend, dass Saedh sich hindurchzwängen konnte.

Er hatte keinen Anhaltspunkt, wo er sich befand, aber wenigstens war die Halle mit Atmosphäre geflutet. Zwischen Dutzenden Containern, die in mehreren Lagen übereinandergestapelt waren, zwängte er sich hindurch.

Eine halbe Stunde später stand Saedh vor anderen großen Stahlbehältern. Zweifellos gehörten sie zu einer der Schiffsladungen. Auch sie waren leicht zu öffnen. Im Innern fand der Springer Aggregate, mit denen er nichts anzufangen wusste. Es handelte sich um versiegelte Geräte. Saedh machte weitere Aufnahmen und speiste sie ebenfalls in das Funkmodul ein, bevor er versuchte, eines der Geräte zu öffnen.

Auf das Geräusch hinter ihm achtete er zu spät.

Im Umdrehen sah Saedh noch den Kampfroboter in der Wandöffnung stehen. Er wollte etwas sagen, doch in demselben Moment verging die Welt für ihn in einem sonnenhellen Gleißen. Er spürte die unsägliche Hitze schon nicht mehr, die seinen Körper verbrannte.

Zhanauta Filgris erlebte ihre neue Umgebung weitaus verwirrender, als sie es noch Stunden zuvor erwartet hätte. An Bord der Space-Jet hatte sie die Fülle der Gerüche einigermaßen ertragen. Zumindest erschien ihr das im Nachhinein so. Vielleicht, sagte sie sich, war die explosionsartige Vermehrung ihrer Riechzellen aber noch nicht abgeschlossen gewesen.

Zhana glaubte mittlerweile, schlecht Luft zu bekommen, als sei ihre Nase verschwollen. Immer wieder ertappte sie sich dabei, dass sie durch den Mund atmete, als müsse sie sich auf diese Weise Erleichterung verschaffen.

Es kostete sie einige Mühe, die auf sie einstürzende Fülle neuer Empfindungen zu verarbeiten. Dabei wusste sie, dass die neuen Riechzellen innerhalb weniger Wochen wieder absterben würden. Zweifellos dann, wenn sie sich an ihre neue Fähigkeit gewöhnt haben würde.

In der Trümmerbrücke schlug ein Ozean von Gerüchen über ihr zusammen. Zhana hatte das schon auf dem Weg von der Space-Jet zur Unterkunft wahrgenommen, aber jetzt war es deutlich schlimmer. Eine Zeit lang fühlte sie sich wie eine Ertrinkende, die verzweifelt die Luft anhielt und gegen den Atemreflex ankämpfte, bis sie nicht mehr anders konnte, als dem Drang nachzugeben, und in dem Moment tauchte sie vollends ein in eine Welt entfesselter Empfindungen und Gefühle.

Längst vergessene Erinnerungen brachen in ihr auf.

Wohlige Wärme hielt sie umfangen. Sie roch diese Wärme, den Duft von Kräuterölen auf der Haut, spürte massierende sanfte Hände und hörte eine Stimme auf sie einreden, deren Klang einen angenehmen Schauder auslöste: Das war die Stimme ihrer Mutter, seit 20 Jahren vergessen.

Stahl überlagerte das Bild, das vor Zhanas innerem Auge entstehen wollte. Nackter, kalter Stahl. Dazu Schweiß und polternde Schritte. Raue, befehlsgewohnte Stimmen erklangen. Irgendwo in der Schwärze, die nicht mehr als Silhouetten freigeben wollte, das Summen eines Schottes. Erschöpfung bis zum Äußersten. Hunger, Durst, die Gier nach einem einzigen Stück Brot, dessen starker Geruch Leben verhieß: Erfahrungen wie diese prägten eine Söldnerin.

Zhana taumelte durch ihr unbekanntes Terrain. Sie starrte in fremde Gesichter, wurde angerempelt, beschimpft, glaubte Aggression und Furcht zu riechen, riss sich los, wenn Hände oder Klauen nach ihr griffen, schlug zurück und hastete endlich durch ruhiger werdende Korridore, ohne Gefühl für die Zeit, die verstrich, getrieben von Gerüchen, die sich stetig veränderten und sie bis ins Mark aufwühlten.

Sie roch Blut. Verbranntes Fleisch. Das war eine Erinnerung, die sie würgen ließ. *Die Waffe in ihrer Hand roch nach Tod, aber sie zitterte nicht einmal. Es war leicht ge-*

wesen, das Opfer zu erschießen, obwohl sie in den Augen des Mannes sein Erkennen gesehen hatte, dass seine Flucht zu Ende war. Sie hatte seine Furcht gespürt, seine Panik. Aber dann seine blitzschnelle Bewegung, möglicherweise der Versuch, schneller zu sein als sie. In dem Moment hatte Zhana geschossen, innerlich erstarrt, aber zugleich wissend, dass sie es wieder tun würde …

Vornübergebeugt stand sie da, schwer atmend, die Hände auf den Oberschenkeln abgestützt, und Nässe quoll aus ihren Augen und rann brennend über die Wangen. Auch unter der Nase hing Schleim, tropfte über ihre Lippen.

Zhana wischte sich mit dem Handrücken über den Mund. Es war wässriges, leicht rötlich verfärbtes Sekret, das da aus ihrer Nase kam. Sie roch daran, schmeckte Blut und Salz und etwas, das sie als Mineralstoffe identifizierte.

Ruckartig richtete sie sich auf und schaute sich um. Der Korridor war nur spärlich von einigen Leuchtplatten erhellt. Fünf Meter zu ihrer Rechten bog der Gang ab, links versperrte ein Schott den Weg. Zhana wusste nicht, wo sie sich befand. Sie bezweifelte, dass sie nur die Nähe des medizinischen Sektors erreicht hatte.

Einem kleinen Eingriff zur Sensibilisierung ihres Riechvermögens hatte sie sich unterzogen. Niemand hatte ihr gesagt, wie sich diese Veränderung und die Fülle der neuen Sinneseindrücke auswirken würden. Zhana verstand nicht alles von den biologischen Vorgängen in ihrem Körper, doch sie nahm an, dass die plötzliche Vervielfachung der Geruchswahrnehmung die Riechnerven überlastet hatte. Und zweifellos war der

Hippocampus, der Sitz ihrer Gefühle und Erinnerungen, wie von einer Flutwelle getroffen worden.

Zhana lehnte sich an die Wand, schloss die Augen und atmete durch den Mund. Mit beiden Händen wischte sie die Nässe aus dem Gesicht. Ihre Maske war nicht in Mitleidenschaft gezogen worden.

Sie erschrak, als sie die Zeitanzeige ihres Armbands sah. Mehrere Stunden lang musste sie durch die Trümmerbrücke geirrt sein. Schlaglichtartig entsann sie sich, verbunden mit einer Fülle neuer Geruchseindrücke. Springer, Tefroder, ein Ferrone, Aras ... Jeder, dem sie auf ihrem Weg über die Decks begegnet war, hatte ein Aktivitätsmuster hinterlassen, nichts anderes als ein einprägsames Geruchsbild. Ein optisches Bild ließ sich wiedergeben, beschreiben oder nachzeichnen, ein gefühlter Eindruck hingegen, registrierte Zhana, war etwas Besonderes und Individuelles.

Endlich atmete sie wieder durch die Nase. Zugleich entsann sie sich, warum sie hier war. Sie war dem Geruch von Menschen nachgegangen, den sie erst vage wahrgenommen, der sich aber rasch verstärkt hatte. Diese Menschen hatten eine andere Spur hinterlassen als die Springer und der Ferrone. Es handelte sich ebenso wenig um Aras. Der Unterschied war gering, doch Zhana nahm ihn wahr.

Sie zweifelte nicht daran, dass sie den Wohnbereich der Tefroder aufgespürt hatte. Wenn dem so war, hatte sie Pfanne zwei und den Übergang in den Steg schon hinter sich gelassen.

Aber da war noch eine Spur, die sie erregte und zudem verwirrte. Dieser Geruch löste eine Vielzahl von Vergleichen in ihr aus. Zhana glaubte, Rhodan und

Tifflor darin wiederzuerkennen, sie identifizierte außerdem ein eigenartig metallisches Aroma, nicht Eisen als Sauerstoffträger im Blut, sondern feiner, sehr differenziert – es fiel ihr schwer, diese Empfindung in Worte zu fassen – und mit etwas Fremdem verbunden, das sie nicht zu identifizieren vermochte. Es war fremd, wahrscheinlich biologischen Ursprungs, aber es hing so deutlich in der Luft, dass es schwerfiel, das Aroma zu ignorieren.

Dieser Geruch, so empfand es Zhana, verwehte nicht so leicht wie alles andere.

Sie fragte sich, ob das stabile Geruchsmolekül die Ausdünstung des Gestaltwandlers sein konnte.

Eines Gys-Voolbeerah?

Den Gedanken, Tifflor anzufunken, verwarf sie sofort wieder. Noch hatte sie außer einem Verdacht nichts vorzuweisen.

Sie lief weiter, legte sich zugleich zurecht, diesen Abstecher in den Trümmersteg auszudehnen und sich die Frachtumverlagerung aus der Nähe anzusehen. Womöglich führte die Spur gar in diese Richtung.

Etliche Tefroder begegneten ihr. Zhana registrierte ihre individuellen Ausdünstungen ebenso wie den Gestank, der ihr aus den Kabinenfluchten entgegenschlug, in denen diese Menschen hausten. Ein heimatloses Volk, wusste sie. Als Nachfahren der Lemurer, der Ersten Menschheit, waren sie vor rund 50.000 Jahren in die Nachbargalaxie Andromeda geflohen. Nach dem Ende des MdI-Krieges und der Übernahme Andromedas durch die Methan atmenden Maahks hatten Milliarden Tefroder ihr Heil in der alten Heimat gesucht. Heute siedelten sie auf mehreren Welten im Hoheitsgebiet der

Blues und wurden als Wanderarbeiter geschätzt; ihre galaktopolitische Größe von einst hatten sie nie wieder erreicht.

Schicksal, dachte Zhana frostig. Das war nichts, worüber sie sich Gedanken machen musste.

Zeitweise fürchtete sie, den fremden Geruch zu verlieren. Das war in Bereichen, in denen sich andere exotische Ausdünstungen hielten. Enger werdende Decks bestimmten mit einem Mal das Bild, nicht mehr die großzügige Raumaufteilung wie in den äußeren Bereichen der Trümmerbrücke. Hier war die Struktur des ehemaligen Sporenschiffs mit seiner riesigen Ausdehnung und dem Gefühl räumlicher Weite geradezu pervertiert worden. Zhana entdeckte verschmutzte Räumlichkeiten, in denen sich zweifellos jemand verborgen gehalten hatte oder immer noch verborgen hielt. Die Spuren waren eindeutig, und es handelte sich wohl um nichtmenschliche Wesen, was den fremdartigen Geruch erklärte. In einer Ecke lag ein Haufen vertrockneter, von Schuppen geprägter Hautfetzen. Hier hatte sich offenbar ein Reptilienankömmling gehäutet. Zhana roch an einigen dieser knisternden großen Stücke. Dessen Ausdünstung war so fremd wie jene, der sie hierher gefolgt war, hatte sich aber bereits mit dem allgegenwärtigen Mief der Brücke vermischt.

Die Geruchsspur, fand Zhana, wurde allmählich sogar deutlicher. Sie schloss daraus, dass sie dem menschlich-fremden Wesen näher kam. Sie tastete nach dem kleinen Kombistrahler, den sie im Achselholster trug. Die Waffe war auf Paralysemodus geschaltet. Einen Moment lang zögerte sie und war versucht, die Energieleistung auf Thermostrahl umzustellen ...

Ihr Armband meldete sich mit einer kurzen Vibration.

Der eingehende Funkimpuls mochte ultrakurz gewesen sein. *Erwarte dich umgehend bei der Jet, Bauchaufschneiderin!*, las Zhana im Textfeld.

Sie fragte sich, ob sie die Aufforderung ignorieren sollte. Abschätzend glitt ihr Blick durch die Maschinenhalle, die sie eben erst betreten hatte. Wie eine stumme Aufforderung an sie weiterzugehen, hing der Geruch in der Luft. Zhana entschied sich dennoch umzukehren.

Rhodan! Der große unsterbliche Perry Rhodan, um den sich schon zu Lebzeiten Legenden rankten wie um kaum eine andere Person ... Ignats Gorgides lachte hell. Er war verwirrt und aufgewühlt wie lange nicht mehr. Eigentlich war es nur ein Gefühl gewesen, das ihn veranlasst hatte, bei dem Mann auf Rhodan zu tippen. Die Größe hatte gepasst, die Statur ebenso, und auch wenn das Gesicht zu unförmig, schlicht aufgequollen erschienen war, die Augen hatten den Terraner verraten. Ebenso seine Aura. Rhodan, hatte Gorgides irgendwann gehört, trug die Ausstrahlung eines Ritters der Tiefe. Er hatte diese Aura gesehen. Mit dem scharfen Blick, den ihm der Dreier verliehen hatte. Obwohl, wenn er jetzt darüber nachdachte, fiel es ihm unglaublich schwer, diesen Eindruck zu beschreiben. Das war kein optischer Effekt gewesen, nichts, was er mit seinen Sinnen hätte erfassen können ... Egal. Wann hätte er sich je träumen lassen, dass der Terranische Resident auf ihn angewiesen sein würde? Vor allem: Er verstand jetzt, was viele Menschen meinten, wenn sie von Rhodan als »dem Terraner« sprachen.

In drei Stunden begann sein nächster Dienst. Theoretisch. Gorgides zweifelte noch daran. Er war oben gewesen, an der Oberfläche der Pfanne, und hatte gesehen, dass die meisten Kraken zurzeit nicht bewegt wurden. Nur Fahrzeuge waren draußen, die zu den Raumschiffen des Gelau gehörten.

Aber vielleicht war das alles unwichtig geworden.

Gorgides' Finger schlossen sich um den Info-Würfel, den er Rhodan geben wollte. Er hatte nicht geschlafen, nicht eine Minute, seit er mit dem Terraner gesprochen hatte. Aber er hatte die Dreier-Kapsel geschluckt, sich mit seinem letzten Bargeld neue Kapseln besorgt und ansonsten jeden aufgescheucht, den er kannte. Er hatte förmlich nach Informationen geschrien, und alles, was er seitdem in Erfahrung gebracht hatte, war in dem Würfel gespeichert.

Gorgides fragte sich, welche Summe ihm die Weitergabe dieser Informationen auf dem üblichen Weg eingebracht hätte. Wahrscheinlich den Gegenwert für drei oder vier Kapseln. Gar nicht schlecht für jemanden wie ihn, aber wog das auf, Rhodan zum Freund zu haben?

Der Mann, gestand sich der Tefroder ein, hatte Eindruck auf ihn gemacht. Er war …

… menschlich!

Einen anderen Begriff fand Gorgides nicht.

Noch zwei Stunden, bis er den Terraner wiedersehen würde. Unruhig spielte der Trümmerlotse mit dem Würfel. Er hatte ein ungutes Gefühl, und damit stand er nicht allein. Ohne seine Nachforschungen wäre es ihm sicher nicht aufgefallen, aber viele Tefroder waren nervös und reagierten zunehmend gereizt. Weil niemand sie informierte. Längst konnte es keinen Zweifel mehr geben, dass der mittlere Bereich der Trümmerbrücke geräumt wurde. Oder zumindest einer anderen Nutzung zugeführt. Erst waren die Springer, die alle Lagerräume betreut hatten, in die Pfannen gebracht worden, danach hatte ein Heer von Robotern begonnen, die Fracht umzuladen.

Nun brachten Raumschiffe neue Waren.

Noch seltsamer, fand Gorgides, war die unglaubliche Ruhe in der Station. Die Streitigkeiten der Springer untereinander hatten fast vollständig aufgehört. Sogar von Lamos Ozwach kam kein böses Wort mehr. Als hätte das Geschehen den THAU-Händlern die Stimme verschlagen.

Gorgides kannte das von den Welten, auf denen er vor seiner Verpflichtung auf die Trümmerbrücke gelebt hatte. Bevor Unwetter mit vernichtender Kraft losgebrochen waren, hatte die Atmosphäre eine seltsame Aufladung spüren lassen. Hier war es ebenso; es herrschte die Ruhe vor dem Sturm.

Gorgides fragte sich, wie Rhodan all das empfinden mochte. Trotz seiner Verkleidung hatte der Terraner etwas Erhabenes an sich. Menschen wie er waren nicht darauf angewiesen, ihr Dasein mit aufputschenden Mitteln erträglich zu machen. Vielleicht, weil sie nicht an sich selbst zweifelten und ihren Weg geradlinig gingen, egal wie groß die Bedrohung sein mochte, die auf sie wartete.

Gorgides verkrampfte die Hand immer noch um den Info-Würfel, aber nun schob er ihn in die Hosentasche. Er zitterte, weil es Zeit für ihn wurde, die nächste Kapsel zu schlucken.

Aber welchen Eindruck sollte der Terraner von ihm haben, fragte er sich, wenn er wie ein Häufchen Elend vor ihm stand? Rhodan war die Chance für ihn, von der Trümmerbrücke loszukommen. Eine zweite würde er schwerlich erhalten.

Ohne sich noch einmal umzuwenden, verließ Gorgides seine Kabine. Er konnte es nicht erwarten, den Residenten wiederzusehen, hätte am liebsten laut hinausgeschrien, dass der unsterbliche Terraner auf der Trümmerbrücke weilte.

Ihm war klar, dass er zu früh am Treffpunkt sein würde. Aber er wollte den Freund auf keinen Fall warten lassen.

Zwei Stunden später:

»Er war enttäuscht«, sagte Julian Tifflor vorwurfsvoll. »Ist dir nicht aufgefallen, wie sehr er bemüht war, dir zu imponieren?«

»Er hat sein Möglichstes getan«, erwiderte Rhodan. »Dafür bin ich ihm dankbar, und das habe ich ihm auch gesagt.«

»Gorgides hat mehr von dir erwartet.«

Rhodan hielt den Speicherwürfel hoch, den er vor wenigen Minuten von dem Tefroder erhalten hatte. Ihr Treffen war denkbar kurz ausgefallen. Eigentlich hatten sie nur wenige Sätze gewechselt, und schon dabei hatte sich der Tefroder nur wiederholt, ohne das selbst zu bemerken. Mehr wäre angesichts des desolaten Zustands, in dem Gorgides sich befand, sinnlos gewesen. Im Gegenteil: Rhodan hatte befürchtet, zu viel Aufmerksamkeit zu erregen.

»Er steht unter Drogeneinfluss, das war schwerlich zu übersehen. Soll ich ihm hier einen Entzug verordnen?«

»Für mich sah das schon sehr stark nach Entzugserscheinungen aus«, sagte Tifflor. »Der Mann hält diese Lebensweise bestimmt nicht lange durch ...«

Im Nachhinein war Rhodan sich nicht mehr sicher, ob Gorgides seinen Rat annehmen würde, sich erst einmal auszuruhen. Sein Blick schweifte durch die Halle, aber der Tefroder war schon in der Menge verschwunden. Zumindest hatte er behauptet, dass er sich in seine Kabine zurückziehen würde.

»Wenn es stimmt, dass er sich Plandaten des Mittelsegments beschafft hat ...« Tifflor ließ die Folgerung unausgesprochen. Rhodan und ihm war klar, dass sie mit solchen Daten möglicherweise einen Schlüssel in der Hand hielten, der ihnen half, die Absichten des Gelau zu durchschauen. Falls sie sich nicht in einer fixen Idee verbissen.

»Ist Saghul unser Mann?«, fragte Tifflor, als sie in einem Antigravschacht allein mehrere Decks in die Höhe schwebten.

»Noch haben wir keine andere Spur.«

Sie waren auf dem Weg zur Space-Jet, um den Würfel mithilfe der Bordpositronik auszuwerten. Eine andere Möglichkeit, abgesehen von dem Rechnersystem ihrer Suite, hatten sie ohnehin nicht zur Verfügung.

Nur wenig hatte sich im Umfeld der DERWAY verändert. Einige Kraken standen zusätzlich da, bereit für den nächsten Einsatz, doch niemand befand sich in der Nähe. Die rege Verladetätigkeit hatte sich näher an Pfanne eins verlagert. Dort warteten auch mehrere Frachter. Für die beiden Terraner war nicht erkennbar, ob die Schiffe ihre Fracht schon gelöscht hatten.

»Ich frage mich, inwieweit wirtschaftliche Ränkespiele den Gestaltwandler wirklich interessieren«, überlegte Tifflor. »Was hier geschieht, wurde von langer Hand vorbereitet.«

»Das gilt für das Ara-Toxin ebenfalls«, konterte Rhodan. Er merkte, dass seine Stimme schon nicht mehr so schrill klang; offensichtlich reduzierte der Aktivatorchip die Manipulation an den Stimmbändern. »Entscheidend dürfte sein, ob wir es bei dem Gestaltwandler mit einem der Hintermänner oder nur mit einem ausführenden Organ zu tun haben.«

Tifflor nickte zögernd.

Die Fernsteuerung löschte den Prallschirm um die Space-Jet und öffnete den Zugang über die Bodenschleuse. Im Liftschacht schwebten beide Männer in die Zentralekuppel empor.

Bevor Rhodan sich in den Pilotensessel fallen ließ, aktivierte er die Energieversorgung und legte den Info-Würfel auf die Lesefläche. Der Kristall war Standard, die Positronik bestätigte umgehend die Lesbarkeit. Rhodan zeigte sich überrascht, als er die Datenfülle registrierte.

»Dieser Gorgides scheint sich gewaltige Mühe gegeben zu haben«, bemerkte Tifflor. »Es sei denn, er hat nur Schrott draufgepackt.«

Rhodan schwieg. Er rief die Speicherdaten in einem Schnelldurchlauf ab. Tabellen, Skalen, Bildmaterial, alles schien darauf vorhanden zu sein.

»Es sieht nicht nach Schrott aus«, stellte er fest.

»Vorauswahl durch die Positronik?«

Rhodan hatte den Kopf aufgestützt und die holografische Wiedergabe bereits vergrößert. Nachdenklich überflog er die erste Tabelle. »Das scheint frei zugängliches Material zu sein«, stellte er ungläubig fest. »Vermutlich aus irgendeiner Speicherdatei an Bord gezogen. Eine

Statistik über die Volumina aller Lagerhallen, die in den beiden Pfannen und im Mittelteil der Brücke benutzt werden.«

»Ich vermute, auch nach Patriarchen sortiert«, sagte Tifflor.

»Namentlich aufgeführt, nach Anteilshöhe: Angut Vorris, Irten Tusay, Lamos Ozwach ...«

»Patriarch Saghul?«

Rhodan überflog die Tabelle mit einem raschen Blick. »Nichts. Auch nicht als Gelau markiert. Andererseits ergibt die Gesamtsumme keine hundert Prozent. Als Wirtschaftsnachweis wäre die Aufstellung unbrauchbar.« Er lachte hell. »Sieh dir das Datum an, Julian! 1334 NGZ.«

Tifflor setzte sich ebenfalls. »Das ist Füllmaterial«, stellte er sinnend fest. Sein Blick heftete sich auf die Transparentkuppel über ihm. »Ehrlich gesagt, du hattest mich fast schon überzeugt, Perry. Beinahe hätte ich diesem Ozwach mehr zugetraut.«

Rhodan kommunizierte mit der Positronik. Vor ihm weitete sich das Hologramm aus. Er ließ sortieren, verschieben, Tabellen ausblenden, sobald sie gleichartige Aufstellungen zum Inhalt hatten.

Tifflor schaute ihm wiederholt über die Schulter, schüttelte den Kopf, murmelte schließlich etwas von »Zeitverschwendung«.

Im Zentrum der Abbildungen lagen die Planskizzen. Sie waren alles andere als vollständig. Auch hier schien sich Gorgides aus den unterschiedlichsten Quellen bedient zu haben. Einige der Dateien wiesen ebenfalls das Datum 1334 NGZ aus. Rhodan entsann sich, dass der Tefroder im Gespräch erwähnt hatte, wann er auf die

Trümmerbrücke gekommen war. Er schien am Anfang also ziemlich neugierig gewesen zu sein.

»Jede Wette, dass Gorgides diese Pläne alle schon an den TLD verkauft hat.« Rhodan lachte plötzlich. »Das nenne ich Zweitverwertung.«

Die Pläne passten nicht zusammen. Viele zeigten nur Abschnitte des Brückenstegs. Die Positronik rechnete um, änderte Maßstäbe, extrapolierte fehlende Abschnitte.

Mehr als eine Stunde saß der Resident vor den Anzeigen. Die Frachtverschiebungen durch den Gelau, die aktuellen Aufnahmen, all das interessierte ihn nur noch am Rande. Er hantierte mit den Plänen, stellte sich vor, dass die dargestellten Bereiche vor geraumer Zeit Teil eines Sporenraumschiffs gewesen war.

»Abschnitte Zwanzig, Dreiundzwanzig und Siebenunddreißig vergrößern! Alle unklaren Linienführungen ausblenden, ebenso die nachträglich eingefügten Beschriftungen!«

Rhodan schnalzte mit der Zunge, als die drei Wiedergaben klar vor ihm standen. »Bingo«, sagte er. »Für was hältst du das, Julian?«

Tifflor stützte sich neben ihm auf die Konsole auf. Seine Augen wurden größer, Überraschung zeichnete sich in seinem Gesicht ab.

»Die blauen Linien sind Energie führende Bereiche?«

»Die Einfärbung ist standardisiert.«

»Wo liegt der Bereich?«

Rhodan blendete eine Gesamtübersicht ein. Die markierten Bereiche erstreckten sich im äußeren Drittel des langen, durchaus als stabförmig zu bezeichnenden Objekts.

Tifflor schaute Rhodan an. Die Verblüffung war nun auch ihm anzusehen. »Die Frage ist nur, ob überhaupt ein Zusammenhang besteht«, sagte er.

»Solange das Gegenteil nicht bewiesen ist, sollten wir besser davon ausgehen. Und wenn die Aussage stimmt, dass der Gelau die Arbeiten sehr schnell abgeschlossen haben will, bleibt uns nicht mehr viel Zeit. Ruf Zhana zurück! Egal, mit welchem Ara sie gerade im Bett liegt, wir brauchen sie hier.«

Die Spitze saß. Zynismus war nicht Rhodans Art, war es nie gewesen, aber jetzt ließ er sich dazu hinreißen.

Einem ungeübten Beobachter wären die kleinen Puzzleteile nicht aufgefallen, die er nach und nach zusammengesetzt hatte, die zwar kein vollständiges Bild ergaben, aber wenigstens eine Ahnung. Tifflor hatte ebenso darauf reagiert. Es waren die strategische Übersicht und die Routine im Umgang mit kleinen und scheinbar unwichtigen Details, die oft genug entscheidende Hinweise bargen.

Ein Springer-Patriarch, überlegte Rhodan, hätte erst einmal in anderen Bahnen gedacht, in Lagerflächen, Umschlagshäufigkeit und Ertrag. Für die Springer, die hier lebten und arbeiteten, war der ausrangierte Stahlkoloss mit den nachträglichen Anflanschungen ein riesiges Zuhause im Weltraum, eine Generationen-Station, die sie nach ihren Bedürfnissen formten. *Zu formen glaubten,* berichtigte sich der Resident sofort. Er sah in der Trümmerbrücke immer noch das, was sie einmal gewesen war, nämlich Bestandteil eines riesigen Raumschiffs, bewohnt von den unterschiedlichsten Völkern, so wie jetzt von Springern, Tefrodern, Aras und vielen anderen.

Rhodan fragte nicht, ob sich Zhana schon gemeldet hatte. Funkverkehr war nur für den Notfall vereinbart. Doch ungefähr das, fürchtete er, war jetzt eingetreten.

Tifflor vergrub seine Finger in den Holografien. »Wir sehen hier also Bereiche, die verblüffend an Maschinenräume erinnern«, stellte er fest. »Impulstriebwerke mit allen Tankanlagen, Zuleitungen und Energiespeichern. Und hier« – seine Hand glitt weiter in die nächste Darstellung – »das könnten Linearkonverter sein. Die dargestellten Energieführungen lassen kaum einen anderen Schluss zu. Aber steht all das unter Energie?«

»Wir können es herausfinden.«

Tifflor machte eine geringschätzige Bewegung. »Zugegeben, im ersten Moment war ich auch überrascht. Aber wir stehen unter Strom, Perry, wir beide. Der Erfolgsdruck wird mit jedem Tag größer.«

»Weiter!«, drängte Rhodan.

»Wir werfen unsere Erfahrung über Bord ... Wir lassen uns ins Bockshorn jagen ... Weil der Einsatz in diesem Spiel so verdammt hoch ist.«

»Und wenn es kein Spiel ist, Tiff, sondern blutiger Ernst?«

»Du weißt, wie ich das gemeint habe. Wir fangen beide an, unprofessionell zu reagieren, messen Vermutungen plötzlich mehr Gewicht zu als Fakten. Weil wir emotionell beteiligt sind, und das mehr, als wir es uns eingestehen wollen. Wie wäre es, wenn wir einfach davon ausgehen, dass die Springer irgendwann glaubten, die Trümmerbrücke flugfähig machen zu müssen? Dann zeigen die Pläne nichts anderes als Spuren dieser Arbeiten.«

»Bist du davon überzeugt, Julian?«

Tifflor schüttelte den Kopf. »Das Dumme daran ist, dass ich mich wie ein Blinder fühle, der sich im Nebel verirrt hat. Ich sehe nicht die Spur eines Zusammenhangs.«

»Warum nehmen wir nicht einfach an, dass Patriarch Saghul und der Gestaltwandler identisch sind, und heften uns an seine Fersen? Was haben wir zu verlieren?«

»Das fragst ausgerechnet du, Perry?« Tifflors Seufzen klang, als resigniere er.

»Dann sieh dir das an!« Rhodan ließ einen Großteil der Zeichnungen übereinanderblenden. »Das ist nicht nur irgendein stillgelegtes Projekt«, behauptete er. »Das ist weiter fortgeschritten, als es auf den ersten Blick scheint.«

Es war ein Wust von Bildern, die eine Fülle unterschiedlichster Teile offenbarten. Manches davon Massenware – im Dutzend für einen Galax gehandelt –, positronische Bauteile, wie sie in jedem größeren Schaltkreis verbaut wurden. Solche Dinge hielt man nicht unter Verschluss, die setzte man ein oder ließ sie recyceln. Aber vor allem rechtfertigten sie nicht den Tod eines Sekretärs.

Die anderen Gegenstände hatten mit Energiesystemen zu tun. Das wusste Ozwach, obwohl er kein Spezialist war, der auf Anhieb die genauen Verwendungsmöglichkeiten hätte aufzählen können. Das war auch nicht wichtig – jetzt nicht mehr.

Der THAU-Händler raufte sich die Haare. Er schaute zu seinen beiden Besuchern auf.

»Der Rest ist unübersichtlich und undefinierbar«, sagte Irten Tusay gedehnt. Trotzdem konnte er seine Ungeduld nicht verbergen. »Es wird Tage dauern, bis wir herausgefunden haben, was hinter diesen Lieferungen steckt. Ich weiß jedenfalls nichts damit anzufangen.«

»So lange können wir nicht warten«, stellte Skov fest. »Spätestens in der kommenden Nacht werden die Arbeiten abgeschlossen sein. Ich fürchte, danach wird uns der Gelau mit Tatsachen konfrontieren, die uns nicht gefallen werden.«

»Das betrifft jeden von uns!«, hob Ozwach hervor.

»Gibt es neue Informationen von Saedh?«

»Er ist tot!«

»Dafür hast du keinen Beweis, Lamos«, stellte Tusay fest. »Du stellst nur Vermutungen an.«

»Was ist falsch daran?«, fuhr Ozwach auf. »Die Aufnahmen wurden mit Rafferimpuls übermittelt, dennoch brach die Sendung unvermittelt ab. Ich habe nicht alle Daten erhalten.«

»Ein Energieausfall ...?«

»Unsinn! Saedh wurde von einem dieser verfluchten Roboter erschossen. Sie haben ihn erwischt und ...« Mit der Handkante fuhr Ozwach sich über die Kehle und verdrehte demonstrativ die Augen. »Jetzt keine weitere Diskussion darüber. Nicht einmal der Gelau hat das Recht, den besten Sekretär zu eliminieren, den ich je hatte.«

Er wusste definitiv, dass Saedh tot war. Aber woher er dieses Wissens bezog, konnte er nicht eingestehen. Der winzige Positionssender, der im halben Tonta-Takt Saedhs Position markiert hatte, blieb stumm. Das hatte nichts mit Energieausfall zu tun, die millimetergroße Wanze war zerstrahlt worden.

»Was ist mit der Besprechung heute Abend?«, fragte Skov. »Mir ist nicht bekannt, dass der Gelau den Termin abgesagt hätte.«

Ozwach grinste schon wieder. »Vielleicht wird er uns eröffnen, dass wir ausgezahlt werden sollen, und er bietet uns eine läppische Abfindung.«

Das hatte ein Witz sein sollen. Er lachte schallend, doch seine Besucher hatten dafür überhaupt keinen Nerv.

»Wir müssen ihm zeigen, dass wir so nicht mit uns umspringen lassen!«, schnaubte Ozwach. »Ich warne eindringlich davor, uns zu Ja-Sagern degradieren zu lassen. Außerdem brauchen wir Zeit, um mehr über diese Warenlieferungen herauszufinden.«

»Wenn wir diese Zeit nicht bekommen?«, fragte Tusay.

»Dann ...« Zielsicher spuckte Lamos Ozwach in den Ausschnäuznapf, der zwei Schritt entfernt stand. »Dann wird eine Auseinandersetzung unumgänglich.«

Skov gab sich alle Mühe, unbeteiligt zu wirken. Er starrte auf die Bildwand und knetete dabei seine Hände.

»Du sprichst von einer kurzen Auseinandersetzung?«, fragte Tusay zögernd. »Nichts, was der Gelau gegen uns verkehren könnte?«

»Das wird er dann bestimmt nicht mehr tun«, versicherte Ozwach. »Aber ich brauche die Zustimmung aller. Fangen wir doch gleich an damit. Irten ...?«

Der hagere Mann zwirbelte seinen Bart. »Ich mag es nicht, wenn jemand bewährte Strukturen umstößt«, sagte er, und die Drohung in Richtung Ozwach war unverkennbar. Irten Tusay hatte verstanden, dass Ozwach im Begriff war, sich in den Vordergrund zu spielen. »Trotzdem: einverstanden.«

»Emmett ...?«

»Ich bin mir nicht sicher, ob ich richtig verstehe, worüber wir hier abstimmen.«

»Doch«, sagten Tusay und Ozwach wie aus einem Mund.

»Es geht um unsere gesicherte Existenz«, fuhr Tusay ungerührt fort.

Skov nickte zögernd. »Ich mag es nicht, derart überfahren zu werden, wie der Gelau das getan hat. Du hast freie Hand, Lamos. Überzeuge ihn!«

Zwei bullige Kerle vertraten Zhanauta Filgris den Weg. Unter den Speckwülsten, die sie zu unansehnlichen Gestalten machten, grinsten ihre Albinoaugen herausfordernd.

»Wer schleppt schon am frühen Abend so viel Gepäck mit sich herum, Schwester? Du hast das Zeug gewonnen? Oder geklaut?«

Gierig grapschte einer nach dem Antigravbeutel, den Zhana über ihre Schulter geworfen hatte. Doch bevor er das dünne Gewebe nach dessen Inhalt abtasten konnte, schlug sie seinen Arm zur Seite.

Er verzog das fleischige Gesicht zur Grimasse. »Das tut weh, Schwester. Ist nicht nett von dir ...«

»Lass die Frau in Ruhe!«, fauchte Tifflor, der einen Augenblick zu spät bemerkt hatte, dass Zhana nicht mehr neben ihm ging. Rhodan war ebenfalls stehen geblieben. Andere Passanten machten plötzlich einen weiten Bogen um die Gruppe, einige beschleunigten ihre Schritte, noch mehr zögerten und glaubten wohl, dass es in den nächsten Minuten genug zum Gaffen gäbe.

»Misch dich nicht ein!«, herrschte der zweite Untersetzte Tifflor an. »Wir unterhalten uns mit der Lady, das siehst du doch. Also verschwinde!«

»Vielleicht wäre es besser, ihr zwei nehmt die Beine in die Hand ...«

Mehr brachte Tifflor nicht über die Lippen. Einer der Kolosse sprang ihn aus dem Stand heraus an. Tiff wich jedoch so geschmeidig aus, dass der Angreifer ins Leere stürmte. Zwei Unbeteiligte von den Beinen reißend, fuhr der Kerl herum und griff mit gesenktem Schädel an. Tifflor schlug kurz und hart zu, seine Finger vergruben sich in den Nackenwülsten des Burschen, und als der gurgelnd um sein Gleichgewicht kämpfte, ruckte Tiffs Knie hoch.

Zhana schlug mit verschränkten Händen zu, weil der andere ebenfalls auf Tifflor losging. In der Bewegung hielt der Fette wie vom Blitz getroffen inne, und als Zhana nachsetzte und ihm die Fäuste in den Nacken hieb, brach er ächzend zu Boden.

Jemand aus der umstehenden Menge klatschte zaghaft Beifall. Immerhin wichen die Gaffer bereitwillig zur Seite, als Rhodan sich Platz verschaffte und Tifflor und Zhana zu ihm aufschlossen.

»Deine Maske ist lädiert, Julian«, stellte Zhana Sekunden später fest, als sie in einen weniger stark frequentierten Seitengang einbogen.

Tifflor tastete über sein Gesicht. Er bemerkte den halb abgelösten Bioplasmastreifen und murmelte eine Verwünschung.

»Das kriegen wir wieder in Form«, raunte die Frau. »Aber nicht hier.«

Vor 20 Minuten hatte sie in der Space-Jet an Ausrüstung zusammengerafft, was ihr nötig erschienen war, unter anderem Chemikalien und Medopäckchen, die sie jetzt schon gut für Tifflors deformierte Maske einsetzen konnte.

Rhodan hatte sie mit knappen Worten informiert, als sie nach der Textmeldung zur DERWAY gekommen war.

Und nun hasteten sie alle drei durch die Pfanne zum Mittelsteg der Trümmerbrücke.

Sie mussten Gorgides auftreiben. Rhodan wollte, dass der Tefroder sie durch den Steg führte.

Die Anspannung war greifbar geworden und drängte nach einer Entladung. Lamos Ozwach saß da wie versteinert. Er sah verbissene Mienen. Zornige Gesichter. Mühsam unterdrückten die Händler ihren wütenden Protest.

In nur fünf Minuten hitziger Debatte hatte Patriarch Saghul ihnen deutlich ihre Grenzen aufgezeigt. Verdammt eng gezogene Grenzen, die an die Substanz gingen, so empfand es Ozwach. Und keiner von ihnen konnte aufbegehren. Der Gelau hatte die Mehrheit.

»Wer glaubt, meine Anordnungen nicht akzeptieren zu müssen, sollte besser alle Anteile abtreten. Ich kann keine Garantie für seinen geschäftlichen Erfolg übernehmen.«

Über all die Jahre hinweg, stellte Ozwach entsetzt fest, hatten sie zu gut vom Gelau gesprochen. Er war keineswegs nur ein Wichtigtuer. Saghul war bestimmend, selbstherrlich, unerbittlich. Und überheblich, fand der THAU-Händler. Er konnte dieses feiste Grinsen des Patriarchen nicht mehr sehen. Langsam, unendlich langsam schüttelte er den Kopf und biss dabei die Zähne zusammen. Alles in ihm drängte danach, aufzuspringen und Saghul die Fäuste ins Gesicht zu schlagen. Er musste sich beherrschen.

Ozwach fühlte sich angestarrt. Koztelka, die rechte Hand des Gelau, musterte ihn eindringlich. Ozwach erschrak, glaubte für einen Moment, dass Koztelka ihn durchschaute. Aber dann glitt der Blick des Mannes weiter, der sich ohnehin die ganze Zeit über schweigend verhalten hatte.

Ozwach wusste nicht, was er von dem Sekretär halten sollte. Er konnte Koztelka nicht einschätzen. *Vielleicht,* dachte er, *sollten wir ihn ebenfalls* ... Er riss sich zusammen, zwang sich, nur an die unbekannte Fracht zu denken, die der Gelau immer noch verladen ließ, denn Koztelka musterte ihn schon wieder. Der Mann hatte etwas Unheimliches an sich.

Nur noch mit halbem Ohr hörte Ozwach auf die Drohungen, die Saghul eisig lächelnd ausstieß. Er schaute zu den beiden Wachen hinüber, die neben dem Schott postiert waren. Mit einem Mal wirkten sie auf ihn roboterhaft starr. Hoffentlich irrte er sich.

Ozwach schüttelte den Kopf. Er vergrub das Gesicht in den Händen, und als er wieder aufsah, ruhte Koztelkas Blick forschend auf ihm. Ozwach schwitzte.

»Ich kann hier nicht mehr atmen!«, stieß er schnaubend hervor. »Was dürfen wir überhaupt noch beschließen?«

Alle starrten ihn an. Koztelka ließ ein mitleidvolles Grinsen erkennen. Wie aus weiter Ferne hörte Ozwach die Stimme des Patriarchen: »... die Umschichtung aller Waren muss bereits in den nächsten beiden Stunden abgeschlossen werden! Wenn dieser Termin nicht eingehalten wird, mache ich die Anwesenden persönlich dafür verantwortlich. Ich versichere, dass die Konsequenzen sehr unangenehm sein werden.«

Die Drohung ließ an Deutlichkeit nichts offen. Ozwach rang nach Luft. Einen solchen Affront konnten die Händler nicht dulden.

Er sah, dass der Gelau sich erhob und sich wortlos umwandte. Koztelka folgte seinem Herrn wie ein ergebener Leibdiener mit drei Schritten Abstand. Ozwach starrte ihnen hinterher. Seine Zunge tastete an den unteren Schneidezähnen entlang, fand den winzigen, zwischen die Zähne eingehängten Signalgeber und löste den vereinbarten Impuls für Morghon aus.

Beide Schotthälften schoben sich in die Wand zurück.

Sie hatten sich noch nicht vollständig geöffnet, da schien ein Blitz aufzuzucken. Viel zu kurz, als dass die Ursache sofort erkennbar geworden wäre. Unmittelbar darauf wieder. Diesmal registrierte Ozwach den grellen Strahl, der für einen Sekundenbruchteil in der Schottöffnung stand. Als Reflex brannte sich der Thermoschuss in seine Netzhaut ein.

Der Gelau schwankte. Er hatte noch abwehrend die Arme nach vorne gerissen, war aber mitten in der Bewegung in sich zusammengesackt. Koztelka stützte seinen Herrn und ließ ihn langsam zu Boden gleiten.

Das alles hatte sich blitzschnell abgespielt. Ozwach erkannte erst im Nachhinein, dass der zweite Schuss einer der Wachen gegolten hatte und der Mann mit verbranntem Schädel zu Boden stürzte.

Der andere Wächter schaffte es noch, seinen Strahler hochzureißen, aber auch er reagierte eine Nuance zu spät. Seine Thermosalve, im Fallen abgegeben, zog eine Glutspur quer über die Wand.

Lähmendes Entsetzen erst ... dann brach Chaos aus. Alle brüllten durcheinander, und in dem Lärm verhallten die hastigen Schritte, die sich auf dem Korridor vor dem Besprechungsraum entfernten.

Ozwach bebte, als er endlich von seinem Stuhl aufstand. Morghon hatte perfekte Arbeit geleistet, und Saghul war tot. Die Brandwunde quer über der Brust des Patriarchen ließ keinen anderen Schluss zu; schon der Schock des Strahltreffers musste den Gelau getötet haben. Auch die Wachen hatten nicht überlebt. Aber das war es nicht, was Ozwach plötzlich zu schaffen machte. Es war der Schutzschirm, der Koztelka wie eine flirrende Aura umgab.

Der Sekretär hatte den Gelau endgültig zu Boden sinken lassen, und nun erhob er sich. Der Schutzschirm verlieh ihm eine völlig neue Bedeutung.

Nur fünf oder sechs Schritte trennten sie. Koztelkas Gesicht verzerrte sich. Erst glaubte Ozwach, Wut zu erkennen, aber dann war er sich schon nicht mehr sicher, was er wirklich wahrnahm.

Dieser Blick ...

Diese zwingende Ausstrahlung, der Ozwach nicht ausweichen konnte. Für einen Moment glaubte der THAU-Händler zu sehen, dass sich Koztelkas Gesicht veränderte. Es nahm die Züge des Gelau an, wurde kantig und unerbittlich. Aber schon ging die Verwandlung weiter ...

Ozwach verstand nicht, was geschah. Zur Bewegungslosigkeit verdammt, stand er da, und seine rechte Hand verkrampfte sich um die Schwebeplatte des Besprechungstischs.

Vor seinen Augen verformte sich Koztelkas Schädel weiter. Das Haar verschwand, als hätte es nie existiert, der prachtvoll geflochtene Bart löste sich auf. Überhaupt wirkte die Haut mit einem Mal krankhaft bleich, und der Schädel wölbte sich auf.

Ein Ara? Irgendwie wollte Ozwach immer noch an eine Maske glauben. Er verstand nicht, warum aus dem Mehandor Koztelka plötzlich ein Ara geworden war, und dieser Schädel verformte sich weiter, nahm Züge an, die eher an eine Schlangenkreatur erinnerten ...

»Ihr habt es gewagt?« Unglaublich fremd klang dieses Zischen. Eine gespaltene Zunge beherrschte die Fratze, die eben noch Koztelka gewesen war.

Alles um Ozwach herum begann sich zu drehen.

»Ihr armseligen Narren habt es wirklich gewagt, euch den Anordnungen zu widersetzen?« Kalte Wut schwang in diesem Zischen mit. »Ich wollte die Affäre mit wenig Blutvergießen zu Ende bringen. Aber jetzt ...«

Das Zischen hallte in Ozwachs Schädel nach wie der Donner eines nicht enden wollenden Gewitters. Er registrierte nicht einmal, dass seine Beine nachgaben und er auf den Stuhl zurücksank.

»... jetzt werde ich die Dinge nach meinen Regeln vorantreiben!«

Dieses Wesen, von dem Ozwach schon nicht mehr wusste, was es wirklich war – ein Trugbild, Realität, eine Projektion? – wurde weiterhin von dem flirrenden Energieschirm geschützt. Immer noch veränderte es sich, als es den Raum verließ.

Keiner der THAU-Händler redete.

Sie versuchten zu begreifen, aber sie konnten es nicht.

Perry Rhodan und seine Begleiter benötigten nahezu eine halbe Stunde, bis sie den Übergang zum Mittelsegment der Trümmerbrücke erreichten.

Vor sich sahen sie schon die ersten Kabinen der tefrodische Ansiedlung, als eine Lautsprecherstimme losplärrte. Was sie sagte, war so gut wie unverständlich.

»Es geht um die Warenverlagerungen«, stellte Zhana fest. »Möglicherweise hat es einen Zwischenfall gegeben.«

Sie lauschten der denkbar schlecht ausgesteuerten Stimme, deren Ursprung kaum zu bestimmen war. Schließlich zeigte Tifflor auf die hohe Decke. Irgendwann waren ziemlich dilettantisch einzelne Wandabschnitte versetzt worden. Die wachsende Zahl der in diesem Bereich lebenden Tefroder hatte zusätzliche Versorgungsanlagen gebraucht. Dass unter diesen Voraussetzungen die Akustikfelder überhaupt noch reagierten, war schon fast überraschend.

Die Stimme überschlug sich.

»Da scheint mehr vorgefallen zu sein«, sagte Tifflor. »Das hört sich an, als sei ein Attentat auf die Patriarchen verübt worden.«

»Vielleicht hat einer von ihnen sich mit Saghul angelegt«, vermutete Rhodan. »Ob bewusst oder nicht, das dürfte ihm jedenfalls schlecht bekommen sein.«

Tifflor nickte zögernd. Er sah Zhana an, aber die Frau wirkte in dem Moment in Gedanken versunken. Es hatte den Anschein, als atme sie hastiger. Tiff achtete jedoch kaum darauf. »Wo finden wir Gorgides?«, wollte er wissen.

In dem Bereich wurde wirklich offensichtlich, dass sie sich an Bord eines Großraumschiffs befanden. An der Hauptstruktur der ehemaligen Decks war nur wenig verändert worden, die Unterkünfte der Tefroder wirkten gerade deshalb wie nachträglich eingeschoben. Ein Kasten am anderen, und das auch übereinander. Erreichbar waren die oberen Räumlichkeiten über frei tragende Laufgänge, und nur hin und wieder teilte sich der Hauptkorridor. Die einzelnen Sektoren waren nicht einmal rechtwinklig angelenkt, sondern füllten Lücken in der Grundkonstruktion.

Jemand hatte mit Leuchtfarbe Kennbuchstaben und Ziffern auf die Türschotte gemalt. Das System war leicht zu durchschauen.

Schritte polterten über die Laufgitter, und das Echo hallte von vielen Seiten zurück. Mehrere Tefroder, die an einer Gangkreuzung beieinanderstanden, zogen sich vor den drei Fremden zurück. Auf Rhodans Ruf reagierten sie nicht, aber aus größerer Entfernung blickten sie ihnen dann doch hinterher.

Gorgides' Unterkunft lag am Ende eines schmalen Seitenkorridors. Von hier aus führten mehrere Wege tiefer in die Trümmerbrücke hinein. Zhana huschte plötzlich weiter und verschwand für wenige Minuten in dem Halbdämmer zwischen ausgeschlachteten Aggregaten und Schrott, den irgendwer hier abgestellt und wahrscheinlich vergessen hatte. Als sie zurückkam, wirkte sie überaus angespannt.

»Ich war schon hier, sogar noch ein Stück weiter«, stellte sie bedeutungsvoll fest. Sie schwieg, sog prüfend die Luft ein.

»Was ist?«, fragte Tifflor.

»Ich habe einen seltsamen Geruch in der Nase. Alles, was ich hier rieche, kann ich Erfahrungswerten zuordnen, aber das andere ... eine Fülle von Wahrnehmungsfragmenten ...« Zhana hielt inne und sah den Tefroder an, der eben die Kammer verlassen hatte. Hinter ihm schlug das Türschott dröhnend zu.

Der Mann war etwas kleiner als sie. Seine Bewegungen wirkten übertrieben konzentriert, auf gewisse Weise ruckartig, als habe er Mühe, seine Muskeln richtig zu koordinieren. Unter seinen Augen hingen geschwollene Tränensäcke, und der Blick, mit dem er die drei nacheinander musterte, schien sich in weiter Ferne zu verlieren. Zhana fragte sich, ob der Mann sie überhaupt wahrnahm.

»Ich wusste, dass du kommst, Terraner!«, sagte er übertrieben akzentuiert. Auch das Sprechen bereitete ihm offensichtlich Schwierigkeiten.

Zhana rümpfte die Nase, als er sich ihr zuwandte. »Er hat dieses Eyemalin-Derivat geschluckt«, stellte sie unwillig fest. »Das kann noch gar nicht lange her sein; das Zeug quillt ihm noch aus allen Poren.«

»Vor zehn Minuten«, sagte Gorgides. »Ich muss einsatzfähig sein, wenn ich mit euch gehe.«

»Wohin willst du mit uns gehen?«, fasste Rhodan nach, als der Tefroder keine Anstalten machte, seine Bemerkung zu erklären.

Gorgides lachte hell.

»Wer ist neu auf der Trümmerbrücke? Das wollt ihr wissen. Ich habe es euch gesagt, aber ich weiß nicht, ob noch mehr gekommen sind. Jetzt ist der Patriarch tot. Seltsam, nicht?« Ausgiebig kratzte er sich am Kopf. »Das heißt, der Patriarch war bestimmt derjenige, den ihr sucht.«

»Welcher Patriarch?«, fragte Tifflor, obwohl die Antwort sich förmlich aufdrängte.

»Saghul«, sagte Gorgides bedeutungsschwer. »Der Gelau. Ein Attentäter hat ihn ... erschossen.«

Ein paar Sekunden lang sagte niemand etwas. Gorgides streckte die Hand aus und machte eine Bewegung, als zähle er Bargeld. Für gewisse Transaktionen war es immer gut, wenn man auf die fälschungssicheren Wertfolien ausweichen konnte.

»Dann war der Gelau nicht unser Mann!«, stellte Tifflor fest. »Wir sind einem Phantom hinterhergelaufen.«

»Nicht unbedingt«, widersprach der Resident. »Ignats, was genau ist vorgefallen?«

Gorgides zog die Hand zurück. Enttäuscht spreizte er die Finger.

»Bezahlung wie üblich«, stellte Tifflor fest. »Anweisung erfolgt über Terra.«

»Viel wurde noch nicht gemeldet«, sagte der Tefroder. »Patriarch Saghul wurde von einem Attentäter erschossen. Zwei Leibwächter ebenfalls. Die Patriarchen der Trümmerbrücke waren dabei, aber sie sind unverletzt geblieben.«

Tifflor schüttelte den Kopf. »Niemand bringt einen Gestaltwandler so einfach um, das ist unmöglich. Und schon gar nicht wird er sich von den anderen Patriarchen auf diese Weise vorführen lassen.«

Gorgides Mienenspiel war sehenswert. Erstaunen, Verwirrung und Entsetzen vermischten sich in seiner Mimik. Er war sich schlagartig bewusst geworden, dass zwischen der Weitergabe von ein paar nichts sagenden Informationen und dem, was er eben gehört hatte, Welten lagen. »Gestaltwandler?«, brachte er stockend hervor.

Rhodan überging die Frage. »Gibt es außer den Händlern noch Überlebende?«, wollte er wissen.

»Saghuls Sekretär. Aber er scheint verschwunden zu sein. In der Meldung wurde es durchgegeben – die Patriarchen lassen nach einem Springer namens Koztelka suchen.«

Zhana stieß eine Verwünschung in ihrer Muttersprache aus. Zum ersten Mal schien es etwas zu geben, das sogar sie aus der Ruhe bringen konnte.

»Ich glaube, ich weiß, wo wir ihn aufspüren können – jedenfalls ungefähr«, sagte sie.

Die Spur, die Zhanauta Filgris vor mehreren Stunden entdeckt hatte, war verweht. Zwar bedeutete es für sie kein Problem, die verwinkelte Route wiederzufinden, auf der sie dem eigenartigen Geruch gefolgt war, doch gut einen Kilometer von der Siedlung der Tefroder entfernt war Ende. Zwischen hoch aufragenden Speicherbänken hatten sich die Geruchsmoleküle verloren. Es roch nur noch intensiv nach metallischen Legierungen und abgestandener Luft.

»Luft weht«, stellte Gorgides lapidar fest.

Keiner hatte das bemerkt. Aber tatsächlich: In den Lichtkegeln ihrer Handlampen sahen sie den Staub tanzen, den sie aufgewirbelt hatten. In den Maschinenräumen gab es keine aktiven Leuchtelemente wie in den peripheren Bereichen.

»Wenigstens die Luftumwälzung funktioniert.« Tifflor leuchtete den Boden ab und richtete seine Lampe dann auf die mannsbreiten Nischen, die einzelne Aggregate voneinander trennten. »Sieht nicht so aus, als wäre vor Kurzem jemand hier entlanggelaufen.« Eine feine Staubschicht bedeckte den Boden.

»Die Umwälzung war vor zehn Tagen noch nicht aktiv«, sagte Gorgides. Er lächelte verlegen, als alle ihn anschauten.

»Und früher?«, drängte Rhodan. »Arbeitet die Anlage womöglich nur sporadisch?«

»Ich habe das nie bemerkt«, antwortete der Tefroder. »Und ich war am Anfang oft hier. Später seltener. Hier gibt es nicht viel Interessantes.«

Tifflors Rechte lag auf dem kleinen Kombistrahler, der in einer Außentasche seines prunkvollen arkonidischen Umhangs steckte. Wenigstens die Waffen hatte Rhodan ausgeben lassen. Auf die Schutzanzüge hatte er verzichtet, die lagen noch zusammengefaltet in Zhanas Antigravbeutel. Weil Rhodan der Meinung war, dass sie in ihrer Maske unauffälliger waren als mit voller Ausrüstung.

»Hast du dir die Pläne eingeprägt?«, fragte der Resident unvermittelt.

Tifflor nickte. »Ich habe gerade darüber nachgedacht. Wenn ich mich nicht irre, sollten zwei oder drei Etagen über uns die Linearkonverter stehen. Und die Impulstriebwerke ...« Er deutete über die Schulter zurück, nicht ganz in die Richtung, aus der sie gekommen waren, aber doch zum Ende der Trümmerbrücke.

»Ich denke, dass hier bald die Leuchtelemente für ausreichend Licht sorgen.« Rhodan drehte sich langsam um die eigene Achse und suchte mit seinem Blick die Umgebung ab. Inmitten der alten Anlagen war der Eindruck völlig anders als in der holografischen Wiedergabe der Plankopien. Die Maschinen mochten alt erscheinen, aber selbst wenn sich der Staub zentimeterdick verkrustet hätte, was bedeuteten schon ein paar Jahrhunderte für solche Aggregate?

»Mich würde es tatsächlich nicht wundern, wenn er sich hier irgendwo eingenistet hätte«, bekannte Tifflor. »Ja, ich weiß«, fügte er hinzu, als ihn Rhodans forschender Blick traf, »ich war skeptisch. Das bin ich noch, aber das alles macht zumindest nachdenklich.«

»Es gibt einige gute Verstecke in der Nähe«, behauptete Gorgides. »Wenn ich mich verbergen müsste, würde ich es dort tun.«

»Es ist unwahrscheinlich, dass ein Gestaltwandler es nötig hat, sich zu verbergen«, erwiderte der Resident. »Andererseits: Was macht er mit seinen Opfern? Egal, in welchem Zustand sie sich befinden, irgendwie muss er sie loswerden.«

»Ich führe euch!«, raunte Gorgides in verschwörerischem Ton.

Staub begleitete sie. Seit Jahren schien sich niemand mehr in den Bereichen aufgehalten zu haben, in die der Tefroder sie über enge Zugänge führte. Manche der Wege entpuppten sich nur als Wartungsgänge, von denen aus ein Eindringen in Zwischendecks oder Leitungsschächte möglich war. Der aufgewirbelte Staub wurde in manchen Bereichen sogar schon abgesaugt.

Nach einer Weile zeigte sich in der Düsternis ein fahles Glimmen. Die ersten Leuchtplatten wurden mit Energie versorgt, an anderen Platten ließen die Selbstreinigungseffekte Schmutzverkrustungen abplatzen.

»Sieht ganz danach aus, als hätten wir einen Treffer gelandet«, stellte Rhodan schließlich fest.

»Ich kann dir nicht einmal widersprechen«, sagte Tifflor.

Inzwischen hatten sie sich weiter von den Linearkonvertern entfernt, befanden sich vielleicht noch zehn

Meter von der Außenhülle entfernt. Die Wände waren dicker geworden, in manchen Bereichen wirkte die Struktur wie nachträglich verstärkt. Aber die ursprünglichen Gegebenheiten des Kosmischen Basars konnte niemand nachvollziehen, der nicht über ein fotografisches Gedächtnis oder alle Baupläne verfügte.

Nahezu lautlos huschte Gorgides eine schmale Nottreppe hinauf. Gleichzeitig hielt Zhana inne. Der Tefroder registrierte ihr Zögern und blieb auf halber Höhe stehen.

»Was ist da oben?«, raunte die Frau.

»Kammern«, flüsterte Gorgides. »Lauter Nischen, die vielleicht einmal zu Freizeitanlagen gehört haben.«

Zhana gab in dem Moment mit Zeichen zu verstehen, dass sie den seltsamen Geruch wieder wahrnahm und dass dieser von oben kam.

Kein Wort mehr!, bedeutete Rhodan den anderen. Er schaltete seinen Strahler auf Paralysemodus. Lautlos huschte er die Treppe hinauf. Zhana folgte ihm, den Schluss bildete Tifflor.

Vor ihnen öffnete sich ein schmaler Korridor. Nach beiden Seiten führte eine Vielzahl von Türen weiter. Wahrscheinlich hatte das alles zu einem großen Freizeitpark gehört.

Zhana übernahm die Führung. Ihr Blick ließ keine Zweifel zu, sie nahm den Geruch deutlicher wahr. Schon vor der fünften Tür blieb sie stehen, nickte.

Das Schott hatte Energie. Als Filgris die Hand vor den Öffnungsmechanismus hielt, verschwand der Flügel in der Wand.

Ein düsterer Gang, nicht länger als vier Meter, mündete in einen größeren Raum. Möglich, dass es sich um eine frühere Trainingshalle handelte, das war auf Anhieb aber nicht zu erkennen. Fahles, gelblich grünes Licht schien aus mehreren Quellen zu kommen.

Im Hintergrund, nur als Silhouette zu erkennen, stand eine dürre Gestalt. Sie war vielleicht ein wenig größer als ein Mensch.

Zhana huschte weiter, glitt zur Seite weg. Rhodan und Tifflor folgten ihr, auch sie waren routiniert und standen der Söldnerin in nichts nach. Keiner von ihnen feuerte.

Die Gestalt war eine Art Statue, aus den unterschiedlichsten Teilen zusammengeschraubt wie ein Kunstwerk. Sie war menschenähnlich, und vielleicht sollte sie ein Roboter sein, aber bewegen würde sie sich mit Sicherheit nicht. Am Boden verstreut lagen unzählige positronische Bauteile.

Drei Meter entfernt kauerte eine zweite Gestalt. Aus einem Gewühl von Decken und Lumpen richtete sie sich zögernd auf. Sie streckte einen Arm aus und spreizte die Finger wie jemand, der von grellem Licht geblendet wurde.

Es gab aber nur wenig Licht, und diese Augen, erkannte der Resident, waren kaum noch fähig, etwas wahrzunehmen. Aufgequollen und vernarbt, hatten sie nichts mehr, was an menschliche Augen erinnerte. Das ganze Gesicht war entstellt. Ein paar dürre Haarbüschel sprossen auf dem Schädel, der von der Stirn an aus einer grauen Platte bestand. Das war keine Knochensubstanz, sondern einfach eine Abdeckung, die das Gehirn schützte. Wild wuchernde Fleischfetzen hingen von den Wangen, und der lippenlose Mund entblößte zwei Reihen lückenhafter Zähne.

»Ich spüre ... vier Personen«, sagte dieser Mund stockend. Sogar die Stimme klang entstellt.

Rhodan schaute Zhana an, die Söldnerin nickte stumm. Der Geruch, dem sie gefolgt war, kam also von diesem Wesen. Eine Frau, erkannte der Resident, als einer der Lumpen verrutschte und helles Fleisch freigab.

»Menschen?«, fragte die Stimme. Vergeblich suchten die blicklosen Augen, einen von ihnen zu erfassen, der Kopf ruckte unruhig von einer Seite zur anderen. Nur die Handfläche richtete sich auf Rhodan, als wolle sie nach ihm greifen. Wie flehend erschien dem Residenten die Geste.

»Zwei Terraner«, antwortete er. »Außerdem eine Ara-Frau und ein Tefroder.«

Nein, diese Frau vor ihm konnte nicht der Gestaltwandler sein. Zu einem solchen Spiel musste sich kein Wesen herablassen, das fähig war, jedes beliebige Aussehen anzunehmen.

»Ich ... habe lange keine Terraner ... gesehen. Mein Name ist Medira. Ich bin auf Terra geboren, glaube ich, aber dann ...« Sie stockte, hatte sich endlich auf die Knie aufgerichtet und hob nun auch die andere Hand, mit der sie sich bis eben abgestützt hatte. Zielsicher richtete sie die Handfläche auf Tifflor. »Zwei besondere Energien«, murmelte sie scheinbar gedankenverloren. »Ich habe so etwas nie gespürt ...«

»Was ist mit dir geschehen?«, fragte Gorgides.

Die Frau schwieg. Sie wühlte sich aus den Decken und versuchte aufzustehen. »Nein, lasst mich«, wehrte sie heiser ab, als der Tefroder ihr helfen wollte. »Ich war jahrelang allein.«

Unter ihrer dünnen Kleidung zeichneten sich Geschwüre ab.

»Du bist starker Strahlung ausgesetzt gewesen?«, vermutete Rhodan. »Warum hat niemand dir geholfen?«

»Geholfen?« Medira richtete wieder die Hand auf den Residenten. »Ich war zur falschen Zeit ... am falschen Ort. Ich weiß bis heute nicht, wie viele Menschen die Bombe zerrissen hat ... aber die Aras haben mich zusammengeflickt. Ich war für sie ... ein Versuchsobjekt. In meinen Adern toben Maschinen ... ohne sie lebte ich längst nicht mehr.«

Zhanas Zusammenzucken verriet Rhodan genug. Medira sprach von Nanomaschinen, wahrscheinlich von einer besonderen Entwicklung. Der Geruch, den Zhana wahrgenommen hatte, musste damit zu tun haben.

»Eine falsche Spur«, sagte Tifflor. »Wir haben zu früh triumphiert.«

Medira hatte den Residenten fast erreicht. Einen Schritt vor ihm blieb sie stehen und streckte die Hand aus, als wolle sie sein Gesicht berühren. Aber sie schreckte davor zurück, kam ihm jedenfalls nicht näher als wenige Zentimeter.

»Du hast zwei Gesichter!«, stellte sie fest, und die Überraschung war ihrer Stimme anzuhören. »Das richtige ... ist schön. Und deine Energie ...« Sie streckte auch den anderen Arm aus, berührte mit den Fingern fast Rhodans linke Schulter. »Du trägst etwas Besonderes. Ich sehe es glühen, pulsieren wie ein zweites Herz. Aber es ist flach ... es ...«

Ruckartig zog sie beide Hände zurück.

»Rhodan?«, stieß sie dann ungläubig hervor. »Perry Rhodan? Das muss ein Zellaktivator sein. Nichts anderes kann ich mir vorstellen. Sag es mir, wenn ich mich irre.«

»Du hast recht«, sagte der Terraner.

»Vielleicht sollten wir froh sein, dass wir nicht den Gestaltwandler getroffen haben«, stellte Tifflor an Zhana gewandt fest. »Unsere Masken scheinen nicht viel zu taugen. Erst durchschaut uns Gorgides, jetzt sie ...«

»Wer bist du?«, wandte sich Medira an ihn.

»Tifflor. Julian Tifflor.«

Sie nickte in einer schrecklich verzerrten Geste. »Alles verändert sich«, murmelte sie. »Nichts ist mehr, wie es zu sein scheint. Wo nie Energie war, strömt sie nun und verteilt sich. Ich fühle es ... als erwache ein altes Wesen zu neuem Leben.«

»Du sprichst von der Trümmerbrücke, Medira?«, fragte Rhodan verblüfft. Er schaute sie an, doch sie schien ihn kaum noch wahrzunehmen.

Ein Stöhnen rang sich aus ihrer Kehle. Im nächsten Moment verkrampfte sie die Hände. »Geht!«, stieß sie keuchend hervor. »Bringt euch in Sicherheit! Die Energie ... fließt jetzt ungehindert. Sie vernichtet.« Gurgelnd sackte sie auf die Knie.

Ein fernes, dumpfes Grollen erklang. Es hörte sich an wie Gewitter, wurde lauter, kam näher. Ein schwaches Beben durchlief den Boden.

»Explosionen!« Zhana lauschte für einen Moment. »Entweder läuft da etwas fürchterlich schief ...«

»Geht!«, schrie Medira. »Die Energie tobt außen. Innen seid ihr sicher.«

Ein dumpfes Stakkato hallte heran. Der Boden und die Wände zitterten, es knirschte, als würden dicke Stahlplatten zerreißen.

»Wir nehmen dich mit, Medira. Gorgides und ich können dich tragen ...«

Sie stieß den Residenten zurück, als er sich über sie bückte. Gleichzeitig dröhnte ein ohrenbetäubender Schlag. Eine schwere Sprengladung musste in nächster Nähe gezündet haben. Der Boden schien sich aufzubäumen, Rhodan taumelte, hatte in dem Moment schon Mühe, sich auf den Beinen zu halten. Kreischend rissen Stahlplatten.

»Raus hier!«, brüllte nun auch Tifflor. »Da werden ganze Segmente abgesprengt!«

Sie liefen um ihr Leben, jagten auf den Korridor hinaus, schafften es irgendwie die Treppe hinunter, getrieben von der Druckwelle einer Explosion hoch über ihnen, und dann war da plötzlich ein lauter werdendes Fauchen. Sie kämpften gegen einen Sog an, der ihnen Dreck und Staub entgegenpeitschte.

Das Schiff schrie und ächzte, und immer noch dröhnten neue Explosionen.

Vor ihnen schloss sich ein Durchgang. Es war der Bereich, der von den dickeren Wänden abgegrenzt wurde. Gorgides überholte Zhana und die Aktivatorträger, er stürmte förmlich auf die andere Seite hinüber, aber er machte der Ara-Frau sofort Platz, und schon warfen sich auch Tifflor und Rhodan durch die schmal gewordene Öffnung ...

... und nur Sekunden nach ihnen schlugen die Schotthälften zusammen. Das Fauchen der ausströmenden Luft endete abrupt. Nur das Dröhnen hielt an. Von allen Seiten rollte Explosionsdonner heran.

Rhodan presste die Lippen zusammen, als er an Medira dachte, die in diesem Inferno ihr Leben verloren hatte. Und wahrscheinlich viele andere auch.

Synuit hatte das Mittelteil der Trümmerbrücke erreicht. Sein Zorn war nicht verflogen, sondern eher noch stärker geworden. Nie hätte er erwartet, dass die Patriarchen gegen Saghul vorgehen würden. Das war nicht die Tat eines Einzelnen gewesen, davon war er überzeugt, sie alle hatten davon gewusst.

Synuit handelte nun eher als geplant. Aber das spielte keine Rolle mehr.

Seine Schaltungen ließen das Schiff erwachen. Er glaubte, die unbändige Kraft dieses Riesen zu spüren, den Pulsschlag, der schneller durch die Adern strömte und die Brücke für die Abtrennung vorbereitete.

Es würde Tote geben, mehr als geplant. Aber wie viele befanden sich um diese Zeit wirklich in den gefährdeten Bereichen? Die meisten Tefroder würden sich ohnehin in ihren Kabinen aufhalten, und alle anderen waren ihm egal. Sie waren Sterbliche, die ihre Körper nicht im Griff hatten. Ob sie heute ihr Leben verloren oder in zehn oder zwanzig Jahren, machte das einen Unterschied?

Ungeduldig verfolgte Synuit das Voranschreiten des Prozesses. Ab sofort gab es kein Zurück mehr.

Endlich schwollen die Skalen an, die ihm die Bereitschaft zeigten. Zugleich entstanden die ersten Schnittbilder. Sie präsentierten die neuralgischen Punkte, die mit mehreren Sprengladungen gekappt werden mussten. Trotz der extrem hohen Masse der Trümmerbrücke würde eine Abdrift sehr schnell einsetzen.

Synuit empfand die große Bedeutung des Augenblicks. Diese Minuten waren es wert, sie in der Gestalt des Mantarheilers Schopsna zu verbringen. Innerlich zufrieden und mit dem feigen Anschlag auf Saghul schon fast versöhnt, gruppierte Synuit seine Zellstruktur um – und dann war es der Ara Schopsna, der die Sprengungen auslöste.

Er lauschte dem heranrollenden Dröhnen; er spürte die Vibrationen, die die Geburt des Schiffes begleiteten.

Synuit wartete ...

... versuchte, sich vorstellen, welche Panik die Sterblichen in den Pfannen erfasste. Die explosive Dekompression in den Verbindungsbereichen zwischen der Trümmerbrücke und den angeflanschten Pfannen war unvermeidlich. Im Vakuum zu sterben, wusste Synuit, war ein schneller Tod. Es gab Schlimmeres. Ohnehin würden die Sicherheitsschotte auf beiden Seiten sehr schnell zufallen.

Die grafischen Darstellungen kamen deutlicher. Sie zeigten den reibungslosen Ablauf der Sprengungen. Beide Flansche waren schon nahezu vollständig gekappt, und die Absprengung der überflüssigen Außenbereiche verlief so exakt, als handele es sich lediglich um eine positronisch berechnete Simulation.

Immer mehr Kontakte wurden geschlossen. Die letzten bislang brachliegenden Energieerzeuger liefen an und speisten die Speicherbänke.

Die Schutzschirmprojektoren reagierten auf die Energiezufuhr. Rund um das Schiff verteilt, zeigten sie Bereitschaft. Die Kontrollen liefen automatisch ab. Dann der erste Testlauf; ein schwaches Prallfeld baute sich auf, ausreichend, um aberwitzige Springer auf Distanz zu halten. Allerdings glaubte Synuit nicht, dass sie es schon wagen würden, mit ihren kleinen Kraken oder den Frachtbooten anzufliegen.

Die Waffensysteme wurden an den Befehlskreislauf gekoppelt. Synuit achtete nicht mehr auf die größer werdende Zahl der Anzeigen, weil die ersten Holos der Außenbeobachtung vor ihm entstanden.

Die Trümmerbrücke war jetzt von allen Verbindungen befreit. Langsam driftete sie von den Pfannen weg. Außerdem sah Synuit Decksfragmente nach allen Richtungen treiben, als hätte das Schiff eine zu eng gewordene Hülle abgestoßen.

Endlich reagierten auch die optischen Systeme der Innenbeobachtung. Gerade das war der Moment, auf den Synuit mehr als auf alles andere gewartet hatte. Ein zufriedenes Lächeln glitt über das Schopsna-Gesicht, als er die dicht gepackten Siedlungsblöcke der Tefroder sah. Überall in den Verbindungsgängen und auf den schmalen Stegen vor den höher liegenden Kabinen standen diese Wesen. Die Explosionen hatten sie aufgeschreckt und in Panik versetzt, aber noch schienen sie nicht zu wissen, was geschehen war.

Synuit lächelte zufrieden.

Die Tefroder waren die Gewähr dafür, dass er das Schiff reibungslos steuern konnte, vor allem, dass er nicht nur auf die Roboter angewiesen sein würde. Sie wussten es noch nicht, und sie würden es vielleicht gar nicht verstehen, aber sie waren als Besatzung der MO ausgewählt.

Synuit prüfte die Schaltungen. In wenigen Minuten würden die Tefroder zu Marionetten werden, die bedingungslos seine Befehle ausführten, sie würden sogar für ihn in den Tod gehen, wenn er das wollte.

Keiner von ihnen hatte je verstanden, warum sie von den Ara-Ärzten sofort nach ihrer Ankunft auf der Trümmerbrücke so gründlich *untersucht* worden waren. Die Aras hatten ihnen dabei einen Chip implantiert, der ihre Wahrnehmungen manipulierte, sobald er aktiviert wurde. Das machte sie auf einfache Weise steuerbar, nicht sehr viel anders als Roboter.

Immer noch war Synuit in die Schopsna-Gestalt gekleidet, als er die hyperenergetische Strahlung aktivierte. Exakt in dieser Sekunde wurde die Para-Drüse aller Tefroder an Bord in ihrer Empfindung gelähmt. Zugleich aktivierte sich der Chip, der ihre Sinneseindrücke durch äußeren Einfluss ersetzte.

Sie bemerkten es nicht, spürten schlimmstenfalls sporadischen Kopfschmerz, aber das hinderte sie nicht daran, Befehle zu befolgen. In den letzten Jahren waren mehrfach Testläufe erfolgt, die sämtliche Mechanismen gefestigt hatten. In allen diesen Männern und Frauen war die Aufgabe längst verankert, den Ausbau des Schiffes mit Hochdruck voranzutreiben.

Zwölf Stunden wollte Synuit seiner Besatzung Zeit geben, um die MO in allen Belangen fernflugtauglich zu machen. Er wusste, dass die Tefroder bis zur völligen körperlichen Erschöpfung arbeiten würden.

Es gab sehr viel zu tun, was die Roboter nicht hatten erledigen können. Noch waren die modernen Konverter nicht in das Schiff integriert. Die starken Schutzschirmsysteme mussten justiert werden. Das Waffenarsenal war der nächste bedeutende Punkt. Für all das standen enorme Mengen an Hyperkristallen zur Verfügung, die Synuit selbst in den letzten Jahrzehnten für seinen Herrn beschafft hatte. Er war stolz darauf. Und noch stolzer würde er sein, wenn in wenigen Stunden alles perfekt einsatzbereit war. Dank der Künste der Aras der »Reinen Heilslehre des Mo« erwartete er nichts anderes.

Nur flüchtig dachte Synuit an alle die Kreaturen, die sich irgendwo in dem Schiff verborgen hielten. Er schätzte, dass es sich um einige Hundert Nicht-Tefroder handelte, deren Nähe sich als Störfaktor erweisen konnte. Beizeiten würde er dafür sorgen, dass sie systematisch gejagt und beseitigt wurden.

Die Frage war nur noch, wie viele arbeitsfähige Tefroder sich tatsächlich an Bord befanden. Verluste hatte Synuit eingeplant. Jene Tefroder, die sich zum Zeitpunkt der Absprengung in den Pfannen aufgehalten hatten, erhielten über die Chip-Steuerung den vorbereiteten Befehl, dort für Chaos zu sorgen. Synuit traute den Springer-Patriarchen zu, dass sie schon in den nächsten Stunden, sobald sie ihren Schock überwunden hatten, einen Angriff auf die MO organisierten.

Alle Arbeitsbereiche, die über den Implantat-Chip gesteuert wurden, waren zunächst dreifach besetzt. Es würde Ausfälle geben, wenn Besatzungsmitglieder vor Erschöpfung zusammenbrachen, aber dadurch durften keine Lücken entstehen.

Synuit übermittelte den Tefrodern den Befehl zum Sammeln.

Für ihn wurde es danach Zeit, den Begleitschutz für die MO anzufordern. Er brauchte nur wenige Minuten, um die hyperenergetische Impulsfolge zu aktivieren.

Nach einer Weile klangen der Donner und die Erschütterungen langsam ab. Nur noch aus weiter Ferne waren einzelne Explosionsgeräusche zu vernehmen. Schließlich erstarben auch sie.

Tifflor hatte sich einfach auf den Boden sinken lassen. Er lehnte mit dem Rücken an einer Wand, hatte die Knie angezogen, die Arme um die Beine gelegt, und schaute zu seinen Freunden auf. »Das war verdammt knapp«, stellte er fest. »Und was wird jetzt?«

»Wir sehen uns um«, sagte Rhodan. Er dachte wieder an Medira, verdrängte ihr Bild aber gleich wieder aus seinen Überlegungen. Wahrscheinlich hatten die Sprengungen Hunderte Tote gefordert. »Wenn wir uns an Bord eines Raumschiffs befinden, gibt es nicht nur Maschinenräume. Irgendwo lagern die Waren, die Saghul an Bord schaffen ließ, außerdem gibt es eine Zentrale ...«

»... die wir einfach stürmen und in Besitz nehmen«, führte Tifflor den Gedankengang fort. »Falls du es vergessen hast, Perry: Caesar ist seit gut fünftausend Jahren tot.«

Für einen Moment schaute der Resident den Freund verblüfft an. Dann huschte sogar ein Lächeln über sein Gesicht. Es verschwand indes sofort wieder und machte Sorgenfalten Platz.

»Warum nicht«, erwiderte Rhodan. »Wir sind an Bord ... wir sehen uns um und ...«

Er unterbrach sich und schaute auf Gorgides, der leise stöhnend seine Stirn massierte. Der Tefroder verkrampfte sich, das war deutlich zu erkennen.

»Probleme, Ignats?«

Rhodan erhielt keine Antwort. Tifflor, der weiter auf dem Boden kauerte, schaute zu Gorgides auf, der mit einem Mal hastiger atmete.

»Der kippt uns um«, stellte Tiff fest. »Ich nehme an, die Wirkung der Droge lässt nach.«

»Eyemalin-Derivat zeigt andere Symptome, bevor es vom Körper abgebaut wird«, widersprach Zhana.

Gorgides Lippen bebten, er murmelte Worte, die keiner verstand. Gleich darauf setzte er sich in Bewegung.

Federnd kam Tifflor auf die Beine. »Wo will er hin?«

»Das hat er nicht gesagt«, antwortete Zhana.

»Warum fragst du ihn nicht?«

»Genau das habe ich vor.«

Die Frau folgte dem Tefroder. Schon nach wenigen Metern holte sie ihn ein und hielt ihn an der Schulter zurück. Gorgides schüttelte sich. Erst als er die Hand nicht loswurde, die ihn eisern festhielt, wandte er sich um. Sein Blick wirkte trüb, klärte sich aber sehr schnell.

»Zhana, du tust mir weh.« Er versuchte, ihre Hand abzustreifen.

»Ach. Warum gehst du einfach fort?«

Gorgides schüttelte den Kopf. Seine Miene verzerrte sich, sein Atem beschleunigte sich wieder.

»Lass ihn gehen!«, verlangte Rhodan. »Nur ein paar Meter«, fügte er hinzu, als die Söldnerin zögerte.

Der Tefroder entspannte sich. Er schien schon vergessen zu haben, dass die Frau ihn festgehalten hatte. Lächelnd ging er weiter.

»Er wird beeinflusst«, stellte der Resident fest.

»Warum nur er, und wir nicht?«, wollte Tifflor wissen. »Gut, uns schützt vermutlich die Mentalstabilisierung. Aber Zhana sollte einer Hypnosestrahlung unterliegen.«

»Vielleicht bin ich immun«, widersprach die Frau.

»Genau das denke ich auch«, sagte Rhodan. »Ignats ist Tefroder.«

»Lemurer-Abkömmling wie wir Terraner, Aras und ...«

»Nicht ganz«, widersprach der Resident. Er sah Gorgides hinterher, der noch gut zehn Meter bis zur nächsten Einmündung eines anderen Korridors hatte. »Der Aufbau eines Tefrodergehirns weist einige frappante Unterschiede zu unserem auf.«

»Die Para-Drüse«, sagten Tifflor und Zhana wie aus einem Mund.

»Du meinst, Gorgides wird über die Para-Drüse beeinflusst?«, fuhr Tifflor fort.

»Ich denke nur darüber nach, dass die Siedlung der Tefroder innerhalb der Trümmerbrücke und nicht in den Pfannen liegt. Siebentausend Männer und Frauen, deren Technikverständnis durchaus auf einem guten Stand sein dürfte. Sehr viele von ihnen werden wie Gorgides mit den Kraken umgehen können.«

»Jemand hat also dafür gesorgt, dass eine ausreichend große Besatzung an Bord ist«, stellte Zahna fest.

»Genau davon bin ich überzeugt«, bestätigte Rhodan.

»Dann sollten wir ihn nicht entwischen lassen.« Tifflor lief los. Er holte Gorgides ein, als der soeben in den Seitengang einbog.

Da war nur ein kurzes Zögern, dann klärte sich der Blick des Tefroders. »Ich habe Kopfschmerzen«, sagte er.

»Und sonst?«, fragte Zhana. »Wohin gehst du?«

»Ich muss meinen Platz einnehmen.«

»Bist du sicher?«

Gorgides zögerte, massierte sich die Nasenwurzel. Ein wenig verwirrt schaute er von der Ara-Frau zu Rhodan und Tifflor.

»Natürlich«, sagte er gedehnt, als müsse er darüber nachdenken.

»Wo ist dein Platz?«

»Im Aggregatebereich.«

»Woher weißt du das?«, wandte Rhodan ein.

Der Tefroder schien für einen Moment überfordert zu sein und sich zu fragen, wem er antworten sollte.

»Ich weiß es eben«, antwortete er, sah von Rhodan zu Filgris und lächelte zufrieden.

»Und wofür bist du zuständig?«, drängte die Frau weiter.

»Ich überwache die Arbeiten.«

»Demnach bist du so etwas wie ein Aufseher?«

»Ein Vorgesetzter«, korrigierte Gorgides. »Ich erfülle den mittleren Rang eines Korsio.«

»Hast du diese Arbeiten schon einmal gemacht?«

Der Tefroder zögerte.

»Erinnerst du dich nicht?«, fragte Rhodan.

»Doch ... ich glaube ... Ja, ich weiß, was zu tun ist.«

»Und die Arbeiter, die Besatzungsmitglieder? Sie kommen wirklich nur aus der Siedlung?«

Gorgides Miene verriet Unverständnis. »Woher sonst?«, erwiderte er.

»Alle wissen, was sie zu tun haben und an welchem Platz sie eingesetzt sind?«

»Natürlich ...« Gorgides blinzelte. Er massierte sich die Stirn, stöhnte verhalten.

»Es geht dir nicht gut?«, erkundigte sich Zhana.

»Mir tut der Kopf weh. Aber das ist gar nicht so selten. Nur diesmal«, Gorgides fuhr sich mit einer Hand über das Gesicht, »diesmal ist es besonders schlimm. Ich muss jetzt gehen.«

»Musst du das wirklich?«, drängte Rhodan. »Bist du dir ganz sicher, Ignats?«

»Nein ... Ich glaube, nein. Wenn ich mich dagegen sträube. Aber woher kommt das? Wieso weiß ich, was ich tun soll? Ich werde beeinflusst?«

»Wahrscheinlich von Koztelka«, sagte Tifflor.

Gorgides lehnte sich mit dem Rücken an die Wand und streckte sich. Sekunden später beugte er sich vornüber und atmete hörbar aus. »Irgendwie reinigt das den Kopf«, stellte er fest. »Aber wieso weiß ich, dass ich beeinflusst werde?«

»Ich nehme an, dass dich die Droge immunisiert«, antwortete die Ara-Frau. »Mit Sicherheit sagen kann ich das nicht, aber es wäre eine einleuchtende Erklärung.« Sie taxierte den Tefroder abschätzend. »Hast du etwas dagegen, wenn ich dich untersuche? Ich will nur sichergehen, dass wir nichts übersehen.«

»Wenn Rhodan damit einverstanden ist.«

Zhana schnappte nach Luft. Ihr war anzusehen, dass sie Gorgides dafür am liebsten die Augen ausgekratzt hätte. Aber dann wandte sie sich doch zu dem Residenten um.

Rhodan nickte lächelnd.

Es war nur ein kleines handliches Messgerät, das die Söldnerin aus ihrem Gepäck hervorholte. Als sie den Tefroder untersuchte, reagierte das Gerät mehrmals mit einer flackernden Eruption auf der bandförmigen Anzeigeskala. Nach nicht einmal fünf Minuten schaltete Zhana wieder ab.

»Und?«, fragte Gorgides hastig.

»Ich habe ein kleines Implantat über deiner Nasenwurzel entdeckt. Es reagiert offenbar auf eine hyperenergetische Schwingung, die ich aber nur in Grundzügen anmessen kann. Für mehr bin ich nicht ausgerüstet. Ich vermute eine Wechselwirkung mit der Para-Drüse; das Implantat wirkt in der Verbindung als Empfänger und Umsetzer.«

»Aber ich bin raus aus dem Zwang?«

»Nicht unbedingt. Falls die Wirkung des Eyemalins nachlässt, kann es durchaus sein, dass du stärker reagierst ...«

»Wenn du dich darauf konzentrierst, nimmst du die Anweisungen immer noch wahr, die dich betreffen?«, fragte Rhodan.

Gorgides konzentrierte sich. Ein Schatten huschte über sein Gesicht, doch gleich darauf lächelte er zufrieden und nickte.

»Weißt du auch, wo die anderen Tefroder eingesetzt sind? Ich meine, kannst du wichtige Leute identifizieren?«

»Due meinst, meine Vorgesetzten?«, fragte Gorgides verwirrt.

»Ich meine Leute, die in der Zentrale arbeiten!«

Tifflor atmete hörbar auf. Ein Grinsen huschte über sein Gesicht. »Es hätte mich wirklich gewundert, wenn du keine Möglichkeit fändest, da reinzukommen, Perry.«

»Ich glaube, ich kann die Tefroder identifizieren, die für die Zentrale bestimmt sind«, erklärte Gorgides. »Vor allem weiß ich, dass sämtliche Arbeitsstationen mehrfach belegt werden. Aber die Besatzung ist schon unterwegs, die Ersten nehmen bereits ihre Plätze ein.«

»Dann wird es Zeit, dass wir zugreifen«, sagte Rhodan. Er schaute die Ara-Frau forschend an. »Was ist mit deinem Schminkkästchen, Zhana? Ich hoffe, der Inhalt reicht noch, dass du aus Tiff und mir Tefroder zaubern kannst.«

Es schien, als erwache ein schlafender Riese aus einer langen Zeit der Starre, als schnaufe er unruhig durch und finde dennoch schnell zu gewohnter Routine zurück.

In dem gewaltigen Schiff pulsierte das Leben. Wo vor Stunden noch gähnende Leere ein Gefühl trostloser Verlorenheit hinterlassen hatte, dröhnten jetzt die Maschinen. Antigravschweber bugsierten sperrige Aggregate durch Korridore und Lastenschächte. Tefroder stürmten durch die Gänge, als käme langsam der Blutkreislauf dieses gewaltigen künstlichen Organismus' in Schwung. In Maschinenhallen und Verteilerknoten arbeiteten die Besatzungsmitglieder längst mit einem Heer von Robotern Hand in Hand, als hätten sie nie anderes getan.

Es war ein chaotischer, ein lärmender Zustand, aber zugleich ein geordnetes Chaos, in dem jeder seinen Platz kannte.

Eine Aufbruchsstimmung, die mitriss, die Müdigkeit verfliegen ließ und alle zwang, den Blick nach vorn zu richten, bis zur Erschöpfung zu arbeiten und nach einer kurzen Ruhepause weiterzumachen. Rhodan hatte oft solche Momente erlebt, und sie hatten sich unauslöschlich in sein Gedächtnis eingebrannt. Damals, am Beginn des Weges hinaus zu anderen Galaxien, die CREST II als neues Flaggschiff der Solaren Flotte. Oder später, die SOL, das gigantische Hantelraumschiff, das der Trümmerbrücke an Länge nur wenig nachstand, sie an Volumen aber deutlich übertraf. Es gab viele Schiffe, die auf die eine oder andere Weise Aufbruchstimmung hervorgerufen hatten.

Jetzt war dieses Gefühl wieder da, doch es machte Rhodan Angst. Nichts Positives ging davon aus. Er wusste nicht, wohin die Reise gehen würde, kannte die Bestimmung dieses neun Kilometer messenden Monstrums nicht, dessen Geburtswehen schon Hunderten intelligenter Wesen den Tod gebracht haben mussten. Er war sicher, dass ihn nichts Gutes erwartete. Die Trümmerbrücke und das Ara-Toxin hingen zusammen. Irgendwie jedenfalls. Das war ein Puzzle, in dem ihm noch viele Teile fehlten, und gerade deshalb würde er nicht ruhen, bevor er das Bild zusammengesetzt hatte. Oder – der Gedanke erschreckt den Residenten zwar nicht, ließ sich aber auch nicht verdrängen – bevor er den Tod fand.

Rhodan und Tifflor ließen sich von der Menge mitreißen, die zu den Stationen strömte. Es waren schon weniger Tefroder geworden, immer mehr verschwanden wortlos, weil sie ihr Ziel erreicht hatten. Sie funktionierten.

Zwei Tefroder lagen seit gut einer Stunde betäubt in einem kleinen, bislang unbenutzten Lagerraum, der zum Lebenserhaltungssystem der Trümmerbrücke gehörte. Zhana war als Aufpasserin bei Clotoin Rak zurückgeblieben, dessen Stelle Rhodan übernommen hatte, und bei Liom Artar. Gorgides wartete ebenfalls. Er war ein Unsicherheitsfaktor, obwohl oder gerade weil er offensichtlich selbst fürchtete, doch zur Marionette zu werden wie alle anderen seines Volkes. Aber Rhodan hatte Zhanas Blick gesehen und war sicher, dass sie nicht zögern würde, Gorgides mit dem Paralysator niederzustrecken, bevor er zur Bedrohung werden konnte.

Endlich öffnete sich die Zentrale vor Rhodan und Tifflor. Sie wechselten einen bedeutungsvollen Blick miteinander, schwiegen aber, weil auch die Tefroder schwiegen, denen sie folgten. Sie gehörten offenbar zu den Letzten, die als Zentralebesatzung ausgewählt worden waren, denn hinter ihnen schloss sich das große Hauptschott.

Mehrere Dutzend Männer und Frauen hatten ihre Plätze schon eingenommen oder standen hinter den Arbeitsstationen und beobachteten.

Zwei Männer vor Rhodan eilten plötzlich zur Seite und ließen sich in bislang leere Sessel sinken. Zielstrebig aktivierten sie Holotableaus, mit denen sie vielleicht nie zuvor umgegangen waren.

Da Rhodan und Tifflor nicht wussten, was sie zu tun hatten, reihten sie sich in die Gruppe der Stehenden ein, die offenbar als Ersatzleute oder für die nächste Arbeitsschicht vorgesehen waren.

Eine große Panoramagalerie war aktiv.

Deutlich ließen die Holos die abgesprengten Pfannen erkennen. Die Trennung der Trümmerbrücke schien in den Außenbereichen schwere Schäden hinterlassen zu haben; wenigstens eine der scheibenförmigen Konstruktionen war weit aufgerissen.

Flackernde Lichterscheinungen huschten über das Zentralholo. Sie entpuppten sich schnell als Aufrisserscheinungen, hyperenergetische Kaskaden, die über Millionen Kilometer hinweg den Raum erschütterten. Heftige energetische Entladungen zuckten durch das Nichts, fächerten auf wie gigantische Blitze und hinterließen ein eigenartiges Nachglühen.

Augenblicke später eine heftige Entladung.

Der Weltraum verfärbte sich, schien aufzubrechen wie eine brodelnde Magmablase – und Sekunden später war das riesige Objekt da.

Rhodan hörte Tifflor neben sich stöhnen, er spürte förmlich das Zusammenzucken des Freundes, und er selbst kämpfte gegen die quälende Leere an, die nach ihm griff. In dem Moment hätte er nicht zu sagen vermocht, was er wirklich erwartet hatte. Alles, nur das nicht.

Oder doch?

Was soeben aus einem übergeordneten Kontinuum in den Einsteinraum zurückgefallen war, war kein Raumschiff. Nicht einmal ein Koloss, der sich an Größe mit dem einstigen Kosmischen Basar hätte messen können. Dieses Objekt wirkte düster, rau zerklüftet im fahlen Widerschein von Licht und Schatten, und es war groß wie ein Planet.

Rhodan biss die Zähne zusammen, bis seine Kiefergelenke knackten. Der Weltraum kam noch nicht zur Ruhe.

Wieder zuckten gigantische Entladungen auf, die sich beinahe zu einem schweren Hypersturm aufpeitschten. Die unaufhörlich lodernden Blitze schienen sogar nach dem zuerst materialisierten Objekt zu greifen, aber sie konnten es nicht gefährden.

Ein zweiter gigantischer Schlackeklumpen materialisierte, näher an der Trümmerbrücke als der erste Planet, und nur wenige Minuten später folgte ein drittes Objekt inmitten einer brodelnden Woge übergeordneter Energie.

Mobys!

Rhodan war erschüttert. Ein Seitenblick zeigte ihm Tifflors wie versteinert wirkenden Blick. Wenn es noch eines Beweises bedurft hätte, dass sie beide den richtigen Weg gegangen waren, dann wäre er jetzt erbracht gewesen.

Drei Mobys! Das bedeutete drei Welten, auf denen jegliches Leben ausgelöscht worden war, vielleicht sogar intelligentes Leben. Rhodan ballte die Hände, und seine Nägel schnitten tief in die Handballen ein.

Dieses Grauen musste ein Ende haben!

Zum ersten Mal hallte eine Stimme durch die Zentrale. Ein befehlsgewohnter, triumphierender Klang.

»Unser Raumschiff MO ist bereit für den Jungfernflug, bereit, diese Galaxis zu erobern. Wir nehmen Fahrt auf!«

Rhodan drängte sich zwischen den wartenden Tefrodern hindurch weiter nach vorn, und er registrierte, dass Tifflor ihm dichtauf folgte. Ein flüchtiger Blick zurück zeigte ihm, dass Tiffs Lippen bebten.

Dann sahen sie den Kommandanten des Schiffes. Mehrere Tefroder standen um ihn herum, aber sie verdeckten die Gestalt nicht völlig.

Vorübergehend hatte Rhodan erwartet, einen Springer zu sehen. Koztelka, den Sekretär des Gelau. Andererseits, sagte sich der Resident, konnte Koztelka, wenn er der Gestaltwandler war, irgendeine beliebige Identität angenommen haben.

Keine vier Meter von Rhodan entfernt stand ein Ara.

Der Resident begriff: Das war Schopsna, der Mantarheiler, auf dessen Spur er immer wieder gestoßen war.

Der Ara redete auf die Tefroder ein. Er war leiser geworden, aber Rhodan verstand dennoch, dass Schopsna davon sprach, dass sie mit der MO seinen Meister aufsuchen würden.

»Verdammt«, raunte Tifflor in dem Moment, so zurückhaltend, dass eigentlich nur Rhodan ihn verstehen konnte.

Aber der Ara schaute auf. Suchend blickte er um sich. Vielleicht war das Zufall, vielleicht hatte er den überraschten Laut tatsächlich vernommen.

Sein Blick taxierte Tifflor, wanderte weiter zu Rhodan. Für Sekunden glaubte der Resident, dass der Ara ihn durchschaute. Doch dann wandte Schopsna sich wieder den Tefrodern zu und erteilte seine Anweisungen.

Rhodan atmete auf.

Beinahe hätte er hell aufgelacht. Was war das für ein absurder Moment gewesen! Er jagte den Gestaltwandler, hatte ihn endlich gefunden und stand ihm Auge in Auge, auf wenige Meter Distanz gegenüber – aber der Feind durchschaute seine Maske nicht.

Ein Witz. Ein Witz, dem er womöglich sein Leben verdankte. Oder eine Ironie des Schicksals. Denn mit bloßen Händen hatte er keine Chance, einen Gestaltwandler zu besiegen.

Von Anfang an war Rhodan überzeugt gewesen, dass er die richtige Entscheidung traf; er hatte sich von Tifflors Skepsis nicht beeinflussen lassen. Nun hatte er die Chance, den Gegner zu stellen. Das Raumschiff MO war für sie so etwas wie ein trojanisches Pferd geworden.

Rhodan nickte Tifflor zu, und der Freund nickte kaum merklich zurück. Sie waren am Zug, und sie arbeiteten zusammen, wie sie es immer getan hatten.

DIE LINEARRAUMGONDEL

von Susan Schwartz

Die Aras gehören seit den ersten Jahren zum Kernbestand der Völker im PERRY RHODAN-Kosmos. Aras – das ist heute fast gleichbedeutend mit dem Ausdruck »Galaktische Mediziner«.

In der Medizin haben die Aras wahrhaftig immer wieder Spitzenleistungen gezeigt – im Guten wie im Bösen. Aber heißt das, wir müssten in jedem Ara tatsächlich einen »Mediziner« sehen?

Im Anschluss an jeden Roman der Ara-Toxin-Serie wollen wir deshalb eine etwas andere Facette dieses Volkes zeigen.

Uschi Zietsch – vielen PERRY RHODAN-Lesern besser bekannt unter ihrem Pseudonym Susan Schwartz – macht uns in der folgenden Geschichte mit einer faszinierend schönen, geheimnisvollen Ara-Frau bekannt, einer Geschäftsfrau, die mit Informationen handelt. Und die Information, die sie verkauft, führt den Helden in den Lebensraum der Aarus – jenes Sternenvolkes also, das Susan Schwartz wie keine andere Autorin zu beschreiben weiß.

1

< AUFZEICHNUNGSBEGINN: *15. September 1341 NGZ, elf Uhr null Sekunden vormittags.* ANWESENDE: *Der Beschuldigte Dabon Jesm, alias Sorpiner Five, alias Jabou Sorenn, sowie Beamter Muldon Wilfox, Beamtin Katee Sculdan und als Vorsitzender der Untersuchung Walbrun Guider.* >

Mein Name ist Dabon Jesm. Die anderen Namen tun nichts zur Sache, ich verwende sie nur zu bestimmten, aber keineswegs illegalen Zwecken. Ich bin Geschäftsmann. Händler und Vertreter. Ich bin immer dort, wo ich gebraucht werde. Ein Mann, den man schnell wieder vergisst, der selbst jedoch die Fähigkeit besitzt, sich rasch auf andere einzustellen und herauszufinden, ob sich eine Verhandlung lohnt oder nicht. Und dabei alles speichert, jedes Gesicht, jeden Namen, nahezu jedes Wort. Auch bei Schlichtungsgesprächen bin ich schon oft eingesetzt werden. Und warum? Weil ich mich nie in den Vordergrund spiele. Ich bin ein Mann der leisen Töne. Ich höre zu. Ich rede nur, wenn ich etwas zu sagen habe. Ich habe ein ausgezeichnetes Gespür für Lügen und Verborgenes. Und ich verstehe es, anderen Vertrauen einzuflößen.

Es ist nicht notwendig, mir mit Wahrheitsfindern zu drohen, denn ich bin zur Kooperation bereit und alles, was ich berichten werde, entspricht voll und ganz der Wahrheit. Ich habe keinen Grund, etwas zu verbergen, sondern möchte so schnell wie möglich zur Klärung der Angelegenheit beitragen. Schließlich bin ich ein viel beschäftigter Mann, und meine nächsten Aufträge warten bereits auf Erledigung.

2

Ich traf am 10. September, also vor fünf Tagen, auf Reno 25 mit einem Linienraumer ein, der Geschäftsleute und Waren transportiert. Touristen verirren sich bekanntlich kaum hierher, denn auf Reno 25 geht es hauptsächlich um Geschäfte, auch wenn das Angebot an Freizeitvergnügen und Dienstleistungen aller Art vermutlich die meisten anderen Welten übertrifft. Doch der Großteil des Planeten ist bebaut, vor allem der Hauptkontinent ist eine einzige Stadt, in der sich durchschnittlich 600 Millionen Individuen aufhalten. Ich weiß, das ist meinen geschätzten Zuhörern bekannt, aber ich erwähne es deshalb, weil ich Reno 25 mag. Mir gefällt das Getümmel außerordentlich, noch dazu auf einer Freihandelswelt. Hier ist alles möglich, und solange man sich zivilisiert benimmt, gibt es keine Beschränkungen. Und in dieser Hinsicht habe ich mir nichts zuschulden kommen lassen – niemand ist zu Schaden gekommen! Das versuche ich verzweifelt, mit diesem Bericht klarzustellen.

Ich hatte für drei Tage verschiedene Termine vereinbart, buchte jedoch ein Zimmer für eine Woche, denn erfahrungsgemäß muss man mit Verzögerungen rechnen, bis es zu einem Abschluss kommt. Das Hotel »Ye Olde Highwayman«, das von einem traditionsgebundenen und nostalgischen Terraner geleitet wird, der ein Faible für altterranische Geschichte hat, liegt – wenn man das bei einer solchen Riesenstadt sagen kann – recht zentral zu zwei Raumhäfen, sowie zu einem Businesszentrum, in dem ich hauptsächlich meine Geschäfte tätige. Außerdem befindet sich ein beliebtes Amüsierviertel in der Nähe, wo man hervorragend speisen, ins Casino gehen oder sich eine ausgedehnte Massage in angenehmem Ambiente gönnen kann. Selbstverständlich kostet die Unterkunft ein halbes Vermögen bei dieser guten Lage, aber mir gefällt die Einrichtung des Zimmers: echtes Holz, Teppiche und wuchtige Polstergarnituren, dazu sämtliche technische Einrichtungen dezent verborgen, sodass man sich wirklich in die Vergangenheit versetzt fühlt, ohne auf die modernen Annehmlichkeiten verzichten zu müssen. Auch das Hotel ist traditionsbewusst designt, die Außenfassaden mit künstlichen Holzstrukturen und Fachwerk verkleidet, wodurch »Ye Olde Highwayman« zwischen all den klassisch gehaltenen, nüchternen Gebäuden ringsum deutlich hervorsticht, deren Verzierungen aus grellbunten Holowerbebändern und Logos bestehen.

Die Aussicht aus dem 60. Stockwerk ist atemberaubend, selbst für einen nüchternen Kalkulator wie mich, vor allem der Untergang der entfernten drei Sonnen ist spektakulär. Ich wusste gar nicht, dass es so viele Schattierungen von Gelb bis Rot gibt. Was das an Energie bedeutet! Allein das ist schon die Reise wert; wobei ich auf dem Flug hierher von einem Mitreisenden belehrt wurde, dass dies bei Weitem nicht das einzige Drei-Sonnen-System sei. Es gäbe da nämlich im Cygnus auch ein solches System, sogar noch viel schöner – allerdings sei es so gefährlich, dass man es habe dauerhaft sperren müssen. *So ein Schwätzer,* dachte ich mir. Aber ich hörte höflich reserviert zu, denn aus langjähriger Reisetätigkeit weiß ich, dass man umso schneller seine Ruhe wiederbekommt, umso passiver man sich gibt.

Im Hotel bin ich als wiederkehrender, zahlungskräftiger Gast bekannt und gern gesehen, das kann man jederzeit nachprüfen. Ich habe immer dasselbe Zimmer; wenn man so viel unterwegs ist wie ich und im Grunde kein wirkliches Zuhause hat, legt man viel Wert auf Vertrautes in der Fremde.

Wie auch immer; ich nahm meine Termine wahr, die alle bis auf einen bedeutungslos für diese Anhörung sind. Mein letzter Termin, um den es geht, stand eines Abends an, zum Dinner in einem heimeligen kleinen Restaurant, mit verschwiegenen Ecken, Kerzenschein und leiser Musikuntermalung. Irgendwann muss man auch etwas essen, nicht wahr? Allerdings muss ich gestehen, dass dieses Ambiente nicht meine Idee war, sondern die meiner Gesprächspartnerin. Ja, ganz recht, Tamar machte mir den Vorschlag bei unserer Verabredung. Ich kannte sie bisher nicht persönlich, wusste aber, dass sie Informationshändlerin war und auf Reno 25 dauerhaft lebte. Ich hatte schon länger vorgehabt, mit ihr in Kontakt zu treten, doch jetzt klappte es zum ersten Mal.

Sie ließ mich warten, was meine Neugier steigerte, denn unser Kontakt hatte ohne Bildverbindung stattgefunden. Allerdings hat ihre rauchige, erotische Stimme mein Interesse geweckt.

Ich erkannte sie sofort, als sie sich am Eingang den Weg zu unserem Tisch weisen ließ. Eine annähernd zwei Meter große, schlanke Ara-Frau, mit marmorbleicher, glatter Haut und Rubinaugen. Sie trug ein ausgeschnittenes, eng anliegendes nachtblaues Kleid, das von ihren Schultern bis zum Brustansatz in kunstvollen Falten herabfiel, sich wie eine zweite Haut an die schmale Taille schmiegte und die Knie bedeckte, jedoch in der Mitte nach oben gerafft war, was bei jedem Schritt einen kurzen Blick auf ihre makellosen Schenkel erlaubte. Sie trug silberne hohe Schuhe mit dünnen Absätzen und eine dazu passende Abendtasche. Am meisten wirkte auf mich ihr feiner, weißer Haarzopf an der Spitze ihres nach oben zulaufenden schmalen, ansonsten haarlosen Kopfes. An den Läppchen ihrer schmalen Ohren glitzerten lange Diamanthänger, ansonsten trug sie keinen Schmuck, lediglich ein ihre Schönheit deutlich hervorhebendes, dezentes Make-up.

»Ich bitte um Vergebung für meine Verspätung«, begrüßte sie mich und reichte mir auf terranische Art die Hand. »Ebenso bitte ich diesen Ort zu einer geschäftlichen Unterredung zu entschuldigen, aber ich bewege mich gern in angenehmem Ambiente, und ich lasse niemals ein Dinner ausfallen. Und nicht zuletzt spricht es sich hier völlig unverfänglich. Niemand wird ahnen, dass wir kein Rendezvous haben.«

Ich krächzte irgendetwas Unsinniges, was ihre Augen ebenso aufblitzen ließ wie die kostbaren Diamanten an ihren Ohren. Sicher war sie daran gewöhnt. Ich ärgerte mich über mich selbst, weil Tamar es natürlich darauf anlegte, mit ihrem Äußeren den Preis in die Höhe zu treiben. Andererseits waren wir noch nicht beim Geschäft, und dabei schalte ich sämtliche Gefühle aus. Vielleicht war meine Ungeschicklichkeit als Taktik gar nicht schlecht, denn es mochte sie wiederum dazu verleiten, mich zu unterschätzen.

»Ich hoffe, es kompromittiert dich nicht, mit einer Ara zu verhandeln«, fuhr Tamar fort, während sie sich neben mich auf das Bankrund setzte. Zwischen uns hätte nurmehr eine Champagnerflasche gepasst.

»Nicht doch«, erwiderte ich. »Schließlich stammen die Aras von Springern ab. Handel und Geschäft sind bei euch genetisch verankert.«

Sie lächelte und offenbarte mir zwei Reihen schneeweißer, regelmäßiger Zähne, hinter denen eine rote, bewegliche Zungenspitze zuckte. »Es freut mich, dich endlich kennenzulernen, Dabon, denn ich habe schon viel von dir gehört. In unseren Kreisen spricht sich so etwas herum, wenn jemand sein Geschäft versteht. Ich bin sehr angenehm überrascht.«

»Das Kompliment kann ich zurückgeben«, erwiderte ich. »Seltsam, dass es so lange gedauert hat, bis wir uns begegnen.« Einer Frau wie ihr würde ich gern jeden Tag begegnen. Es gab nicht viele wie sie, die mich auf Anhieb derart reizten.

Wir bestellten uns ein vorzügliches fünfgängiges Menu mit durchwegs frischen Zutaten. Während des Essens begannen wir die vorsichtige Annäherung und beschnupperten uns. Beim vierten Gang ging es zu dem über, weswegen ich hier war: Informationen zu kaufen. Genau wie ich war Tamar Spezialistin. Nachdem sie ausgelotet hatte, dass hinter mir eine Menge Sicherheiten in Form von Galax standen, taute sie zusehends auf. Als wir beim Dessert angekommen waren, musterte sie mich intensiv aus ihren strahlenden Rubinaugen. »Wärst du bereit, dich einer schwierigen Herausforderung zu stellen?«, fragte sie. »Ist natürlich auch mit einem Risiko verbunden.«

»Allmählich kommen wir dem näher, was ich will«, antwortete ich. »Wenn sich die Investition lohnt ...«

»Das tut es«, versicherte sie. Und dann rückte sie damit heraus: »Dir ist sicherlich bekannt, dass der Wurm Aarus-Kaart im Orbit stationiert ist.«

»Natürlich.« Beim Anflug hatte ich einen kurzen Blick auf das weithin schimmernde Perlenband im All werfen können. Die Aarus waren begnadete Techniker und gute Händler. Ich hatte ab und zu schon mit ihnen zu tun gehabt, allerdings nicht direkt.

»Nun, ich habe eine äußerst wertvolle Information bezüglich einer technischen Entwicklung«, fuhr Tamar fort. »Wenn du interessiert bist, unterhalten wir uns zuerst über den Preis.«

Sicher war ich das. Eine neue Erfindung der Aarus? Von der Tamar wusste? Das konnte nichts Banales sein, wie etwa ein automatischer Pfirsichschäler oder so. Ich stieg ein – und fiel fast in Ohnmacht, als sie mir ihren Preis nannte. Fort war alle prickelnde Erotik, jeglicher Hormonstau verschwunden. Eine halbe Stunde lang verhandelten wir zäh, und sie brachte mich tatsächlich zum Schwitzen. Immerhin rann es mir nicht über die Stirn, aber den Rücken hinab. Und nicht nur das: Sie verlangte Vorkasse, zahlbar sofort! Sie hatte extra ein kleines Anweisungsterminal dabei. »*Das* also ist das Risiko, von dem du gesprochen hast«, beschwerte ich mich. »Ich zahle ins Blaue hinein, ohne zu wissen, was ich dafür kriege!«

Ihr entzückender dünner Haarzopf am Hinterkopf wirbelte durch die Luft, als sie kopfschüttelnd lachte. An den kahlen Seiten, unter der feinen Haut, zeichneten sich kleine pulsierende Adern ab. Ich konnte sehen, wie ihre Brüste sich unter den Falten des Kleides hoben und senkten, klein und fest, so etwas erkenne ich sofort. Vor allem, weil sie nichts unter dem Kleid trug. Das hatte sie auch nicht nötig. Sie amüsierte sich königlich mit mir. Wahrscheinlich machte sie das ein paarmal am Tag mit ihren Kunden. Ich hätte sie in diesem Moment am liebsten geschlagen, ihr die Hochmut rausgeprügelt. Und anschließend hätte ich sie gern ...

»Also, was ist nun?«, unterbrach sie meine unfeinen Gedanken. »Du hast mich auf den niedrigsten Preis meiner Karriere gehandelt, also solltest du mir entgegenkommen. Ja oder nein? Du entscheidest, ob wir noch einen Champagner trinken werden oder vor dem Kaffee auseinandergehen.«

»Ich zahle«, murmelte ich niedergeschlagen. Diese Frau war mir ebenbürtig. Über war sie mir nicht, nein. Dafür war ich zu lange im Geschäft. Der ausgehandelte Preis war immer noch hoch, aber angemessen, wenn sie mir dafür das Entsprechende bot. Also tippte ich die Überweisung in ihr Terminal, wir warteten während des Kaffees auf die Bestätigung, und dann erfuhr ich das Geheimnis.

»Die Aarus haben ein neues Lineartriebwerk entwickelt, für das die derzeitige Hyperimpedanz bedeutungslos ist«, eröffnete Tamar mir und gab noch ein paar technische Details.

Ich saß wie erschlagen da, mein Puls raste, und in meinem Kopf ratterte eine Geldmaschine, die pausenlos Galax ausspuckte. Wenn es stimmte, was Tamar sagte, hatte ich den größten Fisch meines Lebens an Land gezogen! Alle meine Probleme wären auf einen Schlag erledigt, und ich wäre bis ans Lebensende ein gemachter Mann.

»Und wer besitzt diese Information bereits?«, fragte ich heiser.

»Ich bitte dich«, sagte Tamar stirnrunzelnd. »Selbstverständlich ist sie exklusiv. Ich arbeite seriös, nicht umsonst habe ich einen guten Ruf. Ich wähle sorgfältig aus, wem ich was zukommen lasse. Du arbeitest auf der Ebene, die mich nicht in Lebensgefahr bringt, mir aber gleichzeitig einen guten Preis sichert, so einfach ist das. Was du mit der Information anfängst, ist deine Sache, *mein* Part ist damit beendet.«

Bevor ich etwas erwidern konnte, rutschte sie plötzlich so nah zu mir, dass nicht einmal mehr ein Blatt zwischen uns gepasst hätte. Der Duft ihres sinnlichen Parfums trocknete meine Kehle aus, und ich fühlte ihre straffe Brust gegen meinen Arm gepresst. »Und damit du dich nicht übervorteilt fühlst, werde ich noch ein bisschen was zu meiner Information dazugeben«, flüsterte sie mir ins Ohr, und ich begriff, dass wir den Champagner nicht in diesem Lokal trinken würden.

3

Meine Strategie, die Aarus dazu zu bewegen, mir das Patent für ihre Maschine zu verkaufen, musste sehr sorgfältig überlegt werden. Außerdem brauchte ich ein eigenes Schiff, denn mit diesem Material konnte ich unmöglich auf herkömmlichem Wege reisen.

Ich setzte mich mit Aarus-Kaart in Verbindung, gab mich als LFT-Emissär zu erkennen und bat um ein vertrauliches Gespräch. Man beschied mir zu warten, und nichts anderes hatte ich erwartet. Bürokratie brauchte immer ihre Zeit, überall im Universum.

Um nicht unnütz herumzusitzen, fuhr ich mit der Rohrbahn zu einem kleinen Raumhafen, auf dem man gebrauchte Privatschiffe erstehen konnte. Ich erblickte eine ziemlich große Auswahl in allen Preisklassen und konnte mich nicht recht entscheiden, bis ich schließlich vor einer eher unscheinbaren kleinen Jacht verharrte, die MARANDI hieß und mich sehr an mein erstes eigenes Schiff erinnerte, das ich mir vor über 20 Jahren nach meinem ersten erfolgreichen Handelsabschluss auf Pump gekauft hatte. Nur um meinen Vater zu ärgern, der mich für einen Versager hielt. Ich flog damit zu ihm, führte ihm alles vor, schenkte ihm das kostbare Stück und rammte es dann vor seinen Augen zu Schrott in den Boden. Sein Gesichtsausdruck waren mir die drei Jahre an hohen Ratenzahlungen und strengen Einschränkungen wert gewesen.

»Gefällt dir, was?«, erklang eine geflissentliche Stimme in meine Gedanken. Vor mir stand ein Händler mit Höckernase, lang herabhängenden, verfilzten dunklen Haaren und warzenbedeckter Haut. Seine gelblichen Knopfaugen musterten mich abschätzend, und er bewegte seine dürren, langen Spinnenfinger, als ob er zählen würde.

»Nein, nur Erinnerungen«, sagte ich. »Verkaufst du den Schrott hier?«

»Surcam Aechlim-Nerruth, ganz zu Diensten«, stellte der Händler sich vor und lächelte breit. Mit der Geschwätzigkeit des professionellen Verkäufers, die den potenziellen Kunden in den Wahnsinn und damit zum Verzweiflungskauf treiben soll, fuhr er nahtlos fort: »Vor zehn Jahren habe ich ein ganz ähnliches Schiff, die DIRICI, an einen jungen Mann verkauft, der genauso verträumt geblickt hat. Die DIRICI war mein persönliches Sammlerstück, von dem ich mich nur schwer trennen konnte, aber irgendwie schienen die beiden zusammenzupassen. Und soll ich dir was sagen? Der junge Mann war Kantiran, Perry Rhodans Sohn!« Er lachte schallend. »Das Geschäft meines Lebens!«

»Aber nur, solange die Neuigkeit von Bedeutung war«, erwiderte ich kühl. Als ob mich der uneheliche Spross des Residenten interessierte. Gerüchteweise gab es Hunderte davon. Deswegen würde ich bestimmt keinen Galax mehr zahlen, nur weil der Händler einmal Kantirans Hand gedrückt hatte.

»Die MARANDI hat hohes Potenzial, sie ist ein echtes Schmuckstück und eine Rarität«, meinte der Händler eifrig. »Für jemanden, der Erinnerungen an ein solches Schiff hat, ist sie hervorragend geeignet.«

»Danke, kein Bedarf. Ich bin Geschäftsmann auf der Suche nach einem passenden Gefährt – ein alter Schrotthaufen ist es gewiss nicht. Ich bin kein solcher Nostalgiker.«

»Selbstverständlich.« Der Händler passte sich schnell an meine Zurückhaltung an und bot mir im Folgenden ohne weitschweifige Beschreibungen und Raumfahrergarn Fahrzeuge in verschiedenen Preisklassen an. Die Auswahl fiel mir schwer. Ich entschied mich schließlich für einen nahezu neuen kleinen Flitzer, den jemand wohl verkaufen musste, um schnell an Bargeld zu kommen, denn er war so gesehen ein echtes Schnäppchen. In einwandfreiem technischem Zustand, hatte noch Garantie und würde mich tragen, wohin ich wollte.

Zurück im Hotel erhielt ich einen Anruf von Aarus-Kaart, und nun setzte ich alles auf eine Karte. Auf dem Holo erschien das Brustbild eines der Haiköpfigen und fragte mich nach meinem Begehr. »Mein Name ist

Dabon Jesm, technischer LFT-Emissär, Dienstnummer 478-632-89213-BZ«, begann ich mit schnarrender Beamtenstimme, »und es geht um eine sehr brisante Angelegenheit. Ich bitte darum, auf abhörsichere Frequenz zu schalten, und es wäre gut, wenn ein Verantwortlicher persönlich zugegen wäre.« Ich hatte keine Ahnung, mit wem ich sprach, die Namen der Aarus waren nichtssagend, und ebenso ihre Gesichter und das gesamte Outfit. Sie sahen alle gleich aus, wie Abkömmlinge von terranischen Hammerhaien. Nicht sehr ästhetisch, wie ich finde, und sie benahmen sich auch alle gleich. Zumindest war das mein Eindruck nach den wenigen Trivid-Ausschnitten, die ich mir zur Vorbereitung reingezogen hatte, Material aus Nachrichtenarchiven, die man frei abrufen kann. Demnach gab es sechs dieser interstellaren Wurme in der Milchstraße, die nach dem erfolgreichen Kampf gegen Tradom hier eine neue Heimat gefunden hatten. Sie reisten in sogenannten »Sphären«, von denen lediglich der weißlich leuchtende, von außen undurchdringliche »Wurmschirm« sichtbar war. Innerhalb der bis zu 60 Kilometer langen Wurme mit bis zu fünf Kilometern Durchmesser waren etwa 100 Stationen, Lebenszentren, Fabriken, Wasserreservoirs und dergleichen mehr untergebracht. Die nötige Wärme innerhalb der Sphäre wurde durch Kunstsonnen erzeugt. Wenn ich es richtig verstanden hatte, gab es in diesen Wurmen keine Decks und voneinander abgegrenzte Abschnitte, sondern die Aarus bewegten sich überall frei hindurch.

»Wir sind stets abhörsicher«, sagte der Aarus. Es war schwierig für mich, mich auf ihn einzustellen, irgendeine Gemütsregung festzustellen. Seine Stimme war sehr fremd und irritierend mechanisch. »Was können wir für die LFT tun?«

»Nun – die Frage ist eher, was wir für euch tun können«, versetzte ich. »Daher ist es von besonderer Bedeutung, dass ich mit jemandem Hochrangigen spreche, denn es handelt sich um eine sehr heikle Angelegenheit. Es geht um nicht weniger als die Kündigung sämtlicher bestehender Handelsverträge und die generelle Ablehnung neuer Patente.«

»Einen Augenblick, bitte.« Der Aarus verschwand aus dem Bild, und ich musste mich gedulden. Schließlich kam der Aarus zurück. Nein – ein anderer, denn er trug ein fein gearbeitetes Exoskelett mit Insignien darauf.

»Ich bin Susa, Rescotin im höchsten Rang«, stellte sich mein neues Gegenüber vor. »Ich bin zuständig für die Auftragsabwicklung und den Handelskontakt. Ich habe die Entscheidungskompetenz zur Annahme eines Auftrags und wahre als offizielle Vertreterin des Schwarms unsere Interessen. Mir ist nichts von den genannten Dingen bekannt.«

Der Titel hörte sich passend an. Vermutlich stand nur noch die Schwarmerin – laut Auskunft war das Oberhaupt dieses Wurms eine Aarus-Frau – über dieser Susa. Anscheinend ein ziemlich matriarchalisch geführtes Schiff. Nun gut, Tamar hatte ich auch zufriedenstellen können.

»Wir haben eine Forderung der Algorrian erhalten«, kam ich ohne Umschweife zur Sache. »Sie fordern das Privileg, die einzigen Zulieferer von Hightech für die LFT zu werden. Um die Forderung zu verdeutlichen, haben sie der Regierung gedroht, den Kontakt zur LFT abzubrechen, wenn ihnen das Monopol nicht eingeräumt wird. Sie verlangen, dass wir die Verbindungen zu den Aarus beenden.«

»Und warum erfahren wir das nicht auf offiziellem Wege?«

»Das würde einen Skandal sondergleichen hervorrufen. Deswegen haben wir uns auch speziell diesen Wurm über einer Freihandelswelt ausgesucht, damit wir unauffällig verhandeln können. Ich trete seit Jahren als Händler auf. Wir wollen die Schwierigkeiten im Vorfeld aus dem Weg räumen.«

Susa legte den Kopf leicht schief. Ihre starren, tot wirkenden schwarzen Augen schienen sich auf mich zu richten. »Haben wir denn Schwierigkeiten?«

»Noch nicht, aber das kann sich schnell ändern«, antwortete ich. »Ich bin nur als Unterhändler hier, ein kleines Rädchen im Getriebe. Wenn ich meinen Vorgesetzten eine Mitteilung, vielleicht sogar einen Beweis bringen könnte, dass die Aarus unverzichtbare Partner sind, würde das die Argumentation den Algorrian gegenüber untermauern. Wir dürfen uns auf diese Erpressung nicht einlassen, müssen die Algorrian aber beeindrucken, und nicht nur mit Worten.«

»Wir werden darüber nachdenken.«

»Selbstverständlich, das kann ich verstehen. Das Ultimatum der Algorrian läuft erst in drei Tagen ab, es ist also noch genug Zeit. Meine weiteren Informationen können auch so lange warten.«

Die Rescotin zögerte sichtlich, als sie die Worte »Ultimatum« und »drei Tage« hörte. »Weitere Informationen?«

»Ich bitte um Verständnis, dass ich nicht alles per Funk darlegen kann«, sagte ich. »Ich halte ein persönliches Gespräch für weitaus effizienter.«

Es ging noch ein wenig hin und her, bis ich Susa endlich so weit hatte, dass sie einem Gespräch an Bord von Aarus-Kaart zustimmte. Ich machte mich umgehend mit meinem kleinen Flitzer auf den Weg.

4

Beim Anflug folgte ich genau den Anweisungen, die ich von den Aarus erhalten hatte. Bald vereinnahmte die hell schimmernde Perlenkette den gesamten Bildausschnitt. Zugegeben ein beeindruckendes, nicht alltägliches Bild. Aarus-Kaart mochte annähernd 30 Kilometer lang sein, und man leitete mich zu dem links von mir gelegenen Ende. Ich meldete mich per Funk an, als die Distanz zu dem weiß wabernden Schirm nur noch 100 Kilometer betrug. Kurz darauf wurde mein Schiff mittels Traktorstrahl in eine Schleuse gezogen.

Weil ich beim Aussteigen vergessen hatte, einen Raumanzug anzulegen, schnallte man mir einen Rucksack um, der »Portensor« genannt wurde und mich schwerelos machte.

Dann ging es mit Tempo in den Innenraum dieser leuchtenden Sphäre, in der es ein wenig kühl und feucht, aber gut atembar war. Und alles war schwerelos. Ich war das weder gewohnt, noch darauf vorbereitet, und trudelte hilflos rudernd davon. Deshalb nahmen mich zwei Aarus an den Händen und zogen mich mit sich zu einem Gefährt, das sie »Schlitten« nannten. Ich musste mich an den Griffen festhalten, und dann sausten wir weiter durch die Hohlwelt. Viele Aarus waren überall unterwegs. Meine beiden Begleiter unternahmen eine Sightseeing-Tour und erklärten mir, was die seltsamen, frei herumschwebenden Gebilde alle zu bedeuten hatten, Kugeln und Zylinder und Wasserbälle, aber mir war so speiübel, dass ich kaum etwas davon mitbekam. Noch heute dreht sich mir der Magen um, und ich kann mir nichts Scheußlicheres vorstellen, als schwerelos durch so ein riesiges Ding zu fliegen, in dem es kein Oben und Unten gibt, und das außer einer dünnen Lichtschicht keine Grenzen zu haben scheint. Es war einer der schlimmsten Momente meines Lebens, und ich werde ganz bestimmt nie wieder einen Aarus-Wurm betreten.

Die Aarus selbst zeigten sich als recht freundliche, friedliche und durchaus naive Geschöpfe. Es war angenehm, mit ihnen zu verhandeln. Nachdem wir in einem kugeligen Gebilde angekommen waren, das für Gäste bestimmt war und nur aus Konferenzräumen bestand, war ich schnell wieder auf der Höhe. Hier herrschten annehmbare Schwerkraftverhältnisse, die Luft war trocken und sauber, und die Räume völlig nüchtern, sodass man sich auf das Wesentliche konzentrieren konnte. Ich wurde mit Getränken und kleinen Snacks bewirtet, und man stellte mir viele Fragen. Sie dienten nicht dem Aushorchen oder waren misstrauisch gemeint, sondern drückten lediglich Neugier aus. Für die Aarus war ich ebenso exotisch wie sie für mich, obwohl wir beide Händler sind. Aber die Mehrzahl von ihnen verlässt wohl nie den Wurm und hat auch nie Fremdkontakt. Lediglich vor dieser Rescotin Susa musste ich mich in Acht nehmen. Sie kannte sogar Perry Rhodan persönlich, und noch einige andere hochrangige terranische Leute, noch aus der Zeit im Kampf gegen Tradom, in dem Susa wohl auf Seiten der Aarus eine besondere Rolle gespielt hatte.

Eines allerdings war gewöhnungsbedürftig: dass diese Haiartigen in einem Liegegestell um den Konferenztisch aufgebahrt waren, wie Fische auf dem Trockenen. Wenn sie emotional wurden, zuckten ihre kurzen, flossenartigen Beine aufgeregt, was so klang, als würde es Ohrfeigen setzen, und was sie »flösseln« nannten, und wenn sie besonders guter Laune waren, »wurmelten« sie mit Reibeisenstimmen oder klapperten mit den Kiemen, was wie das Aufeinanderschlagen von zwei Holzstöckchen klang. Ihre teilweise kindliche Art passte so gar nicht zu ihrem furchterregenden Aussehen mit den scharfen Haizähnen und den großen, muskulösen Körpern. Sie erschienen mir ziemlich romantische Wesen zu sein; also im Grunde genommen genau die richtigen Verhandlungspartner, um zu einem guten Abschluss zu kommen.

Doch es wurde schwieriger und zäher als gedacht. Ich brauchte zwei Stunden, um aus ihnen herauszukitzeln, dass ich nicht umsonst Geld und (zugegeben angenehmen) Sex an Tamar verschwendet hatte. Sie besaßen tatsächlich den Prototyp eines neuen Antriebs, und nach weiteren Überredungskünsten waren sie auch bereit, ihn mir zu zeigen. Glücklicherweise fand dies alles in einem Kugelgebäude mit Schwerkraft statt, sonst wäre ich zu nichts mehr fähig gewesen. Der Weg hierher war schon wieder schrecklich genug gewesen, und ich hatte mich unterwegs auch einmal übergeben müssen. Meine Gastgeber nahmen es mit stoischer Gelassenheit hin, und dafür war ich ihnen dankbar. Aber in den Schwerkraftverhältnissen der Fabrik konnte ich meinen Verstand auf Höchstleistung schalten, und ich prägte

mir alles ganz genau ein. Nichts entging mir, alles wurde in meinem phänomenalen Gedächtnis gespeichert.

Und dann ging es weiter mit den Verhandlungen; mein Argument mit dem Monopol der Algorrian zog irgendwie nicht so recht, aber die Aarus dachten in jedem Fall über das Angebot zur exklusiven Verwertung des Antriebs durch die LFT nach. Schließlich zogen sie sich zur Beratung zurück und ich musste wieder einmal warten.

Man wies mir eine Gästeunterkunft zu und überließ mich meinem Schicksal, was mir sehr angenehm war. Aarus sind trotz ihrer Geselligkeit sehr individualistisch. Im Inneren ihrer Sphäre fühlen sie sich zudem völlig sicher – ich wurde überhaupt nicht überwacht. Außerdem war ich nicht der erste terranische Besucher, denn die Unterkunft war zwar spartanisch, aber genau für meine Bedürfnisse eingerichtet.

Ich hatte nach Susas Aussage mindestens drei Stunden Zeit, also packte ich flugs mein Gepäck aus: Eine Haimaske, Klebstoff, faltbares Gestänge ... alles nicht besonders professionell, aber in der Eile war es das Beste, was ich hatte aufbringen können. Für meine Zwecke musste es genügen.

Eine ganze Stunde verbrauchte ich damit, die Ganzkörpermaske anzulegen. Als kleinwüchsiger, vielleicht junger Aarus ging ich bestimmt durch. Der Portensor erwies sich nun als Segen, denn so lief ich nicht Gefahr, über meine Füße zu stolpern. Niemand beachtete mich, als ich draußen einen Schlitten orderte und mich zu der Fabrik transportieren ließ.

In die Fabrik hineinzukommen war nicht schwer. Mit Ausnahme einiger weniger Bereiche hat man nämlich überall Zutritt – als Aarus natürlich. Diese Wesen halten in einem sogenannten »Schwarm« fest zusammen, sie vertrauen einander rückhaltlos. Zumindest innerhalb der Sphäre. Niedertracht, Verrat, solche Dinge kennen sie wohl nicht. Insofern hatte ich leichtes Spiel. Mit ein wenig Geschicklichkeit gelangte ich in den Bereich, wo sich der Prototyp des neuen Antriebs befand. Ich habe ja schon gesagt, dass ich ein sehr unauffälliger Mann bin, und als Aarus war das nicht anders. Ich versteckte mich nicht, aber ich bewegte mich auch nicht auffällig. Also beachtete mich keiner. Es war ohnehin ein ständiges Kommen und Gehen, einer mehr oder weniger fiel nicht ins Gewicht.

Ich hatte sehr aufmerksam beobachtet, von wo die Pläne, die man mir holografisch gezeigt hatte, abgerufen wurden – und auf welche Weise. Trotzdem brauchte ich eine halbe Stunde, bis ich endlich im System war und die Dateien in einen Kristallspeicher herunterladen konnte. Die Zeit wurde allmählich knapp.

Ich gelangte sicher zurück in meine Unterkunft, hatte gerade noch Zeit zur Demaskierung und Vernichtung aller Beweise, dann ein Sprung unter die Dusche – und ich wurde wieder abgeholt.

Ich war nicht überrascht, als ich einen negativen Bescheid erhielt.

»Wir sind zu dem Entschluss gekommen, dass wir bezüglich der Algorrian zunächst eine offizielle Stellungnahme abwarten werden«, eröffnete mir Susa. Sie war die Einzige, die ich identifizieren konnte, anhand ihres Gestänges und der Insignien. »Was den Antrieb betrifft, so werden wir darüber nachdenken und die Gebote abwarten.«

»Ich halte das für einen Fehler«, sagte ich und hoffte, dass ich hinreichend Enttäuschung ausdrückte.

»Es tut uns Leid, aber wir müssen zuerst alles gut abwägen. Wir denken, dass der offizielle Weg in diesem Fall besser ist, auch wenn wir durchaus gern unkonventionelle Pfade beschreiten.«

»Wie schade. Doch ich will es wenigstens versucht haben. Ich bedanke mich auf alle Fälle für die Einsicht in den neuen Antrieb und werde mich nach bestem Wissen und Gewissen dafür verwenden, dass das Patent exklusiv von der LFT angekauft wird, zu einem guten Preis. Dann bin ich nicht ganz umsonst hier gewesen.«

»Dagegen haben wir nichts einzuwenden.«

Damit schieden wir als Freunde. Ein letztes Mal musste ich durch die Sphäre, dann saß ich endlich wieder in meiner gemütlichen kleinen Jacht, und fort war ich.

Warum ich die Pläne mitgenommen habe? Weil mir die Absage von vornherein klar gewesen war. Ich konnte mich nicht auf die ewigen Verhandlungen und das Hin und Her zwischen all den Parteien einlassen. Ich bin Geschäftsmann. Zeit ist Geld. Also musste ich handeln. Allerdings, und das betone ich an dieser Stelle deutlich, hatte ich nichts anderes vor, als der LFT die Pläne zu übergeben, meine Provision zu kassieren und zu verschwinden! Ich hätte die Aarus selbstverständlich darüber in Kenntnis gesetzt, dass ich die Daten habe, und an wen ich sie übergab. Zugegeben, das ist nicht die feine Art, aber einer wie ich muss schließlich auch leben. Ich habe die Vorgänge nur beschleunigt. Im Übrigen eine ganz normale Vorgehensweise, wie sie von der Regierung sehr gern in Anspruch genommen wird! Für die ich das schließlich auch getan habe.

Und damit bin ich am Ende meiner Geschichte. Bevor ich das System verlassen konnte, wurde ich verhaftet und hierhergebracht. Ich verstehe, offen gestanden, nicht, was diese Aufregung soll.

Und um eines klar zu stellen: Ohne anwaltlichen Beistand sage ich von jetzt an überhaupt nichts mehr. Und ich lege offizielle Beschwerde ein gegen die Art und Weise, wie man mich behandelt hat!

< AUFZEICHNUNGSENDE >

5

Für einen kurzen Moment herrschte Schweigen in dem nüchternen kleinen Raum, in dem es nur einen Tisch in der Mitte und ein paar Stühle gab. Walbrun Guider schaltete das Aufzeichnungsgerät ab und musterte den dunkelhaarigen, schlanken, unscheinbaren Mittvierziger, der seinen Blick fast treuherzig aus tiefen blauen Augen erwiderte.

»Eine lange, nette Geschichte, aber keine Antwort auf unsere Frage«, sagte Guider und lehnte sich zurück. Seine Uniformjacke war offen; das Hemd spannte sich über seinen wohlgenährten Bauch. Er strich die schütteren Haare nach hinten, eine regelmäßige unbewusste Geste, bevor er zum Angriff überging. Walbrun Guider wirkte nicht weniger unscheinbar als sein Gegenüber, doch er war nicht zu unterschätzen. Einmal in einen Fall verbissen, ließ er so lange nicht locker, bis der Beschuldigte geständig war.

Allerdings war auch Dabon Jesm ein hartgesottener Kerl, darüber machte Guider sich keine Illusionen. Der Mann war aalglatt und dem Gesetz bisher jedes Mal durch die Fänge geschlüpft, weil es nie stichhaltige Beweise geben ihn gab. Guider hegte keinen Zweifel daran, dass Jesm ein professioneller Industriespion war. Vielleicht hatte er tatsächlich einst für die LFT gearbeitet; das würden sie wohl nie herausfinden. Jesm hatte seine Vergangenheit sehr gründlich gelöscht. Er war absoluter Profi – wer weiß, wie lange schon.

Worauf es Guider jedoch ankam, waren die Leute, für die Jesm tätig war. Er besaß zu viele Mittel, um seine Dienste nur an den Meistbietenden zu verkaufen. Außerdem trat er ungeniert öffentlich auf, wenngleich unter verschiedenen Namen. Aber er machte nie ein Geheimnis aus seinem Aufenthaltsort, bezahlte sogar brav Steuern an seinem gemeldeten Hauptwohnsitz auf Terra, und gab als Berufsbezeichnung »freier Handelsvertreter« an. Er tätigte ausreichend legale Geschäfte, die seine Reisen zu bedeutenden Industrieplaneten rechtfertigten, und er kannte viele Leute in hohen Positionen. Und das war das Einzige, womit man ihn bisher belangen könnte – er war ein Hochstapler. Aber nur, wenn er diesbezüglich angezeigt würde, und das hatte bis jetzt keiner in hoher Position getan, um sich nicht zu blamieren, einem Betrüger aufgesessen zu sein. Aber diesmal hatte Jesm sich den Aarus gegenüber als Emissär der LFT ausgegeben, weswegen diese sicher noch Anzeige erstatten würden; das wäre wenigstens *ein* nachgewiesener Anklagepunkt.

Der zweite Punkt, der Diebstahl der Daten, stand leider auf tönernen Füßen. Auch wenn Jesm ihn so unverfroren gestanden hatte. Aber das war keine Dummheit, sondern Taktik, dessen war Guider sich sicher. Immerhin musste er zwangsläufig als der einzige Verdächtige gelten, nachdem eine Manipulation am System vorgenommen worden war, während er Gast bei den Aarus war – vor allem wenn im Protokoll genau die Daten angezeigt wurden, die ihm zuvor präsentiert worden waren.

Also hatte Jesm sich wohl entschlossen, sich nicht unwissend zu stellen, sondern gleich vorzupreschen, um sich einen harmloseren Anschein zu geben – als habe er das zum ersten Mal getan, und auch noch dilettantisch. Sicherlich hatte er sich bereits ausgerechnet, wie lange er sitzen musste, falls er verurteilt würde, und es gegen das Risiko abgewogen, bei Nicht-Geständnis zwar mangels Beweisen freigelassen zu werden, aber von da an unter dauernder Beobachtung zu stehen. Solange Jesm nicht überführt war, konnte Guider das durchboxen. War Jesm jedoch verurteilt und nach Ableistung der Strafe wieder frei, würden keine Steuergelder zur Überwachung mehr für ihn aufgebracht, und er könnte ungehindert weiter Industriespionage betreiben. Der Mann war raffiniert, zugegeben. Er tat so, als habe er seine Niederlage erkannt und eingesehen. Weil er ein im Grunde netter Kerl war, dem man nicht wirklich böse sein konnte.

Dreist, aber gut.

Guider presste wütend die Lippen zu dünnen Strichen aufeinander.

Dabon Jesm blinzelte. »Frage? Oh«, machte er erstaunt. »Dann habe ich die Frage wohl nicht richtig verstanden.«

»Wo sind die Pläne?«

»Welche Pläne?«

»Die du deiner Aussage nach von den Aarus gestohlen hast. Soll ich die Aufzeichnung wiederholen?«

»Ach so!« Dabon Jesm hob verlegen lachend die Hände. »Ich bitte um Verzeihung. Hier habe ich wohl ein wenig übertrieben, weil ich mich schäme zuzugeben, dass ich ... nun ja, ungeschickt gewesen bin. Oder hereingelegt wurde, wer weiß! Ich will natürlich niemanden beschuldigen, denn schließlich hat mich keiner gezwungen, bei den Aarus herumzuspionieren, nicht wahr? Ihr könnte mich gern durchsuchen, und alle meine Sachen – außer einem wertlosen Speicherkristall werdet ihr nichts finden. Ich konnte die Daten zwar aus dem System laden und speichern, aber leider war eine Schutzvorrichtung eingebaut. Die Dateien haben sich nach Ablauf einer kurzen Frist selbst zerstört. Offenbar muss man nach dem Kopieren die Dateien aufrufen und mit einem bestimmten Code erneut abspeichern. Das habe ich nicht gewusst, und deshalb ... ist alles futsch. Wenn ihr mich deswegen belangen wollt, gut, ich kann nichts dagegen machen. Ich gestehe, ein wenig spioniert zu haben, aber Diebstahl habe ich laut Gesetz keinen begangen. Nicht mal geistigen, denn ich bin kein Techniker und verstehe nur rudimentär, was in Daten und Plänen abgelegt ist. Ich habe keine Kenntnis über den Inhalt der Dateien.«

Walbrun Guider seufzte innerlich. Jesm war nicht zu Unrecht so gelassen, fast heiter. Guiders Leute hatten die Pläne wirklich nicht gefunden. Außer den Aarus, die Jesm lediglich *verdächtigen* konnten, die Daten gestohlen zu haben, hatten sie nichts in der Hand. Jesms Geständnis – insofern er dabei blieb – und die Hochstapelei würden ihm vielleicht sogar Gefängnis einbringen, aber höchstens ein halbes Jahr, vermutlich sogar auf Bewährung, weil es seine erste Verurteilung wäre und kein echter Schaden entstanden war. Dieser übel riechende Aal würde demnach wieder durch die Maschen glitschen. Seine Vorstrafe würde in seinen Kreisen niemanden interessieren. Es würde also lediglich einen erneuten Eintrag in seiner Akte geben, und der nächste Beamte auf einer anderen Handelswelt würde sie sich eines Tages vornehmen. Und genauso scheitern wie alle anderen vor ihm.

Manchmal wollte Guider seine Besonnenheit und den Diensteid gern vergessen und unvernünftig sein. Er wollte Jesm mit seinen kräftigen, schweren Händen packen und das scheinbar harmlose, in Wirklichkeit selbstgefällige Grinsen aus ihm schütteln, bis seine Fassade abbröckelte. Schmierige Kerle wie dieser Terraner waren ihm zuwider, sie waren Schmarotzer, geldgierig, rücksichtslos. Wer weiß, wie viele Leichen Jesm bereits im Keller hatte; das Spiel mit den Aarus mochte da vergleichsweise harmlos gewesen sein. Und Guider wollte sich nicht vorstellen, welchen Charakter seine Auftraggeber erst haben mussten. Aber es wäre sinnlos, Jesm darauf anzusprechen, er würde nichts preisgeben, dafür nahm er sogar Gefängnis in Kauf. Wahrscheinlich war ihm ein Bonus garantiert worden, falls er doch einmal verurteilt werden sollte, solange er den Mund hielt. Sein Vermögen würde also gewachsen sein, bis er wieder in Freiheit wäre, und er konnte umso gelassener seinem Beruf weiter nachgehen.

Jesm war nicht der Erste solcher Typen, mit denen Guider seit seinem Amtsantritt auf Reno 25 zu tun hatte, und er würde auch nicht der Letzte sein. Ab und zu bekam Guider einen zu fassen; er galt nicht umsonst als der Beste. Aber Jesm ... da musste er diesmal wohl passen.

»Und was passiert jetzt?«, fragte Jesm schüchtern, als das Schweigen im Raum anhielt.

»Nun, du bleibst vorerst in Gewahrsam, denn schließlich liegt eine Anzeige der Aarus gegen dich vor, und die Beweisführung ist noch nicht abgeschlossen.«

Jesm hob zaghaft den rechten Zeigefinger. »Ich ... möchte noch einmal darauf hinweisen, dass ich in diesem Fall ein Anrecht auf einen Rechtsbeistand habe, der vermutlich schnell feststellen wird, dass die Beweisführung abgeschlossen ist, weil es keine Beweise gibt.«

»Wir haben dein Geständnis aufgezeichnet.«

»Gewissermaßen, ja. Wobei ich zu bedenken geben muss, dass das nicht ausreicht, um mich länger als 24 Stunden einzusperren. Wahrscheinlich wird mein Anwalt mir auch dazu raten, das Geständnis zu widerrufen, weil ...«

»Genug!« Guider verlor endgültig die Beherrschung und schlug mit der flachen Hand klatschend auf die Tischplatte. »Schafft ihn raus!«

Die beiden Beamten Wilfox und Sculdan erhoben sich, nahmen Jesm in die Mitte, der höflich lächelnd Guider zum Abschied zunickte und sich widerstandslos hinausführen ließ. Noch beim Hinausgehen hörte Guider, wie er eine neue Geschichte begann, als würde er sich mit Freunden unterhalten. Ganz der nette, harmlose Kerl von nebenan, der sich einmal eine Dummheit geleistet hat, die man ihm hoffentlich verzeihen wird.

Guider stützte die Ellbogen auf den Tisch und vergrub den schweren Kopf in den Armen. An Tagen wie diesen hasste er seinen Beruf.

Kurz darauf klopfte ein Assistent mit erstauntem Gesicht an die offen stehende Tür. »Da möchte dich jemand sprechen – von den Aarus. In deinem Büro.«

Guider fuhr herum, dachte einen Augenblick nach und eilte dann in sein Büro, wo er tatsächlich von einem der Haiartigen erwartet wurde. Der Aarus überragte ihn um gut zwei Haupteslängen, besaß eine schlanke Silhouette, silbrig helle Hautfarbe, und er trug ein elegantes, rauchsilbernes Stützkorsett mit Insignien. Ein elegantes, beeindruckendes Geschöpf mit beachtenswerter Ausstrahlung, die den ganzen Raum ausfüllte. Augenblicklich raffte Guider seine Haltung zusammen, schloss die Uniform und rückte sie korrekt zurecht.

»Mein Name ist Susa, ich bin Rescotin im höchsten Rang«, stellte die Aarus sich vor. »Ich bin persönlich hierhergekommen, weil ich kein Risiko eingehen will, dass unser Gespräch nach draußen dringt. Ist dieser Raum hier abhörsicher?«

»Selbstverständlich.« Guider verriegelte die Tür und aktivierte den Verzerrer. Dann stellte er das Glas auf undurchsichtig und schloss die sprachlos gaffenden Gesichter draußen aus.

Walbrun Guider nannte brummelnd seinen Namen und wollte der Aarus Platz anbieten, als ihm auffiel, dass es kein geeignetes Sitzmöbel für ein haiartiges, 2,20 Meter großes Wesen gab. Mit verlegener Geste ließ er sich hinter seinem Arbeitstisch nieder. Das war vielleicht nicht höflich, aber noch ein Stückchen Autorität, das ihm in diesem Raum geblieben war. Er versuchte dabei, abwechselnd in die weit auseinanderliegenden Augen an der ausladenden, leicht nach vorn gerichteten Balkennase der Aarus zu blicken, was ihn nervös machte. Noch nervöser machte ihn, dass diese schwarz glänzenden Augen völlig starr und reglos waren. Er wusste nicht viel über die Aarus und war noch nie einem von ihnen persönlich begegnet. Es irritierte ihn, dass ausgerechnet jetzt eine noch dazu hochrangige Rescotin sich zu ihm bemüht hatte.

Susa fuhr fort: »Ich habe die Anzeige gegen Dabon Jesm erstattet und wollte mich nach dem Fortschritt der Anhörung erkundigen.«

In kurzen Worten berichtete Guider, was Jesm gestanden hatte.

Rescotin Susa hörte schweigend zu. Dann bemerkte sie: »Jesm lügt bezüglich der Daten. Wir haben sie nicht so gesichert, aber er hat uns damit einen guten Tipp geliefert. Ich werde mich damit befassen.«

»Dann hat er den Datenspeicher also doch verstecken können«, überlegte Guider.

»Anzunehmen. Oder er hat ihn bereits verkauft.«

»Nein, das glaube ich nicht. Zum einen haben wir ihn abgefangen, bevor er das System verlassen konnte; es war ihm nicht möglich, irgendjemanden zu treffen. Zum anderen würde er dieses hochbrisante Material niemandem anvertrauen, außer seinen Auftraggebern. Jesm ist Profi.« Guider runzelte plötzlich die Stirn. »Nachdem du dich persönlich hierher bemühst – es *ist* doch hochbrisantes Material, oder?«

Die Lippenfarbe der Aarus veränderte sich plötzlich von blassem Rosa zu hellem Orange. Guider schloss daraus, dass es sich um ein Mienenspiel handelte, eine emotionale Reaktion. Aber was bedeutete es? Wut oder Lächeln? »Zumindest glaubt Jesm das«, antwortete Susa. »Tatsache ist, dass wir ihn damit geködert haben. Denn wir haben natürlich schon lange vorher Erkundigungen über ihn eingezogen, bevor wir ihn zu uns eingeladen haben. Er steht nicht in Diensten der LFT, was dir nichts Neues sein wird, und er hat uns eine tolle Lügengeschichte aufgetischt, um an unsere scheinbar wertvollste Erfindung zu kommen. Ohne zu ahnen, dass wir genau das beabsichtigt hatten. Denn wir glauben, dass er Verbindung zu einem bestimmten Konsortium hat, das uns schon seit einiger Zeit ein Stachel im Fleisch ist.«

Guider beugte sich vor. »Ja, das vermute ich auch, aber er wird uns nichts darüber sagen.«

»Deswegen haben wir dafür gesorgt, dass er uns dorthin führt«, versetzte Susa. Sie ließ die mächtige Balkennase leicht pendeln. »Dieses Konsortium ist spezialisiert auf Industriespionage. Es hat viele Erfinder um ihre Patente gebracht, Existenzen ruiniert oder sogar ausgelöscht und empfindlich den Handel gestört. Auch wir haben bereits einen nicht unbeträchtlichen Schaden durch diese Leute erlitten. So etwas nehmen wir nicht hin. Als wir nach langen Forschungen herausgefunden hatten, dass Dabon Jesm vermutlich für das Konsortium tätig ist, haben wir gewartet, bis er wieder einmal nach Reno 25 kam und ihn durch eine von uns beauftragte Informantin mit dem Hinweis auf das neue Triebwerk geködert.« Sie zeigte Guider eine Holografie.

Die atemberaubend schöne Frau darauf passte genau auf Jesms Beschreibung der Ara Tamar. Und *die* sollte ihn in ihr Bett gelassen haben? Ausgeschlossen.

»Natürlich war er sehr misstrauisch«, berichtete Susa weiter. »Soweit ich weiß, hat Tamar sich mit ihm gepaart, um alle Bedenken auszuräumen, damit er sich ganz auf die Gier nach dem zu erwartenden Reichtum konzentrierte.«

Ein Messerstich ins Herz hätte nicht schmerzhafter sein können. »Will sie ... äh ... Anzeige erstatten?«, fragte Guider langsam.

»Weswegen?«

»Nun, wenn sie ... gegen ihren Willen ...«

»Oh, ich hatte nicht den Eindruck, dass unsere Informantin unzufrieden war«, versicherte Susa.

Ich bringe ihn um, dachte Guider und war zugleich fasziniert. Fast fröhlich. Der Betrüger war also *tatsächlich* betrogen worden, aber anders, als er es weisgemacht hatte! »Dann *sollte* er die Pläne stehlen?«

»Natürlich. Das Konsortium wird ihm dafür eine beträchtliche Summe bezahlen. Nach Auswertung der Daten werden sie die Galax wieder zurückfordern. Jesm wird in ziemliche Schwierigkeiten geraten.«

»Er wird sich herauswinden, wie immer. Er ist ein Aal«, winkte Guider ab. »Also bist du hier, um mich zu bitten, ihn freizulassen?«

»Nicht gleich«, sagte Susa. »Das würde ihn argwöhnisch machen. Deswegen haben wir auch Anzeige erstattet, denn es hätte ihn ebenfalls skeptisch gemacht, wenn alles reibungslos verlaufen wäre. Dieser Mann darf nicht unterschätzt werden, wie du schon bemerkt hast. Er hat viele Ozeane durchschwommen.

Aber die Verhandlung sollte so schnell wie möglich angesetzt werden, und dann mangels Beweisen eingestellt.«

»Ein Verfahrensfehler wäre auch möglich und vielleicht sogar einfacher«, murmelte Guider.

»Das überlassen wir euch«, bekräftigte Susa. »Wir werden unseren Part dazu beitragen, dass Jesm am Ende überzeugt ist, sich erfolgreich herausgewunden zu haben und das Geschäft seines Lebens zu machen. Dann werden wir ihm folgen.«

»Ich weiß nicht, ob euch das gelingt«, sagte Guider zögernd. »Ihr seid nicht gerade unauffällig.«

»Geehrter Walbrun Guider, wir haben unter der Knechtschaft Tradoms gelitten«, erwiderte Susa. »Wir wissen, wie man in aller Heimlichkeit vorgehen muss, um eine Zielperson nicht aus den Augen zu verlieren. Wir haben überall unsere Verbindungen. Bei Händlern und Technikern wie uns geschieht das zwangsläufig. Viele sind uns dankbar, und alle schätzen uns wegen unseres Könnens und unserer Seriosität. Ich bin zuversichtlich, dass wir ans Ziel gelangen. Ich selbst habe in dieser Hinsicht sehr viel von Cheplin, dem Schwarmer von Aarus-Jima, gelernt.«

Der Name sagte Guider überhaupt nichts, und er erinnerte sich nur verschwommen, dass dieser »Jima«-Wurm im Marsorbit von Terra stationiert sein sollte. Solche Dinge waren für ihn nicht wichtig. Dabon Jesm und das Konsortium hingegen schon, vor allem in Bezug auf seine eigene Zukunft. »Und was kann ich dazu beitragen?«

Der Orangeton der Lippen vertiefte sich. »Selbstverständlich wird alles, was zu einer Verhaftung führt, ausschließlich dir zu verdanken sein«, sagte Susa. »Wenn du uns für das Verfahren gegen Jesm deine Unterstützung zusicherst und uns auch weiterhin zur Verfügung stehst, werden wir unsere Genugtuung erhalten, und du wirst Karriere machen, dafür werde ich mich persönlich einsetzen.«

Guider sprang mit einer für seine Körperfülle erstaunlichen Lebhaftigkeit auf. »Vorschlag angenommen!«, rief er, umrundete den Tisch und streckte der Aarus die Hand hin.

Sie nahm sie vorsichtig für eine Sekunde. »Dann sind wir uns einig. Tamar wird Dabon Jesm den richtigen Anwalt besorgen, und wir bleiben in Verbindung.«

»Aber eine Frage habe ich noch«, sagte Guider zum Abschied, »aus reiner Neugier. Hat Jesm nun etwas Brauchbares gestohlen oder nicht?«

Rescotin Susas Lippen wurden dunkelrot. »Wie man es nimmt«, antwortete sie, und Guider glaubte tatsächlich, Belustigung aus ihrer leicht rauen, nichtmenschlichen Stimme hören zu können. »Es sind tatsächlich die Pläne zu einem neuen Triebwerk, einem noch nicht ausgereiften Prototyp allerdings. Ein paar entscheidende Details haben wir in den Jesm überlassenen Daten ausgelassen. Jesm geht davon aus, dass für dieses Lineartriebwerk die derzeitige Hyperimpedanz bedeutungslos ist. Das ist sogar richtig, denn ... dieses Triebwerk ist kaum schneller als ein Ionenstrahltriebwerk. Es kann nicht einmal auf Lichtgeschwindigkeit gehen. Wir haben ein preiswertes, robustes, wartungsfreies und haltbares Triebwerk konstruiert, das für den Raumflug nahe gelegener Systeme gedacht ist, vor allem für Fracht und Privatfähren. Nichts für große Konzerne, sondern für kleine und mittelständische Betriebe, sowie Privatpersonen. Also völlig unrentabel für das Konsortium. Wir hingegen rechnen mit einem hohen Absatz. Wir nennen dieses neue Triebwerk ›die Linearraumgondel‹.«

Walbrun Guider lachte schallend. Es gab Tage, an denen liebte er seinen Beruf. »Wie schade, dass ich nicht dabei sein werde, um Dabon Jesms Gesicht zu sehen, wenn er das herausfindet!«